HEYNE <

SIMONE VEENSTRA

Auf nach IRGENDWO!

ROMAN

WILHELM HEYNE VERLAG
MÜNCHEN

Dieser Roman ist Fiktion. Jede Ähnlichkeit zu existierenden Personen oder Orten ist entweder mit Bedacht gewählt und verändert oder aber nicht unbedingt wahrheitsgetreu.

Unterstützt von dem Residenzstipendium des Goethe-Institut Kroatien in Verbund mit dem Literaturhaus Pazin Hiža od besid in Istrien.

Sollte diese Publikation Links auf Webseiten Dritter enthalten, so übernehmen wir für deren Inhalte keine Haftung, da wir uns diese nicht zu eigen machen, sondern lediglich auf deren Stand zum Zeitpunkt der Erstveröffentlichung verweisen.

Verlagsgruppe Random House FSC® N001967

Originalausgabe 02/2019
Copyright © 2019 by Simone Veenstra
Copyright © 2019 der deutschsprachigen Ausgabe by Wilhelm Heyne Verlag, München, in der Verlagsgruppe Random House GmbH, Neumarkter Straße 28, 81673 München
Printed in Germany
Redaktion: Steffi Korda
Umschlaggestaltung: © Bürosüd, München
Satz: Uhl + Massopust, Aalen
Druck und Bindung: GGP Media GmbH, Pößneck
ISBN: 978-3-453-42270-4

www.heyne.de

My love is longer than forever
Endless as the march of time
99 years after never
In my heart you'll still be mine

Holly Golightly: My love is

*Für meine zwei Goldenen.
Und für alle, die ebenfalls der Meinung sind,
dass wahre Liebe gefälligst für immer ist.*

PROLOG

Er rannte. Hoch konzentriert und mit geballten Fäusten. Es fiel ihm schwer, nicht alles zu geben. Doch diesmal ging es nicht ums Gewinnen, nicht einmal ums Entkommen, zumindest nicht sofort. Für die nächsten paar Hundert Meter musste er in Sichtweite bleiben. Hinter ihm waren Stiefeltritte zu hören und leises Fluchen. Die Gummisohlen seiner eigenen Schuhe machten kaum Geräusche, nur ein leises Flattern, wie von Flügeln, und für einen Moment stellte er sich vor, er könnte in den Himmel steigen, wäre frei. Nur: Wohin sollte er ohne Marie?

Hoffentlich erinnerte sie sich an seine Richtungsangaben, hastig geflüstert, während er sie durch die Tür zur Kirche gedrängt hatte, die meist offen stand. Nur wenige wussten, dass man von dort aus auf den kleinen Friedhof zwischen den Straßen gelangte und in den nächsten Hinterhof. Ein Labyrinth voller Ascheeimer, Schubkarren, Fahrradteilen. Eine Fluchtroute, nicht erst seit heute.

Vor ihm kam die nächste Kreuzung in Sicht, dahinter der Park. Quer über die Straße würde er laufen, in die Schatten der Büsche tauchen, mit angehaltenem Atem. Keine Beweise, keine Verdächtigen – keine Akten. Und was waren schon ein paar Plakate, die niemand zuordnen konnte?

»Stehen bleiben!«

Sie waren näher als gedacht.

Der Junge erhöhte das Tempo. Nur noch wenige Meter. Dann würde er warten, bis seine Verfolger aufgaben. Er würde nach Hause laufen, durch das angelehnte Fenster steigen und ins Bett kriechen. Sein kleiner Bruder, mit dem er sich das Zimmer teilte, übernachtete heute bei einem Freund. Es gab also niemanden, der ihn im Auge behielt. Niemanden, der wusste, wo er war. Niemanden, der sehen würde, wie er zurückkam, und argwöhnte, er hätte etwas Verbotenes getan. So jung er war – für Verbotenes hatte sein Bruder einen siebten Sinn, da kam er ganz nach ihrem Vater.

Schon konnte der Junge die Bäume und Sträucher des Parks sehen. Sein linkes Knie stach, aber er hatte gelernt, es zu ignorieren. Das letzte Haus kam in Sicht.

Dass ihm jemand im Weg stehen könnte, als er um die Ecke stob, damit hatte er nicht gerechnet. Der Aufprall schleuderte ihn zu Boden, sein Kopf traf hart auf die Steinplatte auf. Er wollte sich aufrappeln und weiterrennen. Doch die Dunkelheit war schneller. Das Letzte, was er sah, waren zwei besorgte Augen.

Er hörte ein harsches Schnauben. »Halt ihn fest, er gehört uns!«

Dann nichts mehr.

Die Dunkelheit und Jakob Grünberg würden keine Freunde mehr werden. Das war schon immer so gewesen. Sie gaukelte ihm Dinge vor, die es nicht gab: Fahrradfahrer und Kühe auf dem Standstreifen, eine Dampflokomotive, die sich als Kastenwagen entpuppte.

Immer länger werdende Schatten verschmolzen mit dem Einheitsgrau des Straßenbelags. Er musste bald eine Pause einlegen. Seine Augen begannen zu tränen.

Viel zu spät war er losgekommen, hatte sich nur schwer verabschieden können: von dem nicht länger benutzten Stallanbau, dem windschiefen Häuschen, dem inzwischen überwucherten Garten. Von dem Briefkasten und dem löchrigen Zaun, von den in der Sonne tschilpenden Vögeln und von dem Baum weiter hinten, unter dem er Gustav verstreut hatte. Doch noch eine Nacht zu bleiben, nur geduldeter Besucher im eigenen Zuhause – das hatte er nicht gekonnt.

Ein Glück, dass es Bienchen gab. All die Jahre, in denen er sie gehegt und gepflegt hatte, war er nie auf die Idee gekommen, dass ausgerechnet sie ihn einmal begleiten würde. Anfangs hatte er den alten VW-Bus nur deshalb so gut in Schuss gehalten, weil er dachte, eines Tages würde der Besitzer zurückkommen. Irgendwann dann war das Schrauben zu einer lieben Gewohnheit geworden. Der leere Stall hatte neben diversen vierbeinigen Streunern auch Bienchen eine gemütliche Unterkunft geboten.

Jakob rüttelte an der Verstellung seines Sitzes, beugte sich weiter in Richtung Windschutzscheibe und drosselte das Tempo. Wütend hupende Lkws donnerten vorbei und scherten gefährlich nahe vor ihm wieder ein.

Seufzend massierte er sein Knie – das linke, das manchmal ohne Vorwarnung einrastete, aber die Kupplung betätigen musste. Wäre alles nach Plan verlaufen, säße er längst gemütlich bei einer Tasse löslichem Kaffee auf dem Campingplatz. Doch Straßenarbeiten und absurde Umleitungen hatten seinen genau getakteten Zeitplan torpediert.

Jakob vertraute keinem Navigationsgerät. Die Straßenkarten hatten schon seinem Großvater Gustav treue Dienste geleistet und waren mit Symbolen und Abkürzungen übersät, die inzwischen nur Jakob noch zu enträtseln wusste. Genauso sollte es sein.

»Meiden Sie Fahrten im Dunkeln«, hatte ihm der Augenarzt empfohlen, nachdem sich Jakob einem nicht ganz freiwilligen Sehtest zum Erhalt seiner Fahrtauglichkeit unterzogen hatte. Ob der Doktor geahnt hatte, dass Jakob seine kurze Abwesenheit dazu genutzt hatte, Buchstaben- und Ziffernfolgen an der Wand auswendig zu lernen? Jakobs Gedächtnis funktionierte noch immer, ohne zu stottern. Sehen konnte er nicht mehr ganz so gut wie früher. Doch davon durfte er sich nicht einschränken lassen. Nichts wurde so schnell kleiner wie die Freiheit. Sie war anfälliger für Verschleiß als der eigene Körper.

Das Blinken am Rand seines Gesichtsfelds verbuchte er zunächst als optische Täuschung. Noch rund einhundertzwanzig Kilometer bis zur ersten geplanten Übernachtung. Doch das Signal blieb hartnäckig, und schließlich musste er sich eingestehen, dass der Tank leer war. Noch mehr Verzögerung! Seine Laune sank weiter.

Wenigstens war die nächste Raststätte gut ausgeleuchtet, die Zapfsäulen waren frei. Jakob konzentrierte sich auf die Tankpistole in seiner Hand, wollte das Walzen der Preisanzeige nicht sehen. Was für ein verbrecherischer einarmiger Bandit!

Die Dame hinter der Kasse zwitscherte wie ein Kanarienvogel auf Helium: »Hallihallo und guten Abend, Sie waren an der zwei, richtig? Haben Sie eine Bonuskarte?«

»Ja. Nein.«

Sie blinzelte überrascht, violetter Lidschatten in den netten Lachfältchen verklumpt, ein Fingerbreit Scheitelgrau straffte das Feuerrot ihrer Haare Lügen. Alles an ihr wirkte, als verlöre sie den Kampf gegen eine Müdigkeit, die nicht nur mit zu häufigen Abendschichten zu tun hatte. Sah man genauer hin, wirkte selbst ihr Lächeln abgekämpft. »Wie war das nun, ja oder nein?«

Jakob seufzte – nun bekam er auch noch Mitleid. »Ja zur Zapfsäule Nummer zwei, nein zur Bonuskarte. Die ist nur dazu da, um zu überprüfen, zu welcher Uhrzeit ich wofür Geld ausgebe.« Er fächerte ihr den Betrag auf die Geldschale. Wie immer zahlte er bar. »Und bitte fragen Sie mich nicht, ob ich noch etwas zu trinken oder einen Schokoriegel möchte. Möchte ich nicht.«

»Ganz, wie Sie wollen.« Sie zählte akribisch Scheine und Münzen und vermied es, Jakob in die Augen zu sehen.

Er wartete. Unterdrückte ein nervöses Tappen mit den Fingern, schluckte. »Das heißt«, murmelte er dann so plötzlich, dass er sie damit ebenso überraschte wie sich selbst, »vielleicht doch noch etwas Süßes für die Weiterfahrt?« Umständlich fischte er weitere Münzen aus der Hosentasche und begutachtete die vor ihm aufgereihten, bunten Schokoriegel. Die meisten hatten englische Namen und sahen nach Plombenziehern aus. Jakob fuhr sich nervös mit der Hand über die Glatze. Das hatte er jetzt davon, nett sein zu wollen.

»Nehmen Sie den da.« Freundlich hielt ihm die Dame ein senfgelbes Viereck entgegen. »Vollkorn und zuckerreduziert.«

Vollkorn und zuckerreduziert? Ja, sah er etwa derart cholesteringeschüttelt und klapprig aus? Jakob unterdrückte heldenhaft jeden weiteren Kommentar. Nicht, dass er sich anschließend auch noch bemüßigt fühlte, eine der labbrigen, überteuerten belegten Vollkornschrippen zu bestellen, nur um das nächste schlechte Gewissen wettzumachen! Knapp nickte er, zahlte, ließ das Hasenfutter auf Nimmerwiedersehen in seine Jackentasche gleiten und wandte sich zum Gehen.

Eine lange Gestalt im Parka trat ihm aus Richtung der Kaffeeautomaten in den Weg. Auf dem Rücken hatte der Typ einen alten Armeerucksack – warum jemand so etwas freiwillig trug, war Jakob ein Rätsel.

Er streckte sich. Wenn er wollte, konnte er noch immer wuchtig aussehen. Wie jemand, mit dem man sich besser nicht anlegte. Zumindest bis man ihn näher in Augenschein nahm und begriff: Arthrose, Gicht... Das Alter machte ihn kaum mehr zu einer ernsthaften Bedrohung. Jakob vermied es, dem anderen ins Gesicht zu blicken. Nur noch fünfzehn Meter und er wäre sicher zurück bei Bienchen.

Doch der Lulatsch war schneller: »Fahren Sie zufällig in Richtung Süden und haben noch einen Platz frei?« Die Stimme war überraschend leise, bittend und furchtbar jung.

Nun sah Jakob doch auf. Die Bohnenstange konnte nicht älter sein als achtzehn, vielleicht auch sechzehn. Kinder und Jugendliche hatte er nie richtig einschätzen können, auch nicht, als er im selben Alter gewesen war. Nicht einmal, als die Farbe des Halstuchs darüber Aufschluss gegeben hatte, in welche Klasse jemand ging.

Doch egal, wie hoffnungsvoll der Junge ihn ansah, die Kapuze von den zerzausten roten Locken schob und sich an einem Lächeln versuchte – das Letzte, was Jakob brauchte, war Begleitung. Er musste seine Gedanken ordnen, verdammt noch mal eine Entscheidung treffen! Er drehte sich weg. »Nein. Und jetzt entschuldige mich.«

Als er den Autoschlüssel ins Schloss steckte, zitterten seine Finger. Noch über Hundert Kilometer, der Großteil über Landstraßen. Ruckelnd ließ er die Kupplung kommen und bog um den flachen Anbau der Tankstelle. Vielleicht sollte er hier eine kleine Pause einlegen, sich ausruhen und bei Sonnenaufgang weiterfahren? Zögernd hielt Jakob auf dem kaum belegten Lkw-Parkplatz hinter dem Gebäude. Vor ihm erstreckte sich eine Reihe knorriger Büsche bis zur Umzäunung. Ja, das konnte funktionieren. Nur ein paar Stunden die Augen schließen. Er klappte die Bank aus, gab dem alten Federkissen drei gezielte Stöße, rollte ordentlich die Strümpfe zusammen und schob sie unter die Matratze. Dann überprüfte er, dass alle Türen versperrt waren, schlüpfte in Pyjama und Schlafsocken und streckte sich unter der zurechtgeschüttelten Decke aus.

Die regelmäßig vorbeirasenden Autos nur wenig entfernt beruhigten ihn. Irgendwoher kam ein leises Brummeln, vermutlich ein nachtaktives Tier, das dort draußen herumstreunte…

Gefühlte Sekunden später riss ihn ein tiefes Dröhnen aus dem Schlaf. Es vibrierte so bösartig durch seine Brust, dass er eine flache Hand erschrocken gegen sein Herz drückte. Es schlug. Noch immer und regelmäßig. Das war die gute Nachricht.

Dann allerdings kehrte das Tuten zurück. In aggressiven Intervallen, die keinem Rhythmus folgten. Schranktüren klapperten, der Tauchsieder klirrte gegen das Glasgefäß, etwas fauchte wütend, und Licht fiel durch die Nähwirk-Gardinen. Wie spät war es eigentlich, und was zur Hölle sollte der Lärm?

Das Hupen schwoll an. Fluchend rappelte sich Jakob auf und spähte durchs Fenster. Draußen war es stockdunkel. Nur die vier auf ihn gerichteten Scheinwerfer waren gleißend hell. Die Deppen hatten das Fernlicht angestellt, na vielen Dank! Schwarze Flecken tanzten vor seinen Augen, als er sich abwandte und blind nach dem Griff der Schiebetür tastete.

Erst als er auf den Teerbelag trat, begriff er, dass er vergessen hatte, in die Schuhe zu schlüpfen. In Pyjama und Schlafsocken stand er im Spotlicht auf dem Parkplatz. Die dazugehörigen Lkw-Fahrer hofften offenbar, ihn mit ihrem Dauerhupen zu vaporisieren.

Langsam und deutlich hob Jakob die rechte Hand und klappte den Mittelfinger aus. Das half. Das Hupen hörte auf.

Eine Tür quietschte, dann eine zweite. Zwei Gestalten traten auf ihn zu. Massig und wütend sahen sie aus, als fackelten sie nicht lange.

»Alter!«, brüllte der eine, »du stehst auf unserem Platz! Mach dich vom Acker!«

»Und zwar ein bisschen plötzlich!«, grollte der Zweite und senkte den Schädel zum Angriff.

Vielleicht hätte Jakob den Wagen nicht ohne Unterstützung verlassen sollen. Eine Waffe hatte er nie besessen, schon den Gedanken daran immer gehasst. Aber zumindest ein Stock oder so ein neumodisches Elektrodings, mit dem man selbst Stiere schlafen schicken konnte, wäre jetzt nicht verkehrt.

Trotzdem: Wenn er eins nicht länger duldete, dann den Versuch, ihn einzuschüchtern. Er stemmte die Hände in die Hüften. »*Euer* Parkplatz? Habt ihr den gepachtet, ja? Ist der so was wie eure Datsche, und dahinten im Gebüsch baut ihr Kartoffeln an?«

Verwirrt blieben die beiden Gestalten stehen und blinzelten.

»Was quatscht der senile Wirrkopf von Kartoffeln?«, wollte der eine grimmig wissen.

»Mir wumpe!« Nummer zwei baute sich vor Jakob auf. »Du verziehst dich jetzt. Mitsamt deinem Mistkäfer, klar?«

Jakob blieb, wo er war. »Gar nichts ist klar. Ich stehe hier und fertig. Was wollt ihr machen, mich wegschieben?«

»Keine schlechte Idee!«

Jakob zuckte zusammen. Schöner Mist! Hätte er mal besser nachgedacht, bevor er den Mund aufriss. So lange hatte er vermieden, sich überhaupt einzumischen, und seine Gedanken, wie sein Großvater Gustav es ihm beigebracht hatte, immer schön für sich behalten. Seit ein paar Wochen jedoch, seit diese Schnösel ihn aus seinem Häuschen geklagt hatten, schien sich sein Mundwerk ständig selbstständig zu machen. Als wäre es an der Zeit, etwas aufzuholen. Eine eigene Meinung zu haben, zum Beispiel. Oder sich zu wehren.

Das Problem war nur: Wer sich wehrte, musste auch darauf gefasst sein, dass es nicht immer bei ein paar harschen Worten blieb. Das hatte er ziemlich schnell lernen müssen. Er hatte ausgeharrt, solange es ging. Gegen Bulldozer konnte jedoch selbst das größte Mundwerk nichts ausrichten.

Jakob sah an den beiden bulligen Männern empor. Nur

noch wenige Sekunden und sie würden bemerken, dass er doppelt so alt war wie sie, kein echter Gegner und dann... Jakob warf einen Hilfe suchenden Blick um sich. *Nicht daran denken!*

Ein einsamer Nachtvogel krächzte, von irgendwoher erklangen eilige Schritte.

Jakob ballte die Fäuste. »Das hier ist ein freies Land!«, verteidigte er sich, stellte sich vor seinen VW-Bus und ahnte: Mit dem Spruch würde er nicht weit kommen.

Kein Wunder, dass die beiden nun amüsiert aufschnaubten. »Du hast exakt eine Minute, um zu verschwinden, dann...«, einer der beiden schob sein Gesicht vor Jakobs, und eine ungesunde Mischung aus Deo- und Tabakgeruch schlug ihm entgegen, »... helfen wir nach.« Sein Zeigefinger schnellte vor und stieß Jakob in die Rippen. »Haben. Wir. Uns. Verstanden?«

Jakob unterdrückte das Bedürfnis, die schmerzhafte Stelle zu massieren, und hielt den Atem an. Er würde nicht nicken. Er würde nicht klein beigeben. Er würde...

»Opa! Hier bist du! Du ahnst nicht, wie lausig der Wasserdruck in den Duschen ist! Ich habe ewig gebraucht.«

Der Mann vor Jakob ließ den Finger sinken, und sie alle drei drehten sich überrascht um. Am überraschtesten war Jakob selbst. *Opa?*

Der Tramper von vorhin eilte auf ihn zu, riss die Beifahrertür auf und warf mit einem schrägen Lächeln sein Gepäck in den Bus. »Du weißt doch, auch wenn wir im Bulli wohnen, er gilt nicht als Lkw...«, raunte er laut und deutlich, dann wandte er sich an die beiden Brummifahrer. »Wir haben es drinnen schon so eng, also stellt sich Opa gern irgendwohin, wo uns wenigstens der Blick nach draußen ein bisschen Luft lässt.« Nun strahlte er die grimmigen Männer auch noch an. »Aber wem sage ich das, Sie haben ihr zu Hause ja auch immer dabei.«

Perplex sah Jakob, wie sich die Mienen der Lkw-Fahrer entspannten – offensichtlich gab es so etwas wie einen Gemeinschaftscodex aller »Camper«, egal ob privat oder beruflich. Schien etwas Ähnliches zu sein wie bei Motorradfahrern.

»Geben Sie uns ein paar Minuten, um…«, die sommersprossige Bohnenstange warf einen vielsagenden Blick auf Jakobs löchrige Strickstrümpfe, »uns fahrbereit zu machen? Dann haben Sie den Fleck hier ganz für sich.«

Nur wenig später schloss Jakob den letzten Knopf seiner Weste und kletterte hinter Bienchens Steuer. Die inzwischen geradezu handzahmen Lkw-Fahrer winkten zum Abschied. Auf dem Beifahrersitz verknotete der Junge seine langen Beine und sah dabei unverhältnismäßig zufrieden mit sich aus.

Jakob warf ihm einen kopfschüttelnden Seitenblick zu. »Interessante Art, dir eine Mitfahrgelegenheit zu besorgen, Jüngelchen.«

»Interessante Art zu deeskalieren, wenn es zwei gegen einen steht.«

»Auch wieder wahr. Wohin soll's gehen?«

»Nach Zagreb.«

»So weit fahre ich nicht. Aber ich kann dich bis Zlonice mitnehmen. Morgen. Erst brauche ich ein paar Stunden Schlaf.«

»Hm.« Begeistert klang der Junge nicht, aber schließlich

hatte Jakob ihn nicht gezwungen einzusteigen. Dann zuckte er mit den Schultern. »Zlonice«, wiederholte er, als teste er den Namen auf der Zunge. »Muss ich das kennen?«

»Nur wenn du dich für Dampflokomotiven interessierst. Liegt in Tschechien.«

»Tschechien... okay, gebongt.« Der Junge rutschte tiefer in den Sitz und lehnte den Kopf gegen die Nackenstütze. Seltsamer Kerl.

»Und was gibt es so Wichtiges in Zagreb?«

»Ich muss jemanden finden, der seit einigen Jahren... verschollen ist.«

Jakob nickte. Der Kleine klang nicht, als wollte er das Thema vertiefen. Umso besser. Vorsichtig zog er hinter einem Überlandbus auf die Autobahn, kniff die Augen zusammen und beugte sich vor. Hundertneunzehn Kilometer, das müsste zu schaffen sein. Die Nadel des Tachos zitterte bei 80 km/h. Etwa dreißig Kilometer Autobahn lagen vor ihnen, etwas über achtzig Landstraße, das machte... vielleicht zwei Stunden Fahrzeit?

Konzentriert behielt Jakob die Rücklichter des Busses vor ihm im Auge und achtete auf den richtigen Abstand.

Der Junge sah ihn fragend an, warf einen Blick auf die dunkle Straße und wieder zu ihm zurück. »Fährt das alte Ding nicht schneller?«

»Hast du einen Führerschein?«

»Nein.«

»Dann fährt das alte Ding nicht schneller.«

Der Junge nickte. »Nachtblind?«

»Wie bitte?«

»Erika sagt immer, bei Nachtblindheit ist achtzig auf der Autobahn das höchste der Gefühle.«

»Schlaues Mädchen, deine Erika.«

Der Junge lachte auf. »Mädchen – das würde ihr gefallen. Erika ist meine Großmutter.«

Jakob musste grinsen. Erika passte wirklich besser zu einer älteren Dame als zu einem Teenager. Obwohl, in letzter Zeit kamen die alten Namen wieder. Tradition und so. Auch wenn Jakob sich nie ganz sicher war, welche Tradition da eigentlich angezapft werden sollte.

Nur kurz nach der Wende und der Stilllegung seines Bahnhofs hatte die Gemeinde auf der anderen Seite der Gleise einen neumodischen Spielplatz angelegt. Seitdem hieß die Straße nicht mehr *Zur Freundschaft*, sondern *Am Acker*. Von gegenüber waren Stimmen in seinen Garten gedrungen, in die Küche und in das Schlafzimmer. »Josef, komm sofort da runter« riefen sie. »Käthe, gib dem Egon sein Auto zurück!« oder »Lydia, Schätzchen, guck mal, der Erich ist da«.

Erika hatte er nicht gehört, dabei war Erika ein guter Name. Einer, gegen den niemand etwas haben konnte. Ein Name, der nicht an falsche Vorbilder denken ließ, an Politik oder Zäune, sondern an Heidekraut. Und das war beinahe unverwüstlich. Es wuchs selbst zwischen den Gleisen.

Der Bus vor ihnen setzte den Blinker und bog auf einen Parkplatz. Jakob verfluchte im Stillen die von irgendwem festgelegten Pausen. Aber Vorschrift war eben Vorschrift. Zumindest das würde sich nicht so schnell ändern.

Ohne die Rücklichter vor ihm wurde die Autobahn plötzlich so breit wie ein Fluss und ebenso unübersichtlich. Jakob drosselte das Tempo und hielt den Mittelstreifen fest im Blick. »Und du?«, wandte er sich an seinen Mitfahrer. »Wie heißt du?« Schließlich konnte er den sommerbesprossten Rotschopf, der sich ihm da so geschickt aufgedrängt hatte, ja kaum die ganze Zeit »Hey, du da« nennen.

»Miro. Also eigentlich Miroslav, aber alle nennen mich Miro.«

»In Ordnung, Miroslav-Miro. Ich bin Jakob.«

»Hallo Jakob.«

Und damit schwiegen sie wieder. Der Junge quatschte kein Wort zu viel und stellte keine Fragen. Stattdessen starrte er auf sein Tablet, das er aus dem Rucksack gezogen hatte, las vor, was auf den Straßenschildern stand, und wies auf Abzweigungen hin. So wenig Jakob auf Gesellschaft aus war, als nächtlicher Begleiter war Miro ein Gewinn. Ohne ihn hätte er sicherlich die ganze Nacht nach dem Campingplatz und danach nach der ihnen zugewiesenen Parkfläche gesucht, ein abgestecktes Miniaturviereck.

Kaum angekommen schnappte sich Miro auch schon sein Gepäck und baute eine Schlafstelle unter freiem Himmel auf. Zufrieden warf Jakob einen Blick durchs Fenster, klappte sein schmales Bett aus und ließ sich darauf sinken. Morgen früh, exakt um acht Uhr, würde er dem Jungen einen Kaffee anbieten, und gegen Mittag wäre er ihn wieder los.

2

Miro rollte die Isomatte aus. Dass er nicht plante, sich mit Jakob in den engen Bus zu quetschen, hatte dieser mit einem wohlwollenden Nicken quittiert. Miro konnte es ihm nicht verübeln. Der Bus war eng und der alte Herr offensichtlich gewohnt, allein zu sein.

Davon abgesehen konnte er hier draußen tun und lassen, was er wollte, und musste keinen unangenehmen Fragen ausweichen. Zugegeben, er hätte es schlimmer treffen können. Zumindest quetschte Jakob ihn nicht aus! Kein einziges Mal hatte er wissen wollen, ob Miro eigentlich volljährig war oder ob seine Erziehungsberechtigten wussten, wo er sich befand…

Langsam zog er den Schlafsack aus dem Rucksack. Vor drei Wochen hatten Edina und er zwei gleiche erstanden. Die Reißverschlüsse passten ineinander. Für doppelte Romantik, hatte der Verkäufer gegrinst.

Widerwillig hielt er sich den Schlafsack unter die Nase. Er roch neu. Anders neu als noch vor ein paar Tagen. Neu wie ein »Ätsch!«, aber als er ihn umtauschen wollte, hatte er lernen müssen: Was man für weniger als normal erstand, das musste man auch behalten. Egal wie sehr es einen daran erinnerte, was hätte sein sollen, aber nun anders war.

Wie beispielsweise die Tatsache, dass Edina ihn ausgetauscht hatte wie ein Kleidungsstück. Oder dass damit auch die Kykladenreise gestorben war, für die sie die Campingsachen überhaupt erst angeschafft hatten. Zumindest nutzten sie ihm jetzt trotzdem.

Aus einem Fenster des alten VW-Busses fiel warmes Licht, vielleicht eine Leselampe. Auch der wortkarge Jakob schien etwas nötig zu haben, das ihm beim Einschlafen half. Ein paar Seiten Roman, einige Blicke auf ein altes Foto, irgendetwas, das er mit in die Träume nehmen wollte? In Gedanken strich Miro über das Plektrum an dem Lederband um seinen Hals. Ein Geschenk von Edina. Sie war der Meinung gewesen, eine Gitarre würde ihm gut stehen. »Ist attraktiver, als auf dem Tablet zu nerden«, war ihr Standardspruch. »Außerdem kannst du dann mit Sahid 'ne Band gründen, und ich singe. Oder ich werde eure Managerin.« Na, der Plan war jetzt ja wohl auch im Eimer. Egal! Er hatte sowieso Wichtigeres zu tun.

Entschlossen stopfte er sich den Schlafsack in den Rücken, zog das Fotoalbum aus dem Rucksack und blätterte zu seiner Lieblingsseite: Triest, Anfang der Siebzigerjahre. Seine Großmutter in groß gemusterten Kleidern, in Kostümchen mit Hut. Erika sah umwerfend aus. Erzählt hatte sie von ihrer Zeit als Au-pair nie, erst vor zwei Wochen. Und plötzlich hatte Miro geahnt, weshalb.

Deshalb befand er sich nun auch hier, auf dieser verrückten Reise, von der sie nichts wusste. Denn mehr als ein paar verwackelte Aufnahmen, einen Namen und ein Studienfach an der Universität in Zagreb hatte er nicht. Trotzdem: Er würde alles tun, um nicht mit leeren Händen nach Hause zu kommen.

»Hey!«

Miro erschrak. Das Mädchen war wie aus dem Nichts neben ihm aufgetaucht. Wassertropfen perlten ihr aus dem frisch gewaschenen Haar.

»Selber hey.«

Sie beäugte ihn und warf einen lächelnden Blick zum Fenster des Busses, hinter dem Jakobs Schatten hin und her lief. »Du bist mit deinem Opa auf Tour, was?«

»Hm-m.« Wozu ihr die Wahrheit auf die Nase binden?

»Süß.«

»Hm-m.« Er klappte das Album zu und verstaute es.

Immer noch tropfte Wasser an ihr herunter. »Wir feiern 'ne kleine Party, da hinten in G 36, hast du Lust?«

Einen Moment starrte er sie an. Hatte er? Lust? Einfach mal einen Abend auszuchecken und nicht er selbst zu sein, jemand anderen zu erfinden? Einen Miro, bei dem alles rundlief, einen, der eine Freundin hatte, das Abitur in der Tasche und die Aufnahmeprüfung zur Universität der Künste bestanden?

»Nett von dir, aber nein danke.«

Sie zuckte mit den Schultern und schüttelte sich wie ein kleiner Hund. »Wenn du es dir anders überlegst: drei Reihen weiter und nach rechts. Immer der Musik nach.«

»Alles klar.«

Miro sah ihr hinterher. Die Haare fielen ihr über die Schultern und hinterließen eine Tropfspur. Wenn er nicht zu lange wartete, könnte er der folgen, wie Hänsel, und doch nicht nach Hause finden. Aber das war ja auch der Plan, oder? Erst mal nicht nach Hause.

Miro hatte Erika erwartet, als das Telefon klingelte. Es war schon über eine Stunde nach ihrem Feierabend gewesen.

Stattdessen hatte eine fremde Stimme gefragt: »Miroslav Möller? Der Enkel von Erika Möller?« Und dann dieser eine

Satz, der ihm noch immer die Kehle zuschnürte: »Ihre Großmutter hatte einen Unfall.«

Ob er die Wohnungstür abgeschlossen hatte, konnte er schon am Ende der Treppen nicht mehr mit Sicherheit sagen. Aber er hatte keine Zeit, um umzudrehen. Er hatte auch keine Zeit für Edina, mit der er vor dem Haus zusammengestoßen war. Doch sie hatte sich nicht abwimmeln lassen. Sie hatte losgelegt, als müsste sie explodieren, dürfte sie all die offenbar zurechtgelegten Sätze nicht rauslassen. An diese Party hatte sie Miro erinnert, zu der er kommen wollte, aber dann doch nicht aufgetaucht war. Im Gegensatz zu Sahid, seinem besten Freund.

Und Miro? Miro war zur Tramstation gejoggt, hatte Edina weit hinter sich gelassen, als er die Bahn auf der Brücke entdeckte. Gerade so hatte er sie erwischt, und als sich die Türen hinter ihm schlossen, hatte Edina die Haltestelle erreicht und ihm hinterhergestarrt, die Lippen fest aufeinandergepresst. Hatte er eigentlich irgendetwas gesagt? So etwas wie: »Edi, sei nicht böse, ich muss ins Krankenhaus – meine Oma!«

Dass er sich gewünscht hatte, er besäße einen Führerschein, das wusste er noch. Dann war die Tram angeruckelt, weiter vorn hatte ein Kind geweint und er seinen Geldbeutel vergessen. Edina hatte ihm etwas nachgerufen. Aber das Quietschen der Räder auf den Schienen war lauter gewesen.

Nur vier Tage war das her. Miro schloss die Augen. Hoch über ihm zwitscherte ein Vogel, wild wie eine Amsel und melodiös wie eine Lerche. Er nahm sein Tablet und drückte auf Aufnahme. Ein paar kleine Veränderungen und das Geräusch ergäbe eine gute Bassline. Zu Hause hätte er sich damit in sein Studio zurückgezogen. Erika und er hatten die Abstellkammer gedämmt. Miro hatte Eierkartons gesammelt, doch zu seinem Geburtstag standen da plötzlich Holzfaserplatten, Schaumstoff, Holzlatten und Gipskarton. Erika hatte sich informiert und sogar eine Zeichnung angefertigt. »Du glaubst doch nicht, dass ich nur Tortenverzierungen kann?«, hatte sie gegrient und die Klebepistole gezückt. Eine Woche hatten sie geklebt und gezimmert, und schließlich waren aus den sechs Quadratmetern für Zucker, Mehl und Spritztüllen fünf geworden – nur für Jakob und seine Musik. Sahid hatte ihm geholfen, einen günstigen Monitor zu schießen, den Trittschalldämpfer, eine Mikrofonspinne.

Doch zur Not reichten auch das Tablet und das richtige Programm. Mit wenigen Fingerbewegungen zog Miro das aufgenommene Zwitschern in die Länge, bis es nur noch ein tiefes Brummen war. Dann verschnellte er es zu einem hektischen Trillern und legte einen beruhigenden Vierviertaltakt darunter, wie das unaufgeregte Schlagen eines Herzens.

Es klang... okay. Mehr nicht. Genervt schloss er die App. Vogelstimmen sampeln konnte jeder. Um für das Masterprogramm Sound Studies and Sonic Arts an der Universität der Künste aufgenommen zu werden, brauchte er etwas Besseres. Vor allem, wenn er einer jener wenigen Studenten sein wollte, die ohne Bachelor aufgenommen wurden. Er musste etwas abliefern, das seine besondere Befähigung erkennen ließ und das alle anderen aus dem Rennen warf. Etwas Außergewöhnliches, nie dagewesenes, etwas, das Sinn ergab. Aber wie, wenn momentan irgendwie gar nichts mehr stimmte?

Der Wind fuhr in Böen durch die Bäume, dazwischen wurde es in unregelmäßigen Abständen kurz still. Miro lauschte. Vielleicht ging er es auch ganz falsch an. Vielleicht sollte er sich nicht auf zwei Dinge gleichzeitig konzentrieren. Das Wichtigste war erst einmal, diesen Stjepan für Erika zu finden. Der Studienplatz wäre nächstes Jahr auch noch da.

Unruhig drehte sich Jakob auf den Bauch und versuchte regelmäßig zu atmen, regelmäßig genug, um sich selbst in den Schlaf zu tricksen.

Keine Chance.

Sein linkes Knie knirschte.

Müde drehte er sich auf die Seite, unter ihm knarzte das Holz, aus dem er das Klappsofa gebaut hatte. Nun gab zwar das Knie Ruhe, aber sein Herz fühlte sich an, als würde es vom eigenen Körpergewicht zerquetscht. Rechts beschwerte sich die Schulter, und auf dem Rücken schlief Jakob schon seit etwas mehr als fünfzig Jahren nicht mehr ein.

Stöhnend richtete er sich auf. Es war zu still. Stille war die Abwesenheit von etwas, das eigentlich da sein sollte. Wie das regelmäßige Rattern von Rädern über Gleise. Das hatte ihn immer beruhigt. Doch auch das hatte er verloren. An der Stelle des kleinen Bahnwärterhäuschens würde bald ein luxuriöser Wohnkomplex stehen – sämtliche Appartements gleich luftig, gleich modern, gleich… gleich. Und auch die Gleise würden weichen, längst überholt und nutzlos ohne Züge, die sie befuhren.

Seufzend wackelte Jakob mit den kalten Zehen. Er musste seine Nachtsocken stopfen. Ob er versuchen sollte, im Sitzen zu schlafen? Womöglich könnte er sich dann einbilden, alles wäre beim Alten, er wartete auf den nächsten Zug.

Theoretisch. Denn praktisch wusste er natürlich, er machte sich etwas vor. Er war schließlich nicht senil!

Leises Klopfen auf dem Wagendach ließ ihn aufhorchen: Es begann zu regnen. Sollte er den Jungen wecken? Die Heizung lief nur, wenn der Motor an war. Wurden Miros Kleider nass, blieben sie es lange.

Schon waren gezielte Flüche und Schritte zu hören. Die Beifahrertür schwang auf, etwas landete zwischen den Sitzen, rutschte nach hinten und fiel vor Jakobs Liege: ein Fotoalbum. Erst danach wuchtete Miro Schlafsack, Gepäck und Isomatte auf die Vordersitze und kletterte hinterher. Ohne einen Blick zu Jakob richtete er sich in der Fahrerkabine ein und zog den Schlafsack über sich.

Jakob hielt still. Weshalb hatte der seltsame Junge als Erstes das Fotoalbum gerettet und erst anschließend den Rest seiner Sachen? Vom Umschlag zwinkerte ihm das West-Sandmännchen zu, inzwischen eine Rarität. Einer der seltenen Fälle, in dem die Ost-Tradition gewonnen hatte.

Miros Atemzüge wurden ruhiger.

Vorsichtig beugte Jakob sich hinab, hob leise das Album auf und warf einen schnellen Blick nach vorn. Miro lag von ihm abgewandt, den Schlafsack über dem Kopf.

Jakob begann zu blättern. Die ersten Aufnahmen waren schwarz-weiß. Eine junge Frau knetete Teig, sie hatte Mehl auf der Wange. Ob das Miros Großmutter war, von der er erzählt hatte? Inmitten einer Freundesgruppe stand sie auf der nächsten Seite an einer Autorennstrecke, dann Arm in Arm mit einem jungen Mann vor einem Kino. *La bella addormentata nel bosco* kündigten hinter ihnen geschwungene Buchstaben an – Dornröschen. Das verliebte Strahlen der beiden war beinahe fühlbar, die aufgewickelte Frisur der jungen Erika zerzaust.

»Banane nennt man das, verrückt, oder? Meine Mutter trägt sie auf dem Kopf, aber kaufen kann man sie nicht«, hatte Marie dazu gesagt.

Marie.

War das wirklich schon fünfzig Jahre her?

Jakob blätterte weiter. Bilder von einem Hafen, von Hügeln und Wanderausflügen.

Nur wenige Seiten später dann die ersten Farbaufnahmen: Ein Baby lag auf einer Decke mit rot-weißen Rauten. *Stefanie, 3. August 1972* stand daneben. Miros Mutter? Die Einschulung folgte, Urlaube, der Eiffelturm. Eindrucksvoll sah er aus, so ganz aus Eisen und Nieten. Doch das war schließlich auch der Sinn der Sache gewesen, oder? Zeigen, was man konnte. Höher, besser, weiter als die anderen. Rund achtzig Jahre nach dem französischen Monument war der Berliner Fernsehturm entstanden. Aus so ziemlich den gleichen Gründen. Ein hoch in den Himmel gereckter Mittelfinger gen Westen.

Den Fernsehturm hatte Jakob genau einmal besucht, da hatte es die Mauer schon nicht mehr gegeben. Er hatte mit den anderen Touristen in der Schlange gestanden, unauffällig. Er hatte den absurd hohen Preis gezahlt und schaudernd die Maskottchen aus der Hölle betrachtet, die hier angeboten wurden: Fernsehtürme aus Plüsch, der Kopf riesig, der Körper nur aus einem Bein bestehend. Wer wollte mit so was einschlafen?

Schließlich war er in die Kugel hinauftransportiert worden, wo es wegen eines Abflussproblems der Toiletten bestialisch stank. Er hatte sich Gustavs Schal über die Nase gezogen und war einmal im Kreis gelaufen. Schöne Aussicht.

Seitdem war Berlin von oben für ihn mit Gestank und dem Geruch von Fan verknüpft. Sein Großvater hatte darauf geschworen. Nichts zementierte letzte Haarsträhnen besser über eine Glatze. »Deine Großmutter mochte keine Männer ohne Haar«, hatte Gustav einmal erklärt und Jakob wohlweislich geschwiegen. Seine Großmutter hatte nicht lange genug gelebt, um ihre Meinung zu ändern. Er selbst sah das anders: Verloren war verloren. Es machte keinen Sinn zu versuchen, es zu verschleiern. Völlig egal, ob es sich dabei um die eigene Haarpracht handelte oder um wichtigere Dinge. Wie zum Beispiel den Glauben daran, dass doch noch irgendwie alles gut würde.

Müde strich er sich über den kahlen Kopf, den er alle zwei Wochen rasierte, und gähnte. Den Eiffelturm hatte er nie besucht. Ebenso wenig wie das Chrysler-Gebäude, die Zwillingstürme oder aber den Intershop-Tower in Jena, der schon aus dem Zugfenster müde und überholt aussah.

Jakob klappte das Album zu und schob es leise zwischen die Sitze nach vorn neben Miro. Paris, Familienfotos – nichts davon hatte es für ihn gegeben. Warum auch? Fotos machte man schließlich von Momenten und Menschen, die man nicht vergessen wollte.

Das einzige Fotoalbum, das er vererbt bekommen hatte, war

mit Bildern von Dampflokomotiven gefüllt. Dazu gehörte der alte Fotoapparat seines Großvaters, eine Praktica. Die hatte er zwar mit auf die Reise genommen – ob sie jedoch noch immer funktionierte, musste sich erst herausstellen.

Von draußen drang, erst leise, dann lauter werdend, ein monotones Stampfen in seine Gedanken; eine Frauenstimme wiederholte die immer gleichen Zeilen: *If you want to take a ride, well you've got to pay the toll.*

Jakob schüttelte das Kissen auf und lehnte sich gegen das Kopfende des schmalen Betts. Mit ein bisschen gutem Willen könnte er sich vorstellen, wieder im Häuschen neben den Gleisen zu sein. Dass das regelmäßige Basswummern so etwas war wie der nächste Zug: eine Dampflokomotive, leises Tuten, dann Güter- und Personenwagen, nicht weniger als sieben… Das leise *Tacktacktack* der Räder, die über einen Schienenstoß rollten…

Nur wenig später folgte dieser Geruch, dem es immer gelungen war, sich einen Weg in sein Schlafzimmer zu bahnen, selbst bei geschlossenen Fenstern. Den er schon deshalb so geliebt und gehasst hatte, weil er ihn an winterliche Stadtspaziergänge mit Marie erinnerte.

Jakob rutschte tiefer, seine Augen fielen zu.

BERLIN, PRENZLAUER BERG, 1966

»Du bist gekommen!« Einen Moment hibbelte Marie vor Jakob auf den Zehenspitzen herum, als versuchte sie, sich größer zu machen. Im letzten Jahr hatte er sie um fast einen Kopf überholt. »Sag bloß, dein Vater hat dir Ausgang gegeben?«

»Sehr lustig!« Jakob verdrehte die Augen und tastete in seiner Jackentasche nach dem Geschenk für sie.

Doch Marie griff nach seiner Hand und zog ihn in die Wohnung. Seine Antwort schien sie erwartet zu haben. »Ah, lass mich raten, der alte Bettdecken- und Fenstertrick?«

Er nickte. Den hatte er schließlich von ihr gelernt – wie so vieles. Der Unterschied war nur: Marie musste ihn kaum anwenden. Ihre Eltern waren wesentlich entspannter als seine. Und ihr Bruder hatte Besseres zu tun, als ihr hinterherzuspionieren oder sie zu verpetzen.

Doch nichts und niemand hätte ihn heute Abend davon abgehalten zu kommen. Schließlich hatte sie um zwölf Geburtstag.

»Na dann, auf geht's, die anderen sind schon da.« Sie schob ihn den Flur entlang.

Die anderen. Jakob versteifte.

Die anderen wohnten in ihrer Nähe und sahen sie inzwischen viel häufiger als er. Die anderen, das waren ihre Klassenkameraden und die Freunde ihres Bruders, drei Jahre älter als sie oder Jakob. Sie kannten sich mit Musik aus und spielten Instrumente, mussten nicht aus Schlafzimmerfenstern steigen und nahmen Marie am Wochenende auf ihren Wieseln oder Schwalben mit ins Umland. Und vor allem sorgten sie dafür, dass er sich wieder fühlte wie damals, als er Marie kennengelernt hatte: ein kleiner, unsicherer Junge mit peinlicher Frisur vom Land. Einer, der alles erst lernen musste, selbst das ordentliche Spucken.

»Hey, allerseits, Jakob ist da!«

Ein paar Köpfe gingen hoch und nickten, einige der auf dem Boden lümmelnden Gestalten hoben grüßend ihre Gläser.

Doch Jakob hatte nur Augen für Marie, die sich auf ein Kissen vor dem Plattenspieler ihrer Eltern niederließ. Direkt neben Mark, der sofort begann, auf sie einzureden. Marie lächelte Jakob zu und wies auf einen freien Platz auf dem Sofa. »Nimm dir was zu trinken, wir haben Saft und Wasser, und Mark hat Most von seiner Oma mitgebracht.«

Maries Bruder Johannes rutschte zur Seite und hielt ihm zwinkernd ein Glas entgegen. »Niemand sollte fünfzehn werden ohne Most, richtig? Wenn ich es nicht besser wüsste, würde ich denken, mein bester Freund will meine kleine Schwester bezirzen.«

Marks Kopf fuhr hoch. »Wenn du es nicht besser wüsstest? Ha! Das ist genau, was ich tue, mein Lieber.«

Johannes lächelte schmallippig. »Marie hat etwas Besseres verdient.«

»Also, ich wäre auch noch zu haben«, mischte sich jemand lachend von der anderen Seite des Raumes ein, »samt meiner Plattensammlung!«

Und schon fielen sämtliche der anwesenden Jungs ein.

»Nimm mich, Marie, ich passe immer auf dich auf.«

»Ich würde dich auf Händen tragen!«

»Also, ich habe Platten *und* einen Spieler!«

»Ich eine E-Gitarre!«

»Ihr Kinder könnt allesamt einpacken«, rümpfte Mark die Nase. »Der Einzige, der hier den richtigen Hüftschwung hat, bin ich!« Er setzte den Tonarm ein Stück weiter und zog Marie in die Höhe. Stolpernd landete sie in seinen Armen. Er wirbelte sie um die eigene Achse und zog sie im Rhythmus wippend an sich. Sein Mund, viel zu nah an ihrem Ohr, sang den Text mit.

Jakob kannte das Lied. Tante Inge hatte es gehört, vor fünf Jahren, kurz bevor sie verschwunden war. Ihr damaliger Freund war Amerikaner gewesen und alle naselang aus Steglitz angereist. Im Gepäck Geschenke. Diese Platte hatte Inge für Jakob an ihrem geheimen Ort zurückgelassen. Niemand in seiner Familie wusste davon. Nicht einmal sein Bruder Klement, der sonst alle Geheimverstecke fand.

Mark drehte Marie zu sich. Ihre Haare flogen, ihre Handflächen klatschten gegen seine Brust. Jakob wünschte sich, er könnte aufspringen und dem Wichtigtuer den viel zu süßen Most über die gegelte Tolle schütten.

Während Mark Marie tief in die Augen sah und den Refrain schmetterte – *Marie's the name of his latest flame* –, machte sie sich los. Wäre er nicht so wütend gewesen, Jakob hätte über das überraschte Gesicht ihres Tanzpartners fast gelacht. So kannte er sie, seine Marie. So hatte sie immer schon ausgesehen, wenn sie etwas empörte. Damals, als sie noch schneller gewesen war als er und ihre Haare wild hinter ihr hergeflogen waren. Die Hände in die Seiten gestemmt, blitzte sie Mark an.

Jakob entspannte sich und rutschte tiefer in die Polster. Johannes neben ihm bedachte seinen besten Freund mit einem schadenfrohen Lächeln.

»Nur damit ihr es wisst!« Marie sah in die Runde, bis sie Jakob gefunden hatte, den Einzigen, der während des Nimm-mich-Reigens vorhin stumm geblieben war. »Ihr könnt mich mal! Wenn überhaupt, suche ich mir meinen Freund ganz allein aus, vielen Dank!«

Johlen, Klatschen und Pfiffe folgten. Einen Moment sah es aus, als wollte Mark widersprechen, doch Johannes kam ihm zuvor. »Außerdem«, feixte er, »welcher Verlierer hört noch Elvis? Legt einer von euch bitte mal die Stones auf!«

Irgendjemand wechselte die Platte. Jakob musste lächeln. Mark hatte es versaut. Dabei war seine Wahl eine wirklich gute gewesen. Inges Freund hatte Jakob den Text übersetzt, als sie sich das letzte Mal gesehen hatten. Unter anderem ging es darin um grüne Augen, die schönsten weit und breit.

Inge hatte ihm damals wissend zugelächelt. »Du solltest die Platte behalten, Jakob. Vielleicht willst du sie deiner Marie schenken.«

5

Als Jakob aufwachte, roch es nach etwas Scharfem, Verbranntem. Er schnellte in die Höhe, stieß sich den Kopf, verlor die letzten Traumfetzen, rappelte sich auf und stolperte nach draußen.

Miro winkte ihm gut gelaunt entgegen. »Ich habe uns echten Kaffee besorgt!« Eine Gaskartusche fauchte, im Alubehälter darüber brodelte ölig schwarze Flüssigkeit, die der Junge gerecht auf zwei seiner neumodischen ausklappbaren Campingbecher aufteilte. »Ich wollte Sie nicht wecken, also ist es ein türkischer geworden.«

Jakob gähnte überfordert – was hatte das eine mit dem anderen zu tun? – und schnupperte. »Nenn mich spießig, Kleiner, aber für mich ist echter Kaffee löslich. Der schmeckt nach sechs Uhr und dem ersten Zug! Dein Gebräu riecht, als könnte man damit Metall verätzen!« Sich schüttelnd gab er den Becher wieder zurück. »Außerdem ist die Regel: erst Morgengymnastik, dann Kaffee.«

Miro zuckte mit den Schultern und sah zu, wie Jakob einige Windmühlen mit den Armen vollführte, den Hals vorsichtig hin und her drehte und die Knie beugte. In ein paar Jahren würde er sich nicht mehr wundern! Oder freiwillig auf den Vordersitzen eines Autos schlafen. Aber nun gut, in ein paar Jahren wäre er auch kaum mehr trampend auf dem Weg nach Zagreb, um wen auch immer zu finden. Was hatte er gesagt? Einen Verschollenen. Komische Bezeichnung. Auch in Jakobs Leben hatte es Menschen gegeben, zu denen er den Kontakt verloren hatte, und trotzdem immer mal wieder an sie gedacht. Doch diese bezeichnete er ebenso wenig als verschollen wie all jene, die ihn mit voller Absicht verlassen hatten.

»Wer ist eigentlich Marie?«

Jakob stutzte und starrte den Jungen an, ein Bein noch immer vor sich erhoben. »Was?«

»Sie haben nach ihr gerufen, letzte Nacht. Im Traum?«

Jakobs verletztes Knie begann zu zittern – ein deutliches Zeichen dafür, es für heute mit dem Sport gut sein zu lassen. Er rollte mit den Schultern und stemmte die Arme in die Hüften. »Geht dich nichts an!«

Damit drehte er sich um. Wo genau hatte er, verdammt noch mal, das lösliche Kaffeepulver verstaut?

Die gewohnten Handgriffe taten gut. Jakob schüttelte seine Kleidungsstücke aus, zog wie immer erst die Hose, dann das Hemd über. Dann rollte er das Kissen in die Mitte der Decke und verstaute beides im Kasten unter dem Bett. Irgendwo in den Schränken rumpelte es. Etwas fauchte. Jakob lauschte kopfschüttelnd. Wo kam das denn jetzt her?

Vorsichtig zog er im Küchenbereich eine Tür nach der anderen auf. Die Campingteller standen, der Größe nach geordnet, auf ihren Regalbrettern. Sämtliche seiner Becher hingen in Reihe an den dazugehörigen Haken. Zwischen den drei Töpfen lugten ausrangierte Geschirrtücher hervor. Er klopfte das Sofabett in Form und sah sich um. Nun war es wieder still. Alles, wie es sein sollte. Nur das Gepäck des Kleinen lag unordentlich auf den Vordersitzen, daneben sein Fotoalbum.

Jakob sah weg. Er hatte keine Ahnung, wie lange er nicht mehr von Marie geträumt hatte. Normalerweise träumte er nicht. Und das war völlig in Ordnung. Nichts Gutes kam dabei heraus, wenn man versuchte, Träume mit in den Tag zu nehmen.

Vielleicht war der Brief in seinem Jackett schuld? An niemanden aus seiner Vergangenheit hatte er in den letzten Jahren gedacht. Nicht an seine Eltern, nicht an seinen Bruder, nicht an Inge. Aber was zur Hölle sollte es auch bringen, über Menschen nachzudenken, die dich ohne einen Blick zurück aus ihrem Leben gestrichen hatten?

»Stell dir vor, du fährst im Zug von A nach B, Jakob«, hatte Gustav ihm einmal gesagt. »Menschen steigen aus. Andere steigen ein. Und du kannst nicht viel dagegen tun. Aber du kannst nach vorn gucken, dorthin, wohin dich die Gleise tragen.« Eine schöne Vorstellung: Zwei Spuren für die Räder und du selbst blickst aus dem Fenster nach vorn ins Demnächst und Irgendwo. Immer ging es weiter.

In letzter Zeit war er sich allerdings nicht mehr ganz so sicher, ob das auch stimmte. Oder aber ob es wirklich erstrebenswert war. Was, wenn er querfeldein musste?

Das war das Schöne an Bienchen. Bienchen hatte alles, was er brauchte, und sie machte jede Kurve mit.

Jakob rollte seine Schlafsocken zusammen, verknotete sie im Schlafanzug und verstaute sein Gute-Nacht-Paket, wie von zu Hause gewohnt, im Kleiderschrank. In diesem hingen seine drei Anzüge und fünf Hemden, hier lag ordentlich aufgestapelt Unterwäsche und Gustavs Lieblingsdecke. Für den Fall, dass es einmal kalt werden sollte.

Verwundert hielt Jakob inne. Hatte die Decke sich eben bewegt? Und woher kam die Delle in ihrer Mitte, auf der einer seiner Kniestrümpfe lag? Der zweite fehlte. Seltsam. Doch es wurde noch komischer: Als er hineingriff, um alles wieder glatt zu ziehen, fühlte es sich unter seinen Händen warm an. Jakob beugte sich weiter vor, konnte jedoch weder den fehlenden Strumpf noch etwas anderes entdecken.

»Jakob?« Miro streckte den Kopf durch die Tür. »Das Wasser kocht. Hast du dein Kaffeepulver gefunden?«

»Rechts, rechts, rechts! Da auf den Parkplatz, Jakob!«

»Schrei mich nicht an, Kleiner!« Auch Jakob brüllte. Mehr aus Schreck. Dann räusperte er sich und umfasste das Steuerrad fester. »Ich hasse das. Den Befehlston, die Lautstärke. Und dass ihr immer denkt, wir Alten sind alle taub!«

»Entschuldige. Würdest du bitte rausfahren?«

»Was ist los, drückt deine Pennälerblase etwa schon wieder?« Vorschriftsmäßig setzte Jakob den Blinker und zog auf die Ausfahrt.

Miro verdrehte die Augen. »Hast du das Schild nicht gesehen?«

»Klar, noch über Hundert Kilometer nach Prag, aber da will ich ja nicht hin.«

»Schade eigentlich. Von da aus käme ich sicher leichter weg. Aber das meine ich gar nicht. Schau!« Miro deutete auf eine Wellblechbaracke. Schmal und grau drückte sie sich zwischen die sie umrundenden Lkws, Camper und Personenfahrzeuge wie ein kleines Tier, das den Anschluss an seine Herde verpasst hatte und sich plötzlich inmitten vieler farbenfroher Angreifer befand.

Jakob stellte den Motor ab. Weshalb hielten ausgerechnet hier so viele Menschen? Weshalb mussten *sie* hier halten? Gab es etwas umsonst?

»Wir brauchen eine Vignette«, erklärte Miro. »Für die Autobahn.« Er tippte auf seinem Tablet herum. »310 Tschechische Kronen für zehn Tage. Reichen dir zehn Tage?«

Genau das war die Frage, oder? Reichten zehn Tage, um eine Entscheidung zu treffen, die sein ganzes Leben auf den Kopf stellen konnte? Jakob fühlte sich bedrängt. Plötzlich wütend drehte er sich zu seinem Mitfahrer. »Verdammt«, grollte er, »ich wusste, es gab einen Grund, warum ich Landstraße fahren wollte. Aber du und dein elektronisches Gehirn wussten es ja besser! Da vorn ist die Auffahrt zur Schnellstraße, Jakob«, machte er Miro näselnd nach, »dann sind wir im Nullkommanichts da.«

»Nullkommanichts? Nie im Leben habe ich Nullkommanichts gesagt.«

»Was auch immer. Du hast uns hierhergeführt, du zahlst.«

Mit eckigen Bewegungen löste Miro den Gurt, schnappte sich sein Gepäck, stieg aus und knallte die Beifahrertür zu.

Einen Moment war Jakob überrascht, dann begann er zu brüllen: »Wie jetzt? Du gehst? Wirklich?«

Doch der Junge rief nur etwas Unverständliches über die Schulter und verschwand zwischen zwei Wohnwagen.

Wütend schlug Jakob auf das Steuerrad. »Bitte, dann such dir eben eine andere Mitfahrgelegenheit! Ist mir nur recht!«

Dann könnte er in Ruhe weiterfahren. All die Orte und Lokomotiven auf seiner Liste besuchen, von denen Gustav und er geträumt hatten, und währenddessen auf eine Eingebung von oben hoffen. Oder wo sich sein Großvater nun auch immer befand. Zum Eisenbahnmuseum in Zlonice war es jedenfalls nicht mehr weit. Vielleicht konnte Jakob sogar auf den Mautnachweis verzichten. Sollten sie ihn doch blitzen und ihm ein Knöllchen schicken! Vermutlich stand sein Name inzwischen gar nicht mehr auf dem Briefkasten. Falls es überhaupt noch einen Briefkasten gab.

Aber was, wenn die Tschechen Schranken direkt über die Fahrbahnen gebaut hatten, mit Beamten in Uniformen – Autobahngebührpolizei? Mit Polizeibeamten hatte er es nicht so. Ob es hier irgendwo einen Forstweg gab, den er nehmen konnte, um wieder auf die Landstraße zu gelangen? Oder aber: Wie weit war die letzte Ausfahrt? Kam er davon, wenn er umdrehte und eine Runde Geisterfahrer auf dem Standstreifen spielte?

Die Tür des Wohnwagens vor ihm ging auf, und eine unübersichtliche Masse Jugendlicher quoll heraus, sechs, sieben, neun Jungs, mit tief sitzenden Hosen und Kapuzenshirts. Alle etwa in Miros Alter und mit Bierdosen in der Hand, die sie singend leerten und in Richtung eines übervollen Abfalleimers warfen. Flüssigkeit spritzte herum, nur eine einzige traf den Behälter. Alle anderen gesellten sich zu den umliegenden Flaschen, Dosen und Plastiktüten. Was war nur los mit dieser Generation? Schon am Morgen blau, und ordentlich zielen konnten sie auch nicht. Wenn die Miro mitnahmen, käme der Junge nie in Zagreb an. Dann landete er ziemlich sicher in einem der nächsten Straßengräben.

Jakob verriegelte die Beifahrertür, schnappte sich seine Geldbörse, stieg aus und schloss ab. Dann begann er nach Miro zu suchen. Die jungen Kerle prosteten ihm zu. Einer von ihnen hielt ihm eine Dose entgegen und murmelte irgendwas mit vielen Kehllauten. Niederländisch vielleicht oder Skandinavisch, die waren schließlich alle Meister im Trinken und Wohnwagen-zu-Schrott-Fahren, das hatte er gehört. »Nein danke, Knirps, bewahr' das mal auf für später, wenn ihr auf den Abschleppwagen wartet.«

Weiter vorn stapfte ihm empört ein Familienvater entgegen, umschwirrt von der Gattin mit umgeschnalltem Baby und drei weiteren Kindern. »Nur Barzahlung!«, schimpfte er vor sich hin, »weder Visa noch EC, ja, wo sind wir denn hier, im Osten?«

»Du wolltest ja unbedingt mit dem Caravan in den Urlaub«, hielt seine Frau dagegen. »Wären wir nach Mallorca geflogen, hätten wir das Problem nicht!«

»Papa, ich will auch so einen Aufkleber«, quengelte das Mädchen, und die beiden Jungs sangen: »Mallorca – oh-oh. Wir wollen nach Mallorca!«

Jakob unterdrückte ein Grinsen. Na dann, schönen Urlaub noch!

Vor der Wellblechhütte stand eine Schlange mehr oder weniger missgelaunter Menschen. Nur ein verliebtes Paar machte sich nichts daraus, ob und wie langsam es vorwärtsging. Es vertrieb sich die Zeit damit, herauszufinden, wie lange es Mund an Mund bleiben konnte, ohne zum Atmen aufzutauchen.

»Hey, hinten ist das Ende der Schlange«, schnarrte Jakob jemand entgegen, als er den Kopf durch den Eingang streckte.

Doch auch drinnen gab es keine Spur von Miro. Langsam lief er zurück und stellte sich an.

»Na bitte, geht doch, immer schön der Reihe nach«, ließ sich der Klugscheißer vernehmen und starrte Jakob an.

Jakob ballte die Fäuste und starrte zurück.

»Ist was?«, fauchte der Mann.

Jakob schüttelte den Kopf. Konnte man Auf-Parkplätzen-in-Streitereien-Geraten als Hobby bezeichnen? Denn dafür schien er eine echte Begabung zu entwickeln. Nur dass er diesmal wohl eher nicht darauf vertrauen konnte, von Miro gerettet zu werden. Nur mühevoll wandte Jakob den Blick ab und fühlte sich schlecht. Als hätte er klein beigegeben.

Er wusste schon, warum er Menschen mied. Sie dachten nur an sich selbst, durchbrachen mühsam aufgebaute Routinen, quatschten drauflos, völlig egal, ob ihr Gegenüber allein sein wollte. Sie nutzten Tresennachbarn als seelische Mülleimer für Lebensgeschichten, die auch nicht schlimmer oder härter waren als andere. Oder sie starrten anderen in die Gesichter, glaubten, sie wüssten Bescheid, und ratterten Beschuldigungen herunter. So lange und lautstark, bis man fast so weit war, einfach zu nicken und irgendetwas zuzugeben, nur damit sie endlich Ruhe gaben.

Jemand umfasste Jakobs Ellenbogen, und er zuckte zusammen. »Jakob, was machst du?« Miro drückte ihm ein weißes Viereck in die Hand. »Ich habe doch gesagt, ich hole das Ding.«

»Hast du? Aber… ich habe vorne nachgesehen, du standst nicht in der Reihe.«

Miro grinste schräg. »Ich war noch pinkeln. Du weißt schon, Pennälerblase und so.«

»Und zum Pinkeln brauchst du dein ganzes Gepäck?«

Nun guckte der Junge ertappt. »Na ja, ich war nicht sicher, ob du noch da bist, wenn ich zurückkomme.«

Jakob schwieg. Miro hatte wirklich gedacht, er würde ihn einfach so stehen lassen? Nun ja, immerhin hatte er ihn angebrüllt. Und vielleicht hatte er auch mit dem Gedanken gespielt. Aber getan hätte er es nicht, nicht wirklich, oder?

Schweigend liefen sie nebeneinander zum Auto zurück. Der Wohnwagen mit den betrunkenen Teenies war verschwunden. Auf seinem Platz stand ein niegelnagelneuer VW-Bus.

Jakob rümpfte die Nase. »Ein T7, na klar. Hat hier sicher nur geparkt, damit Bienchen neben ihm aussieht wie gerade aus dem Stall gekrochen.«

»*Bienchen?*«

»Mein T2.«

Miro gluckste. »Du nennst deinen VW-Bus *Bienchen?*«

Jakob nickte würdevoll und wies auf die dunklen Streifen, mit denen er in den letzten Jahren die immer weiter wuchernden Roststellen ausgebessert hatte. »Natürlich tue ich das, guck sie dir doch mal an. Gelb und braunschwarz.«

»*Sie?*« Offenbar war das noch lustiger als der Name selbst. »Dein Bus ist eine *Sie?*«

»Allerdings. Und wenn du sie weiter beleidigst, kannst du dir gleich eine andere Mitfahrgelegenheit suchen!«

»Um nichts in der Welt!« Miro hechtete zur Vordertür und wartete geduldig, bis Jakob ihm aufmachte. Dann warf er seinen Rucksack nach hinten, schlüpfte aus den Schuhen und zog die Füße auf den Sitz.

Jakob ließ den Motor an. Er knatterte fröhlich. Zumindest

Bienchen schien erleichtert, dass der Junge wieder mitgekommen war.

»Mach mal ein bisschen Musik«, hatte Jakob gebeten. Oder besser, er hatte es befohlen – in diesem immer etwas knurrigen Jakob-Tonfall, der für ihn normal zu sein schien. Als erwartete er ständigen Widerspruch. Doch langsam konnte Miro dazwischen auch andere Dinge hören: Ungeduld natürlich und Genervtheit, aber auch Unsicherheit. Letzteres erinnerte ihn an den alten Herrn Knopp, Erikas Stammkunden. Seit Jahren holte er sich jeden Morgen *Zwei Schrippen und wat Süßes*, scheinbar ohne zu kapieren, dass Erika nur wegen ihm jeden Tag zwei Brötchen backte. Schließlich war sie Konditorin. Sie machte Torten, Petit Fours und Pralinen.

Und dann, eines Vormittags, als sich Erika wie immer auf ihrer Lieferrunde befand, war Knopp mit seinem Werkzeugkasten im Laden aufgetaucht und hatte die schleifende Eingangstür repariert. »Als Dank«, hatte er geschnarrt und: »Sag deiner Oma, ich weiß das mit den Schrippen zu schätzen.«

Kopfschüttelnd wühlte sich Miro durch die Pappschachtel, auf die Jakob gedeutet hatte. Darin befanden sich schätzungsweise dreißig Kassetten. Kassetten! Da baute der alte Herr sich ein Bett in den Bus und irgendein verzwicktes Gerät aus Kabeln und Rädern, das seinen Tauchsieder für den allmorgendlichen Auflöskaffee selbst dann mit Strom versorgte, wenn er auf freiem Feld hielt. Aber auf eine ordentliche Musikanlage verzichtete er. Oder, wenn sie schon dabei waren, auf ein GPS-Gerät. Aber nun gut. Wer keine Visakarte besaß, damit *der große Bruder* nicht sehen konnte, wo man sich befand, der traute natürlich auch keiner Positionsbestimmung!

Klassik stand auf den meisten der Hüllen. Daneben Buchstaben und Ziffern.

»Hat die Beschriftung irgendein System?«

»Hm?« Jakob war abgelenkt. Argwöhnisch blickte er der tschechischen Grenze entgegen. Schon bei dem ersten Hinweis darauf hatte er seinen Ausweis gezückt und mit der Hand vor Miros Gesicht herumgewedelt, damit auch der seinen herausfischte. Nun fuhr er einhändig, beide Dokumente gegen das zitternde linke Bein gepresst. Je näher sie kamen, desto langsamer wurde er. Hinter ihm begannen die ersten Autos zu hupen. Doch Jakob war damit beschäftigt, zu überprüfen, ob der Aufkleber der Autobahnmaut auch ordnungsgemäß an der Frontscheibe haftete. Einen Moment schwenkte er dabei fast auf die Fahrbahn rechts von ihnen.

Erneutes Hupen.

»Wenn du so weitermachst, ziehen sie uns raus, weil sie denken, du bist betrunken.« Miro wies nach vorn. »Schau mal, die fahren alle im Schritttempo durch. Sieht aus, als würde heute gar niemand kontrollieren.«

Jakob zog die Schultern hoch und reihte sich ein. »Tatsächlich«, wunderte er sich, »niemand da.«

Kaum waren die aufgestellten Schlagbäume im Rückspiegel zu sehen, gab er Gas. »Grenzen machen mich nervös«, gestand er leise. »Also, wie ist das jetzt mit der Musik? Hast du was gefunden?«

»Du meinst, irgendwas außer Klassik?«

»Magst du keine Klassik?« Nun grinste er, als hätte Miro einen guten Scherz gemacht. »Dann versuch es mal mit Nummer P23. Dürfte das für deine Ohren Verträglichste sein, vielleicht kennst du es sogar.«

Der Player ratterte und quietschte, und schließlich drang ein Vierviertaltakt blechern aus der Monobox. »Wenn ein Mensch kurze Zeit lebt«, nuschelte eine Stimme, »sagt die Welt, dass er zu früh geht.«

Miro beugte sich vor. »Was ist das denn?!«

»Kennst du also nicht, tja.« Jakob drehte lauter und begann mitzusingen: »Meine Freundin ist schön, als ich aufstand, ist sie gegangen.«

Miro starrte ihn an. Absurder Text. Na, wenigstens war die ominöse Freundin des Sängers mit ihm eingeschlafen.

Edina und er hatten selten beieinander übernachtet. Anfangs waren sie mit Freunden gemeinsam ausgegangen und so lange geblieben, bis die Sonne über den Horizont geklettert war. Wie viele Nächte hatte er eigentlich auf Spielplätzen verbracht, weil man dort nebeneinander im Dunkeln auf Schaukeln sitzen und gefahrlos Dinge sagen konnte, die im Hellen irgendwie unpassend klangen? Man konnte auf den Plattformen von Klettergerüsten nebeneinanderliegen und in den stadthellen Nachthimmel starren, so tun, als merke man nicht, dass die Haut überall dort vibrierte, wo sich Arme und Beine berührten. Wie sich Finger tanzend verselbstständigten und plötzlich so viele Informationen gleichzeitig weiterleiteten, dass der Kopf überfordert in den Schlafmodus tauchte, weil das Herz übernahm.

Edina hatte für ihn jede Chance auf einen normalen Umgang mit Spielplätzen versaut. Unmöglich konnte er jemals wieder eine Rutsche sehen und an etwas anderes denken als an ihren Geruch und das Gefühl ihrer Haarspitzen auf seinem Gesicht, kurz bevor...

»Jegliches hat seine Zeit«, brummte Jakob, und Miro schluckte. »Steine sammeln, Steine zerstreun.« Pfiffe und Klatschen waren im Hintergrund der Aufnahme zu hören. »Leben und Sterben und Liebe und Streit.«

Miro starrte aus dem Fenster.

Er hatte tatsächlich geglaubt, wenn er nur schnell genug zu Erika ins Krankenhaus kam, wenn es ihr nur gut ginge, dann fände er einen Weg, um alles wieder einzurenken, auch mit Edina.

E-R-I-K-A-E-D-I-N-A-E-R-I-K-A. Die beiden Namen hatte er im Warteraum der Notaufnahme immer und immer wieder vor sich hin skandiert und – seltsam, aber wahr – erst da gemerkt, dass sie mit dem gleichen Buchstaben begannen. Und einen verrückten Gedankengang lang hatte er sich gefragt, ob das der Grund war, warum er seine Mutter nicht erreichen konnte. Schließlich fiel Stefanies Name aus dem Schema. Er hatte ihr auf die Mailbox gesprochen, fünf Stunden Zeitverschiebung lagen zwischen ihnen, aber irgendwann musste sie sich doch zurückmelden, oder?

Dass er bei Erika geblieben war, war eine gemeinsame Entscheidung gewesen. So gemeinsam, wie ein Neunjähriger eben zu einem derart weitgreifenden Arrangement fähig war.

Stefanies Job im Kulturinstitut sah vor, dass sie alle paar Jahre das Land wechselte. Und es wurde alles dafür getan, dass auch die Familie mitkommen konnte.

Doch Miro war gerade in der vierten Klasse gewesen, hatte Freunde gefunden, und ein Umzug in ein Land, dessen Sprache er nicht verstand, hatte ihn mehr als erschreckt. Erikas Vorschlag, er könne bei ihr wohnen, war da gerade richtig gekommen. Vielleicht wäre er trotzdem mit seiner Mutter gegangen, hätte er da schon gewusst, wie wenig Erika und er Stefanie anschließend zu Gesicht bekämen. Wie verdammt leicht es ihr gefallen war, in die weite Welt hinauszuziehen und sie zurückzulassen. Als wären sie mehr Ballast als Familie.

Doch dann hätte er all die Jahre mit Erika verpasst.

Erika hatte Miros ungewöhnliche Beziehung zu Tönen und Musik früh erkannt. Während seine Mutter ihn anfangs zu Blockflöten- und Klavierstunden schickte, mit denen Miro nicht viel anfangen konnte, hatte Erika ihm die absurdesten Instrumente nahegebracht: Sie hatten auf Gräsern und Kämmen geblasen, aus Klorollen und Linsen Rasseln gebaut, später die Ränder von mit Wasser gefüllten Gläsern zum Singen gebracht. Und noch später hatte Erika ihm ein Kazoo und eine Stylophone Beatbox geschenkt, ein Daumenklavier, und gemeinsam hatten sie aus einem Baukasten ein Theremin zusammengesetzt.

An seinem zehnten Geburtstag, dem ersten ohne Stefanie, hatte Erika ihm den »Alles, was ich vermisse und mir wünsche«-Tanz beigebracht. »Denn«, hatte sie gesagt, »wenn Wünsche zu lange heimlich bleiben, versteinern sie und drücken von innen.«

Die Schritte waren einfach gewesen. Vor allem ging es im Kreis herum, in einem großen und in lauter kleinen, während denen sich Miro etwas fürs nächste Jahr wünschen durfte: einen besten Freund. Ein Keybord. Dass Stefanie zu Besuch kam, Miro sich traute, vom Dreimeterbrett zu springen, und sie diesmal zu Ostern nicht wieder ein paar der versteckten Eier vergaßen. Nach fünf Runden war es ihnen so schwindelig geworden, dass sie auf dem Sofa vor dem Fernseher eine Runde Kakao mit Karottenkuchen und eine Folge *Wickie und die starken Männer* eingelegt hatten.

Ohne Erika würde Miro Mathematik-Nachhilfe nicht mit Schokostreusel auf Butterbroten assoziieren. Er hätte nie erkannt, dass man Traurigkeit wegbacken konnte – tagsüber, aber auch nachts um drei, wenn seine Großmutter ihn in der Küche rumoren gehört hatte und zu ihm gekommen war.

Erika hatte Miros Namen in bekannte Liedtexte verpackt, ihm noch dann Gute-Nacht-Geschichten erfunden, als er schon längst zu alt dafür gewesen war. Sie hatte ihn ermutigt, Basketball zu spielen, obwohl er viel zu klein dafür war, ihm ein Skatebord gekauft und das Essen auf seine Bitte hin für fast fünf Monate auf vegetarisch umgestellt. Mit Erika hatte er seinen ersten *Star Wars*-Film gesehen. Sie hatte ihm beigebracht, vor wichtigen Entscheidungen Pro- und Kontralisten anzufertigen. Aber auch, dass er den Ergebnissen nicht zwingend folgen musste. »Damit ist es wie mit Rezepten«, hatte sie erklärt. »Was auf Papier richtig aussieht, muss gebacken nicht das Leckerste sein. Oder das, was das Herz will.«

Kurz: Erika hatte ihm alles mitgegeben, was er brauchte. Sie war immer für ihn da gewesen. Und ohne sie – dessen war sich Miro bewusst – wäre er kaum er selbst.

Nun aber lag sie im Operationssaal, und Miros Handy war stumm geblieben. Er hatte Stefanie noch eine SMS geschickt und Erikas Namen wie ein Mantra vorwärts und rückwärts buchstabiert, während er weiter wartete.

Irgendwann – längst war ihm jegliches Zeitgefühl abhandengekommen – hatte dieser Dreikäsehoch neben ihm gestanden und Miro seine Puppe entgegengestreckt. »Willst du Mone mal halten? Sie kann Pipi machen, und schreien tut sie auch.« Er hatte sich neben Miro auf die Bank gequetscht. »Außer man singt ihr ein Gute-Nacht-Lied.«

Und Miro hatte eins parat. Jenes, das Erika ihm immer vorgesungen hatte. »Schlafe, Monele, schlafe«, hatte er leise gebrummelt, »der Mond, der hütet Schafe. Sie gehen am Himmel still und sacht und sagen Monele Gute Nacht.«

Dem Knirps neben ihm waren die Augen zugefallen. »Ist das von deiner Mama?«, hatte er müde gemurmelt und sich, an Miro gelehnt, eingenestelt.

»Nee, von meiner Oma.«

»Ist sie jetzt auch da hinter den Schiebetüren? Im P.O.?«

Miro hatte geschluckt. »Ja.«

»Wie meine Schwester. Sie ist vom Klettergerüst gefallen. Aber keine Angst, alles wird gut, sagt mein Papa.«

Und Miro hatte sich daran festgehalten, als sei das ein gutes Omen, als gäbe es so etwas wie gute Geister im Universum, und einer davon sabberte ihm just in diesem Moment auf den Oberschenkel und hielt seine Hand.

Da hatte er aber auch noch nicht gewusst, was geschehen würde, wenn er Erika endlich wiedersehen durfte. So herzzerreißend schmal in diesem verfluchten Krankenhaushemd und dank der nur langsam abflauenden Anästhesie in einer Zeit gefangen, zu der es Miro nicht einmal gegeben hatte. Und Stefanie auch nicht.

Miro lehnte die Stirn gegen das kühle Fenster des Busses. Dort draußen gab es keinen Standstreifen, dafür kurze Haltespuren in Rot und Weiß. An irgendetwas erinnerte ihn das Muster, aber er kam nicht drauf.

Neben der Autobahn zogen gelbe Felder voller Sonnenblumen vorbei, umrahmt von hohen Schloten, die schnell auflösende Wolken in den blauen Himmel pusteten, die dazugehörigen Fabriken hinter gewissenhaft platzierten Baumreihen versteckt und vermutlich grün angestrichen, damit sie nicht weiter auffielen.

Die Musik wechselte, ein Klavier erklang und etwas, das sich anhörte wie eine Maultrommel. Maultrommel konnte Miro, Klavier oder Gitarre nicht so gut. Er konnte auf dem Tablet komponieren, fühlte, was stimmte, aber Noten? Noten zu lesen fiel ihm schwer. Bis zu einem gewissen Grad ließen sie sich auswendig lernen wie das Periodensystem, danach war man verratzt. Ob es so etwas wie Notendyslexie gab?

Jakob war voll in seinem Element, seine Finger trommelten auf dem Steuerrad, sein Kopf ging auf und ab. »Geh zu ihr, denn du lebst ja nicht vom Moos allein«, krakeelte er und überholte, ohne zu zögern, einen Frachtwagen mit hin und her schwingendem Anhänger. Dann zwinkerte er Miro zu. »Willkommen zurück, Kleiner. Wie gefällt dir die Musik?«

Miro schnaubte auf. »Musik? Mit so was würde ich die Aufnahmeprüfung an der Universität der Künste nie bestehen. Ein bisschen Gegröle und ein paar dazwischengeschobene Sounds, mehr ist das ja wohl nicht!« Er klappte den Mund zu. Weshalb war er eigentlich plötzlich so wütend?

»*Sounds*, ja? Heißt das inzwischen so?« Jakob reagierte nicht auf seinen aggressiven Tonfall und nahm ihn hoch. »Eine modernere Bezeichnung für etwas, was seit Jahrhunderten dasselbe ist.«

Miro konnte es nicht fassen. »*Dasselbe?* In welcher Welt ist dieses Gedudel mit dem zu vergleichen, was ich komponiere?«

»Na dann lass doch mal hören, was du so draufhast, Fachmann!« Gut gelaunt ließ Jakob die Kassette hinausspringen und zog auf die mittlere Spur. Noch immer wippte sein Kopf auf und ab, als wären die an ihnen vorbeidonnernden Autos so etwas wie ein Musikstück aus Luftdruck, Reifenflappen und dem Motorröhren verschiedener Pferdestärken.

Besser als das eben war er auf jeden Fall! Miro durchsuchte seine Wave-Dateien und rief schließlich auf, was er Erika zu ihrem letzten Geburtstag komponiert hatte. Da. Sollte Jakob sich doch darüber lustig machen!

Das rhythmische Schnarren der Küchenmaschine füllte den Wagen, ein Löffel klopfte im Takt gegen eine Metallschüssel, unterstützt von schnellem Schneebesengeklapper. Darüber legten sich nach und nach Eieruhrklingeln, Herdpiepsen, Ofengeräusche und vereinten sich zu jener Melodie, die Erika so gerne zum Backen hörte: der *Tanz der Zuckerfee* aus Tschaikowskis *Nussknacker*.

Anstatt ihn auszulachen, legte Jakob den Kopf schief, scherte zwischen zwei Lastwagen ein und drosselte das Tempo. Erst als die letzten Töne verklangen, nickte er. »Schön. Du hast der Spieluhr Leben eingehaucht.« Miro war perplex, doch es kam noch besser. »Du machst also mit dem Herzen Musik.«

Überfordert zuckte Miro mit den Schultern. »Ich weiß nicht… Ich frickele einfach so rum. Ich kann nicht mal ordentlich Noten lesen.« Hallo? Weshalb hatte er das denn jetzt zugegeben?!

Jakob lachte. »Konnte Dvořák anfangs auch nicht. Such mal die Kassette D9.«

Miro wühlte in dem Schuhkarton. Ah, da war sie, D9. Er legte sie ein. »Und was genau soll mir das jetzt beweisen?«

»Klappe, Junior, du sollst ehrfurchtsvoll lauschen, wie jemand Kunst erschafft, der *frickelt*, wie du es nennst.«

»Oookay…« Miro klappte wie geheißen den Mund zu und hörte zu.

Es klang traurig. Wie etwas, das ein Abschied sein wollte, aber noch nicht durfte, Flöten und Streicher, intim und herzzerreißend. Dazwischen: minimale Pausen, als müsste das Musikstück Atem holen, als würde es gezwungen weiterzumachen und wollte es eigentlich nicht. Vielleicht weil es wusste, was geschehen würde? Dann zog unerwartet das Tempo an, eine Vorahnung von etwas, für das es noch nicht Zeit war, doch tief im Klangteppich lauerte eine Bedrohung.

»Auch Dvořák hat sich viel selbst beigebracht«, lächelte Jakob mitten in die Melodie hinein. »Sein Vater war Metzger, stell dir vor! Aber sie wohnten in der Nähe der Bahngleise. Und Züge sind Rhythmus. Sie strukturieren. Das erkannte auch Dvořák. Wenn du dich konzentrierst, kannst du es sogar in seiner Musik hören. Den Zug. Und andere Einflüsse.«

Miro antwortete nicht. Seine Finger zuckten, wollten dirigieren. Das Schild in Richtung Děčín bemerkte er nur aus den Augenwinkeln, als Jakob von der Autobahn fuhr. Industriegelände, von Feldern und Wiesen unterteilt, rauschten am Fenster vorbei; Erdwärmeanlagen, wie er auf seinem Tablet erkannte, waren hier, im Norden der Tschechischen Republik, offenbar keine Seltenheit.

Jakob bretterte alte Brücken entlang und wich derart schwungvoll Autos, Fahrradfahrern und Fußgängern aus, als würde ihn die Musik beflügeln. Im Rhythmus nach rechts, nur wenig später nach links und eine unwillkürliche, quietschende 90-Grad-Kurve, als vor ihnen plötzlich ein ganzer Pulk Radfahrer auftauchte, die Helme in kreischendem Neonorange. Bienchen schlingerte durch ein enges Tor und ratterte über das Kopfsteinpflaster des steilen Weges. Außer ihnen waren nur einige Fußgänger zu sehen, die erschrocken aus dem Weg sprangen.

»Ähm, Jakob? Ich glaube, wir sind falsch abgebogen.«

»Allerdings. Dämliche Radfahrer! Tun, als gehöre ihnen die ganze Straße!« Entschlossen drückte er auf die Hupe, wedelte die zielgerichteten Touristen weg und hielt auf eine zweite Tordurchfahrt zu. »Wollen wir hoffen, dass oben mehr Platz ist.«

Tatsächlich öffnete sich nun ein geharkter Parkplatz vor ihnen, dahinter erhob sich eine Burg, die Steinquader frisch sandgestrahlt, die Fenster blitzend. Schilder wiesen zum Ticketverkauf, zum Rundgang, zu einem Restaurant.

Kurzerhand hielt Jakob auf dem Behindertenparkplatz, drehte den Schlüssel und würgte die letzten, triumphalen Streicherakkorde ab. »Ein Uhr«, sagte er, als erklärte das alles. »Ich brauche was zu essen und einen Kaffee!«

Miro grinste frech. »Und du glaubst, in dem Nobelschuppen kredenzen sie dir eine Tasse heißes Wasser für dein piefiges Pulver?«

»In Ausnahmesituationen geht auch Filter.« Der alte Herr klatschte einen verblichenen Zettel in die Windschutzscheibe. Neben dem Rollstuhlzeichen war ein Name vermerkt: Gustav irgendwas. »Jetzt nicht trödeln, hopphopp!« Schon schloss er den Bus ab und lief los.

Unter ihren Schuhen knirschten die Kiesel, und über die hüfthohen Mauern hatte man einen wunderbaren Blick herab auf die Stadt mit verschlungenen Straßen, sich im Zentrum aneinanderschmiegenden Jugendstilgebäuden und weiter entfernt grünen Hügeln, die einmal einen guten Schutz geboten haben mochten.

Doch Jakob hatte keine Geduld für Schönheit: Mit festem Schritt hielt er auf den einzigen Gartentisch des Restaurants zu, an dem es noch freie Stühle gab. Ein einsamer Herr in kurzärmeligem Hemd saß daran und starrte sinnierend in sein Bier.

»Ist hier noch frei?« Jakob ließ sich auf einen der Stühle fallen und angelte nach der Speisekarte.

Stumm blickte der Mann ihnen entgegen, also nickte Miro ihm zu. »Thank you very much.«

»Ich spreche Deutsch«, kam es etwas beleidigt zurück. »Und auch dein Großvater ich habe verstanden. Aber er keine Geduld für meine Antwort.«

Miro bemerkte, wie Jakob verstcifte, und stand eilig auf. »Oh, Sie warten noch auf weitere Gäste? Dann gehen wir natürlich, tut uns leid.«

Der Mann zögerte einen Moment, dann schüttelte er den Kopf. »Warten kann ich, aber niemand wird kommen. Also setzt du dich, Kleiner. Deutsche, was?«

Unsicher sah Miro Jakob an. Die Frage klang, als hätte sie Widerhaken, und plötzlich wusste er nicht genau, was er antworten sollte – oder aber, weshalb er überhaupt darüber nachdachte.

Jakobs Hand landete kurz auf seiner. »Nein, mein Enkel und ich sind aus der Schweiz.« Er warf Miro einen warnenden Blick zu. »Nahe Zürich. Und Sie?«

Miro blinzelte. Wie kam Jakob denn jetzt auf Zürich? Und weshalb genau schien diese Information ihren Tischnachbarn sichtbar zu entspannen?

»Von hier«, nickte er und nahm einen Schluck. »Was bringt Sie zu uns?«

Jakob zögerte einen Moment, dann warf er Miro einen festen Blick zu. »Wir sind auf der Durchreise Richtung Zagreb. Auf der Suche nach jemandem.«

Miro übernahm. »Eine Familiensache. Meine Oma hat vor fast fünfzig Jahren jemand von dort kennengelernt und… na ja… verloren.«

Ihr Tischnachbar legte den Kopf schräg. »Die Siebziger«, murmelte er leise, »voll von Turbulenz. Prager Frühling, kroatische Frühling. Kein Problem, jemanden zu verlieren. In den Neunzigern allerdings war dies noch leichter.«

Miro sah überrascht auf. Darüber hatte er bisher nicht nachgedacht. Vielleicht hätte er versuchen sollen, Erika präzise Fragen zu stellen. Aber als sie das zweite Mal wach geworden war, auf der Station, hatte sie sich an nichts mehr erinnert. Nicht, dass sie Miro im Aufwachzimmer mit diesem geheimnisvollen Stjepan verwechselt hatte, nicht daran, was sie gesagt oder dass sie seine Hand selbst dann noch eisern festgehalten hatte, als sie langsam wieder in den Schlaf geglitten war. Und auch nicht an ihre Verzweiflung. »Ich hätte nicht aufhören dürfen, nach dir zu suchen, Stjepan!«, hatte sie mit Tränen in den Augen geflüstert. Und Miro hatte der Atem gestockt.

Dass Erika ihn mit jemandem verwechselt hatte, den sie offenbar mit nicht einmal zwanzig kennengelernt, aber nie vergessen hatte, hatte ihm klargemacht, wie wenig er von ihrer Vergangenheit wusste. Aber auch, dass er diesen Stjepan für sie finden musste. Unbedingt! Vorausgesetzt, er war noch am Leben.

Elende Bauarbeiten! Jakob bugsierte Bienchen durch die schmalen Straßen Děčíns. Schon das dritte Mal kamen sie an eine Autobahnauffahrt, die in die falsche Richtung führte. Und er würde einen Teufel tun und zurück nach Deutschland fahren! Auf ein weiteres Mal Grenze konnte er wirklich verzichten. Womöglich wären die Beamten diesmal aus ihrer Mittagspause zurück und weniger lässig.

Zum etwa vierzigsten Mal in den letzten Minuten wünschte er sich eine Servolenkung. Er wurde zu alt für das Hochleistungskurbeln!

Miro hatte Dvořáks Neunte wieder eingelegt und starrte schweigend vor sich hin. Selbst sein Tablet konnte bei all den spontanen Wander-Umleitungen nicht helfen. Dass sie allerdings noch immer keinen Meter weiter waren, um diese verflixte Stadt zu verlassen, schien er nicht einmal zu bemerken. Vermutlich war er in Gedanken bei seiner Großmutter. Oder bei dem Gespräch von vorhin.

Schon während Jakob sie kurzerhand zu Schweizern gemacht hatte, hatte er gesehen, dass der Kleine nicht wusste, weshalb. Wahrscheinlich war er sein ganzes Leben immer nur nach Griechenland in den Urlaub gefahren oder auf eine dieser beliebten Inseln, wo sie an deutsche Touristen gewöhnt waren und niemand seinen Groll polierte. So wie der Herr an ihrem Tisch. In Deutschland geboren zu sein war manchmal ein rotes Tuch. Egal, aus welcher Familie man stammte.

Nur ein einziges Mal war die Zugehörigkeit von Jakobs Familie zu ihrer kleinen, freikirchlichen Gemeinde nicht negativ ausgelegt worden: gleich nach 45, als die problematische Zeit davor sie in den Augen der Besatzungsmächte von dem Verdacht einer Kooperation freigesprochen hatte. Jakobs Großvater Gustav hatte das damals nicht interessiert – zu beschäftigt war er damit gewesen, seine Kinder ohne seine Frau aufzuziehen und sich eine neue Arbeit zu suchen. Erst die nächste Generation hatte erkannt, wie dieser Umstand zu nutzen war: für die eigene Freiheit oder aber eine politische Karriere, beides auf Kosten der eigenen Familie. Jakob, der nur die Auswirkungen davon mitbekommen hatte, hatte das vorsichtig gemacht. Vertrauen und Ehrlichkeit war etwas, das man verdammt gut abwägen musste.

Der Serviettenknödel lag ihm schwer im Magen. »Die besten von unsere ganze Land«, hatte ihr Tischnachbar stolz erklärt und Jakob erleichtert genickt. Essen war ein ebenso gefahrloses Thema wie das Wetter, aber wesentlich ergiebiger.

»Lasst euch bloß nichts anderes sagen von Slowaken«, hatte der Mann hinzugefügt. »Oder von Slowenen, Ungarn, Kroaten. Erfunden haben wir!«

Amüsiert schüttelte Jakob den Kopf – schon verrückt, woran sich Nationalstolz manchmal festmachen ließ. Seit Jahren herrschte zwischen Berlin und Hamburg ein verbissener Streit darüber, woher die Currywurst stammte. Dabei gab es wahrlich wichtigere Erfindungen als 150 Gramm bis zur Unkenntlichkeit durchgedrehtes Fleisch mit oder ohne Darm. Serviettenknödel zum Beispiel, Aspirin oder Rollatoren. Die Zentralheizung und Sozialbauten, die der Wohnungsnot ein Ende hatten machen sollen.

Ihr Tischnachbar hatte ihnen erzählt, dass die erst kürzlich fertig renovierte Burg, in deren Innenhof sie saßen, diverse Male als Militärunterkunft zweckentfremdet worden war. Zunächst für tschechische Grenztruppen, während des Zweiten Weltkriegs von den Deutschen, nach Kriegsende erneut von der tschechischen Armee und nach dem Prager Frühling von den Sowjets. Auch eine Art, möglichst viele Menschen unterzubringen! Danach hatte das Gebäude leer gestanden und war verkommen. Nun jedoch war es eine Touristenattraktion. Vor allem für jene sportlichen Exemplare, die sich Tschechien mit dem Fahrrad erstrampelten.

Wie schnell das manchmal ging mit der Geschichte – von einem Zeichen der Macht zur Kaserne, einem Schandfleck der

Landschaft und wieder zurück zu etwas, auf das nun mit Stolz verwiesen wurde! Jakob fühlte sich erschreckend alt.

Eingezwängt zwischen anderen Wagen, schob sich Bienchen endlich auf die richtige Autobahn. Rechts von ihnen rauschte ein Zug vorbei. Jakob sah ihm neidvoll nach. Geschmeidig bog die Bahn um die nächste Kurve. Die Sonne brachte die Waggons zum Strahlen.

Gustav hätte naserümpfend abgewunken und »neumodischer Mist!« geschnaubt. Aber für Jakobs Großvater hatte das Verschwinden der Dampflokomotiven auch den Untergang der guten, alten Zeit markiert. Dass Tätigkeiten wie die von Heizern, Kohleschippern und Kohlehändlern nach und nach verloren gingen, hatte er nur schwer ertragen. Selbst dann, als er die meiste Zeit neben der Heizung gesessen und sich Hände und Füße an etwas gewärmt hatte, wofür er nicht erst in den Keller gehen und anschließend den Ofen anfeuern musste. Ein wenig unheimlich war ihm das Thema Fernheizung immer geblieben. »Fern, was soll das denn heißen, wo kommt die Wärme her, und wo muss ich hin, wenn sie ausfällt?«

Auch Jakob hatte so seine Probleme mit Veränderungen. Da waren er und Gustav sich ähnlich gewesen. Womöglich lag das daran, dass die meisten Veränderungen keine gewesen waren, wofür sie sich freiwillig entschieden hatten. Von der Heizung einmal abgesehen.

9

»Na, das sieht nicht gerade vielversprechend aus!« Miro rüttelte kräftig an dem hohen Eisentor.

Nebeneinander standen sie vor dem Freiluft-Eisenbahnmuseum in Zlonice. Frustriert starrte Jakob durch die Gitterstäbe: ein hohes Stallgebäude, ein flacher Anbau, weiter hinten ein Wohnhaus mit feuerroter Eingangstür. Dazwischen standen Waggons und Lokomotiven, lagen kreuz und quer von Unkraut überwucherte Gleisteile. Eine roh zusammengezimmerte Brettertreppe führte in schiefem Winkel zu einem Personenwagen hinauf, dessen abblätternder blauer Anstrich schon vor Jahren den Kampf gegen den Rost verloren hatte. Eine Gruppe wohlgenährter Hühner trieb eine Handvoll Küken über das Gras, und von irgendwoher bellte ein Hund, derart unaufgeregt, als verkündete er wie jeden Tag die Mittagszeit.

Jakob ließ sich auf den Sitz des Bushäuschens vor dem Museum nieder. Der Fahrplan war verblichen und vermutlich etliche Jahre überholt. Keine einzige Menschenseele hatten sie gesehen, als sie durch das aus gerade mal zwanzig Häusern bestehende Dorf gefahren waren. Dabei hatte sie das Rattern und Scheppern des Busses auf dem von Schlaglöchern übersäten Pflaster weithin hörbar angekündigt. Doch nicht eine Gardine hatte sich hinter den Fenstern bewegt.

Jakob schaute mit den Schuhen im Sand vor ihm. »Ich gehe eine Straße entlang«, murmelte er. »Da ist ein Loch. Ich falle hinein. Ich bin verloren.«

»Bitte was?« Miro bemühte sich noch immer, aus dem Schild neben der Museumseinfahrt schlau zu werden.

»Schon gut.« Jakob winkte ab. Die ganze Parabel von Portia Nelson hatte eine nette Pflegerin Gustav nach seinem ersten Herzinfarkt aufs Nachtkästchen gelegt. *Hilfe zur Selbsthilfe* hatte sie es genannt und Jakob geahnt: Sie meinte viel mehr als den Infarkt. Zumindest ließ ihr vielsagender Blick zu den leeren Literflaschen ohne Etikett so etwas vermuten.

Jakob jedoch hatte noch etwas anderes daraus gelesen als eine Anleitung zum positiven Denken. Statt den richtigen Weg zu wählen, stets auf dem gewohnten zu bleiben – für ihn war das zur Metapher der Vergangenheit geworden, für seine Eltern und seinen Bruder. Und in gewissem Sinne auch für ihn selbst.

Doch es hatte auch Menschen gegeben, die anders abgezweigt waren: Tante Inge beispielsweise, die kurz vor dem Bau des antifaschistischen Schutzwalls in den Westen geflohen war und sich nie wieder gemeldet hatte. Marie und ihr Bruder Johannes, die zunächst so sicher gewesen waren, dass sich die Politik oder zumindest Kleinigkeiten im gesellschaftlichen Getriebe positiv verändern ließen.

Die Krux war aber: Wer sagte, dass ein Weg, nur weil er neu war, unbedingt besser sein musste? Was, wenn es auf ihm viel gefährlichere Löcher und unvermutete Bedrohungen gab als auf dem bekannten?

Müde tippte sich Jakob gegen das Herz und lauschte dem Knistern aus der Innentasche seines Jacketts. Der Brief des Anwalts aus Süddeutschland hatte ihn einen Tag vor seinem Aufbruch erreicht. Noch immer hatte er ihn nicht geöffnet, brachte es einfach nicht über sich. Was, wenn das, was er dann erfuhr, alles auf den Kopf und sein bisheriges Leben infrage stellte? Wenn doch andere Abzweigungen die richtigen gewesen wären, aber nun weit hinter ihm lagen – wollte er das dann überhaupt wissen?

Mit schlechtem Gewissen blickte er Miro hinterher, der die Umzäunung abschritt. Typisch Jugend! Die glaubte nicht an Grenzen. Sie rebellierte und dachte blauäugig, es gäbe unzählige Alternativen.

Er hob Gustavs alte Kamera, kniff ein Auge zu und spähte mit dem anderen durch den Sucher. Er könnte eine menschenleere Straße fotografieren. Nur wozu? Die gab es schließlich überall.

Seufzend wandte Jakob den Kopf. Er sollte nach Miro rufen. Sie sollten umdrehen und zurückfahren. Von diesem Kaff am Ende der Welt käme der Junge nie im Leben weiter. Und je länger sie hier saßen, desto schlechter standen seine Chancen, woanders eine passende Mitfahrgelegenheit zu finden.

Jakob hätte ihn an der letzten Raststätte rauslassen sollen. Er hatte das Autobahnschild dazu gesehen, darauf reagiert hatte er nicht. Der Junge war in Gedanken versunken gewesen. Und irgendwie wollte Jakob ihn damit nicht allein lassen. Auch wenn er wohl kaum der richtige Gesprächspartner war.

»Wir, Tschechien, sind immer nur überrannt worden, Jahrhunderte lang«, hatte ihr Tischnachbar beim Dessert erklärt. »Von allen Seiten. Wir waren Pfand und Kollateralschaden, hatten allein Wert als etwas, das auf Papier steht. Kein Verwundern also, wenn ich es schwierig habe mit Deutsche.« Er hatte sein beinahe leeres Bierglas gehoben. »Auf die Schweiz, Neutralität und Berge.«

Miro und Jakob hatten sich angeguckt und sich schnell einen weiteren Löffel Eis in den Mund gesteckt.

Erst als sie wieder im Auto saßen, hatte Miro ungläubig den Kopf geschüttelt. »Ich fühle mich irgendwie zeitgleich schuldig und ungerecht behandelt«, hatte er geseufzt, die Musik angestellt und aus dem Fenster gesehen.

Jakob kannte dieses Gefühl. Viel zu gut. Aber ein Patentrezept dagegen gab es nicht. Also war er einfach weiter geradeaus gefahren.

Erst auf der einspurigen Landstraße hatte er ein scheinbar überraschtes Geräusch von sich gegeben, »Hoppla, wir haben die Raststätte verpasst, jetzt sind wir schon fast bei dem Museum« gesagt und versucht, möglichst zerknirscht auszusehen.

Noch immer kam er sich vor wie ein Betrüger. Womöglich, weil der Junge ihn daraufhin einen Moment fragend angesehen, aber nur mit den Schultern gezuckt hatte. »Bringst du mich eben zu einem anderen Rasthof. Ein paar Stunden hin oder her werfen mich nicht um.«

Noch immer konnte Jakob nicht mit Sicherheit sagen, ob Miro ihn durchschaut hatte oder nicht. Ob der Junge wusste, dass er mit Absicht vorbeigefahren war. Wie auch, er verstand sich nicht einmal selbst.

Das Klopfen gegen die fast blinde Glasscheibe des Bushäuschens riss ihn aus den Gedanken.

»Jakob? Ich glaube, ich habe eine Lösung!« Miro winkte.

Sein Grinsen war breit und ansteckend. »Dahinten können wir uns am Zaun herumhangeln.«

»Wirklich? Wo?« Jakob sprang auf, folgte ihm bis ans Ende des Grundstücks und dort über Geröll und Wurzeln eine kleine Anhöhe hinauf.

»Warum ist das hier eigentlich so wichtig?«, wollte Miro wissen und streckte ihm eine helfende Hand entgegen. »Hättest du dir nicht auch irgendein altes Dampfross in Deutschland aussuchen können?«

»Nein, es geht um die Baureihe 52, oder besser, die jetzige 555.0, wie die Tschechen sie nennen. Neben der S3/6 war die eine der Lieblingsloks meines Großvaters. Angeblich rostet hier irgendwo eine davon vor sich hin.«

Gustav hatte beide Loks live gesehen: die 52 immer wieder voller Begeisterung, die bayerische S3/6 nur ein einziges Mal in Dresden. Die Aufnahmen der beiden Loks hatte er sich immer dann angesehen, wenn er seelische Unterstützung brauchte. Etwas, das er verstand und bei dem Muskelarbeit und Technik Hand in Hand gingen, nicht ohne einander möglich waren. Das Bild für ein Gleichgewicht, wenn alles andere aus dem Gleichgewicht geraten war. Als seine Tochter eines Nachts das Land verlassen hatte, zum Beispiel, und er gewusst, was sie nur geahnt, aber in Kauf genommen hatte: Egal, was geschah, sie konnte nicht mehr zurück. Als sein Sohn ihn angewiesen hatte, den Kontakt zu ihr abzubrechen. Selbst als Jakob unangemeldet bei ihm vor der Tür gestanden hatte, die Zukunft ebenso zerschmettert wie das Herz. Ja, selbst da hatte Gustav seine Fotos gezückt und Jakob damit etwas geschenkt: eine wortlose Alternative.

Jakob erklomm die letzten Meter, richtete sich mühsam auf und hielt mit einer Hand die um seinen Hals baumelnde Kamera fest. »Eigentlich wollten Gustav und ich gemeinsam hierher. Aber dann kam uns… etwas dazwischen.«

»Ja«, Miro presste die Lippen aufeinander, »das kenn ich.«

Erst jetzt erkannte Jakob, dass sie auf der Aufschüttung einer längst nicht mehr befahrenen Gleisstrecke standen.

Von hier aus hatten sie einen guten Blick auf das Gelände. Es war größer als gedacht. Die Sonne schien, die Hühner gackerten, und am Ende des Stallgebäudes fand Jakob, wonach er suchte. Ohne zu zögern, lief er los, rutschte beinahe aus und hangelte sich an der Innenseite des Zauns hinab. Hinter sich hörte er Fußtritte und Geraschel, der Junge folgte ihm, doch Jakob hatte nur Augen für die Reichsbahn-52.

Ein bisschen mitgenommen und verlebt sah sie aus – aber wer war er, sich darüber zu beschweren? Ihm ging es ja selbst nicht anders. Und im direkten Vergleich musste er neidlos anerkennen: Sie hatte die Zeit weitaus besser überstanden. Kessel und Räder hatten etwas Rost angesetzt, als hätte sie sich lange nicht bewegt. Und doch wirkte sie auf Jakob, als könnte sie jeden Moment davonschnaufen, einem Ziel entgegen, das sie noch einmal sehen wollte, bevor sie sich endgültig zur Ruhe setzte. Womöglich waren sie doch gar nicht so verschieden.

Jakob schoss ein paar Fotos und schwang sich lächelnd in den Führerstand. Das Handrad der Steuerung und diverse Hebel waren mit Eisenketten gesichert. Vermutlich, damit keiner der Besucher daran herumspielte. Jakob rutschte nach rechts auf die Position des Lokführers. Nur wenige Meter vor der mit Spinnenweben überzogenen Scheibe befand sich eine Mauer. Doch er schloss die Augen, und sofort erstreckten sich Gleise vor ihm bis zum Horizont.

Als er die Augen wieder öffnete und sich umsah, hockte der Junge inmitten der Hühnerschar und schien sich dort mehr als wohl zu fühlen. Einige der Küken turnten auf ihm herum, als sei er ihr persönliches Klettergerüst, und die dazugehörigen Hennen umrundeten ihn neugierig.

Jakob hangelte sich aus der Lokomotive hinab – und erstarrte. Ihm gegenüber stand ein Mann in grauem Mantel, die Hände empört in die Hüften gestützt. Kein Wort verstand er von der wütenden Tirade, aber er begriff sehr wohl, dass Miros und sein Einbruch nicht gerade Freudenstürme hervorrief.

Flucht war keine Lösung. Miro gelänge es vermutlich leichtfüßig, denselben Weg wieder zurückzunehmen, Jakob nicht. Also blieb nur eins: Er streckte die Hand aus. »Verzeihen Sie unseren Überfall. Aber ich wollte unbedingt Ihre 555 sehen. Und sie ist wirklich wunderbar in Schuss! Wir sind den ganzen Weg von Ostdeutschland hierhergekommen… Und sie verstehen kein Wort von dem, was ich gerade sage, oder?«

Der Mann zögerte einen Moment, dann nahm er Jakobs Hand und schüttelte sie. »Ein Freund von 555 ist auch Freund von mir«, erklärte er groß. »Eine der Besten war sie. Willkommen in Zlonice und schönste Bahnmuseum von unsere ganze Land.« Nur zögernd ließ er Jakobs Hand los, aber er brauchte beide Arme, um zu gestikulieren. »Eigentlich ist geschlossen wegen Renovation. Aber ich mache Ausnahme. Folgen Sie, bitte!«

Und das taten sie. Sie begutachteten alte Uniformen, Stempelfahrkarten, Draisinen, Kohlewaggons, manuelle Weichen und Signale, die noch immer quietschfrei bewegt werden konnten. All das wurde ihnen ab und zu stockend, aber wortreich und vor allem mit vielen Jahreszahlen garniert präsentiert. Der alte Herr, selbst ein Zugfan, hatte sämtliche seiner Ausstellungsstücke über die Jahre eigenhändig gesammelt und war mehr als stolz darauf. Gustav hätte in ihm vermutlich einen Freund fürs Leben gefunden und sich im siebten Himmel gewähnt.

Aber auch Jakob war nicht immun. Als sie den penibel nachgebauten Kontrollraum betraten, musste er schlucken. Vorsichtig fuhr er über den mit Kerben übersäten Tisch, berührte das Schaltbord und die Hebel. Miro und ihr Museumsführer hatten sich längst abgewandt und liefen weiter, da stand er noch immer in der Mitte des kleinen Zimmers, ließ eine der Bretterbohlen unter dem Linoleumfußboden rhythmisch knarzen und versuchte, dem Gefühl einen Namen zu geben, das ihn hier festhielt. Es war ein bisschen wie Liebeskummer und ein klein wenig Trauer, wie eine Erinnerung von weither.

»Jakob?« Miro steckte aufgeregt den Kopf durch die Tür. »Das musst du dir ansehen! Hier steht eine der Loks, die Dvořák inspiriert haben!«

Jakob riss sich los. Erst als er sich noch einmal umdrehte, verstand er, was genau er fühlte: Heimweh.

Er hatte Heimweh nach einem Ort, einer Zeit und nach Menschen, die es längst nicht mehr gab.

HERZOW, 1956

Wütend trat Jakob gegen den alten Apfelbaum am Ende des Gartens. Dort, wo ihn dank der Kletterbohnen, Beerensträucher und des kleinen Schuppens niemand vom Haus aus dabei erwischen konnte. Am liebsten hätte er geschrien. Aber das würden die Erwachsenen sicher hören.

»Schluss jetzt mit dem Schmollen«, hatte sein Vater befohlen, als der Brief eingetroffen war und Tante Inge ihn vorgelesen hatte. »Es geht schließlich nicht immer um dich! Inge braucht eine Ausbildung. Vom Singen kann niemand leben.«

Seine Mutter hatte ihm über die Haare gestrichen und versucht zu erklären, dass Veränderung gut war, dass nicht alles immer beim Alten bleiben konnte, nur weil er, ein Fünfjähriger, es gern so hätte.

Nur Inge, die nun den nächsten Zug in die Hauptstadt nehmen würde, die hatte nichts gesagt. Selbst als Jakobs Vater genervt von ihr verlangt hatte, sich doch auch mal zu verhalten – Krankenschwestern waren schließlich gesucht, und sie konnte froh sein, einen Ausbildungsplatz ergattert zu haben –, hatte sie nur stumm genickt. Jakob angesehen hatte sie dabei nicht.

Er fühlte sich verraten. Warum wollte sie lernen, auf andere Menschen aufzupassen? Sie hatte doch ihn! Wie sollte er einschlafen ohne ein Lied oder eine Geschichte von ihr? Seine Mama bemühte sich so sehr, aber sie las immer nur aus

Büchern vor, als hätte sie Angst, sonst etwas falsch zu machen. Inge dagegen erfand Piraten und fliegende Jungs, sprechende Katzen, nach denen er Ausschau hielt, und Abenteuer, in denen sie beide die Hauptrollen spielten. Gemeinsam hatten sie ein Rübenfeld angelegt und den orangefarbenen Wurzeln während der Ernte Namen gegeben, bis sein Vater der Tante den Kopf gewaschen hatte, weil Jakob sich weigerte, Knut, Hildegart und Reinhold zu verspeisen. Ohne Inge würde das Gärtnern und Ins-Bett-Gehen und überhaupt alles keinen Sinn ergeben!

»Jakob? Der Zug fährt gleich ein.« Die Stimme seines Großvaters klang belegt, als säßen auch ihm viel zu viele ungesagte Worte in der Kehle, die alles verstopften.

Jakob hielt den Kopf gesenkt.

»Komm schon, Junge, ich muss gleich auf dem Gleis sein. Sag Inge Auf Wiedersehen. Glaub mir, alles andere bereust du spätestens heute Nacht.«

Jakob nickte. Opa Gustav kannte ihn. Oft konnte er nachts nicht schlafen, dachte darüber nach, was er tagsüber hätte besser machen können. Und das lag nicht nur daran, dass ihn sein Vater am Abendbrottisch daran erinnerte: Jakob musste ebenso ein Vorbild für die anderen Kinder sein, wie sein Vater es für die Erwachsenen war. Wie sollten sie ihn und seine Stellung als Offizier vom Dienst der nächsten Bezirksbehörde ernst nehmen, wenn Jakob machte, was ihm gefiel?

Jakob wollte gut sein, er bemühte sich so sehr! Nur reichte es irgendwie nie. Immer fehlte ein bisschen. Außer für Opa und Tante Inge. Für die beiden war er prima, wie er war. Zumindest geglaubt hatte er das, bis eben. Vielleicht war er auch für Inge nicht gut genug, nur hatte sie ihm das nie gesagt?

Langsam lief er an der Hand seines Großvaters durch den Garten, vorbei an den bald wieder erntereifen Karotten ohne Namen, an den Kletterstangen für die Bohnen, die vielleicht einmal bis in den Himmel wachsen würden oder auch nicht. Vorbei am kleinen Bahnwärterhäuschen, in dem sie bis jetzt alle gemeinsam gewohnt hatten. In dem es ab heute ein extra Nähzimmer für seine Mutter geben würde.

Er trat auf den aus einer einzigen Plattform bestehenden Bahnsteig, als Opa Gustav ihm seine Bahnwärtermütze überstülpte. Normalerweise war Jakob darauf immer stolz. Heute fühlte es sich falsch an.

Von weit her war das Tuten des Drei-Uhr-Zugs nach Berlin zu hören, dann begannen die Schienen zu singen.

Tante Inge ließ ihr Gepäck fallen und breitete die Arme aus. »Ich besuche dich ganz oft, kleiner Pirat« versprach sie, drückte ihn an sich und hielt die viel zu große Mütze fest. »So oft ich freihabe.« Dann beugte sie sich noch näher und flüsterte: »Und in der Zwischenzeit passt du auf Opa Gustav und Klopfer auf, in Ordnung?«

Klopfer war ihr Stallhase. Der einzige, der bisher zu keinem Feiertag in der Küche gelandet war. Klein, schrumpelig und der letzte seines Wurfs hätte er ohne Jakob und seine Tante keine Woche überlebt. Aber sie hatten gerade erst *Bambi* gesehen, ihm einen Namen gegeben und ihn durchgebracht, dank der Tipps und der Pipette des Tierarztes, den Inge besonders mochte – und weil sie Klopfer die ersten Nächte ins Haus geschmuggelt und zwischen sich warm gehalten hatten.

Jakob nickte. Und hörte gar nicht mehr damit auf. Vielleicht war doch nicht alles so furchtbar, immerhin hatte er nun eine Aufgabe. Und vielleicht käme Tante Inge nach ihrer Ausbildung zurück nach Hause und alles würde wieder wie zuvor.

Jakob startete Bienchen und fuhr an. Im Rückspiegel wurde der grimmige Museumsbesitzer kleiner.

Miro, auf dem Beifahrersitz, schüttete sich aus vor Lachen. Viel zu eilig zog Jakob auf die durchlöcherte Straße. Die Reifen quietschten, Geschirr klapperte, und dazwischen war ein bisher nie gehörtes, empörtes Raunzen auszumachen – als beschwerte sich der treue Bus.

Jakob strich beruhigend über die Armaturen. »Entschuldige, altes Mädchen, der Kavaliersstart war nicht geplant.«

Miro kicherte noch immer. »Das war ... das war ... oh Mann, das war wirklich todkomisch! Was der für ein Gesicht gemacht hat, als du ihm erklärt hast, sein Highlight wäre Fake!«

Jakob verdrehte die Augen und schaltete in den nächsten Gang. Um ehrlich zu sein, hatte er ein schlechtes Gewissen. Auch wenn er recht gehabt hatte.

Mit großer Gestik hatte ihnen der Mann das Glanzstück seiner Sammlung präsentiert. Sogar ein extra Schild hatte er daneben angebracht, das einzige mit englischer Übersetzung. *Surely you know our world famous composer Antonin Dvořák*, hatte darauf gestanden, *born and raised in Nelahozeves, a little town in* *the Czek Republic. Already in his childhood he was fond of trains, which were great inspiration for his music. Here we introduce the important railroad enging, which inspired him at early age and can be heared in his compositions as his 9th symphony.*

Jakob hatte nur einen Blick auf die Lokomotive geworfen und den Kopf geschüttelt. »Ein wirklich wunderbares Exemplar«, hatte er zugegeben. Aber mit seinen nächsten Worten war die Stimmung gekippt: »Nur ganz sicher keine Inspiration für Dvořák. Denn das hier ist eine preußische Güterzug-Schlepptenderlok irgendwann aus dem Anfang des neunzehnten Jahrhunderts. Und zu der Zeit wohnte Dvořák schon längst nicht mehr in Mühlhausen.«

Und bevor Miro und Jakob es sich versahen, waren sie auch schon von dem Museumsgelände komplimentiert worden. Dass Jakob den deutschen Namen der tschechischen Stadt benutzt hatte, hätte ihm womöglich noch vergeben werden können. Aber die Hauptattraktion des Museums zu diskreditieren – das ließ ihr Museumsführer nun wirklich nicht mit sich machen. »Sie!«, hatte er wütend gegrollt, als er hinter ihnen die Toreinfahrt zugeworfen hatte. »Sie kommen hier und brechen ein. Ich lasse Sie alles sehen, und dann machen Sie lustig? Nein! Gehen Sie! Mit der Enkel. Auf Nichtwiedersehen!«

»Puh!« Miros Atmung wurde langsam ruhiger. »Was für eine verrückte Nummer!« Dann blickte er durchs Fenster hinaus, wo noch immer keine Menschenseele zu sehen war, und rümpfte die Nase. »Und jetzt?«

Jakob musste schmunzeln. »Jetzt fahren wir nach Nelahozeves, Kleiner, und besuchen Dvořáks Geburtshaus. Da gibt es auch ein Museum. Vielleicht bringt uns das Klarheit?« Miro hatte recht, das war überhaupt nicht so gewesen, wie er es erwartet hatte, aber trotzdem absurd und… durchaus lustig!

Miro warf einen zögernden Blick auf seine Uhr. »Interessant wäre das schon, nur…«

Jakob verstand. »Pass auf, wir machen einen Deal: Heute fahren wir nach Nelahozeves, das ist nur eine Stunde entfernt. Wir besuchen das Geburtshaus, sehen uns alles persönlich an, und morgen… morgen bringen Bienchen und ich dich nach Prag. Von dort aus bekommst du sicher eine gute Mitfahrgelegenheit direkt nach Zagreb. Was sagst du?«

Ein paar Sekunden verstrichen, und Jakob hielt den Atem an. Weshalb? Das war ihm selbst ein Rätsel. Der Junge passte nicht zu seinem sorgsam ausgefeilten Reiseplan ohne Gesellschaft, um Gustavs Lieblingsloks zu besuchen und sich in Ruhe Gedanken zu machen.

Also holte er vorsichtig Luft, um das Ganze als Scherz abzutun, doch da knuffte Miro ihm in die Seite. »In Ordnung. Vielleicht ist es gar nicht so verkehrt, wenn ich auf ein paar Umwegen in Zagreb ankomme.« Seufzend fuhr er sich durch die sowieso schon nach allen Seiten abstehenden Locken und kniff die ungewöhnlich hellbraunen Augen zu. »Um ehrlich zu sein«, gestand er, »habe ich eh keine Ahnung, was dann.«

Schweigend fuhren sie weiter. Bienchen schnurrte über die Landstraßen, Jakob lehnte sich zufrieden zurück, und Miro schüttelte plötzlich amüsiert den Kopf. »Ist dir aufgefallen, dass es irgendwie ständig darum geht, etwas Berühmtes, allseits Bekanntes für sich zu beanspruchen? Die Serviettenknödel, Dvořák... ist das was typisch Tschechisches?«

»Ganz und gar nicht, Junior. Schon mal was von der Currywurst-Fehde zwischen Hamburg und Berlin gehört?«

»Von der bitte was?«

Jakob griente und bog in Richtung Nelahozeves ab. »Du, mein Lieber, hast wirklich noch viel zu lernen!«

Nelahozeves war kleiner als erwartet. Aber vielleicht lag das auch daran, dass Miro und Jakob zunächst nicht ausmachen konnten, wo das Dorf endete und die es umgebenden Dörfer begannen. Häuser und Bauernhöfe, Weiden und Gärten erstreckten sich entlang der Moldau und wuchsen zusammen. Ortsschilder dagegen waren Mangelware. Und so kurvten sie nun schon seit einer Stunde hilflos im Kreis herum.

Den Campingplatz, den sich Jakob ausgesucht hatte, schien es nicht mehr zu geben. Auch kostengünstige Hotels, Hostels, Bed&Breakfasts – alles Suchbegriffe, die Miro auf seinem Tablet versuchte – lieferten keine Treffer. Selbst Dvořáks Geburtshaus, das nach Jakobs offenbar inzwischen überholtem Wissen zu einem Museum umgebaut sein musste, ließ sich auf keiner der digitalen, neumodischen Straßenkarten finden.

»Okay, dann gehen wir logisch vor.« Jakob hielt an der Kreuzung, die sie inzwischen schon drei Mal durchfahren hatten – immer in unterschiedlichen Richtungen.

Miro zog die Augenbrauen in die Höhe. »Logischer als Google Maps, meinst du?«

Jakob ließ sich nicht provozieren. »Finde du auf deinem Wundergerät Gleise, Klugscheißer, und ich mache den Rest.«

»Gleise also, in Ordnung...« Miro vergrößerte das Bild auf seinem Tablet. »Hab sie. Sie gehen genau an... Dings lang, an dem Fluss.«

»Die Moldau!« Jakob verdrehte die Augen. »Gerade du müsstest dir den Namen merken können!«

»Gerade ich??«

Jakob schüttelte den Kopf. »Na: Smetana? Die Moldau? Aus *Mein Vaterland*? Klingelt da nichts?«

»Urgs, lass mich raten – noch mehr Klassik?«

»Junge!« Nun war Jakob wirklich perplex. »Wie willst du denn der neue heiße Soundfrickler des Jahrhunderts werden, wenn du keine Ahnung von all dem hast, auf das du dich beziehst? Von der Tradition, in der du dich bewegst?«

Miros Gesichtsausdruck vereiste, seine Ohren begannen zu glühen. »Vielleicht will ich das ja gar nicht. Vielleicht will ich einfach alles anders machen!«

Jakobs Stimme wurde sanfter. »Entschuldige, du hast recht. Die nächste Generation will es immer anders machen, und vermutlich ist das gut so. Nur: Vielleicht könnte es trotzdem von Vorteil sein zu wissen, von was und wem du dich abgrenzen willst, meinst du nicht?« Jakob unterdrückte ein Lächeln. »Oder wie Gustav, mein Großvater, immer gesagt hat: Es ist wichtig zu kennen, was man abwählt und warum. Nur erzählen muss man das niemandem.«

Nachdenklich starrte Miro auf sein Tablet und zuckte mit

den Schultern. »Vielleicht«, murmelte er und fügte etwas ungnädig hinzu: »Vielleicht auch nicht. Zu den Gleisen geht es jedenfalls linksrum.«

Jakob bog ab und verbiss sich jeden weiteren Kommentar. Es war nicht an ihm, Miro ungebetene Ratschläge zu erteilen, die womöglich halfen oder aber erst Jahre später griffen. Er war schließlich nicht mit ihm verwandt. Unsicher räusperte er sich. »Siehst du auch den Bahnhof auf deiner Karte? Den brauchen wir nämlich. Dvořák konnte von seinem Zimmer aus die Züge hören. Also dürfte sein Geburtshaus und damit das Museum nur wenig entfernt davon zu finden sein.«

Vorsichtig schielte Miro zu ihm hinüber. »Gedacht wie ein echter Detektiv.«

»Oder einfach wie ein echter Eisenbahner der Deutschen Reichsbahn a.D.«

»Sag bloß, auch du hast neben den Gleisen gewohnt?«

Jakob konzentrierte sich auf die enge Straße vor ihm und schluckte. »Habe ich. Während meiner Kindheit. Und dann wieder... ab meinem Achtzehnten... na ja, beinahe Achtzehnten.«

Gustav hatte Jakob nicht erwartet, seine Eltern hatten noch nicht einmal bemerkt, dass er ausgerissen war. Doch für Jakob hatte es damals nur einen einzigen Ort gegeben, der Sicherheit versprach: Gustavs kleines Bahnwärterhäuschen in der Provinz, das für ihn immer so viel mehr ein Zuhause gewesen war als all die stetig größeren und luxuriöseren Stadtwohnungen, in die seine Eltern mit ihm und später seinem Bruder Klement gezogen waren.

Mit nur einem Rucksack war er abgehauen, den Kleidungsstücken, die er am Körper trug, einer Schallplatte, einem Foto und dem Gefühl, dass sein Leben zu Ende war.

Gustav hatte ihn behalten. Er hatte Tee gekocht, Jakob nicht gezwungen zu reden, sondern stattdessen nach einem Fotoalbum gegriffen. Sein Geheimrezept gegen jede Art von Kummer, seiner Meinung nach besser als alle Worte.

Er hatte Jakob verschiedene Lokomotiven gezeigt. Ehemals moderne Schnellzug-Konstruktionen wie die 18.0, die bis vor Kurzem noch gefahren war. Den berühmten Fliegenden Hamburger. Und natürlich die S3/6, von deren Kraft und Schnelligkeit Gustav schwärmte und bei der Jakob automatisch an Weite hatte denken müssen, weil sein Großvater sie *Pacific-Lokomotive* genannt hatte. Irgendwo zwischen dem fünften und dem fünfzehnten Bild hatte er einfließen lassen: »Übrigens bräuchte ich Hilfe hier. Schließlich werde ich auch nicht jünger. Was denkst du?«

Jakob hatte genickt. Zurück hatte er nicht gewollt und nicht gekonnt. Ein Studium kam nicht mehr infrage, das Leben, das sein Vater für ihn vorbereitet hatte, erst recht nicht, und über den Grund dafür wollte er nicht sprechen. Also warum nicht hierbleiben, wo er Hasenställe, Möhrenfelder, Gleise kannte und wusste, was zu tun war? Wo alles Regeln folgte, die etwas mit Uhrzeiten zu tun hatten, nicht mit einer politischen Einstellung. Nicht mit Menschen, die glaubten, du hättest sie verraten, und anderen, die der Meinung waren, du hättest nicht genug gesagt.

Er war geblieben und hatte es nie bereut.

»Bahnhof«, rief Miro und wedelte mit den Armen, »links!«

Jakob zog Bienchen auf den kleinen von Unkraut überwucherten Parkplatz.

Sie stiegen aus und blickten sich um. Der Bahnhof bestand aus einem einzigen, heruntergekommenen Gebäude ohne Türen und Fensterscheiben. Das kleine Kabuff, in dem vor Urzeiten einmal jemand Tickets verkauft haben mochte, war mit Brettern vernagelt. Graffitis überzogen das Holz, dehnten sich über die Mauern daneben aus: große Gemälde voller Totenköpfe und Sprüche, die sie nicht verstanden. Selbst die beiden Ticketautomaten waren übersprüht, die digitalen Anzeigen nur noch teilweise sichtbar. Einzig, wer sich hier auskannte, war in der Lage, sich eine Karte zu ziehen. Alle anderen wären verloren.

Jakob knöpfte sein Jackett zu. In dem feuchten Gebäude war es kühler als draußen, hier auf den nächsten Zug zu warten sicher keine Freude.

Zitternd trat er hinaus. Es gab zwei Bahnsteige. Dazwischen lagen die Gleise, und wollte man von dem einen zum anderen, musste man durch die Unterführung. Aber nun gut, wer hier einstieg, der wusste sicher nicht nur genau, wann sein Zug abfuhr, sondern auch von welcher Seite.

»Ahoj!«, schrie jemand, und aus einem Fenster des Hauses neben dem verfallenen Bahnhofsgebäude winkte ihnen ein kleines Mädchen zu. Jakob sah sie überrascht an, Miro winkte zurück. Die Kleine trug ein Tuch um den Hals und eine dicke Strickjacke, beugte sich weit aus dem Fenster und rief etwas Unverständliches.

Jakob schüttelte den Kopf. »Was macht sie denn da?«, brummelte er. Was wollte die Mini-Göre nur von ihnen?

»Na, winken?« Miro schnitt Gesichter und brachte das Mädchen zum Lachen.

Da hielt es den Zeigefinger in die Höhe – das internationale Zeichen für *Warte einen Moment!* – und verschwand.

Jakob drehte sich um. Auch gut, dann konnten sie jetzt ja endlich weiter!

Doch Miro lief neugierig näher und wartete gespannt.

Als die Kleine wiederauftauchte, hatte sie eine Katze im Arm. »Jubilee«, erklärte sie und wies auf das Tier. Dann zeigte sie auf sich. »Anna.«

»Miro«, rief Miro und deutete auf sich, dann auf Jakob. »Jakob.«

Sie winkte wieder, »Miro, Jakob«, und lachte. Von unten wurde eine besorgte Stimme laut. Anna winkte eilig zum Abschied und schloss das Fenster.

Die junge Frau, die nun vor dem Hauseingang auftauchte, drehte sich in Richtung des Bahnsteigs. Miro trat vor. »Sorry«, rief er laut, »wir wollten Ihre Tochter nicht ablenken!... Your daughter was so nice to... say hello.«

»No wonder!« Die Frau kam die Treppen hinauf und beäugte sie. »Anna ist... nicht gut. Krank. Mit Hals. Seit zwei Wochen. Sie hat langeweilig.«

Miro nickte. »Das verstehe ich.«

Das brachte die Frau zum Lächeln. »Ja, auch ich«, stimmte sie zu. »Danke für Winken. Aber Fenster ist besser zu. Zu sehr Wind.«

»Dann man los, Junior.« Jakob bedeutete Miro, ihm zu folgen. »Lass uns endlich Dvořáks Geburtshaus suchen.«

»Ah! Moment!« Die Frau legte eine Hand auf Jakobs Arm.

»Sie wollen zu Dvořák Museum? Ist nicht weit!« Sie deutete auf die andere Seite der Straße, wo sich, von einer kleinen Kapelle fast verborgen, ein niedriges Gebäude in die Kurve der Straße duckte. »Dort. Aber nicht auf. Am besten telefonieren.« Und als sie die enttäuschten Gesichter vor sich sah, fügte sie hinzu: »Ich mache für Sie. Wenn dauert, Sie gehen so lange in Schloss.« Nun wedelte sie den kleinen Hügel hinauf, wo Steinquader eine kleine Burg ergaben, als hätte sie vor nicht allzu langer Zeit jemand aus Legosteinen dort aufgebaut.

Jakob verkniff sich ein Augenrollen. Schon wieder eine frisch renovierte Burg?

Inzwischen sprach die junge Frau in unglaublichem Tempo auf Tschechisch in ihr Telefon, ohne Jakob und Miro aus den Augen zu lassen. Schließlich legte sie auf und lächelte ihnen zu. »Glück für Ihnen«, erklärte sie. »Gleich Touristen kommen für das Museum. Sie können mit. Aber«, und nun hob sie den Zeigefinger, »Sie gehen trotzdem in Burg! Ist... wunderbar dort!« Damit sprang sie leichtfüßig die Treppen hinab und verschwand im Hauseingang.

Hinter dem inzwischen geschlossenen Fenster winkte Anna ihnen zum Abschied zu, die strampelnde Katze noch immer in einer festen Umklammerung.

Miro wedelte mit beiden Armen, während Jakob sich umdrehte. Er hatte keine Lust auf die Treppen, nicht nur wegen seines Knies. Er wollte noch einmal durch das Bahnhofsgebäude, das vor etlichen Jahren bestimmt eindruckserweckender gewesen sein mochte als nun. Er wollte wenigstens einen kleinen Moment in der Mitte der Halle stehen und sich vorstellen, wie es hier ausgesehen haben mochte, bevor irgendwelche wild gewordenen Horden gelangweilter Jugendlicher alles verschmiert hatten.

Miro folgte ihm stumm. Selbst als Jakob plötzlich innehielt und sich zwischen all den Graffitis umsah, sagte er nichts. Er stellte sich mit dem Rücken zu Jakob und blieb dort. Einen perfekten 360-Grad-Kreis drehten sie Rücken an Rücken, nur unterbrochen von dem analogen Klicken und Schnurren, wenn Jakob seine Uralt-Kamera bediente. Niemand sonst kam. Das Gebäude blieb verlassen. Dann riss Jakob sich los und lief, von Miro gefolgt, an den höchstens fünfzehn Grabsteinen des kleinen Friedhofs entlang, an der Kapelle und überquerte die Straße.

Dort standen inzwischen sicher zwanzig oder mehr übereifrige Fahrradtouristen vorfreudig vor dem kleinen Museumsgebäude.

Jakob stöhnte. »Ich fasse es nicht! Die waren genauso schnell wie wir?«

Miro lachte. »Sind das echt dieselben, die uns in Děčín vom Weg abgedrängt haben?«

»Allerdings. Außer es gibt noch mehr Idioten, die gern so abscheuliche, neonorange Fahrradhelme tragen!«

»Ah, we've got company!«, lachte ihnen einer der Fahrradenthusiasten breit entgegen und streckte die Hand aus. »Welcome! Also here for Dvořák, the old chap?«

Jakob ließ seine Hand schön, wo sie war, sicher in seiner Hosentasche, und starrte den Mann fassungslos an. Dann beugte er sich flüsternd zu Miro. »Hat der Dödel eben wirklich Dvořák, der alte Hut, gesagt?« Generationen von Musikern, Musikwissenschaftlern und Fans drehten sich nun sicherlich unisono in ihren Gräbern um!

Miro schüttete sich aus vor Lachen. »Nicht ganz – chap, nicht cap. Also eher so was wie Kumpel.«

Kumpel? Widerwillig sah Jakob zu, wie Miro nun die dargebotene Hand des gut gelaunten Neonsportlers schüttelte, und drehte sich dann schaudernd weg, um den kleinen Garten zu begutachten. Kumpel – was für ein Idiot! Sollte Miro mit ihm Small Talk betreiben. Er konzentrierte sich lieber auf den Springbrunnen in der Mitte des Gartens und die sorgsam beschnittenen Kletterpflanzen, die sämtliche Wände bedeckten. Eine Bank stand in einem Alkoven gegenüber der Eingangstür und lud zum Lesen ein. Vorausgesetzt, es schnatterten nicht zwanzig wild gewordene amerikanische Radfahrer durcheinander. Auf der anderen Seite: Das ständige Plätschern des Brunnens würde bei Jakob sowieso für erhöhten Blasendruck sorgen. Blieb also zu hoffen, dass die Führung bald losging!

Zwei Frauen traten aus der kleinen Tür am Ende des Gartens und kamen auf sie zu. Die jüngere, nur wenig älter als Miro, blieb schüchtern stehen. Die ältere begrüßte sie alle mit geübter Lehrerinnenstimme auf Tschechisch. Sie schloss die Tür des Museumsgebäudes auf. Jakob seufzte. Ganz toll, sie durften zwar mit ins Gebäude, aber von der Erklärung würden sie kein Wort verstehen! Ungeduldig wartete er, bis die

Radtruppe sich in den engen Eingangsbereich gequetscht hatte, dann schob er sich hinterher.

CDs und Bücher lagen auf einem Holztisch, und Jakob kniff die Augen zusammen. Tatsächlich – auch hier alles auf Tschechisch. Er seufzte genervt. »Als wäre es zu viel verlangt, wenigstens *ein* Heftchen auf Deutsch dazuhaben!« Schon jetzt fühlte er sich von all den begeisterten, amerikanischen Ausrufen erschöpft. Mit ihnen in einem Pulk durch die niedrigen Räume zu laufen würde ihm für heute so was von den Rest geben!

Miro beugte sich lächelnd zu ihm. »Kein Problem, ich kann dir das Englische übersetzen.«

Einen Moment zögerte Jakob, dann nickte er kurz. Einige Worte verstand er. Dafür hatten Tante Inge und ihr Freund gesorgt, als er noch ein Junge gewesen war. Später dann hatte er versucht, das wenige, das sie ihm beigebracht hatten, zu behalten – mithilfe von Liedtexten und einem hoffnungslos veraltetem Wörterbuch.

»Die amerikanische Herrschaften haben eine Dame, die meine Mutter übersetzt«, lächelte da die junge Frau und schloss die Eingangstür hinter ihnen.

Jakob schüttelte den Kopf. Aber klar hatten die Amis eine persönliche Museumsführung in ihrer Sprache verlangt!

»Aber als ich hörte, es sind zwei Deutsche zu Besuch«, sprach das Mädchen weiter, »bin ich von oben gekommen für Sie beide. Ich bin Tereza.«

»Wie nett, Tereza, vielen Dank!« Miro stellte sich und Jakob vor und strahlte sie derart breit an, dass Jakob sich spontan fühlte wie ein Störfaktor. Oder sollte man bei seinem Alter besser Störfaktotum sagen?

Während sie warteten, dass sich die Gruppe vor ihnen in Bewegung setzte, hakte Miro interessiert nach: »Was heißt denn *von oben*, Tereza?«

Sie deutete zur Zimmerdecke. »Wir wohnen dort, Mama und ich. Dafür, dass wir Führungen machen und für das Museum aufpassen.«

Miro staunte. »Du wohnst in Dvořáks Geburtshaus? Wie cool ist das denn?!«

Tereza nickte. »Ja, wir haben Glück. In der Umgebung hier gibt es nicht viel Arbeit. Maminka tut dies schon viele Jahre. Aber sie wird älter. Ich bin fertig mit Studium, also kann ich helfen.«

Jakob warf einen Blick in den sich langsam leerenden ersten Raum und wurde gnädiger. Die Holzbohlen waren blitzblank und gut in Schuss. Ausstellungsstücke standen hinter Kordeln, Gemälde und alte Fotos hingen an den Wänden. Kein Stäubchen war zu sehen. Hätte Gustav einen anderen Job gehabt, damals, als Jakob zu ihm geflohen war, wäre sicherlich auch sein Leben anders verlaufen. Wie Tereza war er zurückgekehrt – zwar ohne Studium, aber auch ohne viele andere Möglichkeiten. Ob es einen Unterschied gemacht hätte, wäre Gustav Museumsführer gewesen?

Jakob folgte Miro und Tereza durch die nächste Tür, sah sich um und lauschte ihrem Gespräch.

»Was hast du studiert?«, wollte Miro wissen.

»Deutsch und Musik. Theorie, Klavier und ... *housi* ... wie sagt man ... zu ein Instrument wie ein kleines Cello, das du so spielst?« Sie hielt ihre Hände in die Luft, die linke etwas weiter entfernt, die rechte, als bewege sie einen Bogen.

»Ah, Violine oder Geige?«

»Genau, Geige.« Zufrieden nickte sie Miro zu, dann räusperte sie sich und drehte sich um die eigene Achse. »Also: Hier auf Erdgeschoss war Schlachterei und Taverne von Dvořák Vater František. Der nächste Raum war Tanzhalle, und Antonin spielte vielleicht dort. Renovierung begann 1951. Hier in diese Zimmer steht sein Schaukelstuhl und Möbel von gleiche Zeit.«

Von nebenan war Singen zu hören. Anstatt eines Lieds erschollen gleich mehrere gleichzeitig und ergaben eine unglaubliche Kakofonie.

Jakob blinzelte überrascht. Für einen Moment glaubte er einige Zeilen von *Little sister* zu hören: *Little sister kiss me once or twice, then say it's very nice and then you run.* Dann ging alles in vielstimmiges Gelächter über. Doch jetzt hatte er einen Ohrwurm – *Little Sister* war die B-Seite zu Elvis' Single *His latest Flame* gewesen. Damals.

»Die Akustik ist noch immer sehr gut in ehemalig Tanzhalle«, lächelte Tereza. »Ihr könnt gleich ausprobieren. Aber erst, guckt hier: Dvořák Familienbaum.«

Jakob und Miro traten näher. Miro lachte auf. »Jan Nepomuk? Toller Name! Klingt, als sei der Vorfahre von Dvořák mit Käpt'n Nemo auf Reisen gewesen.«

Wider seinen Willen musste Jakob lächeln. »Und die kleine Anna von vorhin mit ihrer Katze Jubilee hat offenbar auch einen sehr ehrwürdigen Namen – schließlich hieß so bereits Dvořáks Großmutter.«

Tereza nickte. »Ist weit verbreitet hier, Anna. Seht, eins der Kinder, Františeks Schwester, ist Anna Marie.«

Jakob schluckte. Da war er wegen eines ganz anderen Teils seiner Vergangenheit unterwegs, aber es war Marie, die sich immer wieder in seine Gedanken stahl.

Er ging den Familienstammbaum durch – acht Geschwister hatte Antonin gehabt. Auch hier eine Anna: Jana Anna, geboren 1851, genau ein Jahrhundert vor Jakob. Danach folgten noch drei: Karel Jan, geboren 1855, aber ohne Sterbedaten. Anschließend – Jakob atmete tief ein – Marie, geboren und gestorben 1857. Und dann, 1858, wieder eine Marie. Zumindest hatte diese überlebt, sie war 73 Jahre alt geworden. Ein schneller Blick bewies: Viele von Dvořáks Geschwistern waren älter geworden als der berühmte Komponist, rund um die siebzig. Und das immerhin Mitte des letzten Jahrhunderts.

Nun aber waren sie mehr als 150 Jahre medizinische Entwicklung und Hilfestellungen weiter. Siebzig war längst nicht mehr das Ende der Fahnenstange. Menschen wurden achtzig, neunzig und mehr. Jakob selbst hatte es ohne Probleme bis Ende sechzig geschafft. Da war noch Luft nach oben. Und Marie, *seine* Marie, war immerhin ein halbes Jahr jünger als er …

»Antonin«, riss ihn Tereza aus den Gedanken, »ist ein guter Name. Starker, tschechisch Name. Einer, der bleibt und immer wieder kommt. Ähnlich als Jakob.« Sie lächelte ihn an. »Wir würden ihn anders schreiben als euch, aber auch er ist … für lange. Ich – Tereza – habe Name von Urgroßmutter.« Dann drehte sie sich zu Miro. »Woher ist dein Name?«

Miro hustete, bekam rote Ohren. »Meine Mutter hat mich nach dem Lieblingsschauspieler meiner Oma benannt«, gestand er. »Miroslav Nemec? Kennst du den? Oma Erika hat ihn das erste Mal im Theater gesehen. Na, und dann im Fernsehen.«

Tereza schüttelte entschuldigend den Kopf.

»Also, zuallererst hatte er eine Rolle in *Derrick*«, lieferte Miro nach, und Jakob musste darüber schmunzeln, wie wichtig es dem Kleinen zu sein schien, dass Tereza wusste, von wem er sprach. Nun zitierte Miro auch noch den berühmtesten Satz der ganzen Fernsehserie: »Harry, hol schon mal den Wagen!«

»Was?« Tereza hatte davon offenbar noch nie gehört.

Miro seufzte. »Nicht so wichtig. Aber *Tatort* kennst du doch sicher? Dort spielt er schon ewig mit, seit ich geboren bin?!«

Tereza schien nachzudenken. Dann zuckte sie mit den Schultern. »Nein. Aber Miroslav ist tschechische Stadt nahe Österreich und Slowakei.« Sie grinste Miro an. »Dein Name ist also sehr bekannt und wichtige.«

Miro krauste die sommersprossige Nase. »Na, schöner fände ich es, ich hätte ihn von jemandem aus unserer Familie geerbt.« Er drehte sich um und lief in den nächsten Raum, den mit der runden Säule in der Mitte. Den, der eine wirklich gute Akustik hatte. So gut, dass Jakob Miro seufzen hören konnte, obwohl er auf die andere Seite geflohen war, möglichst weit weg von ihm und Tereza. Offensichtlich wollte er nicht mehr reden.

Also begutachtete Jakob die hier hängenden alten Fotos von Eisenbahnen und lauschte Terezas Erklärungen, während er in den spiegelnden Gläsern der Fotos an der Wand Miro im Auge behielt. Mit hochgezogenen Schultern mäanderte er durch den Raum, hielt vor keinem der Ausstellungsstücke lange genug, um die ganzen Informationen dazu zu lesen.

Irgendetwas hatte den Jungen aus dem Gleichgewicht gebracht. Und Jakob erkannte überrascht, dass er verdammt noch mal wissen wollte, was.

Miro riss sich von dem Blick aus dem Fenster los. Der Innenhof des Museums war klein. Die Blätter der Kletterpflanzen wehten im Wind, das Wasser des Springbrunnens plätscherte die drei Schalen hinab, regelmäßig und beruhigend.

Aus dem letzten Raum des Museums waren die begeisterten Stimmen der amerikanischen Radtruppe zu hören, die sich darüber unterhielten, dass Neil Armstrong Dvořáks Sinfonie *Aus der neuen Welt* 1969 auf seinen Flug zum Mond mitgenommen hatte. Mehr als dreißig Jahre vor Miros Geburt. Und nun diskutierten die Amis lauthals darüber, ob der Komponist mit dem starken, tschechischen Namen streng genommen aus Tschechien stammte, aus Böhmen, oder aber ob er Wahl-Amerikaner war wegen seines Aufenthalts dort und weil Armstrong ihn geadelt hatte.

Miro dagegen fühlte sich in lauter Teile zerrupft. Wohin gehörte er eigentlich? Und machte es wirklich einen Unterschied? Denn zuallererst gehörte er zu Erika. Ohne sie hätte es ihn kaum gegeben. Zumindest nicht so. Vielleicht wäre er ein anderer gewesen, wenn seine Mutter ihn mitgenommen hätte – alle vier bis acht Jahre in ein anderes Land. Wer wusste das schon.

Aber das hatte sie nicht. Sie hatte ihn bei Erika abgestellt. Vielleicht das Beste für alle Beteiligten. Und so war in den letzten Jahren aus ihm eher ein Sohn Erikas geworden als der seiner eigenen Mutter, egal, wie seltsam Erika während der Elternabende in der Schule beäugt wurde, weil sie so viel älter war als alle Anwesenden. Weil niemand von den Lehrern wirklich eine Ahnung von ihrer Familie hatte. Nur Edinas und Sahids Eltern, die wussten, was Sache war, hatten Erika immer unterstützt.

Gut also, dass es nur noch eine einzige blöde Veranstaltung dieser Art geben würde – die Abiturfeier, wenn Miro zurück war. Vorher allerdings musste er noch etwas herausfinden. Etwas regeln. Erika etwas zurückgeben.

Miro warf einen nachdenklichen Blick auf das letzte Ausstellungsstück: das Foto einer Villa inmitten eines Parks. Dorthin, nach Vysoká u Přibamě, hatte sich Dvořák nach seiner Rückkehr aus Amerika zurückgezogen, war anschließend jedoch nach Prag gegangen, wo er gestorben und begraben war. Miro trat näher. Die Villa sah perfekt aus, die Umgebung, als könne man gut herumwandern, denken und komponieren. Erika würde das gefallen. Warum also war der Komponist von dort nach Prag gezogen? Nach allem, was Miro auf den Informationstafeln überflogen hatte, schien er nicht unbedingt ein Fan von Menschenansammlungen, engen Straßen und Stress gewesen zu sein. Aber vielleicht war Prag damals ja auch ganz entspannt?

Und was zur Hölle machte das eigentlich aus? Das einzig Wichtige war schließlich, nach Zagreb zu kommen und ein Rätsel zu lösen, das fast fünfzig Jahre auf dem Buckel hatte!

Ein noch viel älterer Komponist war dabei sicher keine Hilfe. Auch wenn Jakob der Meinung war, er könne Miro den ein oder anderen Inspirationsschub für seine Aufnahmeprüfung geben.

Aber beides – Vergangenheit und Zukunft – ging gerade nicht zusammen. Was zum Beispiel, wenn er Erikas Stjepan nicht fand? Oder nur seinen Grabstein? Was sollte er Erika sagen, sollte er ihr dann überhaupt von seiner Reise berichten?

Oder anders: Würde er sie wirklich anlügen können?

Dass Jakob ihn morgen nach Prag bringen würde, war jedenfalls ein Glücksfall – von dort aus käme er sicherlich schneller weiter als von hier. In Nelahozeves war tote Hose. Hierhin kam man und blieb dann offenbar. Es sei denn, man radelte durch. Und auf dem Gepäckträger der amerikanischen Reisegruppe konnte er ja kaum mitreisen.

Hinter Miro befragte Jakob Tereza gerade nach der alten Kapelle gegenüber, in der Dvořák zu seiner Zeit Orgel gespielt hatte. Vor ihm strömten die Radfahrer mit vielen lauten *Thank you so much*, Händeschütteln und einem aus Geldscheinen bestehenden Dankeschön aus dem Haus. Überrascht fächerte Terezas Mutter das Geld vor sich auf und hielt einen der Scheine mit ungläubigem Lächeln gegen das Licht. *Dva Tisíke* stand darauf, direkt über dem Konterfei einer Frau mit sehr viel Haar. Miro zog sein Smartphone hervor, tippte und staunte nicht schlecht, als er das Ergebnis sah: zweitausend Tschechische Kronen – fast achtzig Euro! Alles in allem hatten die Radler also über hundert Euro dagelassen. Hektisch durchforstete er seine Hosentaschen. Auch sie sollten Tereza etwas geben, oder? Nur was und wie viel? Ihr ein paar Münzen in die Hand zu drücken kam ihm irgendwie komisch vor.

Unsicher drehte er sich zu Jakob, der sich gerade mit Handschlag von Tereza verabschiedete. Miro beugte sich zu ihm.

»Ähm, sag mal, müssen wir Tereza nicht etwas dalassen?«

»Was denn? Deine Telefonnummer, Sportsfreund?«

»Nein… Geld. Für die Führung.« Miro senkte die Stimme. »Die Amis haben ihrer Mutter umgerechnet mindestens fünf Euro pro Mann in die Hand gedrückt!«

Jakob rümpfte die Nase. »Angeber!«

»Findest du das zu viel?«

Jakob zwinkerte ihm zu. »Nein, finde ich nicht. Immerhin hat das Museum extra für die Neonfritzen aufgemacht.«

»Und was tun wir?« Miro zog die Schultern bis an die Ohren. So etwas war er nicht gewohnt. Wenn sie wirklich einmal Essen gingen oder im Urlaub waren, kümmerte sich Erika um Trinkgelder.

»Keine Panik, Junior. Unser Obolus steckt im Spendenkasten am Eingang.« Jakob schnaubte. »Ich wedele doch nicht für alle sichtbar mit Geld herum, nur damit klar ist, ich habe welches!« Würdevoll rückte er seinen Kragen zurecht und marschierte entschlossen vorwärts.

Weit kam er nicht. Die Amerikaner bildeten eine undurchdringliche, knallfarbige und fröhlich zwitschernde Mauer. Zwei von ihnen redeten auf Jakob ein, während sie mit den Armen in Richtung des blitzblanken Schlosses am Ende der Straße wedelten.

»Sie laden uns ein«, übersetzte Miro leise.

»Lass mich raten«, Jakob seufzte schwer, »auch für den

Palast am Ende der Straße haben sie eine Extraführung beantragt, bei der wir mitdürfen.«

Miro nickte. »Dein Englisch ist also gar nicht so schlecht, wie du tust?«

»Im Zusammenreimen bin ich gut. Lange Reden schwingen ist eher das Problem.« Jakob reckte den Daumen in die Höhe, nickte den Radlern ergeben zu und hielt sich kurz: »Nice of you. Thanks.«

Jakob rauschten die Ohren. Man sollte meinen, rund siebzig Kilometer an einem Tag würden selbst die übereifrigsten Radler ein wenig erschöpfen, doch nein! Die amerikanische Begeisterung für eine Tour durch das *alte Europa*, wie sie ihre Reise hartnäckig nannten, schien wahre Wunder für ihren Energiehaushalt zu vollbringen. Vorhin in Dvořáks Museum hätten sie beinahe darauf angestoßen, dass einer der ihren – Armstrong – Dvořáks neunte Symphonie mit ins Weltall genommen hatte. Als wäre das ihr Verdienst! Jakob hatte sich sehr zurückhalten müssen, ihnen nicht zu erzählen, dass der erste Kosmonaut, der wirklich zählte – der erste Deutsche nämlich, Sigmund Jähn –, eine Figur des Ost-Sandmännchens mit auf seine Reise genommen hatte. Das war doch mal eine Aussage!

Nun liefen Miro und er inmitten der Gruppe durch die Museumsräume mit ihren Gemälden, Buchvitrinen, alten Möbeln und ausgestopften Tieren. Irgendeiner der Burgherren war *der beste Jäger seiner Zeit* gewesen. Der *tödlichste* traf es wohl eher. Bei Nummer 139 der Tierpräparate hatte Jakob aufgehört zu zählen. Wer zum Henker wollte so viele Gämse, Rehböcke, Ziegen oder gar Otter und Marder schießen?

Auch Miro schien keinen Gefallen daran zu finden. Schaudernd blickte er die vertäfelten Wände des Jagdgangs entlang, in dem sie sich nun befanden. »Der alte Graf oder was er war, mag ja der beste Schütze des ganzen Landes gewesen sein«, murmelte er, »gruselig ist es trotzdem.«

Jakob grinste. »Dann sei mal froh, dass du nicht in diese Familie hineingeboren wurdest. Du hast ja gehört«, er wedelte mit dem Zeigefinger vor dem Gesicht des Jungen herum und wiederholte mit Grabesstimme, »die Jagd war eine Kunst, die die Väter an ihre Söhne weitergaben.«

»Also ich hätte meinem Erzeuger den Vogel gezeigt!«

Jakob rümpfte die Nase. »Es sei denn, du hättest einen übereifrigen, jüngeren Bruder gehabt, der nur darauf wartete zu beweisen, dass er in allem besser ist als du.«

Miro schoss ihm einen nachdenklichen Blick zu. »Hattest du? So einen Bruder?«

Jakob biss sich auf die Zunge. »Und du?«, fragte er dagegen, »hast du einen Erzeuger statt einem Vater?«

Der Junge winkte ab und verdrehte die Augen. »Ich komme sehr gut ohne ihn klar. Und ohne Stefanie auch.« Damit drehte er sich um, lief weiter und ließ sich in ein Gespräch über die Vorteile einer mehrtägigen Radtour verwickeln.

Jakob musste grinsen. Von ihm aus konnten die Amerikaner so lange durch das *alte Europa* hecheln, wie sie lustig waren, er war mehr als froh um sein Bienchen!

Auch wenn sie ursprünglich nicht sein Bus gewesen war. Irgendein Hippie mit offensichtlich guten Westkontakten hatte den Wagen mit Motorschaden Mitte der Siebziger bei Gustav und ihm untergestellt und versprochen, sich um alles Weitere zu kümmern, sobald er wieder zu Hause war.

So hatte Jakob seine Vorliebe dafür entdeckt, an etwas herumzuschrauben, das nichts mit Zügen zu tun hatte. Das Problem des T2s war nach nur einigen Wochen gelöst, ein neuer Keilriemen und geputzte Zündkerzen später hatte der Bus wieder geruhsam vor sich hin gebrummt. In all den Jahren hatte ihn niemand zurückgefordert. Entweder hatte der Besitzer seiner guten Laune derart mit illegaler Rauchware nachgeholfen gehabt, dass ihm schlicht entfallen war, wo genau er Bienchen zurückgelassen hatte, oder aber er hatte einen Ausreiseantrag gestellt und war verschwunden – dorthin, wo sich selbst langhaarige Kapitalisten problemlos ein anderes Auto zulegen konnten, ohne zwölf oder mehr Jahre darauf zu warten.

Gustav und Jakob dagegen waren zunehmend mutiger geworden, hatten selbst Überlandtouren mit Bienchen gemacht und Gustavs Selbstgebrannten damit ausgeliefert, den hinteren Teil zur Ladefläche für die Kästen voller unbeschrifteter Flaschen umfunktioniert, mit denen Gustav sein Gehalt aufgebessert hatte. Damals hatte Jakob das Fahren in der Dämmerung noch nichts ausgemacht. Im Gegenteil.

Gleich nach der Wende hatte sein Großvater weise darauf bestanden, den Wagen als Jakobs anzumelden. »Lass uns nicht warten, bis die Wessis für alles gesamtdeutsche, bürokratische Nachweise sehen wollen«, hatte er gegrinst. Und so gehörten Bienchen und Jakob nun seit rund dreißig Jahren auch offiziell zusammen. Nie hatte sie ihn im Stich gelassen und würde es auch jetzt nicht, da sie sich das allererste Mal auf einer richtigen, gemeinsamen Reise befanden.

Heute Nacht beispielsweise würde sie Miro und ihm ein Dach über dem Kopf bieten. Wer brauchte schon ein Hotel oder B&B, wenn er ein Bienchen hatte! Morgen früh würden sie sich zwei Tassen Kaffee brühen und danach entspannt in Richtung Prag rattern.

Das Einzige, was Bienchen nicht hatte – noch nicht –, war ein WC. Jakob drückte sich durch die unaufhörlich schnatternde Reisegruppe und folgte den Schildern in Richtung Toiletten. Weshalb mussten Menschen eigentlich selbst das Offensichtlichste noch kommentieren? Weshalb waren sie überhaupt die meiste Zeit so anstrengend? Erleichtert öffnete er die schmale Tür zum Klo und unterdrückte ein genervtes Aufstöhnen, als ihn selbst hier ein älterer Herr freundlich begrüßte. Das durfte nicht wahr sein! Selbst auf dem Abort war man nicht allein? Jakob brummte etwas Undefinierbares und hoffte, dass die einzige Kabine bald frei wurde. Und da hatte er gedacht, zumindest das Schlangestehen inzwischen hinter sich zu haben! Ungeduldig klopften seine Finger einen schnellen Takt auf seine Oberschenkel, bis endlich die Toilettenspülung zu hören war. Wie lange dauerte das alles denn? Der Schlüssel kratzte derart unerträglich langsam, dass Jakob am liebsten nachgeholfen hätte. Welcher Idiot brauchte hier so lange und stahl ihm ausgerechnet in einer Museumstoilette wichtige Minuten Lebenszeit? Und wieso stellte sich der alte Trottel vor ihm nun auch noch erwartungsvoll neben das Waschbecken? Er würde doch nicht…? Nein, ein Rumpeln war zu vernehmen, und eine alte Dame erschien, in einer zitternden Hand einen Gehstock. Den anderen schob sie dankbar durch den ihr entgegengehaltenen Arm des alten Herrn, der ihr, leise auf sie einsprechend, den Wasserhahn aufdrehte, den Seifenspender für sie betätigte und Jakob mit einer Kopfbewegung zu verstehen gab, dass er an der Reihe war.

Jakob murmelte ein »Thank you very much« und schloss mit schlechtem Gewissen die Kabinentür hinter sich. Da hätte er die beiden beinahe angeraunzt, gefälligst hinnezumachen. Dabei war der alte Kerl nur mitgekommen, um seiner Frau das Ein- und Ausparken in der viel zu engen Toilette zu erleichtern. Eigentlich wirklich nett. Und fürsorglich.

Etwas frustriert nahm er anschließend den direkten Weg in den Innenhof, um auf Miro zu warten. Noch mehr der durchgetakteten Museumsführung ertrug er nicht. Klement hätte daran seine helle Freude gehabt. Mit Eigenständigkeit hatte Jakobs Bruder nie gut umgehen können. Es waren Regeln, die ihm die nötige Sicherheit, eine Richtung und ein Punktesystem vorgegeben hatten: Pluspunkte für ihn, der sie erfüllte, und das Gefühl, besser als die anderen zu sein.

Gerade einmal sechs war Klement gewesen, als er sich einen FDJ-Ausweis gebastelt hatte. Oft genug hatte Jakob ihn dabei erwischt, wie er mit seinem Blauhemd vor dem Spiegel posiert hatte, und sich ein eigenes Zimmer gewünscht.

Erst spät war ihm aufgegangen, dass die brüderliche Zusammenlegung nicht am Platzmangel gelegen hatte. Seine Eltern hatten gewollt, dass der Kleine ihn im Auge behielt, von Anfang an hatten sie ihm mehr vertraut als Jakob. Zu Recht, wie sich herausgestellt hatte.

Die heiße Wut, die Jakob früher gepackt hatte, wenn Klement ihm einmal mehr einen Strich durch die Rechnung gemacht hatte, war über die Jahre einer Art dumpfem Phantomschmerz gewichen, der fast wehmütigem Mitleid glich. Klement hatte es nicht anders gekannt. Jakobs Vergehen zu verpetzen war seine Aufgabe gewesen und belohnt worden. Vielleicht hatte er sogar gedacht, er täte Jakob damit auf lange Sicht einen Gefallen. Jakob hatte keine Ahnung, was ihr Vater dem rund zehn Jahre Jüngeren versprochen hatte. Ernst war ein Meister der Manipulation gewesen. Hatte er auch sein müssen, spätestens, nachdem er es ins Ministerium geschafft hatte!

Nie hatte Jakob werden wollen wie sein Vater. Er hatte sich geschworen, seine eigenen Kinder niemals gegeneinander aufzuhetzen. Es ganz anders zu machen. Doch dazu war es nicht gekommen. Keine Frau, die er im Alter aufs WC begleitete, keine Kinder, kein Andersmachen.

Marie hatte Klement nur *Der Fähnrich* genannt. »Unterste Liga, aber im Kopf schon ganz oben«, hatte sie gegrummelt und die Nase gerümpft. Anfangs hatte Jakob seinen Bruder noch verteidigt, geahnt, wie es für den Kleinen sein musste, die Erwartungen und das Bedürfnis gekannt, es richtig zu machen. Marie aber hatte den Kopf geschüttelt. »Du kannst dich entscheiden«, hatte sie gesagt, »immer. Klement entscheidet sich täglich gegen dich. Und ich habe mich entschieden, ihn nicht zu mögen!« Die Untertreibung des Jahrhunderts. Marie hatte Jakobs kleinen Bruder verachtet. Spätestens nach diesem einen Abend.

16

BERLIN, 1967

Jakob konnte nicht anders, er musste sich bewegen. Sein Fuß wippte, sein Kopf ging hoch und runter, und der Rest seines Körpers wollte mitmachen – sich schütteln und tanzen, Maries Hand fassen und, ja, er wollte sie um die eigene Achse drehen und dann an sich ziehen, und…

»Sind sie nicht großartig?«

Auch sie schnippte mit der Musik, ihre Hüfte landete gegen seiner, brachte ihn aus dem Rhythmus. Er beeilte sich zu nicken und so zu tun, als hätte er es nicht bemerkt. »Dein Bruder ist echt gut!«

Sie lächelte erfreut. »Die andern aber auch, oder?«

»Hm-m.«

Mark schnappte sich das Mikrofon. Er rotzte den Text herunter, zögernd, als erfände er ihn just in dieser Sekunde. Dabei wusste Jakob, dass es Maries Bruder Johannes war, der die Texte der Band schrieb, wenn sie nicht gerade die Beatles oder die Stones auf Deutsch sangen.

Die ersten Reihen vor der kleinen Bühne drehten durch. Sie applaudierten wild mit hochgereckten Händen und skandierten Marks Namen. Maries Bruder hatte eine Begabung für Worte und eine tolle Stimme, Mark jedoch das Auftreten eines echten Stars. Gemeinsam brachten sie jeden Jugendklub zum Kochen. Arrogant und selbstsicher schüttelte sich Mark die Haare aus dem Gesicht und beugte sich zu seinem Publikum, als stünde er auf der Waldbühne, nicht auf dem Holzpodest eines Kellers. Mitten in den Applaus hinein ließ er den Blick durch den Raum wandern, bis er Marie gefunden hatte.

»Eigentlich hatten wir vor, mit einem anderen Song weiterzumachen«, grinste er breit. »Aber dieser hier ist für jemand Besonderen. Ich habe ihn gerade erst übersetzt, und wir werden ihn heute Abend das allererste Mal spielen.« Begeisterter Applaus.

Jakobs Schultern hoben sich ohne sein Zutun, er fröstelte. Wieso hatte er bisher nicht bemerkt, wie ungemütlich es hier war? Am liebsten würde er Marie hinter sich herziehen, hinaus auf die nicht viel wärmere, aber trockene Straße, die nach Kohlerauch roch und... ja was? Ihr sagen, dass Mark ein verdammter Angeber war?

Zu spät. Mark drehte sich zur Band, Johannes warf Marie einen Blick zu, dann entdeckte er Jakob neben ihr und verdrehte entschuldigend die Augen. Trotzdem trat er zurück und nahm die Gitarre auf.

»Du wildes Ding!«, röhrte Mark ins Mikrofon und zeigte auf Marie. »Mein Herz schwingt, wenn ich dich nur sehe, du wildes Ding!« Er zögerte die nächste Zeile hinaus, ließ den Blick über sein kreischendes Publikum wandern, drehte sich einmal um sich selbst und streckte einen Zeigefinger aus – wieder in Richtung Marie. »Du bist so aufregend – du wildes Ding!«, sang er und zuckte zur Freude seiner Fans mit den Hüften. Die Gitarren übernahmen für exakt vier Sekunden, dann war Mark wieder da: »Du wildes Ding!«, raunte er, hob den Arm, der bis eben noch auf Marie gezeigt hatte, in die Höhe und vollführte einen Kreis, wartete, bis seine Bandmitglieder fertig waren mit dem bisschen Melodie und hauchte: »Du wildes Ding, ich bin verrückt nach dir!«

Jakob erstarrte. Es war kalt und roch nach Erbsensuppe hier unten, aber viel schlimmer war: Mark hatte das ausgesprochen, was er selbst sich seit Jahren nicht traute. Oder besser: Er hatte es, ziemlich platt verpackt, von einer Bühne hinabgegrölt, vor der lauter Mädchen standen, die hofften, er würde sie meinen. Aber Mark hatte nur Augen für Marie. Er war selbstsicher und älter, er war ein Freund von Maries Bruder, er war perfekt, und Jakob hasste ihn! Er hasste ihn mit allem, was er hatte, er hasste ihn mehr als Klement, der ihn verriet, wenn er Marie Briefe schrieb, anstatt für Stabü zu lernen. Er hasste ihn mehr als seinen Vater, der der Meinung war, Marie und ihre Familie seien kein guter Umgang – zu bürgerlich –, und ihm verbot, sie zu sehen. Er hasste ihn mehr als Tante Inge, die verdammt noch mal seine Vertraute gewesen war und sich trotzdem davongemacht hatte. In diesem Moment hasste Jakob Mark so sehr, dass er am liebsten auf die Bühne gesprungen wäre und ihm eine geballte Faust mitten ins Gesicht geschlagen hätte. Nur dafür, dass er tat, was Jakob tief in sich verschloss.

Dass Marie ihn hinter sich herzog, mitten durch die begeisterte Menge die Treppe hinauf auf die Straße, und weder aufhörte zu rennen noch seine Hand losließ, drang erst in Jakobs Bewusstsein, als sie noch immer Hand in Hand quer über die nächste Kreuzung liefen und irgendwer sie anhupte.

Auch an der nächsten Straßenecke hielt sie nicht an. Sie nahm ihn mit bis in den Park, in dem sein Vater vier Tage die Woche mit ihm trainierte und seine Zeit stoppte. Hier standen neu gepflanzte Bäume und Sträucher, die sie umgebenden Häuser waren dunkel. Marie streckte die Arme aus und schrie. Laut und wütend.

Jakob starrte sie an. Ihr Gesicht stand auf Sturm, verkniffen und sauer, und das Einzige, woran er denken konnte, war, dass er sie küssen wollte. So furchtbar dringend.

Doch da hatte sie sich wieder gefangen und drehte sich zu ihm um, die Hände empört in die Seiten gestützt. »Wildes *Ding*?«, schnaubte sie. »Ding? Ehrlich? So eine Scheiße! Ich bin doch kein Ding! Was für ein Idiot!«

Jakob begann zu grinsen und konnte gar nicht mehr damit aufhören. Erst als sie sich konzentriert zu ihm vorbeugte, wurde er wieder ernst. »Wild thing – was für ein blödes Lied«, grollte sie und fügte an: »Du hättest das nicht für mich ausgewählt, oder?«

»Ich kann nicht singen.«

»Quatsch, natürlich kannst du, du traust dich nur nicht. So wie du dich auch nicht getraut hast zu spucken!«

Jakob nickte. Als sie sich kennengelernt hatten, war einer von Maries Schneidezähnen gerade ausgefallen, und durch die Lücke hatte sie einen wunderbaren, gezielten Bogen gespuckt, der alles traf, was sie wollte. Er dagegen... nun, ihm hatte sie das Spucken erst beibringen müssen. Wie das Auf-den-Fingern-Pfeifen. Sie war in allem so viel besser als er! Mutiger.

»Ich hätte vielleicht *Paint It Black* für dich gesungen«, murmelte er zögernd. »Weil du Dinge siehst und malst, die du anders haben willst. Aber alle anderen sehen sie nur schwarz oder weiß. Und...«

Jetzt kam es darauf an. Jakob holte tief Luft. Wenn er es

jetzt nicht sagte, würde der nächste Freund ihres Bruders ihr einen Song widmen, einen, der sie vielleicht nicht sauer machte. »Und weil für mich alles so viel bunter ist mit dir.«

Sie schwieg. Jakob schluckte trocken. Er war nicht gut mit Worten.

»Ehrlich?« Sie trat vorsichtig näher. »Bunter?«

Bunter und besser. Sie machte doch alles erst erträglich! Wusste sie das etwa nicht? Er nickte, schwieg und wartete ab.

»Das ist schön.« Sie kam noch näher, legte den Kopf schief. »Das klingt wie eine Gedichtzeile.«

Jakob lachte. »Im Reimen bin ich noch schlechter als im Singen.«

Ihre Finger landeten auf seiner Wange. »Dann lass es einfach. Nicht alle Dichter brauchen Reime.«

Noch bevor Jakob sich darauf irgendeine Antwort zurechtgelegt hatte, stellte sie sich auf die Zehenspitzen und küsste ihn. Vorsichtig und fragend.

Und schon drehte sie sich wieder weg.

»Warte!« Jakob fing sie ein. Das hier war seine Chance, oder? Die durfte er nicht verpassen. Um nichts in der Welt.

Der zweite Kuss folgte. Der zweite und der dritte, der vierte, und er hörte auf zu zählen. Irgendwann zog sie ihn weiter, zur Treppe, stieg zwei Stufen hinauf, ohne ihn loszulassen, schlang die Arme um seinen Hals, sie küssten sich noch immer. Von ihm aus konnten sie hier einfach stehen bleiben, doch da: Kirchenglocken. Mitternacht.

Erschrocken löste sie sich von ihm. »Wann musst du zu Hause sein?«

Er biss die Zähne zusammen. »Vor zwei Stunden.«

Als er durch das Fenster kletterte, noch immer mit einem breiten Lächeln auf dem Gesicht und *Paint It Black* im Kopf, schien alles, wie es sollte. Das Zimmer war dunkel, seine Bettdecke zusammengerollt, als läge er darunter. Vom Bett seines Bruders war nichts zu hören.

Dann ging das Licht an.

»Sieh an, wer doch entschieden hat, heute Nacht nach Hause zu kommen!« Jakobs Vater stand in der Tür. Hinter ihm seine Mutter, wie immer mit zerknirschtem Gesichtsausdruck. Sie wusste, was folgen würde, und Jakob wusste, sie würde sich nicht einmischen.

»Er ist schon um acht aus dem Fenster gestiegen«, piepste es. Klement verkroch sich hinter den Eltern. »Ich habe es genau gesehen.«

Jakob verkniff sich jegliche Entgegnung. Es würde nichts helfen, wenn er daran erinnerte, dass der Kleine um acht eigentlich längst schlafen sollte, schließlich war er nicht einmal sieben! Er wollte es nur schnell hinter sich bringen. Und dann ins Bett und an Marie und ihr Lachen denken. Marie, die er auf Teufel komm raus vor seinen Eltern geheim hielt.

»Peter sagt, er geht impalistische Musik hören, Beat und Amerikano oder so«, erklärte sein kleiner Bruder nicht ganz wortsicher, aber naserümpfend. »Mit diesem Johannes, den ihr nicht mögt, und seiner Schwester Marie!«

Jakob versteifte. Es war schlimmer als gedacht. »Und woher will Peter das wissen?«

»Halt den Mund!« Die Stimme seines Vaters war kalt. »Von dir will ich überhaupt nichts hören. Runter ins Wohnzimmer!«

Jakob drückte sich an Klement und seiner Mutter vorbei und zwang sich, beiden ins Gesicht zu sehen. Sie mussten wissen, was das bedeutete: dass die anschließende »Unterhaltung« im Wohnzimmer mit dem Gürtel stattfand. Doch beide blickten überallhin, nur nicht zu ihm.

Während Jakob langsam die Treppe hinabstieg, hörte er, wie seine Mutter Klement mit dem Versprechen, ihn wieder ins Bett zu bringen, ins Zimmer bugsierte. Jakob biss die Zähne zusammen und blendete die Stimmen aus, die Schritte seines Vaters hinter sich auf der Treppe, der ihm für die nächsten Wochen sicher Hausarrest aufbrummen würde.

Er dachte an Marie. Wie sie mitten in dem Park gestanden und geschrien hatte. Ebenso wütend wie frei. Genau das würde auch er tun, sobald er das Haus wieder verlassen durfte. Schreien und schreien und schreien. Und wenn er genug geschrien hatte, würde er überlegen, wie er hier wegkam.

Sein Vater schloss die Tür des Wohnzimmers. »Du weißt, was ansteht, Sohn!« Jakob schloss die Augen. »Du weißt, was passiert, wenn man Regeln nicht befolgt.«

Jakob nickte und beugte sich über das Sofa. Er wartete und wollte nicht warten, entschloss sich, stattdessen weiter an Marie zu denken. Daran, wie sie ihn geküsst hatte. Er blendete das klappernde Geräusch hinter sich aus, die Augen fest auf die Wand gegenüber gerichtet. Einmal. Er biss die Zähne zusammen. Dann das zweite Mal, er schloss die Augen. Dachte an den Kuss, zuckte zusammen, aber gab keinen Laut von sich, nein, diese Genugtuung würde er seinem Vater nicht geben. Der Kuss auf der Treppe ... Jakob ballte die Fäuste und spannte die Muskeln an, blendete das Pfeifen des Lederriemens aus. Er dachte daran, wie ihre Küsse ineinander übergegangen waren in etwas, das kein Ende hatte, nur einen Anfang. Etwas, das nur ihm gehörte. Ihm und Marie.

»Uff!«, Miro wischte sich zu Jakobs offensichtlicher Erheiterung über die Wangen und besah sich die pink-rot-roséfarbenen Schlieren auf seinem Handteller. »Die können vielleicht küssen! Ich dachte, nur die Franzosen machen das mit den Küsschen.«

Nun, das stimmte natürlich nicht ganz, in ihrer Clique hatten sie das auch gemacht. Rechts – links – rechts – wie beim Straßenüberqueren. Eine Eins-A-Gelegenheit, Edina kurz zu umarmen und ihr Shampoo einzuatmen. Irgendetwas Frisches, Zitroniges, das roch wie ein Urlaub in der Sonne.

»Tja, mein Lieber, wer so charmant ist wie du, der findet eben schnell neue Freunde.« Jakob grinste noch immer.

»Schon klar, das nächste Mal grummel ich einfach nur herum und behaupte, kein Englisch zu sprechen. So wie du.«

»Alles hat Vor- und Nachteile.« Jakob schlug den Weg in Richtung Bahnhof ein. Sie hatten beschlossen, dort im Bus zu übernachten. Zwar würde das ein wenig eng, doch draußen zu schlafen kam heute nicht infrage. Wo auch, auf dem wohnzimmergroßen Friedhof etwa? Am besten, sie gingen früh zu Bett, dann könnten sie morgen auch früh raus und, nachdem Miro den scheußlichen Auflöskaffee irgendwo entsorgt hatte, weiterfahren. Selbst wenn sie Autobahnen und Mautstraßen vermieden, dürfte das nicht viel mehr als eine Stunde in Anspruch nehmen. Obwohl Jakob nun die tschechische Vignette am Fenster kleben hatte, schienen ihm Landstraßen lieber. Womöglich argwöhnte er Überwachungskameras an den großen Straßen. Und selbst wenn sich Miro kaum vorstellen konnte, was der alte Brummbär wohl zu verheimlichen hatte – Kameras schienen ihm ebenso unangenehm zu sein wie Visakarten, GPS-Systeme oder Miros Tablet. Dabei wüsste jeder, den es interessierte, längst, dass Miros Standort auch Jakobs war. Nicht nur wegen seinen Snapchat- und Instagramposts, vermutlich reichte dafür bereits eine Aufnahme von ihrem Halt kurz vor der Grenze. Da hatte es Kameras gegeben. Darauf hingewiesen hatte Miro Jakob nicht. Ebenso wenig hatte er vor, ihm Nachhilfe in digitaler Sichtbarkeit zu geben. Jeder hatte eben seine eigene kleine... Paranoia.

Erika mochte keine geschlossenen Räume. Das hatte sie von ihrer Mutter und diese von einem speziellen Kelleraufenthalt während eines Fliegeralarms.

Angstzustände, hatte Miro gelesen, konnten an die nächsten Generationen weitergegeben werden. Ihm waren sie erspart geblieben. Was es mit Jakobs Bedürfnis, unter dem Radar zu fliegen, auf sich hatte, konnte er nur raten. Viel von sich erzählen tat er nicht. Die Sache vorhin mit seinem kleinen Bruder war ihm herausgerutscht, und Miro hatte gesehen, dass er die Worte am liebsten sofort wieder zurückgenommen hätte.

Aber auch bei Miro gab es Dinge, an die er nicht weiter denken wollte. Wie beispielsweise die lange Reihe verpasster Anrufe, die sein Handy und Tablet für ihn speicherten. Edina hatte irgendwann begriffen, dass er für sie nicht ranging. Wer es noch immer hartnäckig versuchte, war Sahid. Doch auch auf das Gelaber seines ehemals besten Freundes konnte Miro gut verzichten! Es gab nichts, was Sahid sagen konnte, damit Miro sich besser fühlte. Der Einzige, der sich besser fühlen würde, wäre Sahid, der blöde Arsch! Und der durfte ruhig ein schlechtes Gewissen haben. Hoffentlich versaute es ihm all das Herzklopfen und die Adrenalinhochs und die Knutschereien – ob Edina auch Sahid mit auf Spielplätze nahm?

»Alles in Ordnung mit dir?« Jakob trat Miro mit besorgtem Gesichtsausdruck in den Weg.

Miro räusperte sich. »Klar, weshalb?«

»Du hast geknurrt. Und das war nicht einfach ein kleines ›Oh Mist, sicher schnarcht Jakob heute Nacht‹-Knurren, das war ein ausgewachsener ›Wenn ich dich erwische, verbeiße ich mich in deine Waden‹-Knurrer.«

Ob er wollte oder nicht, Miro musste lachen. Und mit dem Lachen verschwand auch ein Mü seiner Angespanntheit. Und dann musste er gleich noch mal lachen. *Mü* war ein typisches Erikawort. Lange Zeit hatte Miro gedacht, sie meinte damit die kleine Mü der Mumins. Die Comics hatte sie ihm zum achten Geburtstag geschenkt. Für seine kindliche Logik hatte das damals sehr viel Sinn ergeben.

Mit gespielter Empörung blickte er seinen nicht ganz freiwilligen Reisegenossen an. »Echt, du schnarchst?«

Jakob krauste die Nase. »Ich fürchte ja. Zumindest bin ich gestern Nacht von einem Schnarchlaut aufgewacht. Und falls du es nicht warst…«

»Ich?« Miro schüttelte den Kopf, »Das wüsste ich aber.«

Edina hätte ihm das unter die Nase gerieben... Und schon wieder dachte er an sie, das konnte doch nicht wahr sein!

»Da! Da war es schon wieder, wenn auch ein bisschen zaghafter.«

»Was?«

»Das Knurren. Willst du darüber reden?« Einen Moment sah Jakob aus, als hätte ihn seine Frage selbst mehr überrascht als Miro.

»Bloß nicht.«

»Okeydokey, weiter geht's!« Und schon lief Jakob voran. Nur um wenige Meter später plötzlich anzuhalten und den Kopf vorzustrecken. »Hörst du das?«

Miro lauschte in die einbrechende Dämmerung. »Soll das... Musik sein?«

»Von Musik weiß ich nichts, aber es klingt wie eine Orgel!«

Neugierig folgten die beiden den Tönen die wenigen Meter zum Parkplatz hinter dem Bahnhof hinab. Sie wurden lauter, aber nicht melodiöser.

Stirnrunzelnd öffnete Jakob das quietschende, kleine Eisentor zum Friedhof, eilte ohne einen Blick auf die unleserlich gewordenen Grabsteine zur windschiefen Kapelle und winkte Miro. Tatsache, dort im Inneren malträtierte jemand die Orgel! Schräg klang es, laut und überhaupt nicht klassisch.

Vorsichtig traten sie durch die schief in den Angeln hängende Tür. Ihr Quietschen ging in einem wilden Crescendo unter, als hämmerte jemand wütend mit den Unterarmen auf Tasten, während seine Füße mehrere Pedale gleichzeitig quälten. Miro schnappte sein Tablet und drückte auf Aufnahme. Womöglich ließ sich ihr Ausflug zu dem Organisten der Hölle später noch gewinnbringend nutzen? Die Töne schwollen zu einer letzten Kakofonie, hingen einige Sekunden zitternd in der Luft und verstummten dann so abrupt, als hätte jemand den Stecker gezogen.

Die folgende Ruhe war gewaltig. Wie wohltuend, aber auch brutal die Abwesenheit von Geräuschen sein konnte! Das musste er sich merken.

Plötzlich übersensibel nahm Miro das Blätterrascheln von draußen wahr, das Knacken der hölzernen Kirchenbänke und dann: ein Klatschen. Jakob trat ins Kirchenschiff und drehte sich mit breitem Lächeln in Richtung der Orgel über ihm. Was er dann rief, klang in Miros Ohren nach einer Beleidigung: *Biejello dumme?* Doch das konnte nicht sein, oder? So grimmig der alte Herr auch war, er würde den Musiker nicht gleichzeitig beschimpfen und ihm applaudieren?

Gerumpel, ein Ächzen, dann erschien ein Gesicht über der Galerie. Graue Haare waren zu einem Zopf geflochten, ein schweres Brillengestell saß auf der Nasenspitze. Darüber schielten zwei begeisterte Augen zu ihnen hinunter.

»It was this band, right?«, fragte Jakob in holprigem Englisch, und als der Organist nickte, wandte er sich an Miro. »Die Gruppe wäre was für dich, Bohnenstange: Bijelo dugme! Haben ähnlich wie die Puhdys, die du heute Morgen gehört hast, schon in den Siebzigern mit Vogelstimmen und Kuhmuhen experimentiert. Und natürlich mit E-Gitarren.« Einen Moment überlegte er. »Und elektronischen Orgeln, glaube ich?«

»Richtig. Auf Platte Kad bi' bio bijelo dugme«, grinste der Organist erfreut auf Deutsch zu ihnen herab.

»Ihr erstes Album!« Jakob strahlte, offenbar erleichtert, dass er nicht weiter Englisch reden musste. »Übersetzt hieß der Titel: Wenn ich ein weißes Knöpfchen wäre.«

Miro schüttelte den Kopf. »Ich kenne nur das kleine Silberknöpfchen. Ist aus *Ich denke oft an Piroschka*. Omas Lieblingsfilm.«

Die beiden Männer brachen in Gelächter aus. »Ahhh, Liebe in Puszta«, kicherte der Organist, während Jakob abwinkte: »Kein Vergleich, Kleiner! Das Silberknöpfchen ist eine deutsche Fantasie von Ungarn, die weißen Knöpfe sind bosnisch.«

»Aus Bosnien-Herzegowina«, wurde er von oben verbessert und nickte. »Ja, ja, neue Namen, neue Nationalhymnen, neue Willkür. Nur die Menschen sind die gleichen und müssen sich darin zurechtfinden.«

»Kommt hinauf, ihr zwei!«

Jakob zögerte, doch der Organist ließ ihnen keine Wahl. Er deutete auf die abgetretenen Stufen im hinteren Bereich der Kapelle und fand: »Auf, auf, ich habe seit lange nicht mehr Deutsch gesprochen. Erinnert mich an Zeit voller… klopfende Herzen! Also bitte?«

Jakob nickte langsam, dann schob er Miro voran. »Das hier ist sicher eine sehr gute Inspiration für deine Soundfrickeleien!« Vorsichtig erklommen sie die Stufen zur Galerie.

Nur wenig später saß Miro auf der Orgelbank, die Tasten fühlten sich rissig an, die Pedale schienen eingerostet. Um einen Ton hervorzutreten, brauchte es eisernen Willen und ordentlich Schwung. Doch das hielt Miro nicht ab. Er spielte Tonleitern rauf und runter. Eine Kirchenorgel war eine gänzlich andere Nummer als das digitale Keybord auf seinem Tablet.

Mit einigen ebenso begeisterten wie schräg vorgebrachten Liedzeilen diverser Bands hatte der Organist Jakob nach und nach aus der Reserve gelockt. Das Murmeln der beiden hinter Miro klang inzwischen freundlich und beruhigend. Es verschwand hinter den Tönen, die er auf der Orgel hervorbrachte, und tauchte in den Pausen wieder auf. Seine Deutschkenntnisse verdankte Ekreb, der Organist, scheinbar einer ehemaligen Freundin. Mit Jakob tauschte er sich darüber aus, was sie früher hatten tun müssen, um an Platten, Kassetten oder Zeitschriften zu kommen, über Reisen in Nachbarländer sprachen sie und über Warteschlangen nicht nur vor den Grenzübergängen.

Miro ließ die Finger wandern, als ihn etwas aufhorchen ließ: »Prag, ja, dahin wollte ich auch«, sagte Jakob gerade seufzend. »Wir dachten, wir könnten uns dort inspirieren lassen, dass nun alles besser würde.« Mit einem Schnauben brach er ab.

Miro ließ die Hände sinken. Wir?

»Und waren Sie«, hakte Ekreb vorsichtig nach, »in Prag?«

»Nein, uns ... mir kam etwas dazwischen.«

Zögernd klang er, als hätte er damit schon zu viel verraten. Genau dasselbe hatte er auch schon zu Miro gesagt, wenn auch über ihn und seinen Großvater. Jakob schien in seinem Leben einiges dazwischengekommen zu sein.

»Letztlich hätte es auch nichts genutzt«, murmelte er.

»Nach dem Frühling kam direkt der Winter«, stimmte Ekreb zu. »War bei uns nicht anders.«

Miro drehte sich auf der Orgelbank zu den beiden Männern um. *Der Versuch, dem Sozialismus ein menschliches Antlitz zu geben*, hatte sein Geschichtslehrer die tschechische Reformbewegung genannt. Edina hatte *Die unglaubliche Leichtigkeit des Seins* angeschleppt, den Film viermal gesehen. Vermutlich war es das Beziehungsdreieck darin gewesen, das sie interessierte, weniger das politische Setting: Zwei Menschen gleichzeitig zu lieben dürfte ihr gefallen haben.

Was meinte Ekreb wohl mit dem Satz *War bei uns nicht anders?* Gab es auch so etwas wie einen bosnischen Frühling? Hatte der etwas mit dem kroatischen zu tun, von dem ihr Tischnachbar in Děčín gesprochen hatte? Und wenn ja, könnte der womöglich ein neues Licht darauf werfen, warum Stjepan Miros Großmutter damals versetzt hatte? Oder hoffte Miro nur darauf, dass es in dem problematischen Beziehungsgeflecht ihrer Familie wenigstens einmal jemanden gegeben hatte, der einen wichtigen, wirklich unumgänglichen Grund gehabt hatte, nicht zu erscheinen, anstatt sich einfach so zu verpissen?

»Na, Junge, sind dir die Töne ausgegangen?« Jakob schien bemerkt zu haben, wie still er plötzlich dasaß.

Miro zuckte mit den Schultern. »Wie genau war das in Kroatien, damals, so...«, was hatte auf der Rückseite des letzten Fotos aus Triest von Erikas Album gestanden? »...Ende 1971?«

Ekreb lachte ihn an. »Na das ist mal sehr exakte Zeitangabe.« Dann wiegte er den Kopf hin und her. »Es gab Manifest, Unruhen und Demonstrationen und ganz unterschiedliche Ideen darüber, was Richtige ist. Nicht nur in Kroatien. Wenn du dies wirklich verstehen willst, musst du vorher beginnen und über heutige Grenzen hinaussehen.«

Miro seufzte. »Okay.«

»Okay, was?«

»Okay, wenn ich erst das muss und dann meine Fragen dazu beantwortet werden können: Ich bin ganz Ohr!«

»Ohjao!« Ekreb warf beide Arme in die Luft, dann schlang er einen davon um Jakob und legte die andere Hand auf Miros Knie. »Meine Herren, ich sage: Wir gehen zu mir. Denn dies dauert. Ich habe Sliwowitz und Becherovka.«

Miro sprang auf, hinter ihm gab die alte Orgel ein asthmatisches Seufzen von sich. »Gibt es auch was zu essen?«

Ekreb nickte. »Wer gut will trinken, muss auch essen.«

Jakobs Zeigefinger landete in Miros Rippen. »Nur, damit das klar ist, Junior: Der Schnaps ist für uns Alte – und keine Widerrede. Solange du mit mir unterwegs bist, habe ich das Sagen!«

Miro unterdrückte ein Grinsen. Solange? Das dürfte nicht länger dauern als noch etwa neun bis elf Stunden. Und auch wenn Jakob kaum etwas von ihm wusste, sich mit inquisitorischen Fragen zurückgehalten hatte und ihn morgen in Prag verabschieden würde – sein knurriges Alkoholverbot amüsierte Miro. Es war vermutlich Jakobs Art, ihm zu sagen, dass er sich für ihn verantwortlich fühlte. Und das war irgendwie… süß.

Irgendetwas war komisch. Nur langsam wurde Jakob wach. In einem Raum, dessen Geräusche er nicht kannte. Er zwang sich, ruhig zu bleiben. Wo war er? Die Pritsche unter ihm war durchgelegen, die Decke schwer. Nichts Neues. Was ihn jedoch irritierte war das tiefe Atmen auf der anderen Seite des Raumes. Einzelzellen waren schließlich nicht zum Vergnügen gedacht. Keine Ansprache, keinerlei Informationen über seine Freunde, nur gleißendes Licht, das schrille Quietschen der Türluke, durch die der Wärter überprüfte, ob er auch richtig lag, oder ihm klarmachte, dass die nächste Befragung anstand. Jakob drehte sich vorsichtshalber auf den Rücken, streckte die Arme rechts und links neben seinem Körper über der Bettdecke aus und wartete.

Ein Nachtvogel schrie, das Atmen blieb, keine Schritte waren zu hören.

Sein Kopf wollte nicht recht funktionieren. Wie lange war er schon hier? Wie viele Tage, in denen Marie nicht wusste, wo er steckte. War sie entkommen? Ahnten seine Eltern, wo er war? Besser nicht. Die Konsequenzen wollte er sich nicht ausmalen. Was wollten sie eigentlich von ihm? Er hatte ihnen x-mal gesagt, dass er nichts wusste, niemand beteiligt gewesen war außer ihm selbst.

Jemand murmelte im Schlaf. Er war definitiv nicht allein. Hatten sie ihn verlegt und er es vergessen? Schlafentzug macht seltsame Dinge mit dir. Er sorgt dafür, dass du Dinge zu hören glaubst, die nicht da sind, dass dein Zeitgefühl durcheinanderkommt. Dein Körper holt sich Schlaf, wo er ihn kriegen kann, schleudert dich in ein bodenloses Nichts, und wenn sie dich dort wieder herausreißen, weißt du nicht, ob nur ein paar Minuten vergangen sind oder ganze Tage.

Wer war der andere? Ein Neuling? Oder jemand, der mitleidig tat, aber ihn aushorchen sollte? Jakob hatte Johannes und dessen Freunde davon reden gehört: Von den »Zellformatoren«, eingeschleusten Zellengenossen, die freiwillig oder auch nicht ganz freiwillig spitzelten. Denn für jede Information gab es etwas, exakt wie bei ihm zu Hause. Wie bei Klement, nur dass es im echten Leben nicht um ein Fahrrad ging oder einen Drachen. Eher um frühere Entlassung, einen Gang im Freien oder die Versicherung, dass der Sohn auf der EOS blieb, die Mutter im Betrieb, der Vater die längst überfällige Beförderung erhielt.

Jakob stöhnte. Sein Vater. Sein Vater würde …

»Jakob? Jakob, wach auf!« Jemand rüttelte ihn, dann landete eine warme Hand auf seiner Stirn. »Jakob?«

Er schlug die Augen auf. Die roten Locken des Jungen waren verwuschelt, seine Augen übernächtigt und schlaftrunken, aber auch besorgt. Jakob blinzelte, atmete langsam ein und aus. Dann kam die Erleichterung. »Miro. Was ist los?«

»Sag du's mir.« Der Junge sah ihn nachdenklich an. »Hattest du einen Albtraum?«

Jetzt erkannte Jakob Ekrebs Wohnzimmer, das zu kurze Sofa, auf dem Miro sich schlafen gelegt hatte, die drei Ölgemälde an den Wänden, die verblichenen Tapeten in schiefen Bahnen an der Wand. Und das schmale Feldbett, das Ekreb ihm aufgestellt hatte. Er setzte sich auf und fuhr sich mit der Hand über das Gesicht. »Habe ich dich aufgeweckt? Tut mir leid!«

»Kein Problem, ist alles in Ordnung mit dir?«

Jakob sah an sich herab. Trotz des freizügig ausgeschenkten Schnaps hatte er gestern offenbar daran gedacht, Pyjama und Schlafsocken aus dem Bulli zu holen.

Ihm war warm. Ekreb hatte Holz nachgelegt, bevor sie sich zur Nacht verabschiedet hatten. »Die Wände sind dick«, hatte er gesagt, »nachts kühlt es. Und frieren soll niemand mehr bei mir.« Daran erinnerte sich Jakob noch. Dann an nicht mehr viel, nur an das Gefühl von Hilflosigkeit.

Er versuchte sich an einem Lächeln. »Alles im Lot, Junior. Vermutlich zu viel Alkohol, den bin ich nicht gewohnt. Hab ich… habe ich etwas gesagt? Im Traum?«

»Nein.« Miro zog eines der Beine an. »Willst du das Sofa? Es ist etwas zu kurz, aber…«

»Lass gut sein. Ich trete aus und hau mich noch mal hin. Danke fürs Aufwecken.«

»Klar… natürlich.« Miro erhob sich, ohne Jakob anzusehen. Dann warf er ein schräges Lächeln über seine Schulter. »Und wenn ich nachher komisch träume, holst du mich da raus, ja?«

»Versprochen.«

Jakob schob sich an dem Esstisch vorbei, an der Kommode, auf der auf einem Häkeldeckchen einige alte Rahmen standen, darin gestickte Blumen, keine Fotos. Nirgendwo in Ekrebs Haus gab es Fotos. Vielleicht hatte auch er seine Vergangenheit nicht gern vor Augen. Manches war so tief in einem verwurzelt, dass die Erinnerung keine Fotos nötig hatte. Die Bilder überfielen einen hinterrücks. Gerne dann, wenn man sie nicht erwartete.

Worüber hatten sie gestern Abend gesprochen? Hauptsächlich über Musik; Miro hatte sich Notizen gemacht. Über Nationalhymnen hatten sie geredet, die ersetzt wurden, über die Tatsache, dass selbst etwas wie Musik dazu genutzt werden konnte, Grenzen zu ziehen und Mauern zu errichten. Manchmal welche, die nichts mit Geografie zu tun hatten. An Protestlieder hatten sie sich erinnert und an das Gefühl von Freiheit, das mit gewissen Melodien einherging. Irgendwann hatte Ekreb ein paar Platten hervorgekramt, sie hatten angefangen zu singen, und der Kleine hatte schräg grinsend sein Tablet in ihre Richtung gehalten.

»Erinnerst du dich noch…« waren die Worte gewesen, die mit Abstand am häufigsten gefallen waren. Von seiner Familie, Marie, der Zeit im Untersuchungsgefängnis und den Tagen danach hatte Jakob jedoch nicht gesprochen.

Der Flur war dunkel. Zumindest gab es ein Klo im Haus, nicht ein halbes Stockwerk tiefer wie bei Inge. Oder auf dem Hof, wie in den ersten Jahren in Herzow. Seufzend ließ sich Jakob auf den Toilettensitz sinken.

Gustav hatte ihm eine Petroleumlampe besorgt, damals. »Nicht, dass du auf dem Weg zum Pinkeln auf eine meiner Pflegekatzen trittst«, hatte er gelächelt, und Jakob war dankbar um die Lüge. Und dass sein Großvater ihn nie gezwungen hatte, darüber zu reden, was genau geschehen war. Dass sie überhaupt wenig über Dinge redeten, die sowieso nicht zu ändern waren. Anfangs hatte er die Lampe heimlich die ganze Nacht brennen lassen. Das flackernde Licht hatte ihm geholfen, sich zu erinnern, wo er war, wenn er aus dem Schlaf schreckte. Ein paar Stunden am Stück hatte er erst dann durchgeschlafen, als einer der Streuner, die Gustav versorgte, eines Nachts ungefragt mit ihm ins Haus spaziert war und sich zufrieden auf dem Bett eingerollt hatte. Der warme kleine Körper am Fußende, das vibrierende Schnurren und die Zuggeräusche von außen hatten Wunder gewirkt.

Vielleicht sollte er sich ein Haustier zulegen. Dann, wenn er von dieser Reise zurück war und wusste, wohin mit sich.

Einen kleinen Begleiter, der ab und an nach ihm gucken kam und darauf bestand, regelmäßig gefüttert zu werden. Regelmäßigkeit war nicht das Schlechteste. Etwas zu haben, auf das er aufpassen und um das er sich kümmern konnte, auch nicht.

Jakob betätigte die Spülung und hielt den Atem an. Laut rauschend fiel das Wasser durch die klopfenden Rohre. Hoffentlich hatte er ihren netten Gastgeber nicht aufgeweckt.

Kopfschüttelnd betrachtete er sich in dem kleinen Spiegel über dem Waschbecken. Bartstoppeln überschatteten die untere Hälfte seines Gesichtes, seine Augen blinzelten schmal und müde, die Tränensäcke waren groß genug, um darin etwas zu verstecken. Alt und mitgenommen sah er aus. Aber kein Wunder, schließlich hatten Ekreb und er, auch ohne Dinge beim Namen zu nennen, viele Erinnerungen hochgeholt. Anfangs hatte er noch gedacht, Miro würde sich langweilen, aber der Rotschopf hatte konzentriert zugehört, Aufnahmen gemacht und ab und an etwas aufgeschrieben. Und wenn er sich eingemischt hatte, dann um nachzuhaken, in dieser typischen Miro-Art: überlegt, vorsichtig und ganz anders, als Jakob es von einem 17-Jährigen erwartete. Was vermutlich daran lag, dass der Junge bei seiner Großmutter aufgewachsen war. Manchmal wirkten Wortwahl, der empathische Blick und sein Verhalten viel zu alt für ihn. Und dann wiederum brach eine dem Alter entsprechende launische Unsicherheit durch.

Gähnend schlich Jakob über den Flur zurück zu seinem Gästefaltbett. Er sollte noch ein paar Stunden schlafen, morgen ging ihr Weg nach Prag über Vysoká u Příbrami. Miro hatte sofort aufgehorcht, als Ekreb über die Gedenkstätte Dvořáks berichtet hatte, von der der Junge im Museum ein Foto gesehen hatte. »Wenn das nur ein kleiner Umweg ist«, hatte er begeistert vorgeschlagen, »wollen wir dort Pause machen?« Und Jakob hatte nicht widersprochen. Schließlich hatte er dem Jungen den Floh mit Dvořák erst ins Ohr gesetzt. Was also waren schon achtzig Kilometer hin oder her? Vor allem, nachdem Miro Jakob dank seines Tablets eine kostengünstige, halb private Übernachtung in Prag für sie beide reserviert hatte.

Als er leise die Decke über sich zog, vibrierte es neben ihm auf dem Tisch: Miros Handy. Irgendwer versuchte, den Lulatsch auf Teufel komm raus zu erreichen. Jemand, mit dem Miro ganz offensichtlich nicht sprechen wollte. Sein genervtes Schnauben und das regelmäßige Wegdrücken des Anrufers sprachen Bände. Zunächst hatte Jakob ein Mädchen vermutet, aber das Foto, das nun auf dem Display aufblinkte, zeigte einen dunkelhaarigen Jungen in Miros Alter. Der Name Sahid leuchtete kurz auf, dann gab das Telefon Ruhe. Allerdings begann es nun hektisch zu blinken. Siebzehn verpasste Anrufe. Dieser Sahid schien ein hartnäckiger Mensch zu sein.

Ob Miro noch einen anderen Grund für diese Reise hatte, als den ehemaligen Freund seiner Großmutter zu finden? Jakob warf einen nachdenklichen Blick auf die stille Gestalt auf der anderen Seite des Wohnzimmers. Die langen Beine angezogen, lag der Junge in Embryohaltung auf dem Zweisitzer. Vielleicht hätten sie doch tauschen sollen, auf der Pritsche hätte er sich wenigstens ausstrecken können. Schließlich war er ein gutes Stück größer als Jakob. Doch noch einmal wecken würde er ihn nicht. Sein Gesicht war ruhig und entspannt, er wirkte jünger und verletzlicher als tagsüber. Einen Moment fragte sich Jakob, wie er selbst wohl ausgesehen haben mochte, vorhin, als der Junior ihn aufgeweckt hatte. Sicher nicht jung. Sicher nicht unschuldig. Leise zog er einen seiner Schlafsocken aus und drapierte ihn über Miros Smartphone. Na bitte, jetzt war das Blinken nicht mehr zu sehen.

Nur Miros regelmäßiges Atmen war zu hören, als Jakob die Augen schloss. Einen Moment musste er grinsen. Vielleicht sollte er ihn bitten, seine Schlafgeräusche aufzunehmen. Nicht für seine Kompositionen, sondern für ihn, Jakob. Statt Walgesängen und Schäfchenzählen.

Jakob fühlte sich besser als gedacht. Die Sonne schien, und Ekreb hatte es sich nicht nehmen lassen, ihnen ein Proviantpaket zusammenzustellen. Aus der Tüte roch es herzhaft nach Speck und Eiern. Miro hatte große Augen gemacht, als ihr Gastherr erst ein wunderbar fluffiges Omelett fabriziert hatte, nur um es anschließend gerecht auf die bereitgelegten Brötchen zu klatschen und diese einzupacken. Jakob hatte sich für einen Moment gefühlt wie zu Hause. Auch Gustav und er hatten Rührei mit Resten aus dem Kühlschrank auf ihre Brote gepackt, wenn sie einen langen Tag vor sich hatten. Nie hatte es gleich geschmeckt. Manchmal waren Schinkenstreifen darin gewesen oder Hähnchenfleisch, manchmal Tomaten, Lauch, selten sogar Oliven, je nachdem, zu wem sie in der Woche vorher Gustavs beliebte Schnaps- und Likörsorten ausgeliefert hatten.

Gemütlich brummte Bienchen über enge Landstraßen mitten durch kleine Dörfer. Die meisten waren zweigeteilt – Gleise durchschnitten die Ansammlung der wenigen Häuser, runde Torbögen führten unter den Aufschüttungen für die schmalen Bahnsteige hindurch, nie mehr als ein einziger für beide Richtungen. Auf freiem Feld dagegen kreuzten die Schienen überraschend häufig die Straßen, als wäre das irgendein Spiel. Malefitz. Mensch-ärgere-dich-nicht oder Monopoly, das den Kapitalismus schon im Namen trug. Schlagbäume allerdings gab es nicht, nur zwei kreuzweise vernagelte rot-weiße Latten am Straßenrand, in ihrer Mitte etwas, das aussah wie ein Signallicht. Ein theoretisches Signallicht, denn brennen tat es nicht. Wer hielt, der tat das freiwillig. Jakob bremste jedes Mal ab, warf einen Blick nach rechts und links und ratterte dann über die Gleise.

Miro lotste sie. Oder besser, sein digitales GPS-System mit der netten Frauenstimme tat dies. Jakob nannte sie insgeheim Frau Gookeley. Eine Mischung aus Google und Gundel Gauckeley, der Hexe von Entenhausen. Dank Tante Inge hatte er als Junge Donald-Duck-Comics besessen – eine ganz eigene Schulhof-Währung.

Der Lulatsch hatte auf seinem Tablet ihr Ziel eingegeben und ließ sich die Route ohne Autobahnen und Mautstraßen anzeigen. Ganz verkehrt war das Ding nicht. Selbst in unbekannten Gegenden konnte man so nicht verloren gehen. Nicht gänzlich jedenfalls, denn völlig auf dem neuesten Stand schien Frau Gookeley nicht zu sein. Schon zwei Mal waren sie auf plötzlich unterbrochene Waldwege geraten, die auf Miros digitaler Karte wie durchgehende Straßen aussahen, und mussten umdrehen. Das hektische »Wenn möglich bitte wenden« und das folgende »Die Route wird neu berechnet« erheiterten Jakob. Dass sogar diese mit allen möglichen technischen Geräten und Satelliten verknüpfte künstliche Intelligenz nicht alles kannte und wusste, machte ihm gute Laune. Das und die Aussicht auf ein Picknick in nicht einmal dreißig Minuten. Vorausgesetzt, Frau Gookeley führte sie nicht noch ein weiteres Mal mitten in den Wald.

Miro wippte auf dem Beifahrersitz. Er hatte darauf bestanden, heute für die musikalische Begleitung zu sorgen. Statt jedoch seltsame, atonale Musik aufzurufen, hatte Miro übers Netz einen tschechischen Radiosender eingestellt. Radio Nilpferd, Elefant oder Krokodil, irgendein großes Tier aus freier Wildbahn, Jakob hatte nicht genau zugehört. Nun allerdings warf er seinem begeistert mitsingenden Beifahrer einen kopfschüttelnden Blick zu.

»Are there bags under your eyes!«, schmetterte Miro fröhlich. »Do you leave dents where you sit?«

Jakob warf einen prüfenden Blick in den Rückspiegel. Er hatte sich heute Morgen akribisch rasiert, Kopf und Gesicht, und das kleine Bad erst dann verlassen, als der kalte Waschlappen unter seinen Augen Wirkung gezeigt hatte. Er sah wieder normal aus. Normal wie Ende sechzig und mit noch einigen Jährchen vor sich, nicht so wie gestern Nacht.

»Will you survive«, sang Miro und: »You must survive!«

Jakob lachte und zog in eine lang gestreckte Kurve. Na, das ging ja schnell! Vom körperlichen Verfall direkt zu *Aber weitergehen muss es trotzdem*. »Lass mich raten, das ist eine amerikanische Gruppe, oder?«

Miro feixte. »Gruppe? Band heißt das heutzutage, alter Mann. Oder Combo.«

»Combo?« Jakob tat überrascht. »Wie Kombinat?«

»Ähm, nö. Moment...« Miro tippte ein paar Worte auf seinem Tablet, dann erklärte er: »Ist die Abkürzung von combination. Aber der Song hier ist Robby Williams. Als er schon in keiner... Combo mehr war, sondern solo flog.«

Jakob blinzelte ihm zu. »Ich hab dich hochgenommen, Kleiner, natürlich weiß ich, was Combo bedeutet. Ich war die letzten Jahre schließlich nicht hinterm Mond. Wir hatten auch Combos: die Klaus-Renft-Combo beispielsweise, die Stern-Combo Meissen – Die einen wurden gleich mehrmals verboten, die anderen feierten ein Comeback...«

Ein Moderator unterbrach ihn mit sehr viel Begeisterung und schnellen Worten, das nächste Lied begann. Diesmal auf Tschechisch. Die Sprache war allerdings das Einzige, was es von dem vorangegangenen unterschied. Ansonsten gab es auch hier eine eingängige Melodie, leicht zu merkende Wiederholungen und Rhythmen, zu denen man tanzen konnte. *Freestyle* hatte Marie immer gesagt und trotzdem nach seiner Hand gegriffen.

Miro lachte auf. »Hey, das kenne ich! Die haben es einfach gelassen, wie es ist, nur tschechischen Text draufgehauen, irre!«

Jakob nickte. »Haben wir auch so gemacht, für die Einstufung der Kulturbehörde. Deutsche Übersetzungen wurden einfacher genehmigt, galten als sozialistischer und weniger westlich.« Nicht, dass sich alle SPUs – Schallplatten-Unterhalter – oder Musikgruppen wirklich an die abgenickte Liste gehalten hatten! Zumindest, wenn sie sich sicher sein konnten, dass sich kein I.M. in der Tanzhalle oder auf dem Konzert befand. Auf Schülerdiscos zum Beispiel, FDJ-Veranstaltungen oder heimlichen Konzerten. Doch auch da hatte es die eine oder andere Überraschung gegeben...

»Westlich?« Miro schüttelte amüsiert den Kopf. »Waren die aus dem Osten angesagter?«

»Ja, angesagter... so kann man das auch sagen. Vorausgesetzt, das kommt von *eine Ansage machen*. Musik aus Amerika jedenfalls war... gefährliche Unkultur.«

Miro starrte ihn an. »Ihr durftet also nicht nur nicht hören, was ihr wolltet, sondern auch nicht singen?«

Jakob zuckte mit den Schultern. »Welche Generation darf das schon?«, hielt er dagegen. »Hast du deine Großmutter mal gefragt? Ihre Eltern hatten sicher auch was an ihrem Musikgeschmack auszusetzen. Zu wild, zu frei, womöglich zu wenig... weiß. Beat, Jazz, Rock, Punk – ursprünglich alles Musik aus der Hölle.«

»Schon klar, alles außer Klassik...«

»Oh nein, Junge, auch da gibt es Unterschiede. Dvořák beispielsweise wurde bei uns kaum aufgeführt.«

Jakob hielt inne. Dort vorn blinkte eines der roten Signallichter vor dem Bahnübergang derart dringlich und hektisch, dass er den Blick abwenden musste. Es funktionierte also doch! Er trat auf die Bremse, Bienchen kam zum Stehen.

»Mochten sie bei dir zu Hause den alten Tschechen nicht?«, machte sich Miro lustig und kurbelte das Fenster herunter. Ein Windhauch fuhr durch den Wagen, hinter ihnen war ungeduldiges Raunzen zu hören, doch die Gleise blieben stumm. Wo war der Zug? »Oder lag es daran, dass ihn ein Ami mit zum Mond genommen hatte?«

Jakob schüttelte den Kopf. »Nein, das Problem war eher seine… Überzeugung.«

Nun legte der Kleine gespielt schockiert beide Hände aufs Herz. »Seine Überzeugung? Sag bloß, er war Anhänger des fliegenden Spaghettimonsters? Nein? Bigamist vielleicht? Ahhh, ich weiß, er frönte der Freikörperkultur!« Die Musik wechselte. Miro machte sie leiser, doch Jakob hatte die ersten Akkorde sofort erkannt. »Dreh mal lauter, oder wie du das auch immer auf deinem Tabletdings machst, das hier passt sehr gut zu unserem Thema!«

Noch immer warnte das Signallicht, noch immer war kein Zug zu hören, und Miro tat wie geheißen. Einen Moment erklangen sanfte, melancholische Töne. Dann begann Leonard Cohen zu singen. Miro wurde still und lauschte konzentriert. Und Jakob ahnte, weshalb: Gar nicht tanzbar war das Lied. Oder höchstens eng umschlungen, Maries Puls an Jakobs Ohr – eine Fantasie. Diesen Song hatten sie nicht mehr gemeinsam gehört, trotzdem hatte Jakob dabei jedes Mal an sie denken müssen. Der Text war ihm nicht mehr aus dem Kopf gegangen. Er brachte ihn nicht dazu, an einen Gott zu glauben, aber daran, dass es doch verdammt noch mal etwas geben musste, in dem ein *richtig* steckte, das nichts mit dem zu tun hatte, was offiziell als richtig galt.

Vor ein paar Jahren, nach Cohens Tod, hatte Jakob genau dieses Lied aufgelegt und sich mit Blick durchs Fenster neben den Plattenspieler auf den Boden gesetzt. Den Tonarm wieder und wieder zurückgesetzt. Für fünf Minuten hatte die Zeit stillgestanden. Und dann noch einmal und noch einmal. Als hätte Jakob eine Möglichkeit gefunden, die Welt zu bremsen und alles, was darin nicht stimmte.

Als nun die letzten *Hallelujahs* verklangen, schwieg der Radiomoderator, als hätte auch er nichts weiter hinzuzufügen. Nach kurzer Pause begann das nächste Lied mit fröhlichen Beats. Miro schaltete das Radio aus.

Von hinten näherte sich ein Personenwagen, wurde langsamer, dann zog er auf den linken Fahrstreifen, überholte den stehenden Bus und bretterte über den Bahnübergang. Jakob starrte ihm hinterher. War der Kerl lebensmüde, oder kannte er die Zeiten der Züge?

»Hallelujah?« Miro war verwundert. »Es ging um Religion, echt?«

Jakob zuckte mit den Schultern. »Um den Umgang damit. Um Glauben und Hinterfragen. Kirchengemeinden standen in meiner Jugend nicht gerade hoch im Kurs. Sie waren schwer zu kontrollieren. Also landete auch alle Musik auf der schwarzen Liste, die etwas damit zu tun hatte.«

Miro krauste die Nase. »Wie Dvořák? Verrückt.«

Ja, verrückt. Ihr Bahnhof war längst stillgelegt gewesen, und Jakob hatte niemanden eingeladen, als er seinen Großvater verstreut hatte. Niemand wusste, welche Musik währenddessen gelaufen war, nicht, dass es zu der Zeit noch einen Unterschied gemacht hätte. Niemanden gab es, der wusste, wo und wie Gustav seine letzte Ruhe gefunden hatte. Inzwischen war diese Ruhe sicher längst von Baggern und Kellerausliebungen gestört.

Doch Gustav war Pragmatiker gewesen. »Was von mir

übrig bleibt, hat nichts mehr mit mir jetzt zu tun«, hatte er immer abgewunken und darauf bestanden, dass das, was wirklich überlebte, Gedanken waren, Erinnerungen an ihn. Von seinen Kindern und Enkeln. Das Einzige, an das er unbedingt hatte glauben wollen – was er immer wieder vor sich hin gesagt hatte, wie ein Gebet, das mit jeder Wiederholung glaubhafter wurde –, war, dass seine Frau auf der anderen Seite auf ihn wartete.

Ein schöner Gedanke. So etwas wie eine zweite Chance. Vielleicht, wenn Jakob Marie dort traf, konnte er endlich herausfinden, was eigentlich wirklich passiert war. Vorausgesetzt, es war dann überhaupt noch wichtig.

»Glaube ist immer schwer zu kontrollieren.« Miro beugte sich nachdenklich nach vorn, als ihnen ein Auto entgegenkam, ohne viel Federlesens die Signallampe ignorierte und an ihnen vorbeiraste. »Erika sagt, Glaube ist etwas sehr Persönliches. Solange der nicht benutzt wird, um andere Menschen zu beschränken oder als minderwertig abzustempeln, gehört er ganz dir selbst.«

Jakob legte den ersten Gang ein und fuhr langsam vorwärts. Noch immer blieben die Gleise stumm, auch wenn das Warnlicht tat, was es am besten konnte: Warnen. Nur vor was?

»Ich maße mir da keine Bewertung an«, seufzte er und blickte vorsichtig nach rechts und links. Nichts. Kein Zug, keine Lok, nicht mal eine Draisine. »Nach über sechzig Jahren weiß ich noch immer nicht, woran ich glauben kann. Oder worauf vertrauen.« Er gab Gas, aufjaulend machte Bienchen einen Satz vorwärts, und schon waren sie auf der anderen Seite der Gleise. Jakob schaltete und musste lächeln. »Außer vielleicht darauf, dass nicht jedes Warnsignal auch befolgt werden muss.«

»Regeln«, stimmte Miro fröhlich zu, »sind dazu da, gebrochen zu werden. Oder gebeugt. Oder...« Und damit tippte er eifrig auf seinem Tablet, »neu interpretiert.« Mitten in Jakobs Aufschnauben hinein füllte eine Frauenstimme den dahinschnurrenden Bulli. Noch einmal *Halleluja*, diesmal mit Klavierbegleitung. Mit anderer Betonung. Und anderen Pausen. Eine Coverversion. Jakob war überrascht. Plötzlich hörte er Textzeilen, auf die er bisher weniger geachtet hatte: *I couldn't feel, so I learned to touch.* Ich konnte nicht fühlen, also lernte ich zu berühren. Vielleicht war es damit ähnlich wie mit Glauben oder Vertrauen? Oder dem Glauben *und* dem Vertrauen. Was war das Huhn, was das Ei? Berühren, um zu fühlen? Fühlen, um zu berühren? Bei Marie war beides Hand in Hand gegangen. Und er hatte geglaubt. An sie beide.

Vor der nächsten Kreuzung bremste er. »Sind wir bald da?«

Miro tippte auf dem Tablet herum und zeigte nach rechts. »Da lang und dann gleich wieder links, da ist ein Parkplatz. Den Rest müssen wir laufen.«

»Dann pack mal Ekrams Eierbrote ein. Das ganze Gerede und Denken hat mich hungrig gemacht.«

20

Der Park war wirklich einzigartig. Kein Wunder, dass Autos hier nicht erlaubt waren. Kaum ließ man das große Tor hinter sich, fiel man direkt in ein anderes Jahrhundert, in eine andere Welt. Weitläufige Wiesenflächen, kleine Wassergräben und Brücken, hohe Bäume, hier und da die obligatorischen Holzbänke. Auf dem lang gezogenen und gewundenen Weg begegneten Jakob und Miro nur drei Menschen, Spaziergängern, die ihre Hunde ausführten. Dann plötzlich blitzte das Herrenhaus durchs Laub: weiße Außenmauer, hellgelb abgesetzt und einladend. Fehlten nur noch ein paar Sonnenschirme, Tische, Stühle und ein romantischer See, und die Sommerfrische wäre perfekt.

Im Inneren lagen alte Teppiche auf blitzblank polierten Holzbohlen, zauberte die Sonne Muster auf die modern anmutenden Tapeten und begrüßten sie gleich drei übereifrige Mitarbeiter. Einer, Karel, blieb ihnen erhalten – der Einzige, der Deutsch sprach. Ebenso begeistert wie nervös hatte er ihnen erklärt, seinen Ferienjob hier erst vor ein paar Wochen angetreten zu haben, Musikgeschichte zu studieren, und das hier war seine allererste Führung auf Deutsch überhaupt.

»Kein Stress«, hatte Miro ihn breit angegrinst, kaum dass sie allein waren, »zur Not sprichst du einfach Englisch, und ich übersetze für Jakob.«

»No way!« Der junge Mann hatte gelacht. »Ich meine: Auf keine Fall. Ich lerne Deutsch seit lange. Ich schaffe das!«

Und tatsächlich wurden seine Sätze immer sicherer, je

mehr er erzählte. Ab und zu verhaspelte er sich, in seinem Kopf überschlugen sich offenbar die Informationen, die er für wichtig hielt: dass die Gedenkstätte eigentlich das Haus von Dvořáks Schwager gewesen war, der Mann der älteren Schwester von Dvořáks Frau. Dass es lange Zeit leer gestanden hatte, es ihrem Kulturverein aber gelungen war, einige Originale als Geschenk zu erhalten, wie das Klavier. Andere Möbel und Einrichtungsgegenstände hatten sie mehr für die Atmosphäre aufgestellt – sie stammten ungefähr aus der Zeit. Dass die Tapeten von tschechischen Künstlern gestaltet wurden, die sich von Dvořák und seiner Zeit hatten inspirieren lassen.

Jakob nickte und verbiss sich ein Lächeln. Ja, das erklärte einiges. Die wilden, grünen Flecken an der Wand, durchbrochen von einem goldfarbenen, groben Pinselstrich, der einer wütenden Schlange glich, sahen nun wirklich nicht original aus. Eins musste man dem Verein aber lassen: Überall dort, wo sie historisch nicht weitergekommen waren, hatten sie Kreativität bewiesen. Und das Zimmer, in dem Dvořáks Schwägerin ihrem Herzleiden erlegen war, wirkte bedrückend echt: das schmale Bett, von dem aus sie durchs Fenster in den Park hatte blicken können, als es ihr nicht mehr möglich gewesen war, spazieren zu gehen. Die Vorhänge rundherum, die sie gelöst haben mochte, wenn sie allein sein und nicht daran erinnert werden wollte, dass draußen das Leben weiterging, während es ihr viel zu früh durch die Finger rann.

»Sie hatte Probleme mit Herz«, seufzte Karel, als hätte er Josefine persönlich gekannt. »Deshalb kam Antonin zurück hierher. Um bei ihr zu sein. Das hier war Rückflucht... Rückzug für ihn.«

Jakob horchte auf. Irgendetwas klang seltsam an diesen Sätzen. Zu emotional, zu aufgeladen. Er durchforstete sein Gedächtnis. Ja, da war was. Irgendetwas über die beiden Schwestern ... doch er kam nicht darauf.

Auch Miro wandte sich nun von dem Foto ab, das er bisher genau studiert hatte. »Er ist für sie hierhergezogen? Das erklärt es vielleicht.«

Gefolgt von Karel, trat Jakob näher. »Was?«

»Schau mal. Eine Aufnahme der Familie.«

Jakob beugte sich vor und kniff die Augen zusammen. Rund zwanzig Personen posierten auf der Treppe des Gutshauses. Zwischen Dvořák und dem Rest war ein Abstand, und als wüsste er, dass er nicht so recht dazugehörte, ging sein Blick irgendwo in die Ferne. Die Miene seiner Frau war verkniffen. Sein Schwager betrachtete ihn dunkel, seine Schwägerin Josefine dagegen mit einem ebenso entschuldigenden wie hoffnungsvollen Ausdruck.

Jakob trat einen Schritt zurück. Wer nicht so genau hinsah wie der Junge, dem zeigte sich hier nur ein weiteres choreografiertes Bild einer Großfamilie, schick gemacht und aufgestellt. Nur, wer einen zweiten und dritten Blick darauf warf, konnte erahnen, wie diese Menschen wohl tatsächlich zueinander gestanden haben mochten.

»Dvořák wollte Josefine heiraten, aber sie nicht, erst«, erklärte Karel. »Dann heiratet er Josefines jüngere Schwester Anna.«

Jakob nickte. Ja, genau, das war es, an das er sich nur unzureichend erinnert hatte. Ob Dvořáks Schwager sich verflucht hatte, dass er diesen samt Familie aufgenommen hatte? Er hatte sie sogar ein Haus auf seinem Grundstück bauen lassen, bevor ihm klar geworden sein musste, was der Komponist seiner Frau bedeutete.

»Wie dumm kann man sein«, schnaubte Miro. »Eine Dreierkonstellation geht nie gut! Das hätte ich dem alten Graf sagen können. Wer mir leidtut, ist Dvořáks Frau!« Er schüttelte den Kopf. »Sie muss doch gewusst haben, dass sie nur zweite Wahl war und ausgetauscht wurde.« Er klang wütend.

»Nicht von Anfang«, widersprach Karel. »Wäre die Familie hierher nicht zurückgekehrt, vielleicht wäre alles... wie sagt man... in Sand gelaufen?« Seine Augen strahlten. Die Liebesverwicklungen schienen ihn besonders zu interessieren. Nun ja, zugegeben, Liebesgeschichten waren immer spannend. »Aber Antonin war wieder da und Josefine nicht wohl. Ärzte gaben ihr Monate, kein Jahr.« Er warf einen mitleidigen Blick auf das Bett. »Wer kann da nicht fragen: Was wäre, wenn?«

Jakob nickte automatisch. Wie oft hatte er sich selbst die gleiche Frage gestellt: Was wäre, wenn? Nur dass er sich nie getraut hatte, daraus eine Konsequenz zu ziehen. Aber nun ja, schließlich waren diese drei kleinen Worte in seinem Leben auch nie mit der Ankündigung eines Todes einhergegangen. Vielleicht wäre das etwas anderes gewesen?

»Niemand!« Miro seufzte. »Niemand würde das.« Er lief zum Fenster und blickte hinaus. Jakob sah ihm verwundert hinterher. Was genau machte dem Jungen daran so zu schaffen? Er war noch so jung, hatte alle Zeit der Welt, eine lange Reihe an Fehlern zu machen und diese anschließend wieder auszubügeln.

Karel trat neben Miro. »Siehst du den Weg dort? Wenn ihr den geht, kommt ihr zum See. Rusalka-See. Benannt nach wichtigster Oper von Dvořák, kennst du?«

Miro schüttelte stumm den Kopf.

»Geht auch über Liebe. Von Nixe zu Prinz.«

»Die kleine Meerjungfrau? Die, die ihren Fischschwanz gegen Beine tauscht und dafür die Stimme verliert?«

»Kennst du also doch.«

Miro nickte, dann drehte er sich zu Jakob. »Wollen wir uns den See noch ansehen und dann nach Prag weiterfahren?« Er wirkte erschöpft. Jakob war froh darüber, eine Übernachtung mit zwei Zimmern zu haben. Miro musste heute nicht unbedingt weiter, er könnte auch einfach noch ein paar Stunden durchatmen, übernachten und morgen weiterziehen. Denn irgendetwas nahm den Kleinen gerade furchtbar mit. Womöglich hatte das etwas mit all den verpassten Anrufen zu tun? Oder mit Liebeskummer. Oder mit beidem.

Moment mal, konnte es sein, dass Miro in diesen Sahid verliebt war, der ständig anrief? War das das Problem?

Um die Herzensangelegenheiten anderer hatte sich Jakob nie viel gekümmert. Natürlich wusste er, dass ihre Nachbarin in Herzow ein Auge auf Gustav geworfen hatte. Und er hatte sich auch seinen Teil dabei gedacht, als zwei Männer die kleine Mühle im Nachbarort gekauft und zu einem Hotel umgebaut hatten. All das hatte nicht wirklich etwas mit ihm zu tun gehabt. Doch wenn Miro unglücklich in einen anderen Jungen verliebt war – das würde einiges erklären, oder? Also was? Sollte er etwas sagen, ihm Mut machen, ihn zum Reden bringen? Immerhin war er der Einzige, der da war!

Allerdings hatte er keine Ahnung, wie er damit am besten umgehen sollte. Wie auch, er hatte schließlich keinerlei Erfahrung. Also holte er tief Luft, rief: »Picknick! Picknick am Rusalka-See, auf geht's, Junior!« Und hörte selbst, wie übereifrig er klang.

Unsicher drehte er sich um, und während er bereits in Richtung des Hinterausgangs lief, bemerkte er, wie Karel Miro etwas auf einen Zettel schrieb.

Der kleine Wald hinter dem Haus war licht und luftig, die Sonne strahlte zwischen den hohen Bäumen hindurch, und vor ihnen zitterten die Schatten des Laubes auf dem Weg.

Jakob räusperte sich umständlich. »Und? Was hat Karel dir da eben noch zugesteckt?« Er bemühte sich um einen lockeren Ton. »Wohl kaum etwas, das mit Dvořák zu tun hat...«

»Doch, genau das.« Miro zog den Zettel hervor. *Americké dopisy* stand darauf und eine Webseite. »Ist ein Film. Über Dvořák und seine Zeit hier. Karel findet, den sollen wir uns ansehen.«

»Auf Tschechisch?«

»Es gibt eine Version mit englischen Untertiteln.«

»Na super!«

Miro lachte. »Du musst ja nicht. Ich kann ihn streamen und dir erzählen, um was es geht.«

»Hmm. In Ordnung. Und sonst so?«

»Was meinst du?«

Jakob zögerte. Und zögerte noch ein bisschen weiter. Dann fasste er sich ein Herz. »Unser Besuch hier, die Sache mit Antonin und Josefine... ist dir nahegegangen, oder?«

Miro schob die Hände in die Hosentaschen und legte einen

Schritt zu. »Dir nicht? Die beiden sind ein Paradebeispiel für verpasste Chancen! Wie kacke ist das denn?!«

Okay, offenbar wollte er nicht über sich reden. Jakob zuckte mit den Schultern, murmelte »Kacke hoch zehn, mein Freund« und lief hinter ihm her.

Miro nickte und setzte einen drauf: »Also sozusagen gestapelte Kacke?«

Jakob musste lachen. Ein Fluch-Wettbewerb. Auch eine Möglichkeit, das Thema zu wechseln. »Gestapelt und getürmt«, bot er an.

Jetzt kicherte Miro haltlos und verstand ihn mit Absicht falsch: »Getürmt, wohin?«

»Türmen tut man immer dorthin, wo man glaubt, glücklicher zu sein als am Ausgangsort.«

Miro stutzte. »Wovon reden wir eigentlich gerade?«

Jakob riss unschuldig die Augen auf. »Keine Ahnung, aber du hast angefangen, mein Lieber!«

»Stimmt.« Miro blinzelte. »Ich glaube, ich sehe etwas. Da vorne zwischen den Bäumen. Den See vielleicht?« Und schon marschierte er weiter.

Nur wenige Meter später lief Jakob beinahe in ihn hinein, so plötzlich blieb Miro stehen. Das musste der Rusalka-See sein – oder besser, der Rusalka-Tümpel. Brackig roch er, die Romantik hatte sich schon vor Jahren schaudernd woandershin verzogen. An dem einzigen Tisch mit grob behauenen Bänken saßen fröhlich schnatternde Menschen, die neonorangen Fahrradhelme in die Äste gehängt wie überdimensionale Weihnachtskugeln. Etwa zwanzig Räder standen kreuz und quer. Das durfte doch nicht wahr sein! Schon wieder?!

Auch Miro hatte die Amerikaner sofort erkannt. Leise schob er sich einige Schritte rückwärts. Dann noch ein paar. Dann zog er Jakob hinter sich her ins Gebüsch. »Lass uns verschwinden«, flüsterte er, »ich habe keine Lust auf Vorträge über Windschnittigkeit. Oder sechzig feucht-pinke Küsse.«

Wie zwei blaumachende Pennäler stoben sie kichernd und atemlos quer durch das Waldstück, in die ungefähre Richtung des Ausgangs. Erst als sie an einem kleinen Pavillon ankamen, machten sie halt. Miro zog die belegten Brote hervor. »Picknick?«

»Endlich!« Jakob ließ sich auf einen Baumstamm fallen, biss in sein Brot und beobachtete Miro.

Der Junge fuhr mit den Fingern Einkerbungen im Holz nach und lächelte. »Meinst du, die sind noch von damals? Als Antonin für Josefine hier mit Kollegen musizierte?«

Jakobs erste Reaktion war es, den Kopf zu schütteln. Das Haus war erst in den Sechzigern zur Gedenkstätte umgewandelt worden. Nie im Leben war der Pavillon noch derselbe wie Anfang des zwanzigsten Jahrhunderts. Das Gleiche galt für die eingeritzten Buchstaben. Viel wahrscheinlicher war es, dass die Jugend dieser Gegend hier heimlich nachts einstieg und ihre Namen verewigte. Aber warum sollte er dem Kleinen die Fantasie rauben, den ... Glauben? »Wer weiß«, lächelte er also und nahm noch einen Bissen. Groß genug, um lange nichts mehr sagen zu müssen.

Miro zuckte mit den Schultern. »Oder aber«, fand er, »dieses Ding hier wurde erst viel später gebaut und hat nichts mehr mit Dvořák zu tun.« Jakob kaute und nickte und kaute weiter. Miro sah sich um. »Weshalb, glaubst du, ist er in Prag begraben und nicht hier? Hier ist es irgendwie… wirklich friedlich.«

Jakob verschluckte sich. Ja, weshalb war irgendwer irgendwo begraben? Derjenige, den es betraf, hatte oft als Allerletzter das Sagen, oder? Aber vielleicht wollte Antonin auch einfach nicht bleiben, wo er Josefine verloren hatte. Das verstand Jakob gut. Man konnte nicht bleiben, wo Verlust wie Grünspan alles andere, Fröhlichere zerfraß. Man musste woandershin. Und nur, wer Glück hatte, hatte dann auch ein Ziel. Denn das Wichtigste war erst einmal weg. Erst danach kam das *Wohin*.

»Ich würde ihn gerne besuchen.« Miro sah Jakob nicht an. »Dvořák. Auf dem Friedhof in Prag. Würdest du… mitkommen?«

»Und Zagreb?«

Miro legte den Kopf zurück, starrte hinauf in die Baumwipfel. »Ich habe Schiss. Vor Zagreb. Was, wenn ich dort niemanden finde?«

»Und was, wenn doch?«

»Das Gleiche: Wenn ich jemanden finde – was dann?«

Jakob nickte. Er verstand den Jungen gut. Aus dem gleichen Grund trug er einen ungeöffneten Briefumschlag mit sich herum. »In Ordnung. Dann übernachten wir beide heute in Prag, morgen gehe ich mit dir auf den Friedhof. Und vielleicht willst du mich danach ins technische Museum begleiten? Dort steht eine Eisenbahn, die ich sehen will. Und übermorgen…«

»Übermorgen trampe ich nach Zagreb.« Erleichtert sprang Miro auf, hielt Jakob die Hand hin und zog ihn hoch. »Danke.«

PRAG

Die Dusche war ein echtes Highlight. Sie hatte Düsen in der Wand und einen ausladenden Duschkopf, der sanftes Geplätscher warm auf Kopf und Schultern niederregnen ließ. Mit hängendem Kopf starrte Miro auf seine Hände an der gekachelten Wand – die Finger gespreizt, auf den Unterarmen begann eine Gänsehaut, die er bisher nur von Edinas Berührungen kannte. Nun aber auch vom warmen Wasser einer Luxusdusche. Womöglich bauten Menschen so etwas ein, die schon viel zu lange nicht mehr angefasst worden waren und die sich zwischen den Friseurterminen, bei denen sie eine Kopfmassage bekamen, irgendwie lebendig fühlen wollten? Solche wie Jakob vielleicht, dessen Glatze selbst einen Friseurtermin unnötig machte.

Der Weg nach Prag war problemlos verlaufen. Nur ganz am Schluss hatte sie das GPS-Signal im Tunnel verloren und erst wiedergefunden, als Bienchen sich langsam inmitten aller anderen Autos hinaus auf eine der vielen Brücken über die Moldau geschoben hatte. Bevor sie auf der anderen Uferseite angelangt waren, konnte Miro Jakob glücklicherweise wieder die Richtung angeben. Durch einige kleine Straßen waren sie an dem kleinen privaten Parkplatz angekommen, den Miro Jakob angewiesen hatte. Vor der Tür des fünfstöckigen Wohnhauses gegenüber hatte ein blondes Mädchen mit ihrem Handy gespielt und zwischendurch ungeduldig die

Umgebung gescannt. »Are you the Danes, who are staying here tonight?«, hatte sie wissen wollen, als Jakob und Miro sich näherten.

Diesmal hatte Miro schnell reagiert, »Yeah, we are« genickt und Jakob zugezwinkert. Womöglich galt auch hier: besser irgendeine andere Nationalität als deutsch?

Das Mädchen hatte sie in den Hausflur geführt und ihnen zwei Schlüssel in die Hand gedrückt. Einen für den altersschwachen Aufzug, einen für die Haustür und die Ferienwohnung im fünften Stock. Dort gab es zwei Räume, drei Betten, eine Küchenzeile, ein Badezimmer. Sie waren ganz in der Nähe der Innenstadt, und wenn sie nichts weiter wissen wollten, die Schlüssel waren bei ihrem Check-out auf dem Küchentisch zu hinterlegen, die Türe zuzuziehen, und jetzt müsse sie los, denn sie war verabredet. *Rumms* war die Tür ins Schloss gefallen, und Miro und Jakob hatten sich angestaunt. Nicht ein einziges Mal hatte das Mädchen während ihres Redeschwalls Atem geholt!

Die Wohnung war perfekt, sie konnten in zwei Zimmern schlafen, die Betten waren aufgemacht, im Badezimmer lagen Handtücher, und in der Küchenzeile stand ein angebrochenes Päckchen Espresso, es gab Teebeutel, Aufbackbrötchen und einen aktuellen Stadtplan Prags.

Sie hatten die Zimmer verteilt, und Miro war duschen gegangen. Über der Toilette ging ein Fenster hinaus auf einen engen Innenschacht. So nahe waren sich die benachbarten Badezimmerfenster, dass sich zwei Menschen gegenüber die Hände durchs Fenster hätten reichen können. Als Miro sich ausgezogen hatte, war gegenüber das Licht angegangen. Eine junge Frau hatte sich vor dem Spiegel kritisch beobachtet und dann noch einmal umgezogen. Einen Moment hatte Miro mit dem Gedanken gespielt, das Fenster zu öffnen und ihr zu sagen, dass beide Outfits gleich gut aussahen. Dann war er aus ihrem Sichtfeld getreten, aus der Unterwäsche geschlüpft und hatte diese in Richtung Badezimmertür geworfen. Jetzt verfluchte er sich dafür. Warum hatte er nicht daran gedacht, die frische Wäsche vor die Dusche zu legen? Wenn sie noch immer in ihrem Bad war, konnte sie problemlos beobachten, wie er nach dem Duschen nur mit einem Handtuch bekleidet durch die Gegend turnte... Auch ihr Badezimmer zu Hause ging zum Innenhof hinaus. Doch der war wesentlich breiter – nie im Leben konnte ihm jemand gegenüber dabei zusehen, wie er aus der Dusche kam. Zumindest nicht ohne Fernglas.

Miro trocknete sich ab, duckte sich, robbte zwei Meter weiter und griff sich seine Kleidung. Weshalb zur Hölle brauchte ein Haus einen Innenschacht, der schmaler war als ein Fahrstuhl?

Als er aus dem Badezimmer kam, hörte er klassische Musik und musste lächeln. Er hatte Jakob das Tablet überlassen und ihm erklärt, wie er im Netz nach YouTube-Aufnahmen suchen konnte. Es roch nach Tomatensuppe. Und tatsächlich hatte Jakob eine der Dosen aufgewärmt, die er im Bus als Notfutter lagerte: Soljanka – urgs!

»Ah, da bist du ja.« Jakob schwang einen Kochlöffel. »Rührst du bitte? Unser Abendessen ist in fünf Minuten fertig. Länger brauche ich im Badezimmer nicht.« Er drückte Miro den Löffel in die Hand und verschwand, bevor dieser ihn vor den guten Einblicken von gegenüber warnen konnte. Nun denn.

Miro rührte, schaltete die Platte herunter und rührte weiter. Es roch... nun ja, nach Fertigessen eben. Egal, er hatte Hunger. Ekrebs Eiersandwichs war ihre einzige Nahrung heute gewesen. Vielleicht konnte er morgen einkaufen? Gemüse und Reis? Jakob schien nicht der beste Koch des Jahrhunderts zu sein, aber ihm hatte Erika ein paar Dinge beigebracht. Und Miro sehnte sich nach Salat. Mit selbst gemachtem Dressing. Oder frischem Gemüse. Erst einmal allerdings musste es die Soljanka tun. Echtes Camper-Futter. Die Musik ging ihm auf die Nerven. Irgendeine Liveaufnahme, die Qualität war Schrott, der Bass ratterte, der Gesang war dumpf.

Miro schloss den Tab und rief die Webseite des Films auf, den Karel ihm empfohlen hatte. *Americké Dopisy*, Briefe aus Amerika: Bäume, Wind, klassische Musik. Der See, ein Pavillon, ähnlich zu dem, in dem er nur vor wenigen Stunden mit Jakob Eierbrötchen gegessen hatte. Eine Frauengestalt, ganz in Weiß, eine Schrift über dem Bild: *Vysoká, early spring, 1894*. Frühling.

Schilf raschelte. Das Wasser lag still und spiegelte die Umgebung, eine Hand führte eine Feder über weiße Seiten. *Mein liebster Antonin, ich habe keine Kraft mehr*. Miro drückte auf Pause. Hörte, wie das Wasser der Dusche abgestellt wurde. Lief zum Suppentopf und stellte den Herd ab. Kein Laut kam aus dem Badezimmer. Miro spitzte die Ohren und lief auf den Gang hinaus. Es blieb still. So still, dass er sich Sorgen machte. Er klopfte an die Holztür. »Jakob? Abendessen ist fertig, willst du den Dvořák-Film mit mir gucken?«

Nichts. Miro zählte mit klopfendem Herzen. Einundzwanzig, zweiundzwanzig, dreiund...

»Natürlich, Junior, gib mir einen Moment!«

»Prima, ich warte auf dich.«

Ausatmend eilte Miro zurück in die Küche, schob den Topf von der Platte und schüttelte den Kopf über sich. Wahrscheinlich hatte Jakob einfach die Regendusche genossen. Wieso hatte er sofort angenommen, dass etwas nicht stimmte?

Vielleicht weil er Jakobs Gesicht gesehen hatte, heute Mittag, als er das Foto von Dvořák und seiner Familie betrachtet hatte. An irgendetwas musste ihn das erinnert haben. Danach war er fahrig, unruhig, nicht mehr ganz der sichere und grimmige Jakob, den er sonst so gut nach außen kehrte. Und Miro fühlte sich schuldig. Was, wenn er es war, der den alten Herren an Dinge erinnerte, die er vergessen wollte? Wegen ihm waren sie nach Příbram gefahren, waren jetzt in Prag. Dort, wohin Jakob vor etlichen Jahren hatte reisen wollen, aber ihm etwas dazwischengekommen war. Womöglich ihm und dieser Marie?

Der Prager Frühling und alles Drumherum war für Miro nur eine Geschichte. Etwas aus zweiter Hand, über das er nie viele Gedanken verloren hatte. Aber was, wenn ihr Hiersein für Jakob alte Wunden aufriss?

Die Tür des Badezimmers ging auf. Jakob grinste ihm breit entgegen, frisch geduscht und rasiert, im Gesicht und auf dem Kopf. »Ist die Soljanka fertig, Junge?« Miro nickte und stellte zwei Teller neben den Topf. Jakob schnupperte. »Es geht doch nichts über dicke Suppe aus der Dose.« Dann stupste er Miro an. »Aber morgen hätte ich doch gern was Frisches. Gemüse, Salat oder Steak?«

»Steak?«

Jakob streckte sich. »Auch gern mit Gemüse und Salat.« Dann entdeckte er das Tablet und das eingefrorene Bild. »Ah, das muss der Film sein, den wir uns anschauen sollen. Der über Dvořák?« Und schon türmte er einige Küchenhandtücher auf dem Tisch übereinander und lehnte das Tablet dagegen. Zufrieden nickte er. »So. Jetzt können wir gleichzeitig essen und Film gucken.«

Jakob streckte die Beine auf der Matratze aus und wackelte mit den bestrumpften Zehen. Das Geschehen auf dem für seinen Geschmack etwas zu klein geratenen Monitor ließ er keine Sekunde aus den Augen. Kaum hatten sie ihr Dosenfutter beendet, war es ihnen auf den Küchenstühlen zu ungemütlich geworden, und sie hatten aus einem der Betten ein Sofa gebaut, um dort den Film weiterzuschauen.

Jakob blinzelte gerührt. Zugegeben, bis ins letzte Detail verstand er nicht, was hier vor sich ging. Irgendwann hatte er sich entscheiden müssen: mit den Augen den Untertiteln folgen und sich zusammenreimen, was geschah, oder sich auf die Bilder konzentrieren und erahnen, was gesagt wurde. Neben ihm murmelte Miro leise und rutschte tiefer in die Kissen. Zunächst hatte er Jakob hier und da noch etwas erklärt, doch schnell war er immer stiller geworden. Jakob hatte seine Konzentration nicht unterbrechen wollen und erst viel später bemerkt, dass der Junge die Augen geschlossen hatte.

»Ich schlafe nicht, ich schaue nur nach innen«, hatte Gustav immer gesagt, wenn er vor dem Fernseher ein Nickerchen gehalten hatte. Nichts sorgte schneller dafür, dass er einschlief. Zunächst hatte Jakob noch geargwöhnt, es läge an den immer gleichen Informationen, den immer gleichen Übertragungen. Aber auch das Westprogramm, ja selbst diese hochdramatische Serie über die Ölbarone in Amerika, die Jakob heimlich mit Begeisterung verfolgt hatte, hatte bei seinem Großvater für sofortige Müdigkeit gesorgt. Offenbar war es entspannend für ihn gewesen, Menschen sprechen zu hören, die nichts von ihm wollten.

Miro schien es ähnlich zu gehen.

Jakob dagegen war hellwach. Die Filmmusik half ihm, Emotionales anzufühlen: Streitereien, Enttäuschungen, Liebe, die eigentlich nicht sein durfte und für die es schon fast zu spät war, als sie wieder aufwallte. Anfangs hatte er sich gewappnet, erwartet, dass ihn alles erneut auf Marie stoßen würde, auf seine eigene Hilflosigkeit und einen Verlust, den er nicht verstand.

Aber an wen er überraschenderweise denken musste, waren seine Eltern. Als Kind hatte er ihren beherrschten Umgang miteinander nie hinterfragt. Dass es so etwas wie spontane Küsse und Komplimente, hitzige Diskussionen, aber auch folgendes Lachen und öffentliche Zurschaustellung von Zärtlichkeiten zwischen Ehepaaren geben konnte, das hatte er das erste Mal bei Marie zu Hause verstanden. Seine Eltern waren… nun ja, eben Vater und Mutter gewesen. Lehrerin und Hausfrau, Offizier und Ministeriumsmitarbeiter. Mitglieder verschiedener Vereinigungen, Kassenmeisterin, Vorstand, Erzieher und Trainer. Sie hatten eine Vielzahl an Rollen und Funktionen übernommen. Gefühle, so schien es Jakob im Rückblick, hatten dazwischen kaum Platz gefunden. Oder falls doch, nur hinter verschlossenen Türen.

Als Jakob geboren wurde, waren sie bereits zwei Jahre verheiratet gewesen. Zumindest daran war er nicht schuld.

Klement kam zehn Jahre später. Überraschend. Oder, wie seine Mutter es ein einziges Mal ausgedrückt hatte und dann nie wieder: ein Geschenk Gottes. Jakob hatte sich immer gefragt, ob Klement für seine Eltern so etwas war wie ein zweiter Versuch, eine Möglichkeit, es diesmal richtig zu machen. Denn das hatten sie. Klement entwickelte sich erwartungsgemäß, er war all das, was Jakob nicht sein konnte. Die Erfolge des Kleinen wurden familiensubsumiert: *Das hat er von dir, Karoline; darin ist er ganz sein Vater, Ernst.* Wenigstens hatten sie sich nie gegenseitig die Schuld an Jakobs Vergehen vorgeworfen. Niemals hieß es *Dein Sohn hat mal wieder geschwänzt.* Oder: *Er ist dein Sohn, also zeichne auch du die Mitteilung des Klassenlehrers ab.* Stattdessen warfen sie sich seufzende Blicke zu, die so viel bedeuteten wie: *Mal wieder. Na ja, war zu erwarten.*

Nach und nach war sich Jakob vorgekommen wie ein Satellit. Nur Inge, solange sie da war, und Gustav hatten ihn zurückgebunden an die Familie. Sein technisches Verständnis, so hatte Jakobs Großvater steif und fest behauptet, hatte er von ihm geerbt. Dass er nicht aufgab, bis er ein Problem gelöst hatte, darin glich er Ernst. Jakobs Vorliebe für Musik hatte Gustav an Inge erinnert. Jedes Mal hatte er nach all den Vergleichen schräg gegrinst und gesagt: »Aber das Beste ist, du bist du selbst. Vergiss das nie.«

Jakob horchte auf. Die Melodie war eine andere als die Ausschnitte aus der neuen Welt, die bisher unter dem Film gelegen hatten. Fröhliche Klaviernoten versteckten die unterschwellige Melancholie, nur für jene zu hören, die darauf achteten, im Mittelteil. Er kannte das Stück, Nummer sieben von acht Humoresken aus Dvořáks Klavierzirkel, komponiert nach seiner Rückkehr aus Amerika. Jakob hatte sich oft gefragt, wer diesen Titel eigentlich gewählt hatte – Humoresken. Dvořák selbst oder vielleicht jemand, der für den Verkauf der Komposition zuständig gewesen war? Mit Humor und Fröhlichkeit ließ sich sicher ein breiteres Publikum erreichen als mit Schwermut und Kummer. Beides hatte einen ähnlich großen Wiedererkennungswert, aber wer konnte, wählte Positives: Unterhaltung, die fröhlich machte, zum Lachen brachte und einen mit Hoffnung entließ. Kein Wunder, dass gerade in schweren Zeiten Komödien so gut ankamen. Und vielleicht nicht einmal nur dann.

Auf dem Monitor setzte sich Dvořák ans Klavier, spreizte die Finger fast zärtlich über die Tasten und spielte. Für Josefine, die neben ihm stand, und nur für sie. Sie legte die Arme um seinen Hals und schloss die Augen. Durch die offene Tür beobachtete Dvořáks Frau Anna ihn und ihre Schwester bewegungslos mit Tränen in den Augen. Dvořák hatte mehr Haar am Kinn als auf dem Kopf, war kein schöner, ein alter Mann. Josefine zu strahlend, als dass man glauben wollte, ihre Tage waren gezählt. Aber nur den wenigsten sah man so etwas schließlich auch an. Zweite Chancen und ein Happy End nach rund neunzig Minuten, die amerikanische Filmemacher in ihre romantischen Komödien stopften, als gäbe es diese im Vorteilspack, waren im echten Leben eher spärlich gesät.

Miro neben Jakob seufzte im Traum, als wollte er ihm recht geben. Dabei brauchte der Junge gerade jetzt eine ordentliche Portion Hoffnung, die ihn diesen Stjepan weitersuchen ließ. Leicht würde das nicht werden. Selbst Jakob, der seit seinem siebzehnten Lebensjahr nicht mehr umgezogen war, hatte der Brief des Anwalts aus Süddeutschland über mehrere Umwege erreicht. Schuld war die Umbenennung ihrer Straße gewesen, und noch immer wusste Jakob nicht, was von ihm erwartet wurde.

Miros Augen bewegten sich hinter den geschlossenen Lidern hektisch, doch nach einem Albtraum sah es nicht aus. Jakob stand vorsichtig auf, hob die Beine des Jungen auf die Matratze und breitete eine Decke über ihn. Dann nahm er das Tablet, auf dem der Abspann lief, mit ins Nachbarzimmer. Er hatte Miro so oft dabei zugesehen – es wäre doch gelacht, wenn er das Gerät nicht für ein paar Suchen nutzen konnte!

Tatsächlich gelang es ihm problemlos, den Film zu schließen und den Vyšehrader Friedhof auf der Stadtkarte ausfindig zu machen, wo Dvořák lag. Frau Gookeley berechnete dafür einen fünfundvierzigminütigen Spaziergang von hier aus am Flussufer entlang. Jakob tippte umständlich auf sämtliche Vorschläge in der Umgebung, die sie ihnen noch anriet: Das technische Museum war nicht weit von ihrer Unterkunft entfernt. Die Karlsbrücke und das tanzende Haus lagen auf dem Weg, in etlichen der fest installierten Schiffe am Ufer waren Cafés und Restaurants untergebracht, falls sie auf dem Rückweg eine Pause einlegen wollten. Ansonsten buhlten das kommunistische und das Biermuseum um seine Aufmerksamkeit. Vermutlich brauchte man ganz dringend ein bis fünf alkoholische Getränke nach dem Besuch von Ersterem. Jakob schüttelte perplex den Kopf. Was es alles gab. Natürlich wusste er, dass man in Berlin das DDR-Museum besuchen konnte, das Jugendwiderstandsmuseum, die ehemalige Stasi-Zentrale, und es stand jedem ehemaligen DDR-Bürger offen, Einsicht in seine Akte zu beantragen. Das Leben ging für alle weiter, für einige besser mit dem Wissen um Vergangenes. Für andere besser ohne. Er selbst wollte nicht wissen, was dort über ihn vermerkt war. Oder über Gustav. Und keine zehn Pferde brächten ihn in eine Ausstellung über den Kommunismus! Das Biermuseum... nun, das war eine andere Sache. Und im technischen Museum gab es eine Abteilung mit alten Fahrzeugen – Züge und Loks, aber auch Autos, Motorräder und Fahrräder. Das wäre etwas für Gustav gewesen.

Jakob verschob den Ausschnitt der Stadtkarte. Wenn sie den Fluss auf dem Rückweg vom Friedhof über die älteste Brücke der Stadt überquerten, kämen sie direkt daran vorbei! Mal sehen, was Frau Gookeley ihm darüber zu berichten wusste. Jakob zielte mit dem Finger auf das Museum auf der Karte, als zeitgleich Miros Handy in der Küche wie auch das Tablet in seinen Händen zu musizieren begannen. Hektisch tippte er darauf herum.

Das Tablet gab Ruhe. Allerdings erschien nun auf einmal das Gesicht eines Jungens auf der Oberfläche. Verwundert beugte dieser sich vor. »Wer sind Sie denn?«

Am unteren Rand blinkte ein Name auf. Sahid. Aha! Jakob schloss hektisch die Tür zum Flur und lief in Richtung Fenster.

»Hey, was soll das?«, beschwerte sich Sahids Stimme aufgebracht. »Das ist Miros Messenger!«

»Allerdings.« Jakob lauschte einen Moment. Von Miro war nichts zu hören. Dann hob er das Tablet vor sich, bis er sein eigenes Gesicht in der oberen rechten Ecke entdeckte. »Das weißt du auch deshalb, weil du ständig versuchst, ihn zu erreichen, nicht wahr? Aber auf die Idee, dass er nicht mit dir sprechen will, kommst du offenbar nicht!«

Der Junge auf dem Tablet erstarrte, dann seufzte er tief und nickte. Plötzlich sah er gar nicht mehr aufgebracht aus, nur noch traurig. Und schuldbewusst. »Doch. Aber… ich kann den ganzen Mist doch nicht so stehen lassen. Miro war… ist… mein bester Freund.«

»Hm.« Jakob fuhr sich über die Glatze. Was sollte er tun? Miro aufwecken und ihn zwingen, sich mit etwas auseinanderzusetzen, das er vermied? Wohl kaum! Jedes hatte seine Zeit. Das wusste er, Gustav hatte es gewusst, und die Puhdys, die hatten gleich einen ganzen Song darüber geschrieben. Aber diesen Sahid auszufragen, was passiert war, würde bedeuten, Miros Vertrauen zu missbrauchen.

Also entschied er sich für einen Mittelweg: Er blickte den Jungen auf dem Display fest an. »Tut mir leid, Sahid. Aber was auch immer da zwischen euch… geschehen sein mag, Miro ist noch nicht so weit. Du solltest ihn nicht unter Druck setzen.«

Sahid ließ den Kopf hängen. »Ja, ja. Das sagt Edi auch. Aber… irgendwie ist gar nichts mehr richtig!« Er sah auf. »Ist er… ist er wegen uns, wegen mir abgehauen?«

Jakob schnaubte. Dieser Teenager erwartete doch jetzt wohl hoffentlich kein Mitleid von ihm? Oder glaubte er etwa, dass Jakob den Mittelsmann machte? Dann hätte er sich aber geschnitten! »Sein... aktuelles Ziel hat mehr mit seiner Großmutter als mit dir zu tun«, antwortete er abwehrend.

»Aber... ist er... okay?«

Jakob rümpfte die Nase. Typisch. Sich erst auf Kosten anderer danebenbenehmen und dann fragen, ob alles in Ordnung war. Vermutlich hoffte der Dämlack jetzt auch noch, dass Jakob *Klar, kein Thema, mach dir keinen Kopf* lächelte, damit er wieder dazu übergehen konnte, sich um sich selbst zu drehen. Ob damals oder heute, das war es, was Menschen am allerbesten konnten – sich in den Mittelpunkt zu stellen und alles andere als Kollateralschaden abzuhaken. Wütend schüttelte er den Kopf und holte tief Luft, um dem Jungen mal ordentlich die Meinung zu geigen.

Da verdrehte Sahid gequält die Augen. »Entschuldigung, das war 'ne doofe Frage nach allem, was passiert ist, ich weiß.« Hilflos zuckte er mit den Schultern. »Sind Sie ein Freund von Miros Oma?«

»Nein, ich bin...« Ja, was war er eigentlich? Ein Freund von Miro? »Ich bin eher so etwas wie... Miros Reisebegleiter.«

Zu Jakobs Überraschung nickte Sahid und sah fast erleichtert dabei aus. »Gut. Das ist gut. Würden Sie mir einen Gefallen tun?«

Jakob verzog das Gesicht. Auch das noch. »Ich bin nicht sehr gut darin, Liebesdinge zu regeln, Junge. Weder meine eigenen noch die anderer.«

Sahid lächelte schräg. »Das würde ich nie verlangen.«

»Um was geht es dann?«

»Passen Sie einfach auf ihn auf. Und wenn er so weit ist...

also, wenn Sie glauben, er hatte genug Zeit, würden Sie ihm dann sagen, dass ich mit ihm reden muss? Wir haben immer über alles geredet. Vorher. Und jetzt... jetzt ist irgendwie alles verquer.«

Jakob unterdrückte ein Nicken. Bei ihnen im Osten war der diskriminierende Paragraf 175 des Strafgesetzbuches früher weggefallen als in der Bundesrepublik. Im Alltag machte das allerdings kaum einen Unterschied, lieber blieb man unentdeckt, als dass man als sogenannte »Risikogruppe« auf der Rosa Liste der Stasi landete. In den letzten Jahren mochte sich hier wie da etliches geändert haben. Doch wenn Sahid und Miro beste Freunde gewesen waren und dann... mehr daraus geworden war, konnte das für keinen der beiden einfach sein.

»Mal sehen, was sich machen lässt«, sagte er also, ohne etwas zu versprechen, und sah, wie Sahid sich entspannte. »Edi hat mir von Erikas Unfall erzählt«, flüsterte der. »Na, und dann das mit uns...« Er zuckte mit den Schultern. »Das heißt dann wohl, ich rufe erst mal nicht mehr an...«

Das klang mehr nach einer Frage als nach einer Aussage. »Besser ist das«, stimmte Jakob zu. »Wir haben noch etliche Kilometer Reise vor uns.« Überrascht klappte er den Mund zu. Moment! Er hatte Sahid klarmachen wollen, dass er nicht erwarten sollte, Miro so schnell in Berlin wiederzusehen. Was er da aber eben gesagt hatte, klang anders. Als hätten sie gemeinsam ein Ziel vor Augen. »Also, was ich meine, ist...«

»Na, ich jedenfalls bin froh, dass Miro nicht allein unterwegs ist«, unterbrach Sahid erleichtert. »Danke, dass Sie meinen Anruf angenommen haben!« Er winkte, das Tablet machte ein seltsames Geräusch, und der Junge war verschwunden.

Jakob starrte auf den dunklen Monitor. Vor seinen Augen flimmerte noch immer das dankbare Gesicht Sahids. Verdammt noch mal! So war das nicht gemeint gewesen! Sein Plan war, ein paar weitere Züge zu fotografieren, an Gustav zu denken und zu entscheiden, was er mit dem Brief in der Innentasche seines Jacketts tun sollte. Woher zum Henker kam jetzt der Gedanke, den Junior nach Zagreb zu begleiten – auf der Suche nach einem vermutlich schon längst verstorbenen Freund seiner Großmutter? Vor allem jetzt, da er wusste, was den Jungen umtrieb. Wie sollte er damit umgehen? Er war nicht gut in so was. Dafür waren schließlich Eltern zuständig! Oder?

Jakob schloss erschöpft die Augen. Auf der anderen Seite waren Eltern nichts weiter als eine theoretische Größe. Theoretisch sollten sie zu dir halten, die richtigen Worte finden, dir das Gefühl geben, alles würde gut. Theoretisch sollten sie dich lieben. Und dann kam der Praxistest, und du musstest erkennen, dass du dich auf nichts verlassen konntest. Nicht auf die Theorie. Nicht auf Gefühle und schon gar nicht auf eine Idee von Verantwortung. Wer wusste das besser als er?

Grübelnd ließ sich Jakob auf das umgebaute Sofa am Fenster sinken und blickte hinaus in den dunklen Himmel. Das Licht der Stadt erhellte die Wolken schwefelgelb, ab und an blitzte der Mond hervor, eine schmale Sichel, scharf an den Rändern und gebogen wie eine Schale. Kein Schnitter, sondern Sammler. Jakob seufzte. Was sollte er tun?

Miros Vater, das hatte der Junge klargemacht, spielte keine Rolle in seinem Leben. Ähnlich wie seine Mutter, die offenbar langfristig außer Landes war. Und seine Großmutter Erika befand sich irgendwo im Umland Berlins in einer Rehaklinik. Er war also der Einzige, notgedrungen übrig, null Erfahrung oder sozial trainiert, Zufallsbekanntschaft.

Doch wie hatte Gustav gesagt, als Jakob unangekündigt bei ihm eingefallen war? *Das Leben hat einen schrägen Humor, Jakob. Es bringt oft jene zusammen, die sich später als exakt richtig füreinander herausstellen.*

Für Jakob und Gustav hatte das Leben recht behalten, auch wenn sie nie wirklich darüber gesprochen hatten.

Umständlich zog Jakob das Tablet des Jungen zu sich und tippte *Zagreb* in die Suchmaske. Über Landstraßen und rund vier Ländergrenzen – Slowakei, Ungarn, Slowenien, Kroatien – machte das mehr als siebenhundert Kilometer. Jakob schluckte. Womöglich mussten sie danach noch weiter! Je nachdem, was Miro in Zagreb erfuhr. Und dann schließlich auch wieder zurück.

So viel war er in seinem ganzen Leben noch nie am Stück unterwegs gewesen. Jakob verkleinerte die Kartenübersicht.

Und plötzlich sah es gar nicht mehr so weit aus. Oben die Ost- und die Nordsee, unten das Tyrrhenische Meer, dazwischen der Stiefel Italiens, die griechischen Halb- und Ganzinseln, die aussahen, als hätte ein Kind an einem Faden gezogen und das Festland aufgeribbelt. Rechts das Schwarze Meer, und wenn man die Welt noch weiter verkleinerte, war selbst Marokko nicht mehr weit, Weißrussland, Kasachstan und dann Afrika, der Indische Ozean, Australien... Man musste nur die Finger auseinander oder zueinander bewegen, und Frau Gookeley gaukelte einem vor, die ganze Welt sei prima mit Bienchen zu bereisen. Eine Welt, die er bisher nur aus dem Fernsehen kannte oder aus längst überholten Atlanten.

Im Vergleich dazu lag Kroatien geradezu nebenan.

Jakob schloss die Badtür hinter sich und lächelte. Kurz nach sechs war er wach geworden. Die Sonne schien, vor seinem Fenster hatte ein dicker Stadtspatz gesessen und ihn angeglotzt, als wäre er das Zootier. Frau Gookeley hatte ihm eine Bäckerei in der Gegend angezeigt, die bereits um sieben öffnete, und er war hinausgeschlichen, um sich und Miro Frühstück zu besorgen. Die frisch gebackenen Brötchen rochen wunderbar, er hatte Saft und ein Stück Butter erstanden und zwei süße Teilchen als Wegzehrung, die er auf Bienchens Beifahrersitz geparkt hatte. In der Küche brodelte die Kaffeemaschine, und bis Miro endlich die Augen aufschlug, wäre Jakob längst fertig geduscht.

In der Wohnung gegenüber, nur eine Armeslänge entfernt, band eine junge Frau vor dem Spiegel die Haare zu einem Pferdeschwanz. Als sie ihn bemerkte, winkte sie. Überrascht hob Jakob eine Hand und lächelte ihr hinterher, als sie aus ihrem Bad eilte, sicher auf dem Weg zur Arbeit. Der enge Luftschacht zwischen den Fenstern erinnerte ihn an Inges Wohnung in Berlin, nach Gustavs Häuschen so viel mehr ein Zuhause als die stets ausufernden Zimmerfluchten seiner Eltern.

Anfangs, als sie in die Hauptstadt gezogen waren, waren Ernst und Karoline froh gewesen, Jakob nach der Schule bei Inge parken zu können. Sie hatten viel zu viel anderweitige Verantwortungen gehabt, kaum Zeit für ihn und umso weniger, als sich schließlich Klement ankündigte. Inge dagegen hatte immer Zeit gehabt. Sie hatten Spiele gespielt und Kartoffeln geschält. Er hatte ihr von Marie erzählt, die ihm im Hinterhof aufgelauert, ihn erst ausgelacht und ihm dann das Spucken beigebracht hatte. Von der Schule, den jungen Pionieren, den Freunden, die er dort nicht fand, hatte er ihr berichtet. Gemeinsam hatten sie bewusst fröhliche Briefe an Gustav geschrieben, und immer wieder hatte Inge ihm zugezwinkert, ihn von der Küchenpflicht befreit und rausgeschickt. Dorthin, wo Marie auf ihn gewartet hatte.

Jakob schüttelte den Kopf. Damals. Vergangenheit. Heute würde er mit Miro den Vyšehrader Friedhof besuchen und danach das technische Museum. Und am Abend würde er ihn zum Essen einladen und ganz nebenbei vorschlagen, ihn nach Zagreb zu begleiten.

Fein säuberlich legte er die frische Unterwäsche, das Hemd, die Weste und Hose auf die Waschmaschine, betrat die Duschkabine und stellte die Temperatur auf perfekte sechsunddreißig Grad. Er öffnete den Regler und drückte neugierig einen bisher unbenutzten Knopf an der Armatur.

Genießerisch drehte er sich im Kreis. Wunderbar! Der Wasserdruck war wunderbar. Hätte er gestern schon gewusst, wozu dieser Knopf gut war, ganz sicher hätte er länger als fünf Minuten geduscht! Die warmen Wasserstrahlen der Wanddüsen massierten all die richtigen Stellen: seine verkrampften Schultern und Oberarme, den Rücken und, wenn er sich auf die Zehenspitzen stellte und sich an der Tür festhielt, seinen unteren Rücken, dort, wo sich nach jeder Nacht der Rost festsetzte.

Er hatte nicht erwartet, eine derartige Luxus-Dusche in einem Raum zu finden, der ihn an Inges Außentoilette auf der halben Treppe erinnerte. Niemand hatte dort je einen Blick durch die Fensterluke geworfen. Das perfekte Geheimversteck war der Innenschacht gewesen. Worte, die dort ausgetauscht wurden, blieben unter dem Bodensatz aus Vogeldreck und abgestürzten Nestern, braunen Blättern und Papiermüll verborgen. Wer einen Weg hineinfand, hatte einen Grund dazu, blieb unsichtbar und flüsterte so leise, dass selbst Unsagbares plötzlich sagbar wurde, dicht am Ohr eines anderen.

Ihre Geheimnisse hatte das Versteck bewahrt und Marie und ihm gleichzeitig kleine Einblicke in das Leben der Hausbewohner gewährt. Der dicke Herr Kartler in der ersten Etage des Vorderhauses bekam regelmäßig Besuch von zwei Männern in beigen Mänteln, denen er für einige Stunden seine Wohnung überließ. Frau Friedrich, die im Hinterhaus über Inge lebte, versuchte sich an Schlagern und – eher vergeblich – an deutschen Jazzliedern. Herr Blöker, der von seiner Erdgeschosswohnung fast alles im Blick behielt, nahm nichts so ernst wie das Hausbuch, außer vielleicht die konspirativen Gespräche mit dem Postboten.

Enge Räume waren für Jakob ähnlich wie die Dunkelheit, zwiespältig. Nie wusste er im Voraus, ob er sich darin sicher und behütet, manchmal in der Begrenzung fast unvermutet frei oder eingeschlossen und fremdbestimmt fühlte.

Damals mit Marie hatte die Enge hohen Himmel bedeutet, abgetrotzte Heimlichkeit und unendliche Möglichkeiten. Wenn er sich konzentrierte, konnte er noch eine Ecke dieses Gefühls fassen. Es hatte etwas mit leisem Lachen und Flüstern zu tun, damit, wie Maries Haar in seiner Halsbeuge kitzelte. Etwas, an das er sich nur wenige Jahre später geklammert und es doch verloren hatte. Damals hatten sich die Wände und die Unregelmäßigkeit des gleißenden Lichts gegen ihn verschworen.

Jakob wischte sich das Wasser aus den Augen. Er befand sich in einer Duschkabine, die durchsichtigen Türen ließen sich jederzeit öffnen. Vor der Badezimmertür erstreckte sich die Wohnung. Alles war gut.

BERLIN, 1960

»Mach hinne, ich höre Schritte!« Marie fasste Jakob unter die Schultern und begann, mit der ganzen Kraft ihrer 1,53 Meter zu ziehen. Nicht, dass das besonders viel half. Durch das enge Kellerfenster kam man nur in den Innenschacht des Hauses, indem man sich wie ein Korkenzieher hindurchwand. Schon letztes Jahr, kurz nachdem Jakob Marie das erste Mal begegnet war, hatte sie ihm naseweis erklärt, nicht der Durchmesser des Kopfes wäre entscheidend, sondern die Schulterbreite. Zumindest, wenn man irgendwo einsteigen wollte.

»Wie bei 'ner Geburt«, hatte sie gegrinst und Jakob verständnislos genickt. Von Geburten hatte er keine Ahnung. Darüber sprach man bei ihm zu Hause nicht. Dass Babys nicht vom Storch gebracht wurden, hatte Tante Inge ihm neulich erst erklärt, und sein Vater war fuchsteufelswild geworden. Wann und wo Jakob welche Information erhielt, sei ganz allein seine Entscheidung, hatte er gebrüllt, nicht Inges. Schon gar nicht Inges! Jakobs sonst so wortgewandte Tante hatte die Lippen aufeinandergepresst, unglücklich genickt und sich leise entschuldigt.

Jakob stieß sich mit den Füßen an dem alten Hocker ab, den Marie in den Kellerverschlag gestellt hatte und der ihnen die Leiter ersetzte. Wie ein zappelnder Fisch hing er halb drinnen, halb draußen. Sein Lauftraining hatte zum Glück wenig Einfluss auf die Breite seiner Schultern. Drei- bis viermal pro Woche verglich sein Vater seine Zeiten, verlangte mehr und weniger. Mehr Einsatzbereitschaft. Weniger Sekunden pro hundert Meter. Oder vierhundert. Oder tausend. Laufen war besser als Schwerathletik, Gewichtheben oder Ringen. Um nichts in der Welt wollte Jakob zu breit werden, um Marie in ihren Rückzugort zu folgen!

»Hör auf, an mir zu ruckeln!«, zischte er, drehte sich auf den Rücken und zog die Beine an. Keuchend blieb er einen Moment liegen und blickte in den Himmel – schnell schoben sich dunkle Wolken über das kleine, noch blaue Rechteck fünf Stockwerke über ihnen.

Neben ihm verknotete sich Marie akrobatisch und platzierte die schimmelnde Pappe, die sie hier aufbewahrten, vor den rostigen Fensterrahmen. Dann ließ sie sich zurückfallen, gegen ihn. Damit sie nicht laut reden mussten. Ihr Kopf stieß an seinen Oberarm, zeitgleich atmeten sie beide aus. Geschafft. Sie waren allein. Die nächsten anderthalb Stunden gehörten ihnen. Jakobs Eltern erwarteten ihn erst um drei vom Nachmittagsunterricht zurück, den er heute schwänzte.

Über ihnen sang eine brüchige Frauenstimme von silbernen Seen und Abschied: »Damals, damals war alles so schön! Doch wir waren viel zu jung, um unser Glück zu verstehen.« Frau Friedrich war mal wieder einsam.

Auch Marie seufzte. »Johannes ist ganz komisch gerade«, vertraute sie Jakob flüsternd an, als hoffe sie auf eine Erklärung von ihm.

Jakob mochte Maries Bruder. Er war lustig und immer nett zu ihm. Obwohl er drei Jahre älter war. Nun ja, Jakob mochte Maries ganze Familie. So eine hätte er auch gern.

»Komisch«, wisperte er zurück, »ist er doch immer. Johannes kennt die besten Witze.«

»Das meine ich nicht.« Marie verstummte. Von oben schwebte eine melancholische Melodie zu ihnen herab, Jakob lauschte. Mitten in den gleichgeschalteten Klängen des Orchesters klimperte zitternd ein einzelnes Instrument. Frau Friedrich sang ein Duett mit dem Männerbariton der Langspielplatte. Irgendetwas über Erinnerungen, erste Küsse und ein Lichtermeer.

»Vielleicht hat es etwas damit zu tun, was meine Eltern sagen: dass es langsam ernst wird«, flüsterte Marie und sah ihn fragend an. »Was sagen deine?«

»Bei uns ist es immer ernst.« Jakob grinste. »Du weißt schon, wie mein Vater – Ernst?«

Sie lachte nicht. Nun ja, besonders gut war der Scherz ja auch nicht gewesen. Nur die Wahrheit. Bei ihnen zu Hause gab es wenig zu lachen. Dafür umso mehr Erwartungen zu erfüllen.

Marie hob die Schultern bis an die Ohren. »Er will in eine Musikschule im Westen.«

»Na und. Inge arbeitet doch auch in Steglitz, aber nach ihrer Schicht kommt sie zurück.« Jakob musste lächeln. »Zu mir, sagt sie.«

»Hmmm.« Marie klang nicht überzeugt. »Und was, wenn er bleibt?«

Vorsichtig legte Jakob einen Arm um sie. »Du bist hier, eure Eltern, seine Freunde... na, eben alle. Was sollte Johannes denn da?«

Er verstand ihre Sorge nicht. Niemand mit klarem Verstand wollte in den Westen. Dorthin, wo sich jeder nur um sich selbst kümmerte, es keine Ideale gab und keine Ideen, wie man miteinander ein gerechtes Leben aufbaute. Sein Vater sagte immer, dort habe sich nichts geändert, ein friedlicher Neuanfang wie bei ihnen war verpasst worden. Dieser war für Ernst ebenso Auftrag wie Aufgabe und Jakob nicht selten erleichtert, dass sein Vater mehr Zeit in sein Land und dessen Zukunft investierte als in seine Familie. Seine Mutter sah das anders. Aber von ihr erwartete Ernst auch keinen regelmäßigen Rapport.

»Kannst du nicht mal mit Johannes reden? Er mag dich.« Marie sah ihn bittend an, und Jakob stockte der Atem.

Auf keinen Fall würde er das tun. Denn womöglich bekam er dann etwas zu hören, was seinem Vater nicht schmeckte.

»Ab heute bist du meine Augen und Ohren«, hatte Ernst wie nebenbei erklärt, als er begonnen hatte, mit Jakob zu trainieren. »Ich will wissen, was in der Schule geredet wird, bei deinen Freunden und deren Eltern.«

Jakob hatte genickt, schnell genug, um seinen Vater zufriedenzustellen. Gefallen hatte ihm diese Verabredung nicht. Ernst hatte eine klare Vorstellung davon, was in Ordnung war und was nicht – nicht immer verstand Jakob den Unterschied. Was also, wenn er aus Versehen etwas weitertrug, das seinem Vater nicht passte?

Oft genug musste er Befragungen über sich ergehen lassen, wenn er von einem Besuch bei Inge nach Hause kam: Was hatte es zu essen gegeben, worüber hatten sie gesprochen? Hatte Inge Radio gehört, Musik aufgelegt, und falls ja, was genau? Waren Freunde von ihr anwesend, wie sahen die aus, und worüber hatten sie gesprochen? Und: Sie hatte ihm doch hoffentlich kein Geschenk mitgebracht aus Steglitz?

Schnell hatte Jakob gelernt, dass Ernsts Vorschlag, »Augen und Ohren« für ihn zu sein, nichts mit einem plötzlichen Interesse an ihm, seinem Sohn, zu tun hatte.

Und so überlegte er sich auf jedem Nachhauseweg von seiner Tante eine ebenso wortreiche wie nichtssagende Geschichte, legte Inge Worte seines Stabü-Lehrers in den Mund und beschrieb das Mittagessen so ausufernd, bis Ernst der Geduldsfaden riss. »Ja, ja, ich hab verstanden, es gab tote Oma, und die Grützwurst war matschig! Sonst noch was?«, hatte er vorgestern erst genervt geschnaubt. Und nicht geahnt, dass Jakob inzwischen ein wahrer Formulierungskünstler für die Beschaffenheit von Gemüse, Brot und Bouletten geworden war.

Auch heute Abend würde er sich wieder etwas einfallen lassen müssen. Denn ihr Geheimversteck gehörte nur Marie und ihm. Weshalb er auch den Teufel tun und Johannes fragen würde, weshalb er unbedingt auf eine Schule im Westen wollte. Die Wahrheit anpassen und Schweigen, das konnte Jakob, lügen nicht so gut. Nicht bei seinem Vater, der den Spürsinn eines Jagdhunds hatte, wenn es darum ging, ob jemand die Wahrheit sagte. Nicht einmal bei Inge, die ihn jedes Mal, wenn sie ihn beim Flunkern erwischte, mit wehmütigem Lächeln erklärte, er müsse lernen, ein Pokerface aufzusetzen.

Marie fasste nach seiner Hand. »Komm schon, Jakob, bitte?«

Er schluckte und schwieg. Sie wusste, dass seine Eltern strenger waren als ihre, er seinem Vater etliches verheimlichte. Details hatte er ihr jedoch bisher erspart.

»Inge und du könnten mit uns abendessen«, schlug sie vor. »Mama und Papa haben sicher nichts dagegen.«

Jakob legte den Kopf in den Nacken und sah zu dem geöffneten Fenster von Frau Friedrich, aus dem noch immer sehnsuchtsvolle Töne herüberwehten. Er ließ den Blick einen halben Stock nach unten wandern, wo vor der Luke zur Toilette auf der halben Treppe ein Korb hing – Inges ganz persönlicher Aufbewahrungsort für Schokolade, Westcomics und andere Luxusgüter. Nur sie und Jakob kannten ihn. Nun ja, und Marie natürlich.

Inzwischen hatten die Wolken das Blau des Himmels verdrängt. Nicht mehr lange und es würde anfangen zu regnen.

»Nächstes Mal«, versprach er. »Meine Eltern warten auf

mich.« Vor allem sein Vater. »Außerdem ist morgen vor der Schule Lauftraining.«

Marie knuffte ihm in die Seite. »Wenn du so weitermachst, landest du noch in einer dieser Sonderschulen für begabte Sportler!«

Jakob erstarrte. Daran hatte er noch gar nicht gedacht! Vielleicht sollte er in Zukunft nicht ganz so schnell rennen? Besser, Ernst wäre von ihm enttäuscht, als von hier wegzumüssen.

Miro ahnte, dass er von außen betrachtet wie ein typischer, missgelaunter Teenager wirkte: das Gesicht verkniffen, die Hände tief in die Hosentaschen gerammt.

Dabei mochte er Friedhöfe normalerweise. Ruhig waren sie, die wenigen Geräusche, die es dort gab, waren irgendwie... sauber, hatten klare Ränder. Und der Prager Kirchhof auf der kleinen Anhöhe unweit des Flusses war nun wirklich schön gelegen. Umrundet von hellen Säulengängen hatten individuell gestaltete Gräber dazwischen Platz. An einer Seite erhob sich ein Monument, sonnenbeschienene Stufen führten zu dem steinernen Engel, die Flügel gestreckt, den Blick über die Friedhofsbegrenzung hinaus gerichtet.

Und trotzdem. Trotzdem fühlte er sich irgendwie... frustriert? Nein, das stimmte nicht ganz, eher wie etwas, das vor traurig kam, als läge ein Abschied in der Luft. Automatisch dachte er an Erika und Stjepan, Edina und Sahid. Sogar an seine Mutter, die keine Ahnung hatte, wo er sich gerade befand und kaum mehr als ein abgelenktes »Hmm, mail mir bei Gelegenheit mal ein paar Fotos« dazu sagen würde.

Viele der Grabsteine trugen schattierte Gravuren – Porträts der Verstorbenen. Plastisch wirkten sie und wie etwas, das Miro von den Tourismusshops in Berlin kannte. 3-D-Vitrografien in Glasquadern: das Brandenburger Tor, der Fernsehturm, sinnlose Mitbringsel. Vorhin waren sie an der Ruhestätte eines Comiczeichners vorbeigekommen. Auch auf seine Grabplatte war etwas graviert: zwei Hände, eine davon gerade dabei, eine kaum bekleidete Frauenfigur zu skizzieren. Vermutlich ein Entwurf des Künstlers selbst. Wer würde so etwas ohne ein entsprechendes Testament in Auftrag geben? Was Leichtigkeit im Tode transportieren sollte, hatte Miro nur weiter deprimiert.

Wenige Meter entfernt schwebte eine Grabskulptur in Richtung Himmel, das Gesicht fragend und ebenso unsicher, wie er sich fühlte. Und eine Reihe dahinter, unter zwei Bäumen mit tief hängenden Ästen, hatte er statt eines Steins eine Sonnenuhr entdeckt. Eine Sonnenuhr, auf die wegen der Schatten spendenden Bäume um sie herum keinerlei Sonne fiel.

Vielleicht hätten sie nicht hierherkommen sollen. Auch Jakobs Schritte schienen seltsam verlangsamt, sein Blick schweifte unruhig hin und her. Ab und zu warf er ein paar kichernden Kindern einen strafenden Blick zu. Doch entgegen seiner sonstigen Gewohnheit raunzte er sie nicht einmal an. Stattdessen sah er aus, als müsste er Erinnerungen in Schach halten, die ihn unerwartet von allen Seiten überfielen. Miro blieb stehen. Sie sollten zurückgehen. Entlang an der Moldau, zum technischen Museum, das Jakob unbedingt besuchen wollte. Das hier war ein Fehler.

Da winkte ihm Jakob plötzlich zu. »Miro? Ich habe ihn gefunden!«

Und dann standen sie nebeneinander vor Dvořáks Grab, das inmitten der langen Reihe des Säulengangs lag. Auf einer Seite von der Mauer des Friedhofs begrenzt, auf der anderen von dem gusseisernen Gatter, das neugierige Besucher von jenen unterschied, die berechtigt waren, den Säulengang zu betreten.

Die Büste des Komponisten thronte auf einer halbhohen Säule aus dem gleichen Stein wie die Mauer, aus der sie zu wachsen schien. Dvořáks Name, seine Lebensdaten, einige wenige weitere Worte und angedeutet steinerne Äste, sonst nichts. Einige Meter weiter links lagen frische Blumen vor der Skulptur einer jungen Frau mit einem Mädchen an der Hand – Mutter und Tochter, die, wenn Miro raten sollte, vor Urzeiten gleichzeitig an einer ansteckenden Krankheit gestorben waren, für die es inzwischen Medikamente gab. Vor Dvořáks Büste lag nichts.

»Wo ist eigentlich seine Frau?« Miro beugte sich vor. »Das Einzige, was hier steht, ist sein Name, seine Daten und… ein paar Buchstaben – a rodinou?«

Wie beschissen war das denn?! Da war er aus Amerika zurückgekommen, hatte jene, in die er eigentlich verliebt gewesen war, in den Tod begleitet, und nun lag er hier allein? Und anstatt über die Stadt oder auf den Fluss zu blicken, erhob sich hinter seinem Grab eine Mauer.

»Und Familie«, murmelte Jakob und drehte sich weg.

»Was?«

»A rodinou bedeutet: und Familie. Stand am Eingang auf der Infotafel. Also liegen hier... weitere Familienangehörige. Mit ihm.«

»Und wenn schon!« Das machte es ja wohl kaum besser. Miro schüttelte sich. »Würdest du so was wollen, Jakob?«

»Was genau? Irgendwo begraben sein, wo mich Menschen, die meine Musik lieben, besuchen können?«

»Nein, irgendwo begraben sein und deine Familie wird nicht einmal genannt. Oder aber irgendwo begraben zu sein, obwohl du vielleicht lieber woanders wärst.«

»Ich möchte nirgendwo sein, wenn ich tot bin, Junge. Es gibt niemanden, der mich besuchen will.« Jakob drehte sich um. »Abgesehen davon habe ich keine Familie, zu der ich mich freiwillig legen würde.« Knurrig marschierte er zum Ausgang.

Einen Moment sah Miro ihm verblüfft hinterher. Keine Familie? Also überhaupt keine? Das war... verrückt, oder?

Miro wusste, wie es sich anfühlte, verlassen zu werden. Aber was musste passieren, dass man mit seiner gesamten Familie nichts mehr zu tun haben wollte? Eine Tragödie, ein krasser Streit?

Miro wünschte, er könnte etwas für Jakob tun, ihm etwas Beruhigendes sagen, irgendwas, aber das war nun mal das Ding bei Familienangelegenheiten: Ändern konnten nur jene etwas, die es betraf.

Jakob stapfte weiter, den Ausgang fest im Blick.

»Ich komme gleich nach, okay?«, rief Miro ihm hinterher. »Muss noch was erledigen!«

Und als Jakob, ohne sich umzudrehen, nur eine Hand hob, eilte Miro den Weg zurück in Richtung Sonnenuhr.

Jakob staunte: Rund fünfzehn Jugendliche warfen unter großem Gejubel und Geschrei Schuhpaare in die Luft. Die tiefere Bedeutung dieses Rituals blieb ihm ein Rätsel.

Miro und er hatten entschlossen, vom Friedhof zum Museum zu laufen. Als müssten sie ihre Köpfe auslüften, obwohl sie doch die ganze Zeit an der frischen Luft gewesen waren. Oder lag das an der Friedhofsatmosphäre? Waren Kirchhöfe, egal wie ruhig, grün und schön sie auf den ersten Blick wirkten, doch irgendwie geschlossene Räume?

Der Weg am Ufer entlang war jedenfalls genau das Richtige gewesen. Fest vertäute Schiffe boten Kaffee und Kuchen an, und über eine kleine Brücke waren Miro und er auf die andere Flussseite geschlendert. Dorthin, wo für etwa sieben Jahre das gigantische Stalin-Denkmal über die Stadt geragt hatte, bevor es in einer groß angelegten Operation abgetragen worden war. Der Berliner Stalin dagegen war binnen einer einzigen Nacht entsorgt worden, rund drei Monate nachdem – ebenfalls in einer Nacht- und Nebelaktion – Grenzen geschlossen worden waren und der Mauerbau begonnen hatte.

Miro betrachtete die Aussicht auf die Prager Altstadt. Er hatte keinen Blick für die Betonkrone des Sommerbergs hinter sich. Warum auch. Geschichte war für den Jungen etwas schwer Fassbares. Etwas, das vor seiner Zeit stattgefunden hatte und nur dann mit ihm zu tun, wenn es ihn betraf – wie zum Beispiel, dass seine Großmutter offenbar mitten im Zagreber Frühling ihre große Liebe verloren hatte.

Für Jakob allerdings war das Wissen um Geschichte ebenso unstet wie Erinnerungen oder Politik. Jede neue Generation, die an die Macht kam, wollte sich von vergangenen Fehlern befreien, indem sie versuchte, diese aus dem kollektiven Gedächtnis zu tilgen. Wahrzeichen wurden abgebaut, Gebäude, Straßen, ganze Städte umbenannt: von Stalin- zur Karl-Marx-Allee oder von Zur Freundschaft zu Am Acker. Von Chemnitz zu Karl-Marx-Stadt und wieder zurück. Ja, es hatte sogar Zeiten gegeben, in denen Kinder zwei verschiedene Namen trugen – einen für zu Hause und einen für draußen. Oder aber einen, auf den sie getauft worden waren, und einen, auf den sie später lernen mussten zu hören.

Abel war Jakobs allererster Freund gewesen. Etliche Jahre älter als Jakob, hatte Abel ihn in Herzow unter seine Fittiche genommen. Ihm beigebracht, welche Beeren man besser nicht aß, wie man auf Bäume kletterte und wieder herab. Wenn Ernst und Inge wieder einmal lauthals stritten, Opa Gustav sich nicht einmischen mochte und Jakobs Mutter von einer eigenen Wohnung sprach, hatte Jakob nebenan bei ihm Trost gesucht. Bis Abels Großtante eines Tages dem sonnigen Wohnzimmer entkommen war, in dem sie normalerweise in ihrem Schaukelstuhl strickte. Auf dem Dorfplatz hatte sie Reden geschwungen. Darüber, was früher alles besser gewesen sei – die Autobahn, vergessen wir nicht die Autobahn. Wie verlogen eine neue Gesellschaft war, die sie zwang zu übertünchen, worauf sie und viele andere vor Kurzem noch stolz gewesen waren. Dass sie nicht begriff, warum sie nun Kinder bei anderen Namen rufen musste als jenen, auf die sie getauft waren. Wie Abel. Dessen jetziger Name mit seinem ursprünglichen – Adolf – nur mehr den ersten Buchstaben gemein hatte. Danach war die Familie sehr schnell umgezogen. In den Westen, hieß es.

An Stalin jedenfalls erinnerte hier inzwischen nur noch ein mobiler Ausschank namens »Stalibar«, vor dem zwei Menschen in trachtenähnlichen Kniebundhosen den Vorbeischlendernden Flyer aufdrängten. »All you can eat«, erklärte der eine, gespielt enthusiastisch. Vielleicht ein Schauspielschüler mit Nebenjob? Jakob unterdrückte den harschen Vorschlag, er solle sich eine andere Verdienstmöglichkeit suchen. Eine, bei der er ihm nicht auf den Wecker fiel. Stattdessen nahm er das Papier entgegen, um es direkt in den nächsten Abfalleimer zu entsorgen. Da bemerkte er die Noten darauf. Offenbar wartete die Bootstour nicht nur mit einem laufenden Büfett auf, sondern auch mit traditioneller Musik. Er ließ das Faltblatt unter dem dankbaren Blick des Knickerbockerträgers in seiner Hosentasche verschwinden.

Ein weiteres Paar Sneaker verpasste die tief hängenden Elektrokabel und landete vor dem Mädchen, das es geworfen hatte. Buhrufe und ermutigendes Geschrei hielt sich die Waage.

Jakob sah Miro verdrossen an. »Was zum Teufel soll der Mist eigentlich?« Über ihren Köpfen hingen doch bereits mindestens zwanzig an den Schnürsenkeln verknotete Schuhpaare!

Miro zuckte mit den Schultern. »Das macht man halt so. Ist eine Art... Streetart. So was wie: *Ich-war-hier.*«

Jakob schüttelte befremdet den Kopf. Er wurde alt. »Ich höre deine Worte, Lulatsch. Aber schlauer bin ich kein Stück.«

Miro lachte. Das erste Mal heute. »Was habt ihr denn damals gemacht? Doch sicher auch ein bisschen mehr als mit Kreide Hüpfekästchen auf die Straße gezeichnet, oder?«

»Hüpfekästchen?«

»Jetzt verarschst du mich aber, oder? Hüpfekästchen? Das Kinderspiel? Kam in deiner Generation doch bestimmt gleich nach Tiere-aus-Holz-Schnitzen.«

»Tiere schnitzen... für wie alt genau hältst du mich eigentlich?«

»Okay, dann eben... Gummitwist?«

Jakob verdrehte amüsiert die Augen. »Miro, du hast eine sehr eigentümliche Vorstellung von meiner Kindheit!«

»Na, dann klär mich auf. Irgendwas hast doch auch du sicher angestellt. Oder gab es für dich nur Schulaufgaben, Klassik und gute Noten?« Jetzt feixte der Kleine auch noch frech.

»Nicht im Geringsten. Wir haben zum Beispiel... wie sagt ihr heute... wild plakatiert. Allerdings hatten wir dafür Gründe.«

»Wichtigere als ein *Ich-war-hier*?«

»Definitiv. Obwohl...« Jakob überlegte. »Vielleicht hatte es damit auch etwas zu tun. Mit einem *Wir-sind-hier* und einem *Wir-lassen-uns-unsere-Meinung-nicht-verbieten.*«

»Klingt rasend gefährlich.« Der Junior nahm ihn hoch, war klar. Er war ja auch nicht dabei gewesen.

Lautes Klatschen und Johlen: Das Mädchen hatte es geschafft. Ihre Turnschuhe baumelten an der Stromleitung. Jakob drehte sich weg. »Museum?«

»Topp, auf zu alten Zügen und anderem längst überholtem Technikzeug.«

»Ein Schüler, ein Erwachsener, bitte.« Jakob zahlte den Eintritt für sich und Miro. Schließlich kam der Junge seinetwegen mit. Freiwillig hätte er sich das Museum wohl kaum ausgesucht.

Durch die Vorhalle schwirrten Worte in unterschiedlichen Sprachen, und zwei Dreikäsehochs rempelten quietschend gegen Jakobs Beine.

»Augen auf im Straßenverkehr«, grummelte er und trat zur Seite.

Miro bekam davon nichts mit. Begeistert nahm er das Durcheinander mit seinem Tablet auf.

Jakob klopfte ihm auf die Schultern. »Mach du mal dein Sound-Ding, Junge, und wir treffen uns in zwei Stunden wieder hier.«

Miro nickte abgelenkt. »Deal.« Er grinste. »Die Akustik ist echt verrückt!«

Jakob umrundete die beiden herumrasenden Kinder – echte Stolperfallen! – und hielt auf den größten Saal zu. Gut, dass wenigstens Miro dem Tohuwabohu hier etwas abgewinnen konnte. Weshalb er wohl mitgekommen war, anstatt die Stadt zu erkunden? Ob er nicht allein sein wollte? Der Besuch auf dem Friedhof war dem Jungen nicht leichtgefallen. Seine Körpersprache hatte ihn verraten. Die und die Tatsache, dass er am Ende noch einmal zu dem Grab mit der schattigen Sonnenuhr zurückgekehrt war. Jakob hatte Miro dabei beobachtet, wie er eine von nebenan gemopste Kerze in die Mitte des gemeißelten Ziffernblattes gestellt hatte. Als wollte er sicherstellen, dass zumindest irgendeine Lichtquelle auf die sonst nutzlose Sonnenuhr fiel. Als hätte er Mitleid. Dabei war es für jenen, der dort lag, längst egal, ob die Sonne auf seine letzte Ruhestätte schien oder nicht.

Mitleid aber, das wusste Jakob, konnte dich hinterrücks überfallen, dicht gefolgt von einer Traurigkeit, die nur schwer abzuschütteln war. Die beiden fühlten sich wohl miteinander, waren schweigsame Geschwister, die sich trotzdem verstanden. Geschwister wie Johannes und Marie. Nicht wie er und Klement.

Abgelenkt nickte er der weißhaarigen Dame am Eingang des Saales zu und nahm den Objektivschutz von seiner Praktica. Er wollte den Speisewagen von Franz Josef I fotografieren, die österreich-ungarische Express-Dampf-Tender-Lok der Strecke Wien – Děčín. Und natürlich die 275.0, eine der ersten Tschechisch-Mährischen Damflokomotiven, genannt »die Bucklige«.

Viele Loks trugen Spitznamen. Nicht alle waren besonders nett. Zu allen hätte Gustav eine spannende Geschichte zu erzählen gewusst. Vielleicht aber hätte er auch nur ehrfurchtsvoll dagestanden und »Schau genau hin, Junge« geflüstert, »so etwas wird heutzutage gar nicht mehr hergestellt«.

Jakob konnte die Stimme seines Großvaters fast hören und blickte durch den Sucher. Gern hätte er gemeinsam mit ihm diese Reise gemacht. Auf der anderen Seite war Gustav in seinem Bahnwärterhäuschen mit seinen Büchern und Aufnahmen meist voll und ganz zufrieden gewesen. Kein Wunder. Immerhin widersprachen die nicht. Oder brachten dich in eine moralische Zwickmühle.

BERLIN 1966

Mit angehaltenem Atem kauerte Jakob im Schatten einer Aschetonne, groß genug, ihn zu verbergen. Vorausgesetzt, keiner der zwei Jungen weiter hinten lief in Richtung der Straße an ihm vorbei. Doch damit war erst mal nicht zu rechnen. Eng umschlungen lehnten sie an der rissigen Häuserwand, Mund an Mund, mit geschlossenen Augen. Wenn sie genau so blieben, könnte er vielleicht bis nach vorn schleichen, um die Ecke biegen und die gut gefüllte Kneipe einfach wieder durch den Eingang betreten? Marie sagen, er habe Johannes nicht gefunden. Was tat er hier eigentlich? Weshalb hatte er sich von Marie breitschlagen lassen, ihrem Bruder zu folgen?

Um sieben Uhr wurde in Klements und seinem Zimmer das Licht ausgemacht. Jakob durfte sich dann entscheiden: noch lesen, Schulaufgaben in der Küche machen oder mit dem Kleinen ins Bett gehen. Heute hatte er Müdigkeit vorgetäuscht, einige der Kuscheltiere seines Bruders unter die Bettdecke gestopft und war unter Klements röchelndem Schnarchen aus dem Fenster gestiegen. Der Kleine war erkältet, und, so gemein es klang, das bedeutete für Jakob ein Mehr an Freiheit. Normalerweise hing Klement ununterbrochen an seinem Rockzipfel, und ihre Eltern schienen ihn darin zu bestärken, Jakob überallhin zu folgen.

Langsam wurde es wirklich Zeit für ein eigenes Zimmer. Doch obwohl es in ihrer neuen Wohnung in Friedrichshain mehr als genug Räume gab, stand die Privatsphäre ihrer Söhne für Jakobs Eltern offenbar nicht an erster Stelle.

Jakob hätte sich heute Abend besser in das Lesezimmer zurückgezogen, um sich vorzunehmen, was ihm sein Vater ständig zitierte: Marx, Engels, Lenin. Dann würde er jetzt nicht hier feststecken. In der Stichstraße hinter dem Musikklub. Weil Marie ihn darum gebeten hatte.

Maries Eltern wussten, wo sie sich befand, und waren einverstanden gewesen, dass sie ausnahmsweise dem Bandauftritt ihres großen Bruders beiwohnte. Vorausgesetzt, er brachte sie Punkt zehn wieder heim. Jakobs Eltern dagegen würden, bevor sie selbst ins Bett gingen, spätestens um halb zwölf nachsehen, ob im Zimmer ihrer Söhne alles war, wie es sollte...

Wie spät war es eigentlich?

Vorsichtig lugte Jakob hinter der Tonne hervor. Johannes und der andere Junge küssten sich noch immer. Als müssten sie etwas nachholen und gleichzeitig auf Vorrat tun. Jakob wünschte sich, sie würden endlich verschwinden, damit er nach Hause kam, aber je mehr er ihnen zusah, desto komischere Dinge veranstaltete sein Magen. Es fühlte sich nach Hunger an und gleichzeitig, als hätte er zu viel fettiges Essen verdrückt.

Seine Eltern küssten sich morgens zum Abschied auf die Wange. In Filmen nach der Wochenschau hatte er Paare küssen gesehen. Vorsichtig und kurz, dann kam die nächste Szene, und der Kuss war vorbei.

Das dort auf der anderen Seite des Aschecontainers war jedoch etwas gänzlich anderes. Echter und ehrlicher, schlimmer und besser, etwas, das schmerzhaft an Jakobs Herzen zerrte und bei dem er an Marie denken musste. Etwas, das nichts mit dem Alltag seiner Eltern zu tun hatte, voller *Jetzt-genau-jetzt* und voller *Vielleicht-nie-wieder* war.

Und es war etwas, das er unbedingt geheim halten musste. Allen voran vor seinem Vater, für den es keine sexuellen Präferenzen gab, nur ein Richtig und Falsch. Menschen, die seiner Meinung nach nicht in die erste Kategorie fielen, waren vor allem eins: nützlich, wenn ihm das zum Vorteil gereichte. Aber ebenfalls kaum vertrauenswürdig und schnell entbehrlich. Jakobs Lehrer Herrn Schischek hatte Ernst als *unnatürlich* bezeichnet. Nur wenig später hatte dieser die Schule verlassen – glaubte man seinen letzten Worten, alles andere als freiwillig.

Jakobs Beine zitterten. Er ging in die Hocke und drückte sich in den Schatten. Er wollte Johannes und seinen... Freund nicht unterbrechen, sie beide nicht ausspionieren, ja, nicht einmal hier sein wollte er. Er schloss die Augen, sah nichts mehr, hörte nur noch. Das leise Seufzen: »Johannes! Wir sind schon viel zu lange hier, wir müssen zurück!« Das »Du hast recht, wann sehen wir uns wieder?«, das zögernde »Am Wochenende zum Baden am See?«.

»Nur du und ich?« Johannes klang glücklich, und Jakob machte sich noch kleiner, als er das unwohle Räuspern des anderen vernahm: »Wohl kaum!«

»Bitte?«

»Was denken dann die anderen... Aber wir könnten jemanden mitnehmen. Du, Katrin und ich... deine Schwester?«

»Auf keinen Fall ziehe ich Marie da mit rein!«

Ein Moment war alles still, dann der andere: »Sie würde uns nie verpfeifen.«

Johannes antwortete nicht. Jakob stellte sich vor, wie er nun den Kopf schüttelte, da fand der andere auch schon bissig: »Dann eben nicht. Gib mir fünf Minuten Vorsprung.«

Johannes seufzte. »Ja, sicher. Nicht, dass wir noch zusammen gesehen werden.«

Schritte.

»Nicht, dass noch jemand dahinterkommt.«

Eine Tür quietschte und fiel ins Schloss.

»Nicht, dass irgendwer die Wahrheit herausfindet.« Jakob hörte Johannes tief ein-, sehr langsam ausatmen. Dann trat er näher. »Du kannst aus deinem Versteck kommen.«

Jakob machte sich so klein wie möglich.

»Du da, hinter der Aschetonne. Ich sehe deine Schuhe! Raus mit dir! Und was immer du willst – ich lasse mich nicht erpressen!«

Fahrig rappelte sich Jakob auf. »Ich wollte nicht...«, stotterte er, »also, Marie bat mich, dir zu folgen, weil... Ich hatte nicht vor...« Dann ließ er den Kopf hängen. »Es tut mir leid!«

Johannes trat zu ihm, beugte den Kopf, sah ihm direkt ins Gesicht. »Was tut dir leid?«

»Dass ich etwas gesehen habe, das ihr geheim halten wollt?« Jakob blickte auf. Er mochte Maries Bruder. Wünschte sich einen wie ihn und nahm seinen ganzen Mut zusammen. »Es tut mir leid, dass ihr euch verstecken müsst.«

Johannes' Gesichtsausdruck wurde weich. »Dann bin ich froh, dass du uns gesehen hast, Jakob, nicht jemand anderer.« Er seufzte. »Kannst du die letzten Minuten für dich behalten?«

Jakob nickte.

Johannes fuhr sich durch die Haare. »Es geht nicht einmal so sehr um mich, weißt du, aber... da ist eben auch... noch jemand Zweites.«

Jakob nickte noch immer. »Ich habe nichts gesehen, wenn du willst. Und Johannes? *Ich* würde mit dir zum Baden fahren.«

Johannes lachte überrascht auf. »Danke, aber ich fürchte, das nutzt nicht viel.« Er schluckte. »Im Gegenteil.« Dann drehte er sich um. »Und jetzt bringe ich Marie nach Hause. Was ist mit dir, soll ich dich auf dem Gepäckträger heimradeln?«

Jakob schüttelte den Kopf. »Nicht nötig. Ich muss mich sowieso heimlich reinschleichen.«

Johannes verwuschelte ihm die Frisur und lachte. »Sag bloß, du bist mal wieder ausgebüxt?«

Jakob zuckte mit den Schultern. »Ist nicht das erste Mal. Meine Eltern sind... anders als eure.«

Johannes kniff die Augen zusammen. »Heißt das, du lügst sie an, um meine kleine Schwester zu sehen? Nicht nur heute?«

Jakob erstarrte und entspannte bewusst die Gesichtsmuskeln – ganz wie es Tante Inges Pokerface-Training vorsah. Dann aber entschloss er sich zur Wahrheit, krauste die Nase, zog die Stirn in Falten und sog die Backen ein. »Mein Vater mag euch nicht. Aber das ist mir egal!« Er ballte die Fäuste, zog die Schultern hoch, das genaue Gegenteil eines Pokerspielers, und machte sich bereit zu widersprechen.

Johannes begann zu grinsen. »Du, Jakob, bist ganz nach meinem Geschmack!«

Ebenso stolz wie überrascht starrte Jakob ihn noch immer an, als die Hintertür der Kneipe aufflog und zwei ineinander verkeilte Gestalten auf den Boden fielen. »Nimm das sofort zurück«, brüllte jemand. Von innen waren lautes Geschrei, splitterndes Glas und dumpfe Geräusche zu hören.

»Marie!« Gleichzeitig stürzten Johannes und Jakob los, schoben sich dicht hintereinander durch die Masse an Menschen und fliegenden Fäusten. Johannes zog Jakob gerade noch rechtzeitig zur Seite, bevor dicht neben ihm ein Stuhl zersplitterte. Jakob blockte mit einem Tablett eine gewaltige Rechte, die auf Johannes' Kinn gezielt hatte. Gemeinsam drängten, schoben, schubsten sie sich durch die Menge, die vermutlich längst nicht mehr wusste, weshalb sie aufeinander eindrosch.

Endlich entdeckten sie Marie. Sie hatte sich in eine Ecke zurückgezogen und trat nach allen, die ihr zu nahe kamen. Extrem grimmig und wirklich wütend sah sie dabei aus. Jakobs Herz klopfte. Das war so typisch für seine Marie! Selbst wenn sie sich überraschend in einer Kneipenschlägerei wiederfand, wehrte sie sich. Mit Händen und Füßen und lauten Worten.

»Mistkäfer, weg von mir!«, brüllte sie gerade einen großen Kerl dicht in ihrer Nähe an. Erschrocken stolperte der davon. Und egal, wie gefährlich diese Situation sein mochte – Jakob war noch nie in seinem Leben in eine Schlägerei geraten –, er musste bei ihrem Anblick grinsen, breit und überschwänglich. Dass sie erleichtert zurücklachte, machte ihn irgendwie… größer. Sie griff nach seiner Hand, erst dann bemerkte sie ihren Bruder und verdrehte die Augen. »Johannes, endlich, zehn Uhr! Weißt du doch! Wo warst du denn?«

Johannes warf Jakob einen schnellen Blick zu, dann zog er Marie, ohne zu antworten, hinter sich her. Jakob folgte den beiden durch die Küche. Nur er bemerkte, dass Johannes währenddessen immer wieder nach hinten blickte und in dem Gewühl nach jemandem Ausschau hielt.

Kaum draußen führte er sie auch schon weiter: Von einem angrenzenden Hinterhof in den nächsten, durch einen stillen Hausflur mit weitschweifigem Treppenaufgang, hinaus auf eine enge Straße mit Kopfsteinpflaster. Er schien sich hier gut auszukennen.

Marie sah sich fragend um. »Was ist mit deinem Fahrrad?«

»Hole ich morgen, heute gehen wir zu Fuß.«

»Und Jakob?«

»Ich biege hier ab.« Jakob drückte Maries Hand. »Wir sehen uns.«

»Bald!«

Einen Moment blieb er stehen und sah ihr nach, wie sie ihm kurz zuwinkte, einen Arm um Johannes geschlungen, der sich noch einmal umwandte, um ihm dankbar zuzulächeln.

Dann begann er zu laufen. Erst langsam, dann schneller, die Hände zu Fäusten geballt, der Atem rhythmisch und ruhig. Irgendwo schlug eine Kirchturmglocke elf. Es wurde eng. Jakob legte einen Zahn zu. Falls er es nicht mehr rechtzeitig schaffte, musste er sich etwas einfallen lassen. Sich rauszureden würde ihm nicht gelingen – Übertretungen der Regeln zogen keine Gespräche am Küchentisch nach sich wie bei Johannes und Marie. Aber er sollte eine Geschichte parat haben. Eine, die seinen Vater von Johannes ablenkte. Von Marie. Und dann müsste er versuchen, nichts weiter preiszugeben. Egal auf welche Nachfrage.

Er bog in die Karl-Marx-Allee ein. Das war das Allerschwierigste. Dass Ernst immer untrüglich zu erkennen schien, wann er log oder etwas verheimlichte. Das Einzige, was er dann tun konnte, war, sein Gesicht unter Kontrolle zu haben und nicht zu zucken. Davon hing alles ab!

Miro staunte. Dass in Tschechien Linksverkehr geherrscht hatte, bis die Deutschen 1939 eingefallen waren, hatte er nicht gewusst. »Eine eher unbedeutende Veränderung im Vergleich zu einem halben Jahrhundert unter zwei Diktatoren«, fasste das Infoschild neben dem ausgestellten Oldtimer lapidar zusammen. Er machte ein Foto mit dem Tablet und lief weiter.

Eine Weile hatte er mit Tonaufnahmen verbracht, Gemurmel in verschiedenen Sprachen, Kinderkreischen, Lachen, der ein oder andere Ausruf. Die Akustik war tatsächlich außergewöhnlich. Allerdings klangen die Aufnahmen alle gleich. Und Miro hatte keine Ahnung, für was er sie benutzen wollte. Das war das eigentliche Problem. Das Nichtwissen.

Er wusste nicht, wie er Edina und Sahid gegenübertreten

sollte, wenn er zurückkam. Er wusste nicht, was tun, wenn er Erikas Stjepan fand – oder aber was, wenn dieser verschollen blieb. Und er hatte null Vorstellung davon, wie er seine bisherigen Sounds zu etwas zusammenfügen sollte, das ihm den Weg in die Universität der Künste ebnete.

Er wusste überhaupt nichts und fühlte sich verdammt verloren. Klar, er musste nach Zagreb an die Uni und dort versuchen, eine Adresse von Erikas ehemaligem Freund zu finden, in der Hoffnung, sie wäre immer noch gültig. Aber selbst dafür fehlte ihm gerade der Antrieb. Was war nur los mit ihm? Deshalb war er doch überhaupt erst aufgebrochen! Sein Ziel war es, etwas für Erika zu tun. Und sie verdiente es, dass er sich ins Zeug legte.

Mutlos steckte er sein Tablet ein und sah sich um. In dem großen Saal standen alte Autos und Züge nebeneinander, auf den Galerien, vier Stockwerke hoch, reihten sich Fahrräder und Motorräder aneinander, Flugzeuge hingen von der hohen Decke. Miro blieb überfordert stehen. Wo beginnen?

»Hello young man, can I help you? Do you speak English, German, Czech?« Neben ihm tauchte wie aus dem Nichts eine weißhaarige, ältere Dame auf. Das an ihr dunkelrotes Revers geknipste Schildchen wies sie als »Eliska, museum guide« aus.

»English and German, I am sorry, I don't speak Czech.«

»Kein Problem, ich spreche alles drei.« Nett lächelte sie ihn an. »Darf ich Sie einen Tipp geben? Sehen Sie erst hier unten, dann gehen sie ganz nach oben und mit Uhrzeiger Stockwerk für Stockwerk zurück.« Sie zwinkerte ihm zu. »Ist nicht ganz richtige Reihenfolge an Jahreszahlen. Aber Sie laufen nicht gegenfluss.« Sie deutete nach schräg gegenüber, wo sich zwei Gruppen der Besucher auf der engen Galerie des ersten Stocks mühevoll aneinander vorbeiquetschten. Dann wies sie auf einen Oldtimer im Erdgeschoss. »Vorher aber das. Sehr interessant Wagen.«

Dankbar lächelte Miro ihr zu und lief zu dem tiefschwarz lackierten Auto, laut der Infotafel eins der luxuriösesten Vorkriegsmodelle der Daimler-Benz-Produktion. Miro nickte. Schick! Allerdings fehlte der typische Mercedesstern auf der Kühlerhaube. Müsste der nicht zu sehen sein? Dass der Hersteller inzwischen daran sparte, weil er viel zu oft abgebrochen wurde, war bekannt. Aber das Auto war so alt, da sollte der doch auf der Kühlerhaube blitzen – oder war der Stern damals etwa noch nicht erfunden gewesen?

Miro las weiter. Offenbar war der Wagen nach dem Krieg symbolträchtiges Statussymbol gewesen und in tschechischen Staatszeremonien verwendet worden. Während des Kommunismus jedoch war sein Aussehen aus Ideologiegründen derart umgestaltet worden, dass niemand mehr von außen erkennen konnte, dass sich unter der nun eher kommunistisch anmutenden Karosserie ein imperialistischer, kapitalistischer Mercedes verbarg. Kein Wunder also, dass der Stern fehlte. Wie schräg! Da nahm man einen Mercedes und zimmerte so lange daran herum, bis er nicht mehr aussah wie einer?! Einzig jene, die darin kutschiert worden waren, hatten vielleicht noch gewusst, in was sie da saßen. Ein heimliches Statussymbol – war das nicht ein Widerspruch in sich?

Kopfschüttelnd fuhr Miro mit dem Lift nach ganz oben und lief, wie Eliska ihm geraten hatte, im Uhrzeigersinn, die Ausstellungsstücke ab.

Was ihn wirklich verblüffte, waren die Informationen rund um die versammelten Fahrräder und Motorräder. Ihre technische Entwicklung gab einen guten Einblick in die Geschichte des Landes: als Militärfahrzeuge getarnte Krafträder samt gefakten SS-Nummernschildern waren zu sehen, Nachkriegsmodelle, für alle erschwingliche Scooter. Miro fragte sich, ob auch Jakob etwas Ähnliches gefahren hatte, um mit einer Freundin zu einem Picknick aufs Land zu brettern. Vielleicht mit dieser Marie? War es womöglich das, was Jakob so an Eisenbahnen faszinierte – abgesehen davon, dass sein Großvater ein echter Dampflokfan gewesen war? Dass an ihnen Geschichte abzulesen war?

Auf der anderen Seite hatte er recht schnell gelernt, mit Miros Tablet umzugehen. Das bewies der Suchverlauf in Miros Browser. Jakob hatte eine Bäckerei in der Nähe ihrer Unterkunft recherchiert, von der vermutlich das heutige Frühstück stammte. Außerdem hatte er sich über die Prager Stadtgeschichte informiert und nachgesehen, wie man von hier aus über Landstraßen nach Zagreb kam… Ob er überlegte, Miro dorthin zu begleiten? Falls ja, hätte Miro jemanden, mit dem er sich austauschen konnte, der eine zweite Meinung hatte, egal wie grummelig. Jemanden, der ihn durch seine pure Anwesenheit dazu brachte, Dinge zu tun. Zum Beispiel in ein Museum zu gehen, das er sich freiwillig nicht ausgesucht hätte, aber das durchaus spannend war. Und vielleicht gab es auf dem Weg nach Kroatien ja auch noch die ein oder andere schicke Dampflok zu bestaunen?

Falls Jakob das wollte. So ganz greifen konnte Miro den alten Herren nicht. Wonach war er eigentlich wirklich auf der

Suche? Oder wusste er das – ähnlich wie Miro – manchmal selbst nicht genau? Natürlich ging es ihm um Dampfloks, aber darunter lag noch so viel mehr. Diese Marie-Sache zum Beispiel. Die Tatsache, dass ihn zu Hause niemand zu erwarten schien. Miro wusste nicht mal, woher Jakob eigentlich kam. Und dann war da noch dieser ominöse Briefumschlag, den er, wenn er sich unbeobachtet glaubte, immer wieder aus seiner Jacketttasche zog, nur um ihn unschlüssig in den Händen zu drehen und ihn anschließend wieder zu verstauen. War Jakob vor etwas oder jemandem auf der Flucht?

Miros Alarm piepste. Die verabredeten zwei Stunden waren um. Im Mittelteil des Saales, ein Stockwerk unter sich, sah er Jakob in Richtung Eingangshalle eilen. Offenbar hatte auch er die Uhr im Blick gehabt. Immer zwei Stufen auf einmal nehmend, sprang Miro die letzte Treppe hinab. Er hätte sich tatsächlich noch länger umsehen können, wer hätte das gedacht!

Als er nur wenig später zu Jakob stieß, unterhielt der sich gerade angeregt mit Eliska, der netten Museumsdame.

»Ah, da ist auch Junior«, lächelte sie ihm entgegen. »Wir haben gewartet. Auf Ihnen. Ich lasse Sie Einmaligkeit sehen. Kommen Sie, kommen Sie!« Und schon stürmte sie voran und winkte ihnen, ihr zu folgen.

Eliska schleuste Miro und Jakob durch zwei dunkle Räume und blieb stolz vor einer abgehängten Vitrine stehen. Mit großer Geste entfernte sie das darüber hängende Tuch und knipste eine Reihe LED-Leuchten im Inneren an. »Wir zeigen das nicht jede. Aber Sie beide habe ich beobachtet.« Sie lächelte verzückt. »Sie haben Interesse. Sie sollen das sehen.«

Kopf an Kopf beugten sich Jakob und Miro vor. Inmitten eines goldbeschlagenen Rahmens befand sich ein Gemälde. Oder halt… kein Gemälde, es war schwarz-weiß, etwas angegraut, ein leichter Sepiaschimmer lag über dem Bild einiger Skulpturen vor dem Faltenwurf eines Vorhangs.

»Ein… ähm… Foto?«, riet Miro.

»Genauer Daguerreotypie aus 1837!« Die Museumsführerin atmete ein und hielt die Luft an. Jakob und Miro taten es ihr automatisch nach. Dabei konnte ihr Atem der Metallplatte wohl kaum etwas anhaben.

»Genommen von Louis Daguerre selbst als Geschenk für Herr Metternich. Ist Kulturgut. Wunderbar, nicht?«

Miro warf Jakob einen Blick zu, doch der war noch immer in den Anblick des Stilllebens vertieft, also nickte er mit so viel Begeisterung, wie er für das alte Ding aufbringen konnte. »Ja, ganz wunderbar.« Ein paar halb nackte, in Stein gehauene Menschen unscharf vor einem Vorhang – wahnsinnig spannend!

»Stell dir nur vor, Miro«, Jakob lief zur Seite, um das langweilige Bild aus einer anderen Perspektive zu bestaunen, »das war der Beginn, und heute drückst du bei deinem Tablet nicht mal auf einen echten Knopf, und schwupps ist eine Aufnahme da, die damals ewig gedauert hat.«

Eliska nickte heftig. »Genau. Das hier ist Anfang. Danach kam viel, und noch immer ist kein Ende. Aber großer Unterschied ist: Heute man macht Bilder von alles. Damals es war aufwendig, du musstest… wie sagt man? Auswählen und komponieren. Wie Musik. Machen nicht viele mehr.«

»Das stimmt.« Jakob lächelte breit. »Heutzutage macht man eher spontane Momentaufnahmen, früher gab es oft ein

Konzept.« Er zwinkerte Miro vielsagend zu. »Wer stand zum Beispiel bei Familienaufnahmen wo, was wollte man unbedingt festhalten, um es der Nachwelt zu erhalten.«

Miro kniff die Augen zusammen. Der Sinn, ein paar öde Skulpturen auf ein Bild zu bannen, erschloss sich ihm immer noch nicht wirklich. Aber vielleicht hatte dieser alte Daguerre das damals anders gesehen. Oder aber es war ihm um Licht und Schatten gegangen? Also darum, zu zeigen, was sein neues Medium konnte. Wie hatte Eliska gesagt – wie in der Musik. Manche Kompositionen waren deshalb speziell, weil sie zeigten, was möglich war und woran bisher niemand gedacht hatte. Andere dagegen hatten eine Aussage, ein Thema, Motive.

Überrascht trat Miro einen Schritt zurück. Das war es! Exakt das fehlte ihm, deshalb kam er nicht weiter. Er brauchte ein Thema für sein Aufnahmeprüfungsstück. Nur: Was sollte das sein, womit beschäftigte er sich, und worum ging es ihm? Um Liebeskummer? Liebeskummer lief immer, davon zeugten unzählige Hits. Etwas Neues war das nicht. Also vielleicht etwas über das Reisen durch verschiedene Länder und Landschaften? Da konnte Jakob ihm doch sicher ein paar mehr Beispiele geben außer der Amerika-Symphonie Dvořáks und diesem Smetana, der einen ganzen Fluss verewigt hatte. Miro musste grinsen. Vielleicht sollte er sein Stück »Roadtrip mit Bienchen« nennen und statt Zuggeräuschen das Knattern des alten Busses als rhythmisch-unrhythmischen Takt einsetzen? Jakob würde das sicher gefallen.

Ja, darüber musste er einmal genauer nachdenken.

Das war der Moment, in dem sich sein Magen mit nicht zu überhörendem Grummeln meldete.

Jakob stieß ihn in die Seite. »Hört sich an, als sollten wir uns mal was zu essen suchen.«

Miro nickte. »Ja, und diesmal bitte mehr als solche Zwerg-Schrippen wie heute Morgen.«

Jakob lachte. »Schrippen! Bist ein echter Berliner, wa?«

»Brötchen, Semmel, Backware – mir ganz egal, Hauptsache: viel!«

»Ich glaube, dann habe ich eine Idee für uns, folge mir!«

Sie winkten Eliska zum Abschied und traten hinaus in die schräg am Himmel stehende Sonne.

Jakob drehte einen Flyer in der Hand, dann lief er durch den Park hinunter in Richtung Fluss. Freundesgruppen und Großfamilien lagerten auf den Wiesen und machten Picknick. Die Jungen rannten zwischen den Bäumen herum, die Älteren genossen Aussicht und mitgebrachte Speisen. Miro seufzte neidisch.

»Nur noch eine halbe Stunde, Junior, und du kannst dir den Bauch vollschlagen.«

»Hast du uns gestern etwa nicht nur eine Bäckerei, sondern auch ein günstiges Restaurant fürs Abendessen auf meinem Tablet herausgesucht?«

Jakob stutzte. »Das hast du gesehen?«

»Na klar, schließlich gibt es so was wie einen Suchverlauf.«

»Einen Suchverlauf...« Jakob stockte. »Und der verrät dir... alles, was ich so... gemacht habe?«

Nun war es an Miro, ertappt zu gucken. »Es ist nicht so, dass ich spioniert hätte, wirklich nicht. Ich wollte nur zurück zur Ansicht von Prag, um zu gucken, von wo ich am besten weitertrampe. Da ploppte der Bäcker auf. Und...« Miro gab sich einen Ruck. Nun machte es wirklich keinen Sinn mehr, es zu verheimlichen. »Und deine Straßenkarte. Wieso hast du gecheckt, wie lange die Reise von hier nach Zagreb dauert?«

»Ah! Das.« Jakob nickte. Und kam es Miro nur so vor, oder wirkte er fast erleichtert? »Nun ja... also... was würdest du davon halten, wenn ich dich begleite? Ich habe... keine wichtigen Termine, nichts weiter vor und... vielleicht könnte ich dir bei deiner Suche helfen?«

Miro strahlte. Doch Jakob warf keinen Blick zurück, er lief weiter, als hätte er gerade nicht den absolut besten Vorschlag gemacht, den Miro sich vorstellen konnte.

»Muss ich aber natürlich nicht, wenn du lieber allein weiterwillst...«

»Ich fände das super.«

Jetzt erst drehte Jakob sich um. Auf seinem Gesicht lag ein Lächeln. »Ungelogen? Du freust dich, mit einem zittrigen alten Knacker und einem noch zittrigeren VW-Bus über Landstraßen nach Kroatien zu rumpeln?«

»Sehr.«

»Gut, dann ist das also abgemacht. Morgen fahren wir weiter.«

Schon wesentlich elanvoller marschierte er weiter.

»Und sonst?«, fasste er währenddessen zögernd nach. »Hat dir dein gespeicherter Tabletverlauf auch noch andere Dinge angezeigt? Andere... dieser Apps, die ich geöffnet habe?«

»Wieso, hast du etwa ein paar Filme ab achtzehn angesehen?«

»Was? Natürlich nicht!« Jakob schüttelte empört den Kopf. Und wurden da seine Ohren tatsächlich ein bisschen rot?

»Ich… Ich war nur neugierig, was das Gerät so alles kann«, winkte er ab und wechselte schnell das Thema. »Leg mal einen Zahn zu, nicht dass sie ohne uns ablegen. Wir machen nämlich eine Bootsfahrt. Und das Beste daran: Es gibt Musikbegleitung plus laufendem Büfett!«

Wenn Jakob das Büfett in einem Satz zusammenfassen sollte, dann hieße der *Eher laufend als lecker*. Gustav, Tante Inge und er hatten Spannenderes aus Kartoffeln, Kohl und Rüben gezaubert. Später aus Karotten und Kohlrabi. Und noch später aus falschen Kapern – Blüten der wie Unkraut wuchernden Kapuzinerkresse. Jakobs Vater hatte die Nase über die ersten Pizzaversuche gerümpft, also hatte es diese fortan nur noch bei Inge zu Hause gegeben.

Miro schien mit dem frittierten Essen hier jedoch mehr als zufrieden zu sein. Nur kurz hatte er die Karlsbrücke bestaunt und war dann das vierte Mal Nachschub holen gegangen. In seinem Alter sicher nötig. Im Gegensatz zu den Menschen an ihren Nachbartischen hatte er sich allerdings nur aufgetan, was er auch verdrücken wollte. Egal wie gut betucht die Besucher der Bootstour aussahen, beim Essen kannten sie keinen Spaß, nahmen sich die letzten drei Ministeaks, anstatt ihrem Hintermann eins übrig zu lassen, stapelten Pizzastücke darüber, schaufelten Berge von Pommes obendrauf und ignorierten, wenn einige davon herunterfielen und unter eiligen

Schuhsohlen zermatscht wurden. *All-you-can-eat* bedeutete offenbar so etwas wie Wir-hamstern-so-viel-wie-auf-den-Teller-geht. Egal, ob man genug Hunger dafür hatte. Hauptsache, der Eintritt konnte hinterher als ausgenutzt betrachtet werden.

Jakob sah sich genervt um, dann schnupperte er an seinem Nachtisch, einer *Mousse au fraise*, oder auf Deutsch: Erdbeerjoghurt. Auf dem Tisch neben ihnen stapelten sich Teller und Schüssel voller angebissener Reste. Die Bedienung kam mit dem Abtragen nicht mehr hinterher, und die ersten Zigarren wurden entfacht.

Weiter vorn bemühten sich drei Musiker, das abgelenkte Publikum bei Laune zu halten: zwei ältere Männer mit Akkordeon, Gitarre, Geige, die auch den Hintergrundgesang darboten, und eine sehr viel jüngere Frau, die abwechselnd sang und Saxofon spielte. Ihr Potpourri an Klassik, Volksliedern und modernen Songs auf Tschechisch ging im eifrigen Hin und Her der Gäste komplett unter. Bei einigen der Lieder waren Jakob und Miro die Einzigen gewesen, die applaudiert hatten. Der Rest der Gesellschaft war mehr damit beschäftigt, zu essen, sich gegenseitig lautstark auf Sehenswürdigkeiten hinzuweisen und sich zu unterhalten.

Und jetzt, da Zigarrenrauch in Jakobs Nase wehte, reichte es ihm langsam. Dazu kam, dass sie sich inzwischen in der dritten Schleuse befanden, wo sie mit anderen Schiffen im Dieseldunst herumdümpelten, bis der Wasserpegel auf den richtigen Stand gestiegen war.

Die Musiker packten zur Pause und verschwanden unter Deck. Einige der Schiffsgäste nahmen Kontakt mit den Nachbarbooten auf – hier ein Junggesellenabschied mit wummernden Tanzliedern, dort eine feuchtfröhliche Familienfeier. Überall wurden Gläser gehoben, und durch den Dieselgestank flogen launige Bemerkungen hin und her.

Jakob stand auf. »Ich gehe unter Deck, Junior, du kannst gerne bleiben, wenn du willst.«

Miro stapelte ihre Teller aufeinander, lächelte das Mädchen an, das abräumen musste, und schüttelte den Kopf. »Ich komme mit. Mir ist es hier zu… rauchig.«

Inzwischen war das Büfett fast gänzlich geplündert. Der Akkordeonspieler balancierte seufzend einen Teller Pommes durch eine schmale Tür nach unten. Jakob zögerte nur einen Moment, dann winkte er Miro lächelnd zu. »Ich glaube, da unten spielt die Musik!«

Über eine enge Treppe gelangten sie in einen kleinen Aufenthaltsraum. Hier hingen Mäntel und Ersatzkleider an Haken, Instrumentenkoffer lehnten an der Wand.

Die drei Musiker saßen über den inzwischen sicher kalten Resten des Büfetts, sahen Jakob und Miro müde entgegen und wollten wissen: »Are you lost?«

Verloren? Jakob schüttelte den Kopf. »No. Not lost. We were… ähm… looking for you.« Er wandte sich bittend an Miro: »Sagst du ihnen, dass sie ganz wunderbar gespielt haben?«

Miro übersetzte, und die Gesichter der Musiker hellten sich auf.

»Vielen Dank«, nuschelte der Akkordeonspieler zwischen zwei Bissen Pommes auf Englisch.

Und die Saxofonspielerin fand: »Wenigstens diese zwei hören uns zu, was, Kollegen?«

Jakob nickte und stieß Miro in die Seite. »Verrate ihnen doch, dass du auch Musiker bist.« Als Miro nur peinlich berührt den Kopf schüttelte, kramte er in seinem spärlichen Wortschatz. »Miro here«, erklärte er zögernd. »Is... one of you. He makes music.«

»Oh ja?« Nun mischte sich auch der dritte Musiker ins Gespräch und wollte auf Englisch wissen, welches Instrument Miro spielte. »Gitarre, Klavier, Geige?«

Miro winkte ab. »Ich... ähm... Jakob übertreibt. Ich... komponiere digital.«

Die beiden Männer lachten und zogen zwei Stühle heran. »Setzt euch. Wir beiden Alten kennen uns da zwar nicht aus«, fand der eine, und der andere deutete auf die junge Sängerin neben sich, »aber meine Schwiegertochter Zdenka. Wenn sie uns nicht begleitet, spielt sie mit ihrem Synthesizer und dem Theremin herum.«

Jakob verstand nur jedes dritte Wort, aber offenbar ging es hier um etwas Außergewöhnliches, denn Miro beugte sich begeistert vor und erzählte, dass er und Erika eines dieser seltsamen Geräte offenbar selbst gebaut hatten, er aber wohl nie so ganz damit klargekommen war.

»Practice, practice, practice«, grinste Zdenka – üben, üben, üben –, und die beiden verstrickten sich in ein Gespräch über dieses Theremin-Instrument, das scheinbar ohne Berührung gespielt wurde, wenn Jakob ihre ausufernden Gesten richtig verstand. Gehört hatte er davon noch nie. Mehr schlecht als recht fragte er währenddessen die beiden Männer aus und begriff, dass sie ehemalige Kammermusiker waren, die sich auf dem Schiff ihre Rente aufbesserten.

»Musik ist nur noch Beilage«, seufzte Zdenkas Schwiegervater auf Englisch und wies zur Verdeutlichung auf die Reste auf seinem Teller. »Wie das hier. Das, was du übrig lässt.« Sein Kompagnon nickte betrübt.

Jakob überlegte. Wenn die beiden glaubten, ihre Musik sei nur noch Beilage, was machte das dann aus ihnen? Dinosaurier einer überholten Kunstart? Sie passten sich an, spielten, was ihr Publikum von ihnen erwartete, aber ihr Herz war offenbar nicht ganz dabei.

Ein Hupen tönte durch die Fenster, die Musiker standen auf. »And off we go!«, sagte der eine und holte tief Luft. »Auf zur zweiten Hälfte Wunschkonzert zum Mitsingen und Schunkeln!«

»Ihr solltet bei den Pinguinen aussteigen«, riet der andere. »Das Essen wird nicht besser, die Musik auch nicht, und so spart ihr euch die nächsten drei Schleusen und den Gestank!«

Während Jakob ihnen und Miro hinaus an die inzwischen wieder dieselfreie Luft aufs Oberdeck folgte, fragte er sich, ob er das eben richtig verstanden hatte. Pinguine? Doch da kündigte Zdenka die Polkaweise eines kaum bekannten Komponisten an, und neben Jakob stöhnte der gesamte Tisch.

»We have a birthday here!«, unterbrach ein Mann in rot-blau-weißem Hemd die ersten Töne. »Why don't you play Happy birthday or perhaps the American Anthem?«

Jakob fasste es nicht – Happy Birthday oder die amerikanische Nationalhymne?

Miro schien es nicht anders zu gehen. »What the fuck?«,

flüsterte er nicht gerade leise, und Jakob musste grinsen. Offenbar färbte er auf Miro ab. Allerdings: Wenn der Junge nun auch damit begann, nervige Mitmenschen laut zu kommentieren, wer sollte dann das nächste Mal vermitteln, wenn sie jemand von einem Parkplatz schubsen wollte? Oder aber gleich über Bord?

Tatsächlich bedachte der Nachbartisch sie mit unverhohlener Ablehnung. Weiter vorn drehte Zdenka sich mit einem Pokerface zu ihrem Schwiegervater und dem zweiten Mann in ihrer Band um und flüsterte ihnen etwas zu.

Als die ersten Gitarrentöne erklangen, stand Miro auf. »Können wir echt aussteigen, Jakob? Bei den komischen Pinguinen, was das auch immer ist?«

Jakob nickte, doch bevor sie die Treppe in Richtung Ausgang erreicht hatten, blieb er plötzlich stehen und hielt Miro zurück. Der Takt war viel zu langsam, die Gitarre schnarrte, dazwischen knirschten einige Töne, als hätte der Musiker aus Versehen danebengegriffen. Oder mit Absicht.

»Erinnert mich irgendwie an Ekreb«, kicherte Miro neben ihm. »Den Hardrock-Organisten aus Nelahozeves.«

Da begriff Jakob, was die drei Kammermusiker taten: Sie spielten etwas, das an jene Version der amerikanischen Hymne erinnerte, mit der vor mehr als fünfzig Jahren Jimi Hendrix in Woodstock eine kleine Revolution angezettelt hatte. Langsam, viel zu langsam begann Zdenka zu singen und zog jedes einzelne Wort unerträglich in die Länge: »Oh say, can you see by the dawn's early light, what so proudly we hailed ...« und schwupps – wechselten Rhythmus, Takt und Melodie, und ein getriebenes Happy Birthday erklang.

Jakob lachte auf und hielt den Musikern einen Daumen hoch. Das Trio hatte den Text der amerikanischen Hymne abgebrochen, bevor die Worte tatsächlich einer spezifischen Nation zuzuordnen gewesen waren.

Miro machte große Augen. »Wow, das war… eilig.«

Jakob musste schmunzeln. »Das war ihre eigene Form von Verweigerung ohne Verweigerung. Und beweist einmal mehr, dass Musik ohne Text so viel freier ist.«

»Moment mal!« Gewichtig hob Miro einen Zeigefinger, exakt wie Jakobs Stabü-Lehrer. »Du hast diese Phudys mitgesungen und kanntest jedes Wort!«

»Ich sage ja auch gar nicht, dass alle Texte unnötig sind«, er lächelte, »einige erhalten sogar den Nobelpreis. Ich sage nur, wenn Musik wirklich frei sein will, braucht sie keine Erklärung, die dich davon abhält, dir selbst eine Meinung zu bilden.«

Miro verzog das Gesicht. »Also mal wieder Klassik?«

»Nicht unbedingt. Aber findest du nicht, dass dir ein Liedtext manchmal vorkaut, was du in der Melodie erkennen sollst? Und du kaust nach.«

»Wieder.«

»Was?«

»Ich kaue wieder – wie eine Kuh.«

»Von mir aus.« Ja, vielleicht kein schlechter Vergleich von dem Lulatsch. Rindviecher waren schließlich Herdentiere, oder? »Jedenfalls: Musik *kann* international sein.«

»Sound-Esperanto?« Offenbar nahm Miro ihn nicht ganz für voll.

Jakob runzelte die Augenbrauen. »Noch universeller. Eben

ohne Betriebsanleitung. Etwas, das du fühlst. Etwas, das Grenzen versetzt, nicht welche zieht.«

»Hmm...« Das brachte Miro nun doch zum Nachdenken. »Bei einigen meiner Lieblingssongs verstand ich, als ich klein war, nicht, was da gesungen wurde. Sie gefielen mir einfach.« Er grinste. »Irgendwann allerdings habe ich angefangen, die Texte zu notieren – in Lautschrift. Damit ich ordentlich mitgrölen konnte. Oma Erika sagte immer, ich hätte zumindest viel Fantasie.«

»Lass mich raten, du hast keinen einzigen Ton getroffen?«

Gänzlich uneitel winkte Miro ab. »Töne konnte ich schon immer. Sonst hätte sie es auch nicht ertragen, fünfzig Mal hintereinander dieselbe Melodie zu hören. Mit nur einer einzigen richtigen Zeile.«

Ja, davon hatte auch Gustav ein... Liedchen singen können.

Jakob starrte still auf das Wasser, so nachtschwarz, dass man nicht erahnen konnte, ob es viele Hundert Meter tief war oder ob man sich bei einem Köpfer hinein auf dem flachen Grund den Hals brach. Dann richtete er sich auf und deutete an der Reling entlang. »Unsere Haltestelle, Junior, zumindest sehe ich... eine Reihe neongelb strahlender... Vögel im Frack. Wollen wir aussteigen?«

»Wollen wir! Zdenka hat mich heute Abend zu einer Jamsession eingeladen, da will ich gern noch vorbeischauen.«

»Jam? Wie... Marmelade?«

»Nee, wie gemeinsames Musizieren. Mit Synthesizern und gar nicht weit von unserer Unterkunft entfernt.« Miro zögerte einen Moment. »Kommst du mit?«

Jakob warf einen Blick in den Himmel, der nur unwesentlich heller war als der Fluss, dann einen auf die Plastikpinguine, die am Ufer aufgereiht waren und so gar nicht hierherpassen wollten.

»Nein, Kleiner, ich bin zu alt für Partys. Außerdem muss einer von uns morgen fit genug sein, um weiterzufahren. Und das bin dann ja wohl ich.«

»Du hast wirklich was verpasst«, schwärmte Miro und schüttete sich die übrig gebliebenen Kekskrümel aus der Papiertüte in den Mund.

Jakob hatte behauptet, er habe ihnen am Vortag süßen Proviant besorgt – irgendwelche in Scheiben geschnittenen Röllchen, die um einen Stock gewickelt gebacken wurden. Doch viel mehr als ein paar Zuckerkrümel und Brösel waren in der Bäckereitüte auf dem Beifahrersitz nicht mehr zu finden gewesen. Vielleicht hatte Jakob sie aufgegessen und erinnerte sich nicht mehr daran. Oder jemand anders hatte sich darüber hergemacht.

»Du meinst, es war laut, schräg und modern?« Jakob warf einen schnellen Blick auf das Tablet, das ihnen vom Armaturenbrett her die Strecke vorgab, zog in eine Einbahnstraße und grinste breit.

»Nein, ich meine Smetana!« Miro klappte den Mund zu und wartete.

Tatsächlich reagierte Jakob sofort, exakt wie erwartet. »Smetana? Sie haben Smetana gedingsbumst, wie nennst du das? Zerstückelt und kaum wiedererkennbar zusammengebaut?«

»Gesampelt.«

»Sag ich doch.«

»Nicht ganz.«

Jakob ließ ein ungläubiges Lachen hören. »Alles klar, lass mich raten: Sie haben jeden fünften Ton der Moldau genommen, ihn drei Mal so lang und vier Stufen höhergezogen und dann mit einem wummernden Bass versetzt.«

Miro lachte. »Nahe dran. Wusstest du, dass Smetana nicht gut hörte?«

Jakob nickte und bog in die nächste Einbahnstraße. »Ja, er hatte es nicht leicht. Da, wo Beethoven taub wurde, hörte er auch noch quälendes Pfeifen.«

»Tinnitus«, präzisierte Miro. »Hat Erika auch. Aber zum Glück nicht ganz so schlimm. Manchmal hört sie zum Backen Walgesänge. Sie sagt, dann fällt das Quietschen in ihrem Kopf nicht so auf.« Er schüttelte sich. »Nichts anderes zu hören als das muss echt schlimm sein. Aber Smetana hat trotzdem weiterkomponiert, sagt Zdenka. Wusstest du, dass er für Orchesterstücke mit einer Kollegin zusammenarbeitete und sie immer wieder bat, nicht zu viele Instrumente gleichzeitig zu setzen, damit er trotz Taubheit und Tinnitus das Arrangement nachvollziehen konnte?«

»Vorsicht, Miro, wenn das so weitergeht, wirst du noch zu einem echten Fachmann für Klassik!«

Gut gelaunt streckte Miro Jakob die Zunge raus. Dann grinste er verschmitzt. »Und du, lernst du auch was von mir?«

Jakob antwortete nicht. Er kurbelte nur elanvoll am Steuerrad, die nächste Einbahnstraße stand an. »Frau Gookeley schickt uns mal wieder im Kreis, nur weil sie es lustig findet«, brummelte er dabei missmutig und warf dem Tablet einen strafenden Blick zu. »Also, was war jetzt mit Smetana und deinen neuen Frickelfreunden?«

Miro zögerte einen Moment. Hatte er Jakob mit seiner Frage beleidigt?

»Sie haben ein Stück komponiert, das *Smetana* heißt«, ging er auf Jakobs Themenwechsel ein. »Es beschäftigt sich mit seinem Tinnitus.«

Jakob schüttelte sich. »Nicht dein Ernst? Sie haben einen Song aus schrillen Töne gedingst... sampelt?«

»Es gab eine Melodie dazu.«

»Oha!«

»Aber darunter lag die Erinnerung an Smetanas Leiden.«

»Also eine Melodie mit Quietscheffekt?«

Miro lächelte. »Ja, in etwa. Ich fand es toll. Willst du es hören? Ich habe es aufgenommen.«

»Nur das nicht!« Überfordert blieb Jakob vor der nächsten Kreuzung stehen. »Verdammt noch mal! Hier waren wir schon! Wenn das so weitergeht, irren wir heute Abend noch immer in der Prager Innenstadt herum.«

»Dann können wir ja ins Bier-Museum.«

»Und ich dachte, du willst nach Zagreb?«

Miro schluckte. »Ja.«

Jakob bog ab. »Was ist los, Junior, stimmt was nicht?«

Miro fummelte an der Karte auf seinem Tablet herum. Nun war er es, der die Straßenführung nutzte, um nicht antworten zu müssen. »Nein, nein.« In der vergrößerten Ansicht war zu sehen, was sie in den letzten zehn Minuten falsch gemacht hatten. »Schau mal. Wir müssen nicht rechts, sondern erst noch ein paar Meter geradeaus und dann abbiegen.«

Jakob folgte seinen Anweisungen, und tatsächlich befanden sie sich kurz darauf auf der Umgehungsstraße. Die Moldau glitzerte im Sonnenlicht, dann tauchten sie in einen Tunnel ein, und als sie wieder herausfuhren, waren sie endlich in Richtung Bratislava unterwegs. Zdenka hatte ihnen dort noch eine Unterkunft bei Freunden von ihr besorgt.

»Wenn ihr Landstraßen fahrt, kommt ihr nicht viel weiter als bis da«, hatte sie Miro am Vorabend lächelnd auf Englisch erklärt, ohne sich über Jakobs Aversion gegen Autobahnen lustig zu machen. »Dann habt ihr die Hälfte der Strecke nach Zagreb. Außerdem ist Bratislava wunderbar und meine Freunde auch.«

Und so hatten sie nun also eine Verabredung. Mitten in der slowakischen Stadt, die sie sich laut Zdenka unbedingt ansehen mussten, bei einer Handvoll Menschen, die ein Restaurant betrieben und bei denen sie übernachten durften.

Miro lehnte sich in seinem Sitz zurück und schloss die Augen.

»Willst du nicht darüber reden, oder wartest du, dass ich noch mal frage?« Jakobs Stimme war leise. Aber er ließ nicht locker. »Raus damit, was ist los, Junge?«

Miro seufzte tief. »Ich habe ein schlechtes Gewissen.«

»Warum?«

»Diese Reise ist für Erika. Dafür, Stjepan zu finden.« Er schwieg.

»Ja und?«

»Aber ich mache ständig irgendwo halt und bin froh um jeden Zwischenstopp«, gestand Miro. »Ich weiß nämlich nicht genau, was ich tun soll, wenn ich Stjepan nicht finde. Und außerdem gehen mir tausend Dinge im Kopf herum.«

»Andere Dinge?«

»Dinge, die nichts mit Erika zu tun haben, nur mit mir.«

»Zum Beispiel?« Jakob sah konzentriert nach vorn, und Miro ahnte, dass es nicht daran lag, weil er bei 70 km/h so wahnsinnig auf die Straße achten musste. Er tat es, um Miro Raum zu geben, zu entscheiden, ob er antworten wollte oder nicht. Der alte Herr und Erika würden sich gut verstehen. Miros Großmutter war Meisterin dieser Taktik. Stellte Fragen und rührte Teig, verzierte Torten, verpackte Pralinen und wartete geduldig.

»Meine Aufnahmeprüfung«, sagte er schließlich. »Dass ich noch nichts habe, was taugt. Und das Blödeste daran ist: Ein Teil von mir will unbedingt bestehen, um Sahid und Edina etwas zu beweisen.« Er starrte durchs Seitenfenster. So ehrlich war er in den letzten Tagen nicht einmal zu sich selbst gewesen. »Dass ich super bin zum Beispiel und was kann, dass ich auch ohne sie weiterkomme, dass es mir egal ist, was sie miteinander tun.« Er lehnte den Kopf gegen das kühle Glas. Alle Luft war raus.

Bäume zogen an dem Fenster vorbei. Wenn Miro die Augen zusammenkniff, waren sie nur noch ein Streifen sattes Grün. Sattes Grün unter hellem Himmelblau.

Jakob zog in eine lang gestreckte Kurve. »Ich finde nichts Schlimmes dran, wenn eins der Dinge, die dich antreiben, damit zu tun hat, anderen etwas beweisen zu wollen. Das ist jedenfalls um Welten besser, als etwas nur zu tun, weil jemand anderer es von dir erwartet.«

Er klang grimmig, nein, nicht grimmig, eher frustriert. Miro lehnte sich mit dem Rücken gegen die Tür, um ihn besser im Blick zu haben. Das hatte sich angehört, als wüsste Jakob ganz genau, wovon er sprach.

»Die Aufnahmeprüfung für diese Kunsthochschule«, hakte Jakob nun auch schon nach, »die zu bestehen, das wolltest du doch schon vor… dieser Sache mit Sahid, oder?«

»Ja, schon ganz lange.«

»Und Erikas Stjepan zu finden – auch das ist auf deinem Mist gewachsen?«

Miro schnaubte. »Auf welchem sonst?«

Jakob lehnte sich zufrieden zurück. »Na bitte. Wichtig ist, was *du* dir vorgenommen hast. Dabei ist es ganz egal, ob ein zusätzlicher Antrieb auf dein Ziel hin zeitgleich von etwas anderem weg ist.« Er grinste. »Hauptsache, es geht in die richtige Richtung.« Damit klappte er den Mund zu und beschleunigte auf hundert wilde Sachen.

Miro nickte nachdenklich. Das Bild gefiel ihm. Und als hätte Jakob nur darauf gewartet, räusperte er sich nun etwas umständlich und murmelte: »Die Frage ist vielleicht eher, was du mit dem machst, das du während der… ähm… Sahid-Sache erkannt hast. Über dich und über dein Leben. Das betrifft ja vielleicht wesentlich mehr als nur das nächste Ziel?«

Miro war verwirrt; er hatte keine Ahnung, worauf Jakob hinauswollte. Was sollte er daran denn erkennen? Dass er ausgetauscht worden war? Wie beschissen es sich anfühlte, gleichzeitig seine Freundin und seinen besten Freund zu verlieren? Dass das aber offensichtlich nichts Neues war? Nicht in ihrer Familie zumindest: Erika hatte Stjepan verloren, und was seinen Vater betraf – der hatte inzwischen eine neue Familie. Für die Liebe hatten die Möllers scheinbar kein gutes Händchen. Oder vielleicht eher für Beziehungen?! Aber das schien bei Jakob ja auch nicht viel anders zu sein.

BERLIN, 1961

»Jakob, pssst! Hier!« Marie winkte ihm aus dem Schatten des Hauseingangs zu. »Wir müssen uns beeilen.«

Jakob sprang vom Rad, lehnte es an die Wand und folgte ihr leise ins Haus.

»Ich habe Herrn Kartler belauscht«, flüsterte sie leise. Inges Wohnung soll durchsucht werden. Ist es wirklich wahr? Sie ist weg?«

Jakob nickte und zuckte zeitgleich mit den Schultern. »Sagt zumindest mein Vater.«

Sie liefen durch den Hinterhof ins nächste Treppenhaus und rannten die Stufen empor. Kurz blieb er im Zwischengeschoss stehen und schnappte nach Luft. Zwischen zu Hause und hier hatte er kein einziges Mal angehalten. Wenigstens würde ihn heute niemand vermissen: Bei seiner Mutter hatten die Wehen eingesetzt.

Jakobs Kopf fühlte sich an, als hätte ihm jemand Ethanol ins Gehirn geschüttet und es angezündet. Schwelende Gedankenfetzen stoben hin und her, und kein einziger machte Sinn. Er bekam ein Geschwisterchen. Tante Inge hatte ihn zurückgelassen. Ohne ein Wort zu sagen. Ohne sich zu verabschieden.

»Ich habe es geahnt!«, hatte sein Vater wütend geschnaubt und den Telefonhörer aufgeknallt. »Inge ist weg. Ich habe gleich gesagt, diese Stelle ist eine schlechte Idee. Und dieser Freund auch. Von wegen, sie sucht sich eine Arbeit hier! Wir hätten sie noch genauer im Auge behalten müssen.«

Jakob hatte den Rücken gegen die Wand gedrückt, gehofft, wenn er sich nicht bewegte, stünde vielleicht auch die Zeit still, würde sich alles als Missverständnis entpuppen. Würde sein Vater ihn nicht bemerken.

»Ernst!« Jakobs Mutter hatte schmerzverzerrt auf ihre Tasche gedeutet, die seit Tagen fertig gepackt neben der Eingangstür stand.

»Ja, du hast recht, gehen wir.« Er hatte das Gepäck genommen und seine Frau vorsichtig am Ellenbogen gefasst. »Es ist nur: Wie stehe ich jetzt da? Meine eigene Schwester!« Er hatte das Gesicht verzogen. »Aber egoistisch war sie schon immer.« Er hatte die Tür geöffnet, Jakob wollte schon aufatmen, da hatte er sich noch einmal umgedreht. »Du!«, hatte er gefaucht, als könne Jakob irgendetwas dafür, als wäre er ein Teil des Plans gewesen. »Du bleibst hier und rührst dich nicht von der Stelle, verstanden?«

Erst als er keine Schritte mehr gehört hatte, hatte Jakob aufgehört zu nicken. Dann hatte er binnen weniger Minuten unzählige Verbote übertreten: das Telefon benutzt und Frau Friedrich gebeten, Marie zu holen. Den Schreibtisch seines Vaters nach seinem Fahrradschlüssel durchsucht. Die Wohnung verlassen. Ohne sich umzublicken, war er losgerast – im Stehen. Der Sattel war zu hoch.

Marie zückte Inges Ersatzschlüssel, doch die Wohnungstür stand offen. Sie drückte sich eilig hinein und lief zum Hinterhoffenster. »Ich halte Wache, ob wer kommt, und du…«, mitleidig sah sie ihn an, »du packst ein, was du behalten willst.«

Überfordert stob Jakob durch die Wohnung, in der Hand einen leeren Beutel. Er war nicht hier wegen Kleidern, Schmuck oder Wertgegenständen. Ja, nicht einmal wegen des Grammofons, das Inge von irgendjemanden geschenkt bekommen hatte, eine echte Rarität. Was sollte er damit auch schon anfangen? Daheim gab es kein Versteck, das groß genug dafür wäre. Und keins mehr, das seine Eltern nicht kannten. Er suchte etwas anderes. Einen Brief, einen Zettel, irgendetwas, auf dem sein Name stand. Doch der Küchentisch war ebenso leer wie Inges schmaler Schreibtisch oder die Kommode, selbst der Spiegel darüber sah irgendwie nackt aus ohne die Fotos, die hier normalerweise steckten: von Herzow und Gustav, von Schauspielerinnen, die Inge verehrte, mehr noch von ihm, Jakob, und ihr. Es war staubfrei dort, wo die Bilder fehlten. Aus dem Spiegel blickte ihn sein eigenes Gesicht an, fremd und verschreckt, blass und anders als noch vor ein paar Stunden. Vorsichtig streckte er die Hand aus und strich über den rissigen Rahmen. Dass Inge abgespült hatte, aufgeräumt, ihr Bett gemacht – all das hatte noch nichts zu sagen. Selbst dass sie die Wohnungstür aufgelassen hatte und ihr Kleider-

und Plattenschrank unvollständig aussahen. Aber die Fotos. Die fehlenden Fotos brachen ihm das Herz. Die nahm man nur dann mit, wenn man für immer ging.

Nicht einmal gewarnt hatte sie ihn, sich verabschiedet. Oder hatte sie das am Wochenende vorgehabt? Als er bei ihr hatte übernachten sollen. Aber dann war alles anders gekommen.

»Jakob! Wir müssen verschwinden!« Marie verließ ihren Aussichtsposten am Fenster. Sie tauchte hinter ihm auf, zupfte den Spiegel-Jakob am Ärmel, drängend. Er hörte Schritte im Innenhof. Marie fasste ihn an der Hand und zog ihn hinter sich her. Und plötzlich war der fremde Jakob aus seinem Gesichtsfeld verschwunden. Der neue. Der ab heute.

Maries Haare flogen, als sie hintereinander die Stufen hinabstolperten, da knallte unten schon die Haustür auf. »Zweiter Stock«, rief eine Männerstimme, »auf, auf, auf!« Und schon polterten sie ihnen entgegen. Marie drehte um und wollte nach oben flüchten, in Richtung des Wäschebodens, doch Jakob hielt sie auf. Zu viel Lärm! Außerdem war die Tür meist verschlossen. Wenn sie jemand hörte, säßen sie spätestens dort in der Falle. Er schob Marie in die Toilette auf der halben Treppe und legte den Riegel vor. Irgendjemand hatte ihn geölt. Inge vielleicht, die es nicht mochte, wenn jedermann mitbekam, dass sie sich auf ihr *heimliches Örtchen* verzog. Heimlich auch deshalb, weil vor dem Fenster der kleine Korb am Ende einer Schnur baumelte, in dem sie alles verstaute, das niemanden sonst etwas anging: Jakobs Comichefte, andere Mitbringsel von ihrem Freund James. Dort im engen Innenschacht, wo niemand jemals einen Blick hinein-, hinunter- oder hinaufwarf. Niemand außer Jakob und Marie. »Und das ist auch ganz richtig so«, hatte Inge neulich erst gelächelt. »Damit wenigstens jemand außer mir davon weiß.«

Jakob begann zu zittern. Nicht wegen der Stimmen, die erst lauter wurden, dann leiser, als die Männer nur wenig über ihnen Inges Wohnung stürmten, sondern weil er plötzlich wusste: Wenn Inge ihm irgendetwas hinterlassen hatte, dann nicht in ihrer Wohnung, sondern dort draußen!

Eilig zog er das Fenster auf und den Korb höher. Dann jedoch zögerte er. Das Treppenhaus war voller Leute. Da konnte er kaum wie Rotkäppchen mit einem Korb am Arm hindurchspazieren, in dem statt Kuchen und Wein eindeutig zuzuordnende Westartikel lagen! Eilig ließ er die Schnur wieder durch seine Hände gleiten. Es gab nur einen Weg, den Korb geheim zu halten, und der führte nach unten. Zwei oder drei Meter über dem Boden des Schachtes baumelte er, als die Schnur in seiner Hand zu Ende war. Tief atmete Jakob durch, hoffte, dass sich nichts Zerbrechliches darin befand, niemand den Aufprall hörte.

Da räusperte sich jemand im Treppenaufgang, genau auf der anderen Seite der Tür. Vor Schreck glitt Jakob die Schnur durch die Finger. Lauthals begann er zu husten, um den Aufprall zu übertönen. Panisch starrte Marie ihn an, doch er hustete einfach weiter. Nun schlug jemand von außen gegen die Tür. »Ist da jemand drin? Aufmachen!«

»Lass mich reden«, flüsterte er und öffnete.

Der VoPo schien fast erleichtert, nur zwei Kinder vor sich zu haben. Er atmete aus. »Was zur Hölle macht ihr hier?«

Jakob riss die Augen auf. »Ähm, Entschuldigung, wir…« Er ließ den Kopf hängen. »Ich habe meinem Papa eine Zigarette gemopst und... na ja, wir wollten... aber ich habe die Streichhölzer vergessen.«

Nun mischte sich auch Marie ein. »Bitte«, flüsterte sie und sah den kopfschüttelnden Mann flehend an, »verraten sie uns nicht!«

Ein weiterer Mann kam aus Inges Wohnung, dieser in Zivil. »Was ist da unten los?«

Jakob zuckte zusammen. Das Gesicht kannte er. Ein Kollege seines Vaters. Er zog sich hinter Marie zurück.

»Nur zwei Kinder, Chef.«

»Befragen und weitermachen.« Der Mann ging zurück in die Wohnung.

Der Polizist beugte sich zu ihnen. »Wohnt ihr hier?

Marie nickte.

»Eure Namen?« Er zückte Stift und Papier.

Jakob schluckte, da stellte sich Marie vor ihn. »Marie Kohler und das ist... mein Bruder Johannes.«

Der Polizist ließ sich Zeit, verglich Maries hellblondes Haar mit Jakobs dunklem, ihre Nasen, sah hoch und runter an ihnen. »Besonders ähnlich seht ihr euch nicht.«

Jakob hielt den Atem an, traute sich nicht, den Mann anzublicken.

Marie schnaubte. »Ja, das finden immer alle. Aber meine Mama sagt, Jakob kommt nach ihrem Opa!«

»Hm.« Der Uniformierte zuckte mit den Schultern und notierte etwas. »Kennt ihr Frau Grünberg?«, wollte er dann wissen.

»Die Krankenschwester aus dem zweiten?«, fragte Jakob und hörte, wie seine Stimme kiekste.

Marie umfasste sein Handgelenk und übernahm. »Nein. Die ist fast nie da.« Dann beugte sie sich mit gerümpfter Nase vor und flüsterte: »Die arbeitet im Westen!«

»Also habt ihr sie auch in letzter Zeit nicht gesehen? Nein? In Ordnung. Verschwindet, ihr beiden.«

Aufatmend drückten sie sich an ihm vorbei und liefen so gesittet wie möglich die Treppe hinunter.

Kaum waren sie außer Hörweite, drückte Marie Jakobs Hand. »Und jetzt?«

»Jetzt durch den Keller in den Innenschacht.«

Jakob gähnte. Mit allem, was er hatte. Seine Kiefer knackten, die Augen tränten, und seine Schultern zuckten. Müde lenkte er Bienchen durch die engen Straßen von Bratislavas Innenstadt. Die Fahrt hatte ihn angestrengt. So wie auch das Gespräch mit Miro und alles, was es bei ihm ausgelöst hatte. Vor etwas mehr als sieben Stunden hatte Frau Gookeley behauptet, sie bräuchten fünfeinhalb hierher. Von wegen.

»Das muss es sein!« Miro deutete auf eine schmale Toreinfahrt, und Jakob bugsierte Bienchen im Schritttempo zwischen den bunt bemalten Wänden hindurch. Auf dem Parkplatz dahinter lehnten einige Fahrräder an einer Wand, zwei Motorroller standen nebeneinander – einer offenbar das Ersatzteillager für den anderen. Und ganz hinten glänzte ein dunkler BMW mit gelbem Nummernschild.

»Leihwagen, jede Wette«, grinste Miro und fand: »Lass uns genau danebenstellen, damit Bienchen ein bisschen Poserkontakt hat.«

»Bitte was?«

»Na, damit sie sich heute Nacht mit der Angeberkarre anfreunden kann.«

Jakob kurbelte wie geheißen vor und zurück und setzte sein rollendes Zuhause neben den BMW. »Junge, du wirst mir unheimlich. Erst die plötzliche Begeisterung für Klassik, und nun hast du sogar begriffen, wie mein Bienchen tickt.«

Miro kicherte, und Jakob stellte den Motor ab. Hier konnten sie stehen bleiben. Selbst wenn sie Zdenkas Freunde nicht erreichen sollten, es war dermaßen ruhig, da konnten sie sogar im Bus übernachten. Mehr brauchte Jakob nicht. Er würde das Sofabett ausklappen, die Decke über sich ziehen und erst dann die Augen öffnen, wenn sein Körper ihm ganz deutliche Zeichen dafür gab, dass er wieder bereit war für das Leben.

Sogar die Toilettenfrage war geklärt: Ein gemaltes Schild wies auf ein Restaurant hin, links durch einen Durchgang zum zweiten Innenhof. Ah, natürlich, Zdenka hatte Miro erzählt, ihre Freunde besäßen eins. Jakob streckte die knackenden Knochen und gähnte.

Er war nicht der Einzige. Ein lautes, schrilles und langes Geräusch war zu hören. Lachend drehte er sich zu Miro. »Okay, okay, du hast gewonnen! Auch wenn ich nicht verstehe, wie du lauter gähnen kannst als ich, du warst mindestens zwei Stunden völlig weggetreten!«

»Ich habe Musik gemacht heute Nacht! Und außerdem war ich das nicht.«

»Bitte?«

»Das Gähnen? Kam nicht von mir.«

Jakob warf einen vielsagenden Blick auf die geschlossenen Fenster. »Schon klar! Kam sicher von draußen.«

Miro deutete nach vorn. »Schau mal, das muss Ana sein – Zdenkas Freundin, ich habe ein Foto von ihr gesehen!« Er öffnete die Beifahrertür, sprang mit der Behändigkeit eines Jungspundes, dem nichts wehtat, hinaus und lief einem schwer bepackten, dunkelhaarigen Mädchen entgegen. Dann bremste er plötzlich unsicher ab, fuhr sich durch die roten Locken und wedelte in Richtung des Bullis. Das Mädchen runzelte die Stirn und stellte schließlich ihre Gemüsekisten ab.

Jakob beobachtete die beiden durch die Windschutzscheibe. Der Junge hätte aber wirklich mal zugreifen und ihr helfen können! Stattdessen stopfte er die Hände in seine Hosentaschen und redete nonstop auf sie ein. Jakob gähnte, zu kaputt, sich zu bewegen. Er sah zu, wie die junge Frau schließlich nickte und in unterschiedliche Richtungen deutete, auf Bienchen, auf den Durchgang zum Restaurant, auf eine klapprige Treppe weiter hinten, die zu einer Galerie rund um den Hof führte. Dann gestikulierte sie derart begeistert im Kreis, dass Jakob schon vom Zusehen ganz schwindelig wurde. Irgendwo hinter ihm war wieder ein Gähnen zu hören. Vielleicht auch mehr ein… Gähngrunzen. Bienchen machte auf ihre alten Tage stets seltsamere Geräusche. Das alte Mädchen war sicher ebenso froh über eine kleine Pause wie er. Hoffentlich hielt sie bis Zagreb durch – und wieder zurück. Wohin auch immer. Automatisch tippte er sich gegen das

Herz, dort, wo er in der Innentasche seiner Jacke den ungeöffneten Brief mit sich herumtrug.

Neben ihm wurde die Fahrertür aufgerissen. Jakob konnte sich gerade noch am Steuerrad festhalten, um nicht hinauszukippen. Miro strahlte begeistert, die Spitzen seiner Ohren glühten. »In einer Stunde machen sie das Restaurant auf«, feuerte er im Stakkato ab. »Ana sagt, unsere Zimmer gehen da oben von der Galerie ab.« Er wedelte vage in den ersten Stock, von wo aus man sicher einen guten Blick auf den Parkplatz hatte. »Wir packen aus, dann helfe ich in der Küche. Offensichtlich fehlt ihnen ein Koch.«

Nun kam auch Ana näher. »Willkommen!«, nickte sie.

Jakob gelang es endlich, sich aus dem Fahrradsitz zu falten, um ihr die Hand zu schütteln. »Herzlichen Dank, dass sie uns beherbergen.«

Sie winkte ab. »Kein Problem. Wir haben Zimmer zur Vermietung normal, aber für Zdenkas Freunde wir machen gerne Ausnahme.« Damit schnappte sie sich den Karton voller Zucchinis. »Aber jetzt muss ich schnell tun, Küche wartet.«

»Ich bin auch gleich da«, versprach Miro und drehte sich begeistert im Kreis. »Ist das nicht toll, Jakob? Ana, ihr Freund Rul und noch ein paar haben das Gebäude vor ein paar Monaten besetzt, die Küche wiederhergestellt, und seitdem gibt es hier ihr Pop-up-Restaurant. Pro Abend nicht mehr als drei Gerichte, und was sie dazu brauchen, bekommen sie von Bekannten, die im Umland einen Bauernhof haben.«

Jakobs Kopf ging automatisch hoch und runter. »Ich höre nur Zimmer, Bett, Ausruhen und Abendessen, Junior. Für mehr reicht es gerade nicht.«

Miro sah ihn mitleidig an und schaltete einen Gang runter. »Das hast du dir verdient«, fand er und setzte langsam hinterher: »Ich helfe dir erst einmal mit unserem Gepäck, ja? Dann ruhst du dich aus, und ich wecke dich später zum Essen. In der Zwischenzeit helfe ich Ana und ihren Freunden – als Dankeschön.«

Jakob hob einen Daumen. Selbst Worte waren ihm gerade zu mühsam. Außerdem – der Lulatsch redete genug für sie beide. Und helfen durfte er auch gern für Jakob mit. Irgendwie schön, dass es so was noch immer gab – Tauschgeschäfte waren eine der netteren Konsequenzen der Mangelwirtschaft gewesen: Ich helfe dir, du mir, wir uns. Oft genug hatte Gustav Gemüse, Eier und seinen Selbstgebrannten gegen nachbarschaftliche Hilfe bei kleineren Reparaturen zu Hause eingetauscht. In den letzten Jahren allerdings hatte sich das nach und nach erledigt.

Hier und jetzt wollte Jakob nur eins: sein pochendes linkes Bein ausstrecken und schlafen. Während Miro ihr Gepäck auslud, kurbelte er die Seitenfenster des Busses herunter – was in Prag noch eine angenehme Wärme gewesen war, hatte inzwischen ein paar weitere Grad zugelegt. Er schloss die Türen und folgte dem Jungen, der es sich nicht nehmen ließ, seinen Rucksack und Jakobs Tasche zu tragen. Und das war gut so, denn die hölzerne Treppe am Ende des Hofs war steil, die Stufen ausgetreten, einige nur notdürftig ausgebessert. Sicher nicht von einem Schreiner. Ein wenig mehr an Tauschgeschäften könnte hier wahre Wunder bewirken. Doch auch so strahlte das verwinkelte Gebäude Charme und Freundlichkeit aus. Überall wuchsen Blumen in hölzernen Kästen, etliche rankten sich am Treppenlauf entlang. Und hatte er da eben tatsächlich ein paar Schmetterlinge gesehen, eine Katze maunzen gehört?

Tief einatmend folgte er Miro über die Galerie. Vor der ersten Tür blieb Miro stehen. »Ana sagt, die Zimmer zur Straße raus bewohnen sie und ihr Freund Rul. Das dahinter ist gerade an einen Amerikaner vermietet.« Er zückte einen Schlüssel. »Also ist das hier unser Quartier.« Der Schlüssel kratzte im Schloss, dann knackte es, die Tür quietschte erbärmlich, und Jakob unterdrückte ein Grinsen. Sich hier heimlich nachts hereinschleichen könnte niemand. Nicht, dass er das auf seine alten Tage noch vorhatte – aber wer wusste schon, mit wem sich der Junge in der Küche noch so anfreundete? Diese Ana jedenfalls schien schon mal sehr sympathisch. Vielleicht hatte sie ja einen netten Bruder für Miro?

Kaum eingetreten sah Jakob sich erstaunt um: Zwei große Räume mit hohen Decken waren durch eine weite Öffnung in der Wand miteinander verbunden. Vor Urzeiten mochte sich hier einmal eine Doppeltür befunden haben. Der Großteil der Wände war freigelegt und zeigte Steine, nur hier und da hafteten Reste einer altertümlichen, floralen Tapete daran. Die ungewöhnlich breiten Holzdielen erinnerten Jakob an daheim – *Ochsenblut* hatte Gustav die Farbe genannt –, und der Kontrast zu den Mauern war gemütlicher als erwartet. An einer Seite stand ein gekachelter Ofen, davor warteten gespaltete Holzstücke, Kohlen und zerknittertes Papier auf jemanden, der wusste, wie man ein ordentliches Feuer entzündete und es über Nacht am Laufen hielt. Jemanden wie Jakob. Gustav hatte ihm beigebracht, wie feucht das Papier sein musste, in das ein Teil der Kohlen gewickelt wurde, damit auch am nächsten Morgen noch genug Glut vorrätig war. So sparte man Zeit und Material, und die Räume kühlten nicht aus. Bei diesen Temperaturen allerdings war sein Profiwissen nicht nötig. Fast ein wenig schade. Die Wärme eines Kachelofens, das Prasseln und Knacken verband er noch immer mit Geborgenheit.

Zufrieden sah er zu, wie Miro ihr Gepäck abstellte, sank auf eins der Betten, drehte sich auf die Seite und schloss die Augen. »Was immer du vorhast, Junior, viel Spaß, ich stehe so schnell nicht mehr auf.«

Miro lachte. »Dann wecke ich dich zum Abendessen?«

Jakob gähnte. »Wenn dir das gelingt… falls nicht, reicht auch das Frühstück morgen. Gute Nacht!«

Er hörte Miros Schritte, dann das Quietschen der Tür. Und dann, als er eigentlich schon dachte, er sei eingeschlafen, wehte gedämpft eine Melodie herüber, vermutlich aus dem Nebenzimmer. Sie klang bekannt, bekannt traurig, wie eine entfernte Erinnerung. Doch bevor Jakob sie fassen konnte, wurde es still. Aufseufzend zog er die leichte Decke über sich. Auch gut. Stille war genau das, was er jetzt brauchte.

Da begann die Melodie von vorn. Er hörte eine leise Stimme singen. Zu leise, um Worte zu verstehen. Irgendjemand war unglücklich. Oder aber dieser Jemand hatte einfach vergessen, den Dauerloop auszustellen.

Jakob musste lächeln. Dauerloop – ein Wort, das er von Miro gelernt hatte. Und nicht nur das. Miro mit seiner Fähigkeit zur Begeisterung, seiner Neugierde und seinem manchmal so unbelasteten, manchmal überraschend klaren Blick auf die Welt, erstaunte Jakob. Was er anfangs etwas genervt als jugendliche Naivität und Unwissen abgetan hatte, erinnerte ihn nach und nach an sein früheres Selbst. Auch für ihn hatte das Leben in Miros Alter so viel breiter und glänzender ausgesehen. Inzwischen war davon kaum mehr übrig als eine Einbahnstraße, ein schmales Gleis, auf dem er sich fortbewegte, weil er vor langer, langer Zeit dazu die Weichen gestellt hatte. Seit ein paar Tagen allerdings fragte er sich, was wohl rechts und links daneben liegen mochte. Und ob querfeldein nicht doch die bessere Alternative war. Schließlich war er keine Dampflokomotive!

Amüsiert über diesen Vergleich, drehte sich Jakob um und streckte das linke Bein aus.

Die Melodie von nebenan verebbte und begann sofort wieder von vorn. Offenbar ein Lieblingssong. Nicht schlimm. Auch damit ließ es sich wunderbar einschlafen.

Miro stellte die letzten Gemüsekartons ab und sah sich um. Die Einrichtung der Küche wirkte, als sei sie aus vielen anderen zusammengestückelt: Die Farben der Fronten passten nicht zueinander, zwei unterschiedlich große Gewerbe-Spülmaschinen klapperten und ratterten in der Ecke hinter der Tür, und es gab mehrere ausufernde Arbeitsflächen. Was sehr sinnvoll war, denn hier schnibbelten und kochten außer Ana noch zwei weitere Menschen.

Ana stellte ihn auf Englisch ihren Köchen vor: Vito mit den Tätowierungen und den zum Dutt gedrehten langen Haaren und Leska, die ihm nur einen kurzen Blick zuwarf und dann weiter konzentriert Kartoffeln spaltete.

Miro blieb bei Englisch und drehte sich fragend um. »Was kann ich tun?«

»Gemüseschneiden!«, kam es von drei Seiten gleichzeitig, und er musste lachen. »Gerne, Scheiben, Streifen oder Stücke? Und was zuerst?«

Vito grinste freundlich. »Richtige Frage, Neuzugang!« Dann deutete er auf einen Berg Zwiebeln. »Wie bist du damit?«

Miro verzog das Gesicht. »Vor allem schnell. Wie brauchst du sie?«

»Ein Drittel sehr fein für den Salat, ein Drittel etwas größer für die Soße, ein Drittel in Ringe für den Veggie-Burger. Brauchst du eine Taucherbrille?« Vito feixte.

Miro winkte ab. »Nicht nötig, Wasser reicht.«

Er nahm einen Schluck aus dem Wasserhahn und behielt ihn im Mund. Damit ließen sich tränende Augen auf ein Minimum reduzieren. Das war eins der ersten Dinge gewesen, die Erika ihm in der Küche beigebracht hatte. Schließlich bekam jeder Konditor irgendwann Heißhunger auf Salziges und Saures, und so hatte sie ihm nicht nur das Anfänger-Einmaleins des Backens beigebracht, sondern auch des Kochens.

Schnell zog Miro die Zwiebelschalen ab, warf sie in den Eimer des Biomülls und machte sich ans Werk. Während er häckselte, schnitt und ab und zu das Wasser in seinem Mund wechselte, unterhielten sich Ana, Vito und Leska auf Slowakisch. Immer wieder verstand Miro den Namen Rul – Anas Freund. Besonders glücklich klangen sie alle nicht.

Ihm gegenüber rührte Ana eine selbst gemachte Sauce Béarnaise an. Konzentriert vermengte sie Eigelb, Butter und Zitronensaft im Wasserbad und kläpperte derart enthusiastisch, dass Erika ihre wahre Freude daran gehabt hätte. Aber das war natürlich auch nötig, denn flockte die Soße erst einmal aus, war sie nicht mehr zu gebrauchen. Im Gegensatz zu Erika sah Ana allerdings mehr als wütend dabei aus. Für die Béarnaise war das sicher nicht verkehrt. Anas zusammengezogene Augenbrauen allerdings ließen ahnen: Hier ging es um mehr als um cremige Vollkommenheit.

Erst als er den Zwiebelberg hinter sich hatte und begann, die Zucchini in feine Scheiben zu schneiden, hatte Miro endlich den Mund frei. Vorsichtig sah er Ana an und traute sich nachzuhaken: »Everything okay with you?«

»Hm?« Verwirrt sah sie auf und schlug weiter.

»Du haust das Eigelb, als hätte es das verdient«, präzisierte er und deutete auf den Schneebesen. »Bist du sauer auf irgendwas? Oder irgendwen?«

»Ah, das meinst du!« Sie seufzte und suchte einen Moment nach den richtigen englischen Worten. »Ja, ich bin sauer. Aber Kochen hilft.«

»Sagt meine Oma auch immer.«

»Kocht sie auch, damit sie deinen Opa nicht anschreit?«

Miro sah sie zögernd an. Dann schüttelte er den Kopf. »Ich habe keinen Opa. Aber stattdessen würde sie manchmal gern andere Menschen anschreien. Also: Was ärgert dich?«

»Rul.«

»Dein Freund?«

Ana nickte heftig und kläpperte weiter.

»Was hat er gemacht?«

Vito mischte sich brummelnd ein: »Die Frage ist eher, was er *nicht* gemacht hat! Er hat mit uns angefangen, ist aber nie da.«

Leska nickte. »Weil er lieber woanders Geld verdient. Dabei war von Anfang an klar: Wir brauchen vier Mann in der Küche. Jetzt sind wir aber meist nur zu dritt.«

Ana atmete betont ruhig aus. »Dank Miro schaffen wir heute ja alles.«

»Ja, heute«, knurrte Leska ungnädig, während sie neben Ana die ersten Teller anrichtete. »Aber das löst das grundsätzliche Problem nicht.«

Ana seufzte und rührte weiter. »Da hast du recht.«

Und dann begannen sie plötzlich alle gleichzeitig auf Englisch zu reden, und Miro hörte zu. Sie erzählten, wie sie sich auf einer politischen Demonstration kennengelernt hatten. Sie wollten darauf hinweisen, dass viele der städtebaulichen Aufträge bei Verwandten des Bürgermeisters landeten oder bei Tochterfirmen der Entscheider.

»Alles bleibt gleich«, ärgerte sich Ana. »Erst die Unterdrückung, dann ein angeblicher Neuanfang – nur ändern tut sich nichts. Dicke Leute haben dicke Bäuche, Geld bis zum Abwinken und alle nötigen Kontakte, um noch mehr zu machen. Obwohl sie dringend wegmüssten, bleiben sie auf ihren Posten.«

Also hatten sie vier, um einen kleinen Unterschied zu machen, dieses Gebäude besetzt. Ihr Ziel: es ganz anders zu machen.

»Wie Urlaub auf dem Land mitten in Bratislava«, fasste Vito zusammen. »Nur mithilfe von Freunden, ohne Politiker und ohne Geld, das… wie sagt man auf Englisch… klebrig ist?«

»Stinkt. Mit Geld, das stinkt?«

»Ja, genau das. Dabei haben wir alle eigentlich ganz andere Jobs.« Der langhaarige Koch lachte. »Ich bin Mechaniker, Leska hier«, er deutete auf seine Kollegin, »ist… novinár?« Er sah Ana Hilfe suchend an. »Wie heißt das auf Englisch?«

»Journalist.«

»Genau. Aber das ist problematisch, wenn du die Wahrheit schreiben willst. Na, und Ana ist Mathematikerin mit digitalem Schwerpunkt.«

Miro hielt überrascht im Schneiden inne. »Was bedeutet das denn?«

Ana winkte ab. »Ich entwickle Apps. Als angewandte Mathematikerin. Mein aktuelles Projekt trackt Fahrradfahrer, um herauszufinden, wo in und rund um Bratislava am nötigsten Fahrradwege gebaut werden müssten.« Sie verdrehte die Augen. »Allerdings gehört mein Auftraggeber zum Ministerium – ob da also jemals irgendwas passiert, steht in den Sternen!«

Wow! Miro war beeindruckt.

»Und Rul?«, hakte er neugierig nach und machte sich über einige Knoblauchzehen her. »Was tut der?«

Von Vito und Leska war höhnisches Lachen zu hören. Ana warf ihren Kollegen einen grimmigen Blick zu, dann wandte sie sich an Miro. »Rul ist… eben Rul«, erklärte sie mit fester Stimme. »Rul macht sein Ding. Und das ist gut so.« Und dann, nachdem sich die anderen beiden wieder ihren Aufgaben zugewandt hatten, fügte sie leiser an: »Rul und ich sind verschieden. Sehr. Er interessiert sich kaum für Politik. Müssen ja auch nicht alle. Und ja, die meiste Zeit fehlt er hier. Aber wenn er verdient, hilft er uns damit, so gut er kann. Seine... Arbeit ist nun mal nicht regelmäßig.«

Miro bemerkte den Blick zwischen Vito und Leska, die beiden hatten offenbar so ihre eigene Überzeugung, was von Rul zu halten war: nicht besonders viel.

Ana begann, die Soße in kleine angewärmte Schüsselchen zu gießen.

Inzwischen füllten sich die Tische im Hof hinter der Küche mit den ersten Gästen. Drei weitere Personen tauchten in der Küche auf und schlüpften in Schürzen, um draußen zu bedienen. Eins der Mädchen beäugte Miro neugierig und sprach ihn an. Miro verstand nicht viel, irgendwas mit Ruscha? Ruschenki? Rusalka? Redete das Mädchen etwa über Dvořáks Oper? Das wäre dann doch ein bisschen unheimlich.

»Sorry«, entschuldigte er sich, »I don't speak Slovakian.« Und Ana erklärte ihr grinsend, sie müsse schon wie sie Englisch sprechen, wenn sie mit Miro flirten wolle. Oder Deutsch. Und am besten nachher, denn jetzt gehe der Restaurantbetrieb los.

Lachend winkte das Mädchen Miro zu, »See you later, Mister Redhead!«, band eine Schleife in ihre Schürze und verschwand in Richtung der Gäste.

Miro sah ihr amüsiert hinterher. Mister Redhead – Rotschopf. Als er klein war, hatte er ganz andere Dinge zu hören bekommen: Feuermelder, Pumuckel, Streichholz... Viele Jahre hatten seine roten Locken und Sommersprossen ordentlich für Spott gesorgt. Und er hatte sich gefragt, wieso ausgerechnet er Erikas Haarfarbe hatte erben müssen, wo doch seine Mutter blond war. Und woher seine Locken kamen, obwohl beide Frauen derart glatte Haare hatten, dass kein Pferdeschwanz länger als eine halbe Stunde hielt.

In den letzten Jahren hatten sich die Reaktionen auf sein Aussehen allerdings schleichend verändert. Edina war die Erste gewesen, die ihm ein Kompliment dafür gemacht hatte. In der typischen Edina-Art hatte sie sich während einer Party neben ihn gestellt, »Darf ich mal?« gemurmelt und, ohne seine Antwort abzuwarten, an einer seiner Locken gezogen. Kaum hatte sie diese losgelassen, war sie zurückgeschnellt, und Edina hatte ihm fasziniert ins Gesicht geblickt. »Ich wünschte, ich hätte deine Locken«, hatte sie genickt. »Und deine Haarfarbe. Tanzen wir?«

Miro sah Ana neugierig an. »Heißt Rusenka, Ruselka oder was sie da gesagt hat, so was wie Rotschopf?«

»Was? Nein, das ist ein Märchen. Die schlafende Prinzessin.«

»Sie hat mich Dornröschen genannt?«

Ana grinste. »Ja, nur dass der Titel bei uns etwas mit der Farbe Rot zu tun hat, weniger mit Schlafen, wie im Englischen. Kannst du bitte hier weitermachen?« Sie deutete auf die nächste Fuhre ihrer Soße.

Miro nickte und übernahm das Rühren. Die Zeit für neugierige Fragen war offenbar erst einmal vorbei. Bewundernd sah er Ana hinterher, die nun mit gezielten und fast tänzerischen Bewegungen die ersten Tabletts für die Gäste fertigstellte. Sie hatte wirklich alles im Griff. Die Küche, das Restaurant, ihr Leben. Nur Rul war offenbar unberechenbar. Was für ein Vollidiot! Miro an seiner Stelle würde jemanden wie Ana nicht so hängen lassen. Was zum Teufel tat ihr Freund eigentlich so Mysteriöses, dass Vito und Lenka darüber so deutlich die Nasen rümpften?

34

Jakob schrak hoch. Der Mond schien ins Zimmer und tauchte die lindgrünen Kacheln des Ofens in kaltes Licht. Durch den breiten Durchgang zum nächsten Raum sah er Miros stille Gestalt auf dem Bett liegen. Er bewegte sich nicht, doch Jakob hörte ihn atmen, tief und ruhig. Ansonsten war da nichts. Kein Murmeln, kein Rufen, kein Rattern von Schlüsseln gegen Gitter, kein Summen der plötzlich erhellenden Glühbirne. Aber auch kein Lachen, keine Musik, kein Vogelzwitschern. Was hatte ihn geweckt?

Vorsichtig setzte er sich auf und lauschte. Nicht einmal Straßenlärm. Dann plötzlich ein durchdringendes Schreien. Er sprang in die Höhe, stand zitternd mitten im Zimmer und wartete darauf, dass der Schwindel aufhörte. Ein tiefer, brummender Ton wurde lauter, heller und kreischend. Jakob atmete aus: Katzen! Das Geräusch kannte er aus Herzow. Kein Grund, sich zu erschrecken.

Er trat ans Fenster und sah hinaus. Nur eine einzige, funzelige Lampe erhellte den Innenhof. Der BMW lag im Schatten, aber auf Bienchens Dach konnte er eine pelzige, kleine Gestalt ausmachen. Sie reckte alle vier Pfoten, streckte sich lang und machte einen Buckel. Jede Wette wetzte sie gerade ihre Krallen an seinem Bus. Aber nicht mit ihm! Entschlossen schlüpfte Jakob in die Schuhe und drückte sich durch die quietschende Tür.

»Schhhhht!«, zischte er von der Galerie nach unten und wedelte mit beiden Armen. »Mach dich vom Acker, Katzenvieh!«

Der Kopf des Tieres fuhr herum, nur eins seiner Augen reflektierte das Licht. Jakob schüttelte verwundert den Kopf. Vielleicht musste er doch noch mal zur Sehprüfung. In aller Ruhe drehte die Katze sich auf die Seite, ließ aufreizend langsam den Schwanz hin und her zucken und sah ihn herausfordernd an. Na warte!

Jakob lief zu den wackeligen Stufen in Richtung Hof und hangelte sich mit beiden Händen an dem Treppenlauf hinab.

Als er Bienchen erreichte, war von der Katze nichts mehr zu sehen. Typisch. Das Mistvieh hatte sich davongestohlen. Die aneinander angrenzenden Dächer waren ihm sicher ein wunderbarer Spielplatz!

Jakob reckte sich und beäugte das Dach seines Busses. Kratzer ließen sich in diesem Licht nicht ausmachen. Dann würde er eben morgen nachsehen und lackieren, was nötig war. Bienchen war in einem Alter, in dem schon kleine Zipperlein für sehr viel Rost sorgen konnten. So wie bei ihm. Aber solange man noch etwas dagegen tun konnte, ging es immer weiter. Das war das Gute an dieser schnellen Zeit: Für alles Mögliche gab es Hilfe. Manches linderte Folgeerscheinungen, anderes behob problemlos den Grund dafür. So skeptisch Jakob einigen Entwicklungen gegenüberstand, viele hatten durchaus einen Sinn. Heutzutage hätte seine Großmutter, Gustavs Frau, gerettet werden können. Aber im Jahrhundertwinter nach dem Krieg war Typhus ein Todesurteil gewesen.

Von weither war gedämpftes Schnurren zu hören. Vielleicht war die Katze das Haustier von Ana und ihren Freunden. Dann saß sie nun vermutlich sicher hinter einem Fenster und machte sich über Jakob lustig, wie er da so in der Mitte des Hofes stand, in Pyjama und Straßenschuhen.

Miro hatte versucht, ihn fürs Abendessen zu begeistern, doch Jakob war zu erschöpft gewesen. Also hatte er sich nur schnell umgezogen, Zähne geputzt und war wieder ins Bett gekrochen. Ein wunderbares Bett mit einer wunderbaren Matratze, viel besser als die in seinem Bus. Das würde er Bienchen natürlich nie sagen.

Jakob trat näher an die Blumenkästen neben dem Gang zum zweiten Hinterhof, wo die Tische des Restaurants standen. Die Blüten waren geschlossen, ohne Sonnenlicht sammelten sie ihre Kräfte für den nächsten Tag. Erst in einigen Stunden würden sie sich wieder entfalten, duften, Schmetterlinge anziehen.

Wie viel Uhr mochte es sein? Vier? Fünf? Wie auch immer, er war wach. Um Miro nicht zu wecken, sollte er sich besser in seinen Bus zurückziehen, vielleicht ein bisschen lesen. Mit etwas Glück hatte der Kleine sogar sein Fotoalbum dort gelassen, und Jakob könnte darin einen Hinweis entdecken, der ihnen weiterhalf.

Schon lag seine Hand auf dem Türgriff, da hörte er noch

etwas anderes: leises Klatschen, ein Ploppen, ein Zischen, Seufzen und gemurmelte Worte. Irritiert drehte er den Kopf und lief vorsichtig auf die Geräusche zu.

Jemand hatte im zweiten Innenhof sämtliche Kerzen der Tische auf einen gestellt. Jemand, der sich gerade ein Bier aufgemacht hatte, das dritte, den leeren Flaschen daneben nach zu urteilen. Jemand, der nur wenige Jahre älter sein konnte als Miro. Blitzschnell verteilte er Spielkarten von dem Stapel in seiner Hand auf den Tisch, drehte sie um, verschob sie, teilte ein paar weitere aus und fluchte leise vor sich hin. Dann griff er nach seinem Bier, nahm einen großen Schluck – und entdeckte dabei Jakob im Durchgang. Müde hob er die Bierflasche, deutete auf eine weitere, ungeöffnete und legte den Kopf fragend schief.

»No thank you«, Jakob winkte ab. »I am just... ähm... gerade erst wach geworden«, machte er erschöpft auf Deutsch weiter. »Ich bin aufgestanden. Wenn ich jetzt etwas gebrauchen könnte, dann Kaffee, nicht Bier. Auch wenn Sie mich vermutlich nicht verstehen.«

Zu seiner Überraschung verzog sein Gegenüber jedoch wissend das Gesicht, nahm die Karten auf, drehte sie in Windeseile in einer Hand und antwortete mit merklichem Akzent: »Doch. Ich verstehe. Nur ich bin an Ende von Abend. Schlechte Abend. Also gibt es nur Bier.«

Vorsichtig trat Jakob näher. »Wieso schlechter Abend? Ich dachte, das Restaurant war voll besetzt?«

»Ist es meiste Zeit.« Der junge Mann nahm deprimiert einen Schluck. »Ich war nicht hier.« Der Kartenstapel in der einen Hand flog in einem akkuraten Bogen zur anderen.

Nun wurde Jakob neugierig. »Nein? Wo dann?«

»Grand Hotel.« Er ließ den Kopf hängen. »Big mistake!«

Jakob nickte, *Fehler* verstand er. »Weshalb?«

Nun nahm ihn sein Gegenüber genauer in Augenschein. »Was Sie weißt von Poker?« Er verteilte ein paar der Spielkarten vor sich und Jakob.

Abwehrend schüttelte Jakob den Kopf. »So gut wie nichts, ich bin nicht mal in der Lage, ein ordentliches Pokerface aufzusetzen, wenn alles davon abhängt.«

»Ich bin gut. Nicht nur in face. Ich bin gut bei Spiel. Ich habe Trainer aus Amerika.« Er schnappte sich ungefragt Jakobs Blatt und drehte es um.

»Ah, der, der gerade hier wohnt?«

»Was? Nein, das ist trauriger Professor von... Recht oder Wirtschaft oder... irgendwas, von New York.« Er winkte ab. »Kein Spieler. Wohnt bei uns, zu denken. Pfft!« Der traurige Amerikaner mit seinem melancholischen Lied in Dauerloop schien nicht sein Fall zu sein. »Selbst wenn der würde begreifen – Poker –, er wagt nicht.«

»Hm«, Jakob nickte. »Aber Sie tun das? Spielen und wagen?«

»Genau!« Erfreut nickte sein Gegenüber ihm zu. »Ich wage. Manchmal läuft es gut. Manchmal nicht. Wie heute. Weil... ach!« Er warf beide Arme in die Höhe. »Weil Bratislava! Bratislava ist kein Wien!« Frustriert schob er das Kartendeck zur Seite.

»Ja, das kann ich mir vorstellen«, lächelte Jakob. Er sagte nicht, dass er genau das vermutlich an Bratislava mögen würde. Hier existierten – wie hatte Miro das genannt? – *Pop-*

up-Restaurants wie dieses, hier fanden keine Bälle statt, bei denen schon die Kleider der Teilnehmer mehr kosteten, als Gustav und er für zwei Monate zum Leben gebraucht hatten. Hier musste es im Vergleich sehr viel weniger Touristen geben als in Wien, aber trotzdem viel zu entdecken. Zdanka aus Prag hatte ihm und Miro einen Besuch im Schloss ans Herz gelegt, und er hatte ein Grinsen unterdrückt – schon wieder ein Schloss! Sie hatte von den entspannten Menschen geschwärmt, von der sehr unterschiedlichen Stadtarchitektur und der Atmosphäre, die Jakobs Vorstellung nach ganz anders sein musste als in Wien. Wo alle hinfuhren und viel Geld ausgaben.

»Sie kennen Wien?«

Jakob schüttelte den Kopf. »Nein, nie dort gewesen.«

»Müssen Sie!« Nun strahlte Jakobs Gegenüber. »Sehr viel mehr Stil als hier, mehr… Chance, mehr alles!«

Jakob zuckte mit den Schultern. »Ja, vielleicht, aber wir sind auf dem Weg nach Zagreb.«

»Mit Auto?« Der junge Mann horchte auf.

Jakob nickte.

»Wann?«

Jakob blinzelte. Darüber hatten Miro und er nicht gesprochen. Er war davon ausgegangen, dass sie gleich morgen weiterzogen. Doch wie hatte Miro gesagt? Er war dankbar für jeden Halt vor Zagreb, um seine Gedanken zu ordnen.

»Vielleicht morgen«, antwortete er also wahrheitsgemäß, »vielleicht übermorgen.«

»Morgen!« Der junge Mann klang entschlossen und voller Elan. »Über Wien. Ist nur siebzig Kilometer, dauert nicht ganz Stunde. Und ist spannend: Architektur, Parks, Essen, Musik.«

Jakob zog die Augenbrauen hoch. »Stimmt. Mozart, Strauss, Beethoven, Schönberg – das wäre vielleicht etwas für Miro. Und dann die Wiener Philharmoniker...«

»Ja, das alles. Und Musikhaus für alles Neue. Museum für... sounds. Wie sagt man auf Deutsch?«

Jakob grinste. »Angeblich genauso: Sounds.« Er nickte langsam. »Danke für den Tipp, das ist vielleicht wirklich einen kleinen Umweg für uns wert.«

»Gut. Ich komme.«

»Was?«

»Mit nach Wien. Morgen Nachmittag. Und ich mache euch Übernachtung. For free – kostet nichts.«

Jakob beugte sich argwöhnisch vor. »Und was hast du davon, mein Freund?«

Sein Gegenüber grinste ertappt. »Morgen Nacht ist Pokerspiel in wichtig Casino. Wichtiger als hier. Ich kann gewinnen. Nicht wie heute. Heute war...« Er seufzte.

»Eine Fehlanzeige, ja, das hast du gesagt.« Jakob beäugte ihn nachdenklich. Jung sah er aus, unschuldig und blauäugig. Zu jung, als dass man ihm den professionellen Pokerspieler abnahm. Doch gerade das dürfte sein Vorteil sein. Hier und anderswo, wo mehr Geld zu erspielen war. Trotzdem, irgendwas war seltsam. Wer spielte in diesem Alter professionell in Casinos? Sollte er nicht eher studieren und was Richtiges machen?... Jakob schüttelte, über sich selbst amüsiert, den Kopf. *Etwas Richtiges?* Wo war das denn nun hergekommen?

Er beäugte den hoffnungsvoll abwartenden Jungen argwöhnisch. »Okay«, nickte er, »nur eine Frage noch: Was machst du, wenn du gewinnst?«

Ein paar große, verblüffte Augen starrten ihn an. »Na, hier!« Er deutete um sich. »Was ich gewinne, geht hier. Für Restaurant. Und Ana.« Sein Mund verzog sich zu einem breiten Lächeln. »Mein Ana. Wir haben mit Freunden Restaurant geöffnet. Sie alle können kochen und Bier machen und ... nett geduldig sein mit Gästen. Ich nicht. Ich kann nur gewinnen und so helfen.«

Nun begriff Jakob. »Du bist Rul? Anas Freund?«

Er strahlte auf. »Sie hat erzählt von mir?«

Jakob gefiel seine Freude darüber. Zu sehr, um ihm die Wahrheit zu sagen. Immerhin hatte er Ana nur kurz gesehen. Wie hätte sie von ihm berichten sollen? Also nickte er nur vage und streckte Rul die Hand entgegen. »Schön, dich kennenzulernen, ich bin Jakob.«

Rul schüttelte seine Hand und lachte. »Noch eine.«

»Was?«

»Noch eine Jakob. So heißt auch traurige Professor.«

»Ahhh«, Jakob verstand. »Unser Nachbar. Mit der Musik.«

Rul seufzte. »Ja, immer nur ein Lied, wenn er da ist: ganze Tag, ganze Nacht. Elvis.«

Jakob sah ihn irritiert an. »Elvis, bist du sicher? Das klang irgendwie anders.«

»Ja, weil zweite Elvis. Madness-Elvis.«

Jakob musste lachen. »Du meinst Elvis Costello?«

»Genau. Und langsam ich kann nicht mehr hören.« Übertrieben legte Rul eine Hand aufs Herz und schnurrte gespielt leidend: »I want you. I waaaaaant youuuuuu!« Er schüttelte sich. »Wie Jaul von Straßentiger.«

Straßentiger? Jakob sah sich um. »Heißt das, die Katze hier ist nicht eure?«

Rul schüttelte den Kopf. »Ich bin Allergie. Kein Katze, kein Hunde, kein… škrečok – wie sagst du zu klein und Fell und immer in Kreis?«

»Ratte… nein, warte, Hamster!« Jakob schüttelte sich. Hamster mochte er nicht besonders. Hamster waren so was wie Goldfische im Käfig. Katzen dagegen… Forschend sah er hinauf zum Dach. Wenn Rul und Ana sie nicht fütterten, konnte er nur hoffen, dass die Tiere irgendwo anders ihr Essen herbekamen. Hatte die Katze auf Bienchens Dach nicht ein klein wenig schmal ausgesehen?

»Sag mal, Rul«, begann er nachdenklich, »wenn Miro und ich dich morgen mit nach Wien nehmen… meinst du, du könntest mir jetzt eine Tasse Milch besorgen? Zum Wachwerden?«

Rul blinzelte verblüfft. »Mlieko? Ohne káva?«

»Genau.«

»Okay.« Rul zuckte mit den Schultern, lief über den Hof und verschwand durch eine Tür hinter ihm. Als er wiederkam, reichte er Jakob eine Tasse Milch.

Der nahm einen Schluck. »Hmmm, fantastisch.«

»Und wir morgen fahren nach Wien?«

»Machen wir. Am Nachmittag.« Kurz rechnete Jakob. »So gegen halb fünf, dann kommen wir noch im Hellen an.«

»Gut.« Rul trank sein Bier aus und sammelte die Flaschen ein. »Dann treffen wir morgen halb fünf hier. Und jetzt ich gehe schlafen.« Er warf Jakob einen dankbaren Blick zu. »Jetzt ich habe Plan, nicht nur Nacht mit Fehler.«

Jakob sah ihm nach, wie er die Bierflaschen in einen Kasten stellte und in dem Durchgang zum Nebenhof verschwand.

Zögernd blickte er auf die Spielkarten, die Rul hatte liegen lassen. Blind zog er zwei heraus, drehte sie um und musste lächeln: die Königin und der König. Na, wenn das kein gutes Omen war?!

Vorsichtig balancierte er die Milchtasse in den benachbarten Hof und stellte sie auf Bienchens Dach. Erst ein paar Treppenstufen hatte er erklommen, als er ein leises Quietschen und dann einen Plumps hörte. Jakob drehte sich um und schüttelte den Kopf. Nein, er musste sich getäuscht haben. Warum sollte die Katze von vorhin aus Bienchens Beifahrerfenster springen, nur um danach auf ihre Kühlerhaube zu hüpfen und von da aufs Dach? Die Milch jedenfalls wurde dankbar aufgenommen. Als Jakob von der Galerie noch einmal nach unten sah, blinzelte ihm ein fluoreszierendes Katzenauge entgegen. Und da ertönte auch schon die inzwischen bekannte Melodie. Offenbar hatten Rul und er den traurigen Professor aufgeweckt.

Jakob trat näher an das gekippte Fenster ein paar Schritte weiter und lauschte. Das Poker-Babyface lag falsch: Der Song war kein Katzenjammern. Herzschmerz und Liebeskummer, ja, vielleicht. Aber vor allem war er Kapitulation.

Leise zog Jakob sich zurück und schob sich durch einen kleinen Spalt der quietschenden Tür in Miros und seine Unterkunft.

Der Junge schlief noch immer, die Bettdecke in einer festen Umarmung. Weder die Geräusche der Tür noch das begeisterte Katzenschnurren von außen oder die Melodie von nebenan änderten etwas daran. Miro lächelte im Schlaf. Hoffentlich verschwand das nicht, wenn er aufwachte. Und hoffentlich hatte Jakob sich richtig entschieden, und eine Nacht in Wien samt Besuch im Haus der Musik war genau das Richtige für den Jungen. Denn wenn einer wusste, wie es war, ein Ziel zu haben, aber gleichzeitig unsicher zu sein, welchen Weg man dorthin nehmen sollte, dann er.

Leise trat er zu dem Stuhl, über den er seine Kleidung gehängt hatte, und zog sich an. Sich noch einmal hinzulegen machte keinen Sinn.

Als er in sein Jackett schlüpfte, knisterte Papier. Er zog das Kuvert hervor. Seine inzwischen nicht mehr gültige Adresse prangte darauf in breiter, königsblauer Schrift. Die Absenderinformationen dagegen waren gedruckt: Dr. Kranitz, Rechtsanwalt und Notar. Jakob drehte den Brief in den Händen und schloss die Augen. Rechtsanwälte regelten alles Mögliche, Scheidungen und Nachbarschaftsstreits, Unfälle und Auseinandersetzungen mit Versicherungen. Notare brauchte man, um Unterschriften beglaubigen zu lassen, wenn es darum ging, Grundstücke oder Häuser zu erwerben oder wenn man eine Firma gründete. Bekam man allerdings einen Brief von jemandem, der beides war – deutete dann nicht alles darauf hin, dass es sich um einen Todesfall handelte?

Bei Gustav war so etwas nicht nötig gewesen. Gustav hatte kaum etwas besessen, hatte alles schon zu Lebzeiten an seine Kinder weitergegeben. Damit sie darauf aufbauen konnten. Jakob unterdrückte ein trauriges Lachen. Aufbauen – kein Wort mit guten Erinnerungen. Nicht in ihrer Familie. Der eine Teil hatte es wörtlich und politisch genommen und darüber alles andere vergessen. Der andere war nicht lange genug geblieben, um damit überhaupt etwas anfangen zu können.

Jakob steckte den Brief ungeöffnet zurück. Er wollte es nicht wissen. Er hatte genug zu früh verloren: Eltern, einen Bruder und jemanden, der ihm wichtiger gewesen war als alle drei. Marie. Jahre hatte es gedauert, bis er endlich aufhören konnte, Tag für Tag darüber nachzudenken. Einen Teufel würde er tun und es wieder hochholen, die Tür öffnen und »Komm doch rein« lächeln, nur damit er erneut gemeinsam mit seiner Einsamkeit in einem viel zu engen Zimmer saß. Und diesmal wäre da nicht einmal Gustav mit seinen Fotos, um sie zu vertreiben.

Wieder auf der Galerie hob er das Gesicht in Richtung der ersten Sonnenstrahlen, schloss die Augen, lauschte sanften Gitarrenklängen und einer noch sanfteren Stimme: »It's the stupid details that my heart is breaking for.«

Ja. Die verdammten Kleinigkeiten waren es, die Jakobs Herz auch nach all den Jahren noch immer in tausend Stücke sprengten: Ihr Lachen, laut und ungebremst und am Ende kichernd. Dieser hinreißend schräge Eckzahn. Ihre Art, nichts, aber auch wirklich absolut nichts hinzunehmen, weil alles besser wurde, wenn man darüber redete. Bis auf das eine Mal. Ihre Augenbrauen, die in der Mitte nach oben wuchsen, fast bis zu ihrem Haaransatz, wenn sie ihm etwas nicht abgenommen hatte. Überhaupt all ihre Verrücktheiten und Gedanken, so unglaublich frei, selbst als sie es nicht mehr waren. Ihr Mund, der plötzlich geschwiegen und der sich so richtig auf seinem angefühlt hatte, bevor sie ihm erklärt hatte, zur Hölle zu fahren.

35

Miro folgte Jakob, der im Stechschritt durch die Straßen und über weite Plätze lief. Offenbar wusste er genau, wohin er wollte. Vorhin in der Altstadt hatte er nach rechts und links gewedelt und Miro erklärt, dass sich das Straßenbild in den letzten Jahren mit unterschiedlichen Politikern sehr verändert hatte: Brücken waren gebaut und breite Straßen als Zubringer durch ehemals traditionell gewachsene Bezirke geschlagen worden. Kathedralen und Synagogen hatten dafür ebenso weichen müssen wie Wohnhäuser.

Verblüfft war Miro hinter Jakob über den Platz der Fontá Družba geeilt. Was übersetzt *Quelle der Einigkeit* hieß, war nicht mehr als eine weitläufige, betonlastige Fläche, das Wasser des Springbrunnens längst versiegt. Nur wenig weiter blühten farbenfrohe Pflanzen im kleinen Park vor dem renovierten Palais. Ehemals Sommerresidenz eines Bischofs, durfte die jetzige Blumenpracht etwas damit zu tun haben, dass das Gebäude inzwischen Sitz der slowakischen Regierung war.

Nun lief Jakob eine kleine Treppe in Richtung Innenstadt hinab. »So, jetzt noch die Flat Gallery und dann geht es nach Wien und zum Haus der Musik.« Jakob schien heute definitiv mehr Energie zu haben als Miro. Aber er hatte ja auch sicher sieben Stunden mehr geschlafen.

Miro holte auf. »Was ist eine flache Galerie?«

»Nicht flach, Junge, ich dachte, dein Englisch ist so gut? Flat kommt von Wohnung. Wir gehen uns moderne Kunst bei jemandem zu Hause anschauen, bevor wir weiterreisen.«

Miro war verblüfft. »Wie hast du denn das schon wieder gefunden? Etwa auch über Frau Gookeley und mein Tablet?«

»Nein, über den ganz privaten Tipp eines jungen Mannes, der später mit uns nach Wien fahren wird.«

»Wie bitte?« Jetzt war Miro wirklich platt. »Hast du dein Herz für Tramper entdeckt?«

Jakob zwinkerte ihm zu. »Na, nachdem es mit dir so gut läuft…«

Miro wurde ernst. »Tut es das? Also nicht, dass ich mich beschweren will, aber du hast deine ganze Reise umgeworfen, du bringst mich nach Zagreb, und auch der Zwischenstopp in Wien ist für mich. Oder wolltest du schon immer mal ins Haus der Musik?«

»Nur weil ich bis gestern Abend noch nie davon gehört habe, heißt das noch nicht, dass das nichts für mich ist!«, wehrte sich Jakob und stiefelte, fast ein wenig beleidigt, die letzten Stufen hinunter auf ein Tor zu. »Da durch und dann nach rechts. Wusstest du übrigens, dass in meiner Jugend Anhalter als Dissidenten galten?«

»Dissidenten? Was hat denn die Tatsache, dass sich einer 'ne Mitfahrgelegenheit besorgt, mit Widerspruch zu tun?«

»Na, wir hätten ja einen Westler stoppen und uns anstecken können. Mit falscher Musik und kapitalistischem Gedankengut.«

Miro staunte. »Und? Hast du?«

Jakob schüttelte unmerklich den Kopf. »Ich habe gar nichts«, brummelte er, als wünschte er es sich anders. »Weder den Daumen benutzt noch das Hirn. Hätte ich mal. Mir wäre etliches früher klar geworden.«

»Was denn?«

Jakob blieb stehen. »Dass Beziehungen das Wichtigste sind, Junge. Dass du an denen festhalten musst, die einen besseren Menschen aus dir machen. Und dich von jenen befreien, die das verhindern. Aber im Befreien war ich nie besonders gut. Dafür konnte ich den Mund halten. Und jetzt sind wir da.«

Jakob drückte auf einen Klingelknopf.

Etwas überfahren stand Miro hinter ihm. Beziehungen, die einen besseren Menschen aus dir machten? Welche waren die für ihn? Erika natürlich. Vielleicht Sahid. Edina? Galt Jakobs Spruch auch für sie?

Der Türöffner summte, in Gedanken versunken, lief er hinter Jakob die Stufen hinauf. Hätte er um Edina kämpfen sollen? Aber wozu, sie hatte ja schon alles entschieden. Außerdem: kämpfen worum?

Im Gegensatz zu ihm hatte Erika einen richtigen Grund. Sie wollte etwas herausfinden, nachfragen, aufholen. Oder aber sich von all dem verabschieden, was ihr damals nicht möglich gewesen war.

»Vitaj!«, strahlte ihnen die hochgewachsene Frau an der Eingangstür zur Wohnung entgegen und zog sie hinein.

Sicher zwanzig Menschen wanderten durch die Räume, von der großen Küche in das Wohnzimmer, wo über jedem verfügbaren Sessel und Stuhl quietschbunte Decken lagen, von dort in das winzige Arbeitszimmer, ja, selbst die Türen zum Schlafzimmer standen offen. Überall hingen Fotos von Gebäuden an den Wänden, die meisten in unterschiedlichen Stadien des Verfalls.

Jakob schüttelte ihr die Hand und sah Miro auffordernd an.

»Übernimmst du das Gespräch, Junge? Mein Englisch reicht hierfür nicht.« Damit beugte er sich hinab zu dem kleinen, mopsartigen Hund in kobaltblauem Glitzer-Geschirr, der ihrer Gastgeberin nicht von der Seite wich. Der Hund schnupperte misstrauisch an Jakobs Hand, grunzte ein paar Takte und schien dann zu beschließen, dass er ihn mochte. Er parkte seinen kleinen Hintern gezielt auf Jakobs Schuhspitze und sabberte ihm erfreut gegen das Hosenbein.

Währenddessen erklärte Miro auf Englisch, wer sie waren, und bat um eine Führung. Das ließ sich Blanka, wie sich die Kuratorin dieser ebenso privaten wie charmanten Galerie vorstellte, nicht zweimal sagen. Erfreut hakte sie Jakob und Miro unter und zog sie von einem Bild zum nächsten. Zu jedem einzelnen hatte sie eine Geschichte parat. Hier hing das Foto eines Schwimmbads, das vor etwa vierzig Jahren gebaut worden war und in dem sie selbst noch Schwimmen gelernt hatte. Nun jedoch verfiel es. Dort war ein Herrenhaus abgelichtet, über die Jahre hinweg immer wieder enteignet. In unterschiedlichen politischen Systemen hatte eine Generation der ehemaligen Besitzer nach der nächsten erfolglos versucht, es zurückzukaufen und in ein Museum umzuwandeln.

»Ich wollte zeigen, wie viele Schätze unser Land hat, aber wie wenig davon auch geschätzt werden«, erklärte Blanka auf Englisch und wartete, bis Miro für Jakob übersetzt hatte. »Für mich sind alle diese Gebäude ein Zeichen der Zeit und erhaltungswürdig. Egal, ob sie zweihundert Jahre alt sind oder fünfzig. Sie sagen etwas aus. Über uns und unsere Geschichte. Und über unsere Unfähigkeit, mit ihr umzugehen. Übrigens«, sie warf Miro ein schräges Lächeln zu, »ist das nicht typisch slowakisch. Ihr könnt es auch nicht gut. Ihr seid doch aus Deutschland?« Miro nickte, und schon sprach sie weiter. »Also kennst auch du sicher Häuser und öffentliche Gebäude bei euch, die verfallen. Die kaum mehr Wert haben, außer man öffnet seine Augen und erkennt ihren Nutzen über den aktuellen hinaus.«

Wieder nickte Miro. Vor ein paar Monaten waren Sahid, Edina, einige Freunde und er auf einer Party in Beelitz gewesen. Die alten Gebäude waren heruntergekommen und nachts ziemlich unheimlich. Am nächsten Tag hatte er sich darüber informiert, woher sie stammten. Und sich mit Unbehagen an all die leeren Flaschen erinnert, die zurückgeblieben waren. Nur, weil etwas aussah wie zum Abriss freigegeben, bedeutete es noch lange nicht, dass es nur Gerümpel war. Wenige Wochenenden später hatte Edina mit ihm in das ehemalige Sperrgebiet Wünsdorf gewollt. Die zu DDR-Zeiten aufgebaute, ehemals sowjetische und inzwischen fast vergessene Garnisonsstadt bot angeblich eine Vielzahl an guter Partymöglichkeiten. Doch Miro war nicht aufgetaucht. Sahid schon.

»Seht euch um und kommt zu mir, wenn ihr Fragen habt«, lächelte Blanka nun. »In der Küche gibt es Getränke, und natürlich sind alle Bilder auch zu kaufen.«

Damit ließ sie Jakob und Miro vor dem Foto eines Plattenbaus zurück. Kaum eins der Fenster hatte noch Glas, Schlieren zogen sich über die Außenmauern. Auf dem Dach hatten sich die ersten Bäume breitgemacht, und im Erdgeschoss wucherten Kletterpflanzen durch die Fensterrahmen.

Ein dunkelhaariger Mann in T-Shirt und Anzug trat neben sie. »Ein Beweis dafür, dass sich die Natur zurückholt, was ihr gehört. Vorausgesetzt, man lässt ihr genug Zeit, oder?«, fragte er. Sein Englisch klang wirklich englisch. Klar, piekfein und ein kleines bisschen gestelzt. »Tut mir leid«, entschuldigte er sich, als Miro nicht sofort reagierte, und sprach überdeutlich weiter: »Ich habe Sie eben Englisch sprechen gehört und dachte…?«

»You are right«, mischte sich zu Miros Überraschung da Jakob ein, der den Mann nachdenklich von oben nach unten beäugte. »He speaks English.« Er deutete auf Miro und stupste ihn an. »Frag ihn, ob ihm eins der Bilder besonders gefällt.«

Miro übersetzte, und der andere deutete verlegen auf die Badeanstalt. »Dieses. Es erinnert mich an etwas, das meine Freundin mir über ihre Jugend erzählte.« Er stockte, schluckte, fuhr sich durch die dunklen Locken und verbesserte sich leise: »Meine Ex-Freundin.«

Seine Augen glitten über das Bild, und Miro tat es ihm nach. Ein kleines Mädchen stand am Rand des Beckens, eine Hand verwundert zu den Blättern einer jungen Birke ausgestreckt, die nun aus dem Betonboden spross.

»Vielleicht«, sprach der Mann neben Miro langsam weiter, »mag ich es deshalb so gern, weil das Kind ein bisschen aussieht wie sie.« Einen Moment lächelte er, dann wurde er wieder ernst, zuckte mit den Schultern. »Tut mir leid, ich bin noch nicht daran gewöhnt. Dass wir nicht mehr zusammengehören. Ich dachte, wenn ich abreise und mir Europa ansehe, wird es besser.« Er ließ den Kopf hängen. »Tut es nicht.«

Miro beäugte ihn überrascht. Sich in einem anderen Land zu befinden, in dem niemand ihn, seine Ex-Freundin oder ihre Probleme kannte, machte es dem Anzugträger offenbar leicht, offen auszusprechen, womit er sich beschäftigte. Und das Verrückte war: Miro beneidete ihn darum. Am liebsten würde er ihm im Gegenzug von Sahid und Edina erzählen. Mitleid von einem Fremden wäre okay, Miro würde ihn ja wohl kaum wiedersehen. Und vielleicht hätte er sogar einen Rat für ihn, auf den er bisher nicht gekommen war, den er annehmen konnte. Aber ... »Wenn es bisher nicht besser geworden ist«, dachte er laut und betrachtete den Mann neben sich vorsichtig, »war es vielleicht falsch wegzugehen?« Jakob warf ihm einen überraschten Blick zu.

Miros Gegenüber winkte ab. »Nein, Syd ist nach Europa zurück, um ihrem Großvater... zu helfen. Er stirbt. Und nun ist sie wieder mitten in ihrem Früher. Bei allem, was vor mir war. Da habe ich keinen Platz. Also ergibt Bleiben nicht viel Sinn.«

Miro zuckte entschuldigend mit den Schultern. Das klang wirklich nicht, als gäbe es noch eine besonders große Chance, alles wieder einzurenken.

»Syd?«, fasste Jakob interessiert nach. »Kein sehr slawischer Name.« Sein Englisch klang holprig, zu verstehen schien er aber genug. Das war Miro schon öfter aufgefallen. Als hätte Jakob mehr Möglichkeiten gehabt zuzuhören, weniger zu reden.

Der junge Mann riss sich von dem Bild los und drehte sich zu ihm. »Sie ist Niederländerin. Eigentlich heißt sie Sjoerdje.« Er lächelte kurz. »Aber das konnte weder in England, wo ich ursprünglich herkomme und wir uns kennenlernten, noch in New York, wo wir leben, jemand aussprechen.« Er zuckte zusammen. »Lebten. Wir lebten in New York. Also, ich bin noch immer da. Nur sie nicht.«

Miros Gedanken ratterten.

Jakob dagegen sah aus, als hätte er nun für etwas die offizielle Bestätigung erhalten, das er sich schon gedacht hatte. Er streckte die Hand aus und stellte sich vor: »I am Jakob.«

Der andere lachte. »Wirklich? Ich auch!« Er schüttelte erfreut Jakobs Hand, und bei Miro fiel der Groschen. Das hier war der traurige Amerikaner, von dem Ana, Vito und Lenka ihm erzählt hatten. Der, der neben ihnen wohnte! Und der eigentlich Engländer war.

Plötzlich hatte Miro eine Idee. Denn wenn jemand über den Istzustand so traurig war, musste er doch zumindest versuchen, irgendetwas daran zu ändern, oder nicht? »Vielleicht sollten Sie Syd das Bild kaufen und es ihr schicken«, schlug er mutig vor. »Das mit der Badeanstalt. Und dazuschreiben, was sie uns eben erzählt haben: weshalb es Sie an sie erinnert.«

Überrascht starrte der Mann ihn an.

Jakob dagegen klopfte ihm auf die Schulter. »Guter Gedanke, Junior!« Dann beugte er sich zu seinem Namensvetter. »Kapitulieren sollte man nur, wenn es keine andere Möglichkeit mehr gibt«, fasste er Miros durcheinanderpurzelnde Gedanken zusammen. »Wenn man verdammt noch mal wirklich alles andere versucht hat.« Damit wandte er sich an Miro und stieß ihm auffordernd in die Seite. »Übersetz ihm das bitte. Ich verabschiede mich inzwischen von unserer Gastgeberin. Wir treffen uns draußen.« Er drängte sich durch die immer zahlreicher werdenden Besucher in Richtung Küche.

Miro tat wie geheten, übersetzte Jakobs Worte und konnte zusehen, wie es in seinem Gegenüber zu arbeiten begann. »Ein weiser Mann, dein Großvater.«

Miro grinste. Langsam gefiel es ihm, dass alle dachten, Jakob und er wären verwandt. »Liegt in der Familie.« Er winkte zum Abschied. »Viel Glück!« Dann eilte er Jakob hinterher.

In der Küche thronte der kleine Hund inzwischen auf einem Stuhl, dessen Polster in der gleichen Farbe bezogen war wie sein Geschirr, und hechelte vor sich hin. Gläser klangen, noch mehr Menschen strömten Miro entgegen. Er schob sich aus der überfüllten Wohnung und holte Jakob auf der Straße ein. »Du wusstest es gleich, oder? Dass der Kerl unser Nachbar ist?«

»Sagen wir, ich habe es geahnt. Ich habe mich gestern Nacht mit Rul unterhalten.« Jakob schüttelte den Kopf. »Und in einem hat er wirklich recht: Der Kerl muss lernen, sich mehr zu trauen!«

»Rul? Du hast Anas Freund Rul kennengelernt?« Miro hielt den Atem an. »Und? Wie ist er so?«

»Ein bisschen verrückt. Wie du. Aber du kannst dir selbst ein Bild machen. Er kommt mit uns nach Wien.«

Jakob ließ die beiden Jungen reden und konzentrierte sich aufs Fahren. Er verstand nur Bruchteile von ihrem Gespräch. Die beiden ratschten in einem unglaublichen Tempo auf Englisch, und das auch noch mit vollem Mund! Rul hatte ihnen eine ganze Tüte süßer Hörnchen mitgebracht, die Vito am Morgen nach einem Familienrezept gebacken hatte. Der Teig war dünn und herrlich mürbe, die Füllung, eine Nuss- oder Mohnmasse, recht gehaltvoll. Von all den Krümeln, die inzwischen die Polster, den Fußraum und ihre Kleidung überzogen, könnte locker noch ein weiterer Esser satt werden! *Beugel* hatte Vito sie genannt und stolz auf Deutsch hinzugefügt: »Berühmt Preßburger Hörnchen!«

Miro und Jakob hatten sich zugezwinkert. Schon wieder eine nationale Spezialität.

»Bei uns gibt's nur Berliner«, hatte Miro zurückgegrinst, »oder auch Pfannkuchen. Oder Krapfen. Mit Eierlikör, Pflaumenmus oder – ganz traditionell – mit Hiffenmark, also Hagebutten.«

Vito hatte die Augen verdreht und »Mir schwirrt der Hirn! Sag bitte noch mal in Englisch« geseufzt.

Miro hatte die Sprache gewechselt und Vito angeboten, ihm Erikas Rezept zu mailen, wenn dieser ihm jenes für die Hörnchen verriet. Für seine Oma.

Während Jakob ihr Gepäck verstaut hatte, hatte der Kleine in der Rehaklinik angerufen und mit Erika gesprochen. Besonders viel erzählt hatte er nicht, Jakob nahm an, er wollte seiner Großmutter erst dann von dem tatsächlichen Ziel und dem Grund seiner Reise berichten, wenn es dazu auch ein Happy End gab. Besonders glücklich hatte Miro allerdings nicht ausgesehen. Vermutlich war er es nicht gewohnt, Erika anzulügen. Zumindest schien sie gute Fortschritte zu machen und sich darauf zu freuen, in eineinhalb Wochen wieder nach Hause zu dürfen.

Jakob drückte das Gaspedal durch und warf einen Blick in den Rückspiegel. Von Wien aus sollten sie direkt nach Zagreb fahren und endlich damit beginnen, Stjepan ausfindig zu machen. Damit ihnen die verbleibenden zehn Tage auch reichten. Falls Miro noch immer unsicher war, wie er dabei vorgehen wollte, würde er nur zu gerne helfen. Denn eins war sicher: Manchmal brauchte man einen Blick von außen.

Eine Bewegung im Rückspiegel lenkte ihn ab, für einen Moment glaubte Jakob, auf der Küchenzeile etwas rötlich Weißes gesehen zu haben. Er reckte den Hals. Nein, das musste eine Täuschung gewesen sein.

Konzentriert sah er wieder vor sich auf die Straße. Gut, dass heute nur eine Stunde Fahrtzeit anstand. Es war heiß, die Sonne schien grell, und immer wieder blitzte zwischen Feldern aus Sonnenblumen und grünen Wiesen die Donau hindurch. Vorhin hätte er Bienchen auf der Suche nach der Brücke über den Fluss beinahe in die falsche Richtung gelenkt, weil er die Schilder, die in Richtung *Dunaj* wiesen, ignoriert und nach welchen Ausschau gehalten hatte, auf denen *Donau* stand. Dabei war das dasselbe. Zum Glück hatte sich Rul noch rechtzeitig eingemischt.

Momentan unterhielt sich der mit Miro übers Pokern. Oder generell über Glücksspiele. Oder aber über die Liebe. So genau war das nicht auszumachen. Hatte Rul da eben wirklich auf Englisch so etwas gemurmelt wie »Pokern ist das Gegenteil von Beziehungen – bei dem einen darfst du nichts durchblicken lassen, das andere gelingt dir nur, wenn du ehrlich bist«? Jakob lächelte still in sich hinein. Überraschend weise Worte für so einen Grünschnabel.

Auch Miro schien der Vergleich zu gefallen. Er nickte und biss nachdenklich ins nächste Hörnchen. Weitere Nussteile rieselten zwischen die Sitze.

Als Rul nun auch noch eine wortreiche Analogie zwischen seinem liebsten Kartenspiel und dem Leben als solches zog, schaltete Jakob auf Durchzug. Noch mehr jugendliche Glückskeksweisheiten in fremder Sprache ertrug er nicht. Auch wenn er froh war, dass Miro überhaupt mit jemanden über Beziehungen sprach. Ihm jedenfalls hatte er über Sahid nichts weiter verraten. Und egal, wie abgedroschen Ruls Ratschläge klangen: Hauptsache, Miro setzte sich überhaupt damit auseinander. Das *Wie* war eher nebensächlich. Menschen bemühten dafür meist gern Vergleiche zu Bekanntem. Darin fühlten sie sich sicherer als in ehrlichen, schmerzhaften Gesprächen. Gustav hatte für alle Lebenslagen einen Eisenbahnvergleich gezogen. Jakobs Vater hatte seine Familie gerne einen Staat im Kleinen genannt. Marie hatte für jedes Problem das passende Gemälde gekannt. Und er selbst? Jakob hatte sich manchmal gewünscht, Menschen wären etwas mehr wie Motoren. Wie viel einfacher wäre es, müsste man einfach nur die Kühlerhaube aufstemmen und nachschauen, was nicht stimmte! Hier ein paar Schrauben festdrehen, dort eine Zündkerze säubern oder den Keilriemen mit einer Strumpfhose ersetzen, falls zur Hand. Nylon oder Dederon. Jakob seufzte. Donau oder Dunaj. Astronaut oder Kosmonaut. Er konzentrierte sich aufs Fahren. Der Motor-Vergleich hinkte natürlich. Menschen konnte man nicht in den Kopf sehen, um zu begreifen, weshalb sie etwas taten oder nicht.

Schade eigentlich.

BERLIN, 1961

»Wow, das ist Elvis!« Marie zog die Platte vorsichtig aus Inges geheimem Korb, der nur wenig verbeult auf dem Boden des Innenschachts lag. Wie ein Wunder hatte sein Inhalt den Sturz unverletzt überstanden. Begeistert drückte sie die Vinylscheibe an sich, als könnten ihr jeden Moment Flügel wachsen, mit denen sie davonflatterte, in engen Kreisen die fünf Stockwerke hinauf bis in den hellgrauen Himmel, der so gar nicht nach Spätsommer aussehen wollte.

»Hm-m.« Normalerweise würde sich Jakob darüber lustig machen, dass Marie das Plattencover in den Armen hielt, als wäre es dieser gestriegelte Sänger selbst. Aber heute war nicht normalerweise.

Little sister stand in geschwungener Schrift über dem Bild des lächelnden Elvis. Vor weniger als einer Woche hatte Jakob das Lied zum ersten Mal gehört, von dem Inge fand, er sollte es behalten, falls er es einmal Marie schenken wollte. Wegen der B-Seite – »Marie's the name«. Inge und ihr Freund James hatten ihm die Texte übersetzt. James hatte leise mitgesungen und wie immer Witze darüber gerissen, dass er Elvis heimlicher Bruder sei. Wie der Sänger stammte Inges Freund aus Mississippi, war in Deutschland stationiert und hatte, wie er fand, den ultimativen Hüftschwung. Das hatte er in Inges enger Küche versucht zu beweisen. Inge und Jakob waren in wieherndes Gelächter ausgebrochen. James hatte es ihnen nicht übel genommen, einfach noch einmal mit dem Hintern gewackelt und Inge aus dem Stuhl hoch- und an sich gezogen, um sie zu küssen. Jakob hatte Kakao getrunken, Schokolade gegessen und ihnen beim Tanzen zugesehen. Den Rest der Tafel, die James ihm als Geschenk mitgebracht hatte, würde er wie immer bei Inge lassen. Vorsichtshalber. Das Einzige, was er normalerweise immer mit nach Hause genommen hatte, war das jeweils neuste Comicheft. Um es unter dem Fensterbrett hinter der losen Holzverkleidung der Wand zu verbergen.

Seit ein paar Tagen jedoch ging auch das nicht mehr. Nun gab es für ihn nur noch den Innenhof hier, wenn er etwas geheim halten wollte

Marie zog die angebrochene Tafel hervor, gemeinsam mit ein paar Päckchen Kaugummistreifen. »Wow, guck mal!«

Jakob griff nach dem Korb. »Und sonst, ist sonst noch was drin?«

Er wühlte sich durch weitere Dinge, die für sie beide nicht einfach zu bekommen gewesen waren, außer man schmuggelte sie am Körper über einen der Grenzübergänge. Nun war auch das nicht mehr so einfach möglich. Ganz unten erfühlten seine Finger Papier. Eng zusammengerollt und mit einem Band extrasicher verschnürt. Nur ein einziger Buchstabe stand drauf: J. So hatte ihn James immer genannt – Jay. Irgendwann hatte auch Inge damit begonnen. Wenn sie allein waren. Und manchmal rief ihn auch Marie so aus Spaß.

Jakob zitterte, die Enden der gedrehten Schnur glitten durch seine Finger, der Knoten wollte und wollte sich nicht lösen lassen.

Marie beobachtete ihn und wartete geduldig. Normalerweise griff sie zu, wenn sie der Meinung war, sie wäre in etwas schneller als er. Diesmal allerdings schien sie zu ahnen, dass es nicht ums Tempo ging. Es ging darum, dass Jakob selbst weiterkam.

Entnervt knautschte er das zusammengerollte Papier zusammen und riss den Faden ungeduldig ab. Dann zögerte er. Wollte er wirklich lesen, was dort stand? Inge würde nicht zurückkommen, oder? Vor fast neun Monaten, kurz vor Weihnachten, hatte sie Jakobs Vater noch versprochen, sie würde James verlassen, ihre Stelle im Steglitzer Privatkrankenhaus aufgeben und sich hier um eine Arbeit bemühen. Und obwohl es das gewesen war, was Ernst von ihr verlangt hatte, war das folgende Gespräch hinter verschlossenen Türen offenbar in einen Streit ausgeartet. Mit Wuttränen in den Augen war Inge aus der Wohnung gestürmt, an Jakob vorbei, der im Alkoven zwischen den Mänteln auf sie gewartet hatte.

Als James also vor ein paar Tagen an Inges Tür geklingelt hatte, war Jakob ebenso verblüfft wie froh gewesen. Für Inge. Er hatte ihren Freund immer gemocht und nie verstanden, weshalb zwei, die so wunderbar albern miteinander tanzten, lachten und glücklich waren, nicht zusammen sein sollten.

Dann hatte Inge Jakob um Stillschweigen gebeten. »Davon hängt jetzt alles ab«, hatte sie gemurmelt und schräg gelächelt. »Von deinem Pokerface.« Und als er sich von ihr verabschiedet hatte, hatte sie ihn an sich gedrückt, »Bis zum nächsten Wochenende!« gemurmelt und James dabei einen seltsamen Blick zugeworfen.

Marie legte eine Hand auf Jakobs. »Willst du, dass ich es dir vorlese?«

Er schüttelte den Kopf, faltete das Papier auf. Fest war es und dicker als erwartet. Und als es endlich aufgerollt in seiner Hand lag, wusste er auch, warum: Inge hatte ihm keinen Brief hinterlassen, sondern ein Foto – die letzte Aufnahme, die sie gemeinsam gemacht hatten. Breit lachten sie beide in die Kamera. James hatte einen Witz über ihre Nasen gemacht, darüber, dass es für die keinen Namen gab. Sie hatten einen kleinen Höcker in der Mitte, aber trotzdem schwang sich die Spitze ein wenig hinauf. »Ein Adlerstups«, hatte er gelächelt, »ein Stupsadler«, und sie hatten ihm den Vogel gezeigt – *Da hast du deinen Adler* –, exakt in dem Moment als er den Auslöser betätigt hatte.

Jakob drehte die Aufnahme um – die Rückseite war leer. Er schluckte, hatte gehofft, dass Inge dort etwas notiert hatte, irgendetwas, etwas, das ihm half zu verstehen.

Und plötzlich schlug die Enttäuschung in Wut um. Wie konnte sie nur? Wie konnte sie so tun, als bedeute er ihr etwas, ihn aber zurücklassen? Das zweite Mal. Einfach so. Ohne Erklärung. Ohne wenigstens mit ihm zu reden. Ernst hatte recht: Inge dachte nur an sich selbst!

Marie warf einen Blick auf die Rückseite des Fotos, dann sah sie ihn vorsichtig an und stieß heftig die Luft aus. »Das ist gemein!«

Er schluckte. »Was?«

»Dass sie geht, dir etwas dalässt von euch beiden, aber dich nicht einmal fragt, ob du vielleicht mitwillst.«

Jakob ließ sich zurücksinken und nickte langsam. Ja, Inge hatte ihn nicht gefragt. Ihn nicht einmal vor die Entscheidung gestellt: sie oder seine Eltern. Aber die eigentliche Entscheidung hätte gelautet: sie oder Marie. Und die hätte Jakob unmöglich treffen können.

Er kniff die Lippen zusammen und zog Inges selbst gestrickten Schal fest um sich, der all die anderen Kleinigkeiten im Korb abgefedert hatte und der so sehr nach ihr roch, dass es ihm schon beim ersten Atemzug übel wurde.

Und plötzlich war Jakob sich nicht mehr sicher: Hatte Inge für ihn mitentschieden, weil sie vor allem an sich und James gedacht hatte? Oder hatte sie es für ihn getan? Weil sie wusste, er konnte hier nicht weg? Oder aber hatte sie ihn vielleicht doch mitnehmen wollen, aber ihm davon nichts gesagt?

Maries Finger landeten auf seinem Gesicht. Fuhren über seine Nase, den Adlerstups, über seine Wangen zu den Ohren, strichen ihm über den Nacken und die Stirn. Er schloss die Augen und atmete ein, ertrug den Geruch von Inges Schal, weil er sich mit dem von Marie vermischte. Aber auch, weil sie ihm wenigstens etwas dagelassen hatte. Wie würde sich Gustav fühlen, wenn er von ihrer Flucht erfuhr?

Jakob riss die Augen auf. »Oh nein«, flüsterte er erstickt, »mein Opa!« Seine Schultern begannen zu zucken, Marie hielt ihn fest. Dabei weinte er nicht einmal um sich. Er hatte Marie, er bekäme ein Geschwisterchen. Gustav aber hatte nur sich und ahnte nicht einmal, dass seine Tochter das Land verlassen hatte. Jakob würgte. Wie sollte er ihm das bloß beibringen?

Maries Fingerspitzen fuhren auf seinem Rücken auf und ab. »Ich bin hier«, flüsterte sie immer und immer wieder, »alles wird gut.«

Jakob nickte. Wie jemand nickte, der wusste: gut würde

nichts mehr werden. Im Gegenteil, es würde immer nur schlimmer werden. Aber solange Marie bei ihm war, sie beide Freunde, würde er zumindest nicht in alle Einzelteile zerspringen.

Die Wiener Straßen waren eine andere Nummer als in Bratislava. Breit waren sie, herrschaftlich, mehrspurig und voller Autos, die genau wussten, wohin sie wollten. Schon wieder hupte sie jemand an, nur weil sie nicht schon bei Gelb Gas gegeben hatten. Jakob drehte sich in Richtung des Autos, das sie mit quietschenden Reifen überholte, und streckte die Zunge heraus. Gemächlich ließ er die Kupplung kommen und folgte in aller Ruhe Ruls Anweisungen. All diese eiligen Menschen, die dachten, die ganze Welt drehte sich nur um sie, konnten ihn mal gepflegt gernhaben.

Rul deutete geradeaus, er schien sich auszukennen, und Jakob lenkte Bienchen an einem – na klar – Schloss vorbei. In diesem hätten alle bisher besuchten Schlösser locker Platz. Danach folgten ein Park und ein Museum, beide trugen denselben Namen wie das Schloss, *Belvedere*, schöne Aussicht.

Sie bogen ab und ließen einige Hotels hinter sich, eins davon hieß, wie könnte es anders sein, ebenfalls *Belvedere*. Und schon zogen sie in die Einfahrt einer Tiefgarage. Das dazugehörige Gebäude schraubte sich herrschaftlich in den Himmel. Jakob bremste vor dem Schlagbaum. »Hier sollen wir richtig sein, Rul?«, entfuhr es ihm auf Deutsch. »Das Ding sieht teuer aus.«

»Teuer heißt viel Gewinn.« Breit grinsend deutete Rul nach vorn. »Wir parken dort unten und nutzen Rückeingang.«

Schulterzuckend nahm Jakob die Parkkarte in Empfang und lenkte Bienchen weiter. Blieb zu hoffen, dass Rul nicht nur eine Übernachtung *for free* aus dem Ärmel schütteln konnte, sondern auch einen Trick kannte, die Parkgebühren zu umgehen. Die hier vermutlich in etwa so teuer waren wie anderswo ein Einzelzimmer. Falls nicht, mussten sie sich morgen etwas einfallen lassen.

Jakob parkte in der hintersten Ecke auf einem Mitarbeiterstellplatz. »Ich hoffe nur, wir werden nicht abgeschleppt!«

»Nein, nein, alles part von deal.«

»Bitte?«

Miro beugte sich vor. »Rul hat einen Freund, der hier arbeitet. Der gibt ihm Bescheid, wenn es sich lohnt, vorbeizukommen und zu spielen. Und er hat einen Parkplatz. Auf dem stehen wir gerade. Und heute übernachten wir im Zimmer der Crew.«

»Im Aufenthaltsraum? Na wunderbar!« Jakob streckte sich. »Und ich habe mich schon auf eine Suite gefreut.« Zumindest das Parkproblem war gelöst.

Rul sprang aus dem Wagen. »Keine Suite«, winkte er ab. »Aber okay.« Dann verzog er nachdenklich das Gesicht. »Ich glaube. Denn wenn ich bin hier, ich schlafe natürlich nicht.«

»Natürlich.« Jakob seufzte. »Eins sage ich euch. Bevor ich die Nacht auf drei aneinandergestellten Küchenstühlen verbringe, übernachte ich in Bienchen.«

Rul strahlte. »Auch gute Idee!« Dann warf er einen Blick auf die Uhr. »Aber jetzt erst: Dinner, schick und Spiel.«

Rätselnd drehte sich Jakob zu Miro um, der hinter ihm in seinem Rucksack wühlte. »Schick und Spiel? Schickes Spiel? Worum geht es?«

»Wir gehen ins Casino, und dafür sollten wir was hermachen.« Miro zog ein zerknittertes T-Shirt hervor. »Für dich und deine Dreiteiler kein Problem. Die halten dich hier vermutlich eh alle für einen schrulligen, englischen Millionär. Ich dagegen«, kopfschüttelnd stopfte er sein zerknautschtes Kleidungsstück wieder zurück, »muss mir wohl was von Ruls Kumpel leihen.«

Miro hatte recht. Niemand bedachte Jakob mit einem zweiten Blick, als sie nur wenig später den Casinobereich betraten. Vielleicht lag das wirklich an seinem Uraltanzug, der inzwischen als teure Vintage-Mode durchgehen konnte. Vielleicht lag es an der Fliege, die Ruls Freund ihm umgebunden hatte. Oder aber an Miro, der alle Blicke auf sich zog. Ruls Geschäftspartner für lohnende Pokerspiele hatte den Jungen in den Anzug irgendeines Designers gesteckt, von dem Jakob noch nie in seinem Leben gehört hatte. Er war rostbraun, und Jakob hatte wieder etwas dazugelernt: Was früher zu Miros leuchtend roter Haarfarbe als unmögliche Kombination gegolten hätte, passte verblüffend gut zusammen. Man musste sich eben manchmal nur trauen und nicht alles glauben, was andere einem einreden wollten.

Miros ungewohnt selbstsichere, beinahe schon elegante Haltung hatte jede Wette ebenfalls etwas mit den bewundernden Seitenblicken zu tun, die ihm nicht nur einige der hier arbeitenden Croupiers zuwarfen – männlich wie weiblich. Jakob lächelte vor sich hin. Ein wenig Bewunderung konnte dem Jungen nach dieser Sahid-Sache nur guttun.

Nebeneinander schlenderten sie an den Tischen vorbei. Poker, Baccarat und Blackjack, überall blieben sie einen Moment stehen und sahen zu. Zu kurz, um die Regeln zu verstehen, lange genug, um zu beobachten, wie viel Geld binnen kürzester Zeit den Besitzer wechselte. Kein Wunder, dass Rul fand, Wien lohne sich mehr als Bratislava. In einer Nacht würde das Babyface hier mehr verdienen können, als das Restaurant in Bratislava binnen eines ganzen Monats abwarf. Doch die Betonung lag auf *würde können*.

Jakob ließ den Blick durch den Raum schweifen. »Hat Rul dir verraten, wie seine Gewinnchancen stehen?«

»Heute?«

»Nein generell. Von zehn Abenden, wie viele sind davon Volltreffer, wie viele Fehlanzeige, und wie viel muss er dafür einsetzen?«

»Habe ich nicht gefragt, aber ist Glücksspiel nicht immer… na, eben ein Glücksspiel?«

»Ja, bei Automaten vielleicht. Beim Roulette kannst du auf Nummer sicher gehen. Beim Poker allerdings«, Jakob warf einen Blick zu dem Tisch, an dem Rul sich niedergelassen hatte, »hängt sicher auch viel von deinem Gedächtnis, Training und deiner Menschenkenntnis ab.«

Miro zuckte amüsiert mit den Schultern. »Also wie im richtigen Leben.«

Jakob verzog das Gesicht. »Genau. Wie im richtigen Leben. Nur dass dir dafür niemand die Spielregeln erklärt.«

»Dann hat Rul ja vielleicht völlig recht, wenn er sich auf etwas konzentriert, das für ihn klarer ist. Was meinst du, wollen wir auch?« Miro wies mit dem Kinn auf einen der Tische weiter vorn.

»Spielen? Bist du verrückt, Junge? Dazu habe ich kein Geld.«

»Komm schon, vor nicht einmal sechs Stunden hast du dem traurigen Professor die Leviten gelesen, er solle gefälligst mal was wagen!« Und schon marschierte Miro los, holte sich Jetons, drückte die Hälfte davon Jakob in die Hand und lief auf einen Roulettetisch zu. »Wenn einer von uns auf Schwarz und der andere auf Rot setzt, kann doch eigentlich nicht viel passieren, oder?«

Unsicher stellte sich Jakob neben ihn. Er war kein Spieler. Wie sein Namensvetter aus Amerika wagte er kaum. Allerdings gewann er auch so gut wie nie. Es sei denn, man hielt Bienchen für einen Gewinn, Gustav oder sein eher unaufgeregtes Leben in Herzow. Aber Ersteres war ihm in den Schoß gefallen und Zweiteres einfach Glück ohne eigenes Zutun.

Als Miro einen gelben Chip auf das schwarze Feld vor sich platzierte, beugte Jakob sich hektisch vor. Das waren ganze zwanzig Euro, die der Junge da so locker riskierte! Davon konnten sie morgen den Eintritt ins Haus der Musik bezahlen. Und ein Abendessen! Oder zumindest den Eintritt und einen Hotdog, immerhin befanden sie sich in Wien und nicht in Bratislava. Kurz vor dem »Rien ne va plus« warf Jakob den gleichen Wert auf Rot. Gerade noch rechtzeitig.

Die Kugel rollte, Miro lehnte sich entspannt gegen den Tisch. Jakob hielt die Luft an... und stieß sie aus, als sein

Chip einkassiert wurde. Er hatte verloren, der Junge gewonnen. Aber schließlich hatte er ja auch nur gesetzt, damit sie, wäre es andersherum ausgegangen, keinen Verlust gemacht hätten. Miro ließ seine Jetons liegen, wo sie waren, jetzt schon vierzig Euro. Jakob zog hektisch nach und legte den gleichen Betrag auf Rot.

Und wieder gewann Schwarz. Und wieder ließ Miro alles liegen. Achtzig Euro. Was konnte man alles mit achtzig Euro anfangen! Abgesehen davon, dass Jakob inzwischen nur noch einen Jeton hatte. Einen blauen. Mit Blau spielte hier niemand. Vermutlich war alles unter einem Hunderter unter der Würde der Anwesenden. Jakob warf einen Blick in die gut gekleidete Runde, legte den Jeton trotzdem auf Rot und fühlte, wie seine Ohren zu glühen begannen, als ihn die Dame neben ihm amüsiert anlächelte. Sie gab sich erst gar nicht mit normalen Chips ab, ihre hatten alle Übergröße. Was sicherlich auch auf einen höheren Wert hindeutete.

»Ihr Enkel hat eine bessere Hand als Sie«, flüsterte sie ihm zu. »Vielleicht sollten Sie den letzten Jeton aufs gleiche Feld setzen wie er?«

»Wenn es mir ums Risiko ginge, hätten sie recht«, gab Jakob ebenso leise zurück. »Aber ich bemühe mich um Schadensbegrenzung.«

»Hmmm.« Sie wiegte den Kopf hin und her. »Dazu ist es schon zu spät. Denn falls Sie in der nächsten Runde gewinnen und nicht er, haben sie beide mehr Verlust als Gewinn gemacht.«

Jakob nickte grimmig. »Nichtsdestotrotz können wir den dann aufteilen und weitersetzen.«

»Um auf Sicherheit zu spielen, ich verstehe.« Sie nickte langsam. »Und täten Sie das nicht, was würden Sie wählen?«

»Bitte?«

»Wären Sie nicht als Sicherheitsoption für ihn hier«, sie lächelte Miro an, der abwartend den Croupier betrachtete, »was täten Sie?«

Jakob betrachtete ihr tailliert geschnittenes Kostüm, die Brosche am Revers, die vermutlich mehr kostete als Bienchen, die perfekt frisierten Haare und landete in ihren Augen, die ihn ehrlich interessiert betrachteten. Seufzend gestand er: »Ohne den Kleinen wäre ich gar nicht hier. Weder in Wien noch an diesem Tisch.«

»Ja, der Nachwuchs.« Sie lächelte verhalten. »Schleppt uns an Orte, die wir ohne sie nicht betreten würden. Oder aber geht, ohne uns mitzunehmen, und plötzlich sind wir allein.«

Jakob schwieg. Darauf gab es keine Antwort.

»Faites vos jeux!«, bat der Croupier, und alle setzten. Alle außer Miro, der seine Jetons liegen ließ, wo sie waren, außer Jakob, der seinen daneben platziert hatte, und außer der Dame neben ihm, die nun wissen wollte: »Haben Sie eine Glückszahl?«

»An so was glaube ich nicht.«

»Dann anders: Gibt es eine Zahl, die Ihnen etwas bedeutet?«

»Achtundsechzig?« Hatte er das wirklich laut ausgesprochen?

Sie lächelte schräg. »Und jetzt noch mal eine, die zwischen null und sechsunddreißig liegt.«

»Siebzehn.« Er war siebzehn gewesen, bevor sich alles

verändert hatte. Als für eine kurze Zeit noch alles möglich schien.

Ohne zu zögern, reichte sie dem Croupier zwei ihrer Jetons. »Den einen auf die Siebzehn«, verlangte sie, und dann: »Den andern auf Rot.« Sie zwinkerte Jakob zu. »Als Schadensbegrenzung.«

»Rien ne va plus.« Die Kugel rollte im Kreis, und Jakob wurde es vom Zusehen schwindelig. Er schloss die Augen. Hörte das Schnurren und die leisen Gespräche am Tisch. Wie Miro den Atem anhielt. Das Klackern der Kugel, dann kurze Stille.

Miro lachte auf. Offenbar hatte Schwarz schon wieder gewonnen. Neben ihm war nichts zu hören. Dann erklang der beruhigende Bariton des Croupiers, irgendwas mit vielen S-Lauten. *Noir* verstand Jakob – Schwarz.

Kühle Finger landeten auf seiner Hand. »Sie können die Augen wieder öffnen, wir haben mehr gewonnen als verloren.«

»Wir haben was?«

Und wirklich, die Kugel lag auf der Siebzehn, Miro erhielt Chips im Wert von hundertsechzig Euro, derjenige, den die Dame neben ihm auf Rot gewettet hatte, wurde eingezogen. Dafür erhielt sie etliche andere für die Siebzehn.

»Die Zahl sollten Sie sich merken«, fand sie und schob ihm einige Jetons entgegen. »Bitte sehr, Ihr Gewinn.«

»Das kann ich nicht annehmen«, sagte Jakob abwehrend.

Sie winkte ab. »Das sind nicht einmal ganz zehn Prozent. Und wenn Sie die nicht nehmen, vermache ich sie Ihrem Enkel.« Sie zwinkerte Miro zu. »Wir alle wissen, was dann passiert.«

Also stapelte Jakob die Plastikmarken aufeinander, ließ sie in seine Jacketttasche gleiten und deutete eine Verbeugung an. »In dem Fall: herzlichen Dank. Miro und ich haben noch einige Hundert Kilometer Reise vor uns. Und ich würde lügen, wenn ich behauptete, wir seien finanziell besonders gut darauf vorbereitet.«

»Wenn das so ist: Wenn du vernünftig bist, hörst du auf zu spielen, Junge!« Streng beäugte sie Miro ihr gegenüber. »Du hast jetzt viermal Glück gehabt. Fordere es nicht heraus. Nimm deinen Gewinn und lade deinen Opa zum Essen ein!«

Miro blinzelte einen Moment überrascht, dann holte er seine Jetons vom Tisch und lächelte die alte Dame an. »Sie haben recht«, fand er und stieß Jakob einen Ellenbogen in die Seite. »Was hältst du von einem Schnitzel, Opa?«

»Ich dachte schon, du fragst nie!«

Aufgekratzt verabschiedeten sie sich und verließen den Tisch. Als sie sich jedoch ihren Gewinn auszahlen ließen, wurden ihre Augen groß. Und das hatte nichts damit zu tun, dass Miro nun nicht nur ganz locker das Abendessen springen lassen konnte und eine volle Tankladung. Sondern damit, dass Jakob etwa der zehnfache Betrag von Miros Chips aufgefächert wurde. Jakob starrte auf das Geld, drehte sich um und reckte hektisch den Hals in Richtung des Roulettetischs. Doch den Platz, auf dem bis vor Kurzem die alte Dame gesessen hatte, nahm inzwischen ein blondierter Mittsechziger ein. Von ihr war nichts mehr zu sehen. Hinter ihm räusperte sich jemand ungeduldig, und Jakob verstaute die Geldscheine zittrig in der Innentasche seines Jacketts. Dann stutzte er, lief zu einer unbeobachteten Ecke und holte alles noch einmal heraus.

Miro trat neben ihn. »Alles in Ordnung?«

»Ja.« Er drückte Miro den Briefumschlag des Rechtsanwalts in die Hand. »Hältst du mal kurz?« Während Miro überrascht die Empfängeradresse und den Absender beäugte, zählte Jakob den Gewinn. Tatsächlich. »1360 Euro«, flüsterte er ehrfurchtsvoll.

Miro grinste breit. »Na, wenn das wirklich zehn Prozent sind, hat deine Glückszahl der alten Dame einen satten Gewinn von fast vierzehntausend eingespielt. Ich finde, damit hast du dir das Dankeschön echt verdient.«

Jakob starrte noch immer auf seine Hand und begann von vorn zu zählen. »Das ist es nicht.«

»Nein? Worum geht es dann?«

»Um die Ziffer.«

Miro sah ihn verwundert an. »Die Ziffer?« Er krauste die Stirn. »1360? Was ist so bedeutend daran?«

»Durch zwanzig geteilt ergibt sie achtundsechzig.« Jakob schüttelte den Kopf. Das war doch verrückt, oder?

Miro verstand natürlich noch immer nicht, was los war. »Was ist verkehrt an zwanzig?«

Aber wie sollte der Junge auch verstehen, was da eben geschehen war? Dass es hier nicht um zwanzig ging? Sondern um die Siebzehn und die Achtundsechzig und darum, dass Jakob nicht an Zahlenmythologie glaubte, aber... war das nicht doch ein wenig zu viel des Zufalls?

»Nichts.« Er schluckte. »Nichts ist seltsam an zwanzig.« Dann nahm er dem Jungen seinen ungeöffneten Brief aus der Hand und steckte ihn wieder in seine Innentasche, samt den Geldscheinen, die ihm da unvermutet in den Schoß gefallen waren. Nur weil er eine Zahl gesagt hatte, die er nicht vergaß. Weil danach alles schiefgelaufen war.

»Auf geht's, du hast mir ein Schnitzel versprochen. Und danach muss ich schlafen. Bienchen fragt sich sicher schon, wo wir bleiben.«

In der Tiefgarage des Casinos waren alle Geräusche zeitgleich wie unter Wasser und unglaublich nahe. Miro schüttelte beim Aufwachen den Kopf und sah sich gähnend um.

Jakob und er hatten am Vorabend jeder ein Schnitzel verdrückt, so dünn unter der luftigen Panade, dass Miro nicht wissen wollte, wie lange der arme Koch darauf herumgehämmert haben musste. Jakob hatte ihm angeekelt seinen Kartoffelsalat überlassen und ein kleines Bier getrunken wie andere einen exquisiten Wein: Schlückchen für Schlückchen. Was zu dem genervten Gesichtsausdruck ihres Kellners beigetragen haben mochte. Während alle anderen Besucher des schicken Biergartens ein Getränk nach dem anderen bestellt hatten und immer lustiger geworden waren, hatten sie beide in einvernehmlichem Schweigen ihr Abendessen genossen, kaum etwas nachbestellt, sondern stattdessen auf den Donaukanal geblickt, der kaum Wasser führte. Als sie schließlich gegangen waren, hatte Miro wie versprochen gezahlt und ein Extratrinkgeld dagelassen. Fast war es ihm peinlich, mit wie wenig sie zufrieden gewesen waren.

Einen Moment hatte er darüber nachgedacht, noch einmal in das Aufenthaltszimmer der Crew zu gehen. Eine der Croupière hatte eine wunderbar scharfe Zunge, ein ansteckendes Lachen und, wie sie ihm mit einem Zwinkern mitgeteilt hatte, gegen Mitternacht Feierabend gehabt. Dann jedoch war Jakob mit dem Herrichten der Betten fertig geworden, Miro hatte an Sahid und Edina denken müssen und die Matratze unglaublich verlockend ausgesehen.

Vage erinnerte er sich noch, dass er von seiner Großmutter geträumt hatte, auf Krücken gestützt, kam sie nur langsam voran, und das schien ihr nicht zu behagen. Edi und Sahid waren ebenfalls zu sehen gewesen, kleine Gestalten am Horizont, so weit weg, dass Miro nicht sagen konnte, ob sie sich überhaupt bewegten. Dann war Jakob aufgetaucht, hatte Kaffeepulver in Bienchens Tank gelöffelt und »Auf geht's, Lulatsch!« gesagt.

Während er nun also an einer Tasse viel zu scharf riechendem Auflöskaffee schnupperte, rätselte Miro, was ihm sein Unterbewusstsein damit wohl sagen wollte. Vielleicht so was wie: Schieb deinen Hintern gefälligst nach Zagreb?

Nur gut, dass es heute weiterging.

Blinzelnd hielt er die dampfende Tasse unter seine Nase und atmete tief ein. Der Geruch konnte Tote wecken, trinken war völlig unnötig. Von Jakob war nichts zu sehen. Dafür rumpelte es in der klitzekleinen Nasszelle, heute ohne fließendes Wasser. Was für ein Unterschied zu Prag und dem Luxusbadezimmer! Miro entsorgte den Zombiekaffee unter dem Bus und schlüpfte in die Kleider von gestern. Duschen konnten sie in Zagreb. Er hatte ihnen übers Netz ein Hotel in der Nähe des Dolac-Marktes herausgesucht und zwei Einzelzimmer reserviert. Dank des gestrigen Abends waren sie nun schließlich nicht mehr knapp bei Kasse. Und von dort fuhren alle wichtigen Straßenbahnen ab. Von dort aus erreichten sie alles.

Wie immer voll im Trend mit seinem Vintage-Dreiteiler trat Jakob neben ihn. Man musste eben nur einen richtig langen Atem haben, dann wurde alles wieder modern. »Bist du so weit, Junge?«

»Kommen wir auf dem Weg zum Haus der Musik irgendwo vorbei, wo es einen Coffee to go gibt?«

Jakob krauste die Nase. »Wir brauchen nicht mehr als zehn Minuten zu Fuß, aber sicherlich finden wir irgendwo überteuerte, übersüßte Plörre in einem Pappbecher für dich.«

Miro schulterte seine Tasche und sprang aus dem Bus. »Übersüßte ...«, wunderte er sich, »ist das ein real existierendes Wort?«

»Für mich ist es das – real existierend! Und«, nun grinste Jakob breit, »wenn ich eins gelernt habe, dann: Du musst Wörter nur oft genug wiederholen oder in eine Zeitung setzen, schon werden sie wahr und Allgemeingut.«

Miro seufzte. Der Morgen war zu frisch und er zu müde, um sich in Metatexten zu unterhalten. Also lief er gähnend voraus, die steile Einfahrt hinauf, wo echtes Licht, echte Luft und echte Geräusche zu finden waren. Und – hoffentlich – echter Kaffee.

Jakob behielt recht: Sie brauchten trotz des kleinen Zwischenstopps für einen Cappuccino nicht mehr als zehn Minuten zum Haus der Musik. Um diese Uhrzeit waren außer ihnen kaum Besucher da, und sie betraten als Einzige die Treppe in den ersten Stock. Sie war abwechselnd mit weißem und schwarzem PVC belegt, und je nachdem, auf welche Stufe man trat, fabrizierte sie unterschiedliche Töne: zwei Oktaven hoch, zwei Oktaven hinab.

Miro hatte davon gelesen. Irgendwo hatten findige Menschen in einem U-Bahn-Eingang so etwas angebracht, um die faulen Fahrgäste wenigstens zu einem bisschen Sport zu animieren. Er und Jakob waren bei dem ersten Ton erschrocken zusammengezuckt. Jetzt liefen sie hin und her wie begeisterte Grundschüler und versuchten, etwas zumindest ansatzweise Melodiöses hervorzubringen.

»Wie wäre es mit *An der schönen blauen Donau*?« Jakob trat auf einige Stufen, verbesserte sich, begann von vorn, zählte und nahm eine Treppenstufe weit unter sich ins Visier, als wollte er springen.

Miro schnappte seinen Arm. »Willst du dir den Hals brechen? Vielleicht sollten wir nicht gleich mit der Kür beginnen.« Er zog Jakob immer eine Stufe nach der anderen nehmend hinter sich her, nur hier und da hüpfte er in die Höhe, sprang nur wenig zurück und lief wieder herunter.

Jakob schüttelte amüsiert den Kopf. »Ist das dein Ernst? *Alle meine Entchen*? Ich dachte, du willst Profi werden?!«

»Erika sagt immer: Wenn du etwas das erste Mal machst, dann suche dir dafür etwas aus, das du kennst.«

Jakob trat auf die nächste Stufe. »Oder jemanden.«

»Was?«

»Jemanden.« Er stieg die Treppe hinauf. »Falls du ein Duett bist.« Und wieder hinunter.

Miro musste lachen. »Genau.« Er lief Jakob hinterher. *Alle meine Entchen* hatte er oft gespielt: Auf dem Kazoo, das er immer bei sich trug, auf dem Theremin, auf den Keybordtasten oder mit seinem ersten Synthieprogramm. Als Kanon zum Treten hatte er es allerdings noch nie probiert. Gerade erscholl der letzte Ton durch das Treppenhaus, als eine Schulklasse hinzustürmte. Begeistert hüpften die Schüler hin und her, sprangen vor und zurück, schrien und sangen dabei aus vollen Hälsen, und keine einzige Melodie war mehr möglich. Musste es auch nicht. Ihr Spaß zählte doppelt.

Miro und Jakob verzogen sich in den ersten Stock.

Jakob verstand zum Glück schnell, dass Miro die Ausstellung über die Wiener Philharmoniker eher langweite: Gastdirigenten, Faschingsbälle, Neujahrskonzerte interessierten ihn kaum. Hatte Rul nicht etwas von moderner Musik gesagt? Als sie eine Museumsmitarbeiterin auch noch enthusiastisch auf einen Kinosaal mit Extraausstattung hinwies, in dem irgendwelche Uraltaufnahmen längst vergessener Neujahrskonzerte zu sehen und zu hören waren, schüttelte sich Miro.

Jakob grinste. »Machen wir es so wie das letzte Mal und treffen uns in zwei Stunden am Eingang?«

Zwei Stunden? Wenn alles hier so aussah, würde Miro nicht einmal eine brauchen. Aber vielleicht dauerten diese Konzertaufnahmen ja so lange – Jakob jedenfalls schien es eilig zu haben, sich in den abgedunkelten Kinoraum zu verziehen. Also nickte Miro ihm zu und drehte sich um. Vielleicht war das für Jakob ja so etwas wie Miros und Erikas Neujahrstradition gewesen? Etwas, das ihn nun an eine Zeit erinnerte, als nichts schiefgehen konnte.

Erika und Miro hatten an Silvester immer *Dinner for one* gesehen. Als Miro begonnen hatte, am letzen Abend des Jahres mit seinen Freunden und Edina auszugehen, hatte Erika die DVD besorgt, und sie hatten *ihre* Tradition einfach ein bisschen nach vorn verlegt. Oder nach hinten.

Langsam schlenderte er weiter. Informationstafeln, Zeitstrahlen, Dirigenten und Musiker – lauter Männer. Hm.

Im nächsten Stock wurde es interessanter. Ganze Räume waren jeweils einem Komponisten gewidmet, Teppiche und Wände passend gestaltet, und überall gab es etwas auszuprobieren. In Mozarts Zimmer tippte Miro seinen Namen auf einem Computer ein, und das Programm verwandelte die Buchstaben in Töne. Miros Namens-Tonstück würde allerdings so schnell kein Chartbreaker. Dabei hatte Mozart sogar eine Methode entwickelt, wie allzu schräge Kombinationen mit leichten Veränderungen ansatzweise melodiös klangen.

Ein paar Räume weiter blieb Miro überrascht stehen: Auf einer großen Leinwand nahm ein plauderndes Orchester seine Plätze ein. Schon wieder ein Neujahrskonzert? Nein. Fragend blickten die Musiker aus dem Bild auf jenen Punkt, an dem eigentlich ihr Dirigent stehen musste. Dort drückte ein kleines Mädchen auf einige Knöpfe, wählte ein Musikstück aus und griff nach dem hier liegenden Dirigentenstab. Ob das so etwas war wie ein Spiel für die Play Station? *Dirigent Hero*? Interessiert trat Miro näher, als die Kleine den Stab hob und die Musiker ihre Instrumente stimmten.

Weiter kam sie nicht: Ein Junge drängte die Kleine von ihrem Platz, entwendete ihr den Taktstock und schwang ihn im weiten Bogen herum. Das Musikstück begann. Noch nie hatte Miro eine so gute Echtzeitsimulation gesehen. Auf jede kleine Bewegung des Jungen reagierten die virtuellen Musiker. Für Miros Ohren ein Mü zu langsam. Er lächelte. Ein Mü. Dann fiel sein Blick auf das kleine Mädchen. Ihre Finger zuckten, aber sie machte keine Anstalten, etwas zu sagen oder den Dirigentenstab zurückzuverlangen. Mit hängenden Schultern stand sie schräg hinter dem Dirigentenpult.

Er ging neben ihr in die Hocke. »Wollen wir trotzdem mitmachen?« Miro hob beide Hände und begann zu dirigieren. Sie kicherte leise und tat es ihm nach.

Vor ihnen geriet das Orchester in Schräglage, der Junge hielt den Takt nicht ein. Oder aber er wusste nicht, welcher Takt der richtige war, und probierte einfach alle durch?

Miro stupste die Kleine an. »Da wären wir beide aber besser, was?«

Sie beugte sich zu ihm. »Ich kann kein richtiges Instrument«, flüsterte sie, »ich bin zu dumm, sagt Robert.«

»Und wer ist dieser blöde Robert?«, flüsterte Miro zurück.

Sie deutete mit dem Kinn auf den kleinen Dirigenten vor ihnen. »Mein Bruder. Er ist auf der Musikschule. Er spielt Klavier, Gitarre und Violine.« Sie seufzte tief. »Und Noten lesen kann er auch.«

Robert verlor langsam die Kontrolle über sein Orchester. Die Melodie klang verhackstückt, Miro kannte sie, allerdings machten es ihm die unsymmetrischen Bewegungen des kleinen Dirigenten schier unmöglich herauszufinden, woher.

»Soll ich dir ein Geheimnis verraten?« Mit großen Augen nickte das Mädchen. »Du musst keine Noten lesen können, um ein Instrument zu spielen.«

»Ehrlich?«

»Na ja, irgendwann solltest du es dir schon beibringen, das macht vieles leichter. Aber erst mal geht es auch so. Probier es doch einfach mal aus.«

Das Näschen gekraust, sah sie ihn an. »Mit was?«

»Vielleicht nicht unbedingt gleich mit Violine oder Trompete, vielleicht mit... Warte, ich habe eine Idee!«

Während Robert langsam wütend wurde, fuchtelte und fluchte, fischte Miro sein Kazoo aus der Umhängetasche und hielt es ihr hin. »Schenke ich dir.«

Begeistert drehte sie das Holzinstrument herum. Und bevor Miro ihr erklären konnte, wie es funktionierte, hatte sie auch schon das Mundstück erkannt, blies und summte und brachte die Membran zum Schwingen.

Während die virtuellen Musiker ihre Instrumente sinken ließen, um ihren Dirigenten mit zweifelndem Kopfschütteln anzublicken, schwebte der Rest des Stückes auf dem Kazoo völlig klar und im richtigen Tempo durch den Raum. Ha, jetzt erkannte Miro es: Mozarts *kleine Nachtmusik*!

Robert drehte sich um und staunte seine kleine Schwester an, ohne sie zu unterbrechen. Zufrieden lief Miro weiter.

Der nächste Saal war abgedunkelt. Verwundert blieb er stehen. Aus sämtlichen Wänden ragten Rohre mit Trichtern hervor, dazwischen waren Einkerbungen, mit Metall ausgeschlagen und groß genug, dass man den Kopf hineinstecken konnte. Hier und da baumelten kleinere Lautsprecher und Ohrenstöpsel von der Decke. Und von überall her erschollen gedämpft unterschiedliche Geräusche. Wo war er denn jetzt gelandet?

40

Miro lauschte: Regenplätschern, Sturmwind, Meeresrauschen. Nur wenige Schritte weiter Auspuffknattern, Husten, Schluckauf, Grillenzirpen.

Am besten gefielen ihm die Stadtimpressionen, die aus den in den Wänden eingelassenen Trichtern ertönten: New York, Tokyo, Berlin, London. Jede Stadt hatte einen anderen Rhythmus, eine andere Klangfarbe, eine andere Sprache.

Von außen musste es sicher ein amüsantes Bild sein, wie hier Menschen bis zur Schulter in den Wänden verschwanden, sich einen oder mehrere der Trichter an die Ohren hielten und konzentriert die Augen schlossen. Kinder liefen aufgeregt herum und wiesen sich auf die besten Töne hin. Ganz oben auf ihrer Hitliste standen Körpergeräusche: Niesen, Rülpsen, Pupsen. Aber es gab auch Ausnahmen. Neben Miro lauschte ein Dreikäsehoch hingerissen und rief nach seinen Eltern: »Mama, Papa! Hier ist ein Besuch bei Oma und Opa!«

Kaum war die Familie weitergezogen, nahm Miro den Platz des Kleinen ein und legte das Ohr an den Trichter. Muhen war zu hören, Pferdegewieher, Hühnergackern und etwas Ratterndes, vielleicht ein Traktor. Wind strich durch raschelndes Laub, und von weither schlug eine Kirchenglocke. *Bauernhof am Rande des Dorfes* stand auf dem Schild daneben. Und plötzlich klemmte etwas in Miros Kehle.

Ein Besuch bei Oma und Opa. Wie würde sich seine Version davon anhören? Nur halb? Das Kläppern eines Schneebesens gehörte natürlich dazu, tiefes Einatmen, weil der frisch gebackene Kuchen so gut roch. Erikas Stimme, morgens früh: *Miro? Bist du wach?* Das Ticken der Eieruhr in Form einer Tomate, die Miro Erika zu seinem achten Geburtstag geschenkt hatte. Noch eine ihrer ganz eigenen Traditionen: sich gegenseitig zu ihren und zu Stefanies Geburtstagen zu beschenken. Wunderbar ausgeglichen über das Jahr verteilt: März für Miro, August für Stefanie, November für Erika.

Seine Großmutter und er hatten sich ihre Traditionen selbst gemacht. Zu zweit. Und das reichte völlig aus.

Er ballte die Fäuste und lief weiter, drängte sich durch die Besucher. Er musste hier raus! Ob Jakob noch immer in dem Kinosaal saß und ein Konzert hörte, das ein wunderbares, neues Jahr hatte einläuten sollen? So richtig prima schien es für ihn nicht gelaufen zu sein, bisher. *Ich habe keine Termine und könnte dich begleiten, wenn du willst* hieß ja wohl nichts anderes als: *Es gibt niemanden, der auf mich wartet.* Miro hatte nicht den Eindruck, als hätte Jakob es eilig, irgendwohin zurückzukehren. Kein Zuhause, keine Familie und keine Marie, die ihn offenbar genauso wenig losließ wie Erika dieser Stjepan.

Der kleine Gang vor ihm führte in ein dunkles Zimmer. Kaum war er durch die Türöffnung getreten, legte sich spürbare Lautlosigkeit um ihn. Doch halt, so lautlos war es gar nicht. Leise drangen Geräusche aus der Mitte, wo eine gewölbte Halbkugel aus dem Boden zu wachsen schien. Das sanfte Licht, das sie ausstrahlte, wechselte von einem bläulichen Schimmer zu warmem Sonnengelb. Leises Lachen war zu hören. Zärtlich gegurrte Worte. Ein beruhigendes Doppel-Schlagen, das nur leicht den Rhythmus wechselte: ein Herz, zwei? Miro fühlte sich wie ein Eindringling, als er näher schlich. Nun war ganz zart ein leises Brummen zu hören, Musikfetzen, ein Windhauch. Als kämen Außengeräusche von weit her. Er ließ sich neben der Installation auf den weichen Teppich sinken und legte die Handfläche darauf. Fast erwartete er, dass sich damit etwas änderte, er Herzschläge unter den Fingerkuppen spüren konnte.

Die Geräusche verebbten, es wurde Nacht. Dann ein Kussgeräusch und eine Stimme: *Schlaf gut, Kleines, es dauert nicht mehr lange.*

Miro zog die Hand zurück, als hätte er sich verbrannt. Er beugte sich über die Informationstafel und schluckte. Wie ein ungeborenes Kind Geräusche wahrnahm, sollte hier simuliert werden. Was für eine unglaubliche Idee. So also hatte es sich für ihn angehört? Für Erika und seine Mutter? Oder gab es Unterschiede, je nachdem, in welchem Monat man geboren wurde? Sicherlich mussten sich erst Trommelfelle entwickeln, oder? Klang ein Sommer anders als ein Winter? Ein November anders als ein März oder August?

Und plötzlich traf es ihn mit voller Wucht. Weshalb hatte er das nicht gleich begriffen? Dabei war es so deutlich! Etwas über sieben Monate nachdem Erika aus Triest zurückgekommen war, acht Monate nachdem Stjepan nicht zu ihrer Verabredung in Triest aufgetaucht war, war seine Mutter geboren worden. Stefanie.

Stjepan – Stefanie. Neun Monate.

Zitternd sprang Miro auf. Er war nicht nur einfach auf der Suche nach Erikas verschollenem Geliebten! Was sollte er tun? Was sollte er nur tun, wenn er ihn nicht fand? Was…

Eine Hand legte sich sanft auf seine Schulter. Es war

Jakob. »Miro? Was ist los? Du siehst aus, als hätte dich etwas erschreckt.«

Fahrig begann er zu nicken, konnte kaum mehr damit aufhören, dann ließ er sich gegen die Wand sinken. »Wir müssen weiter. So schnell wie möglich! Ich glaube… Ich glaube Stjepan ist mein Großvater.«

Jakob drückte aufs Gas. Er hatte Miro vorgeschlagen, die Autobahn zu nehmen, doch was sie eigentlich bräuchten, war ein Flugzeug. Oder einen anderen Wagen. Auch das hatte er Miro ans Herz gelegt: dass der Junge, wenn er trampte, vielleicht ein Vehikel fand, das schneller war als Bienchen.

Doch Miro hatte ihn nur mit leerem Blick angesehen, den Kopf geschüttelt und gemurmelt: »Ich weiß nicht, ob ich das allein durchstehe.«

Seitdem saß er mit verknoteten Beinen auf dem Beifahrersitz, raufte sich die Locken und durchforstete Erikas Fotoalbum. Seine Haltung wirkte nicht besonders bequem, eher als krümme er seine ganze lange Gestalt um einen Mittelpunkt, den es zu beschützen galt. Ob dieser jedoch irgendwo in Herznähe saß oder doch im Magen, konnte Jakob nicht ausmachen.

Sie ließen den Grenzübergang nach Ungarn hinter sich. So schnell war das gegangen, so abgelenkt war Jakob gewesen, er hatte nicht einmal Zeit gehabt, sich dabei unwohl zu fühlen.

Frau Gookeley hatte ihnen diese Route wegen eines Unfalls auf der A2 vorgeschlagen. Normalerweise dauerte sie etwa eine halbe Stunde länger, heute nicht. Heute war ein Tag für Landstraßen. Jakob schaltete einen Gang runter, als vor ihnen ein Traktor auf die Straße bog, und schnipste genervt ein paar letzte Kekskrümel von den Polstern. Irgendwann gestern oder heute musste der Junge sie ausgeschüttelt haben.

Der Treckerfahrer vor ihnen schien zu telefonieren. Oder er wollte sie ärgern. Immer wieder schwenkte er auf die linke Seite – unmöglich, ihn zu überholen. Was für ein Depp! Jakob legte den Unterarm auf die Hupe und ließ ihn da, bis das Ackergerät endlich so weit rechts fuhr, dass er vorbeibrausen konnte. Der Fahrer schüttelte wütend die Faust.

»Ja, ja, du mich auch!«

»Was?« Miro sah erschrocken von einem Foto auf.

»Nichts von Belang, Kleiner. Wonach suchst du?«

»Keine Ahnung. Nach irgendwas, das ich bisher übersehen habe?« Miro klang erschöpft. Kein Wunder. »Ich habe mir sämtliche Beschriftungen auf den Rückseiten der Bilder vorgenommen. Aber nichts.« Er hielt eins der Fotos hoch, das mit dem Dornröschenfilm im Kino. »Stjepan und Erika vor dem Kino, 1971«, las er vor und zog das an der Auto-Rennstrecke heraus. »Stjepan und Erika, La Trieste Opicina, 1971.« Er ließ den Kopf hängen. »Sieht aus, als wäre er immer zu ihr gekommen. Das hilft mir nicht weiter.«

»Deine beste Chance ist die Universität von Zagreb, an der er studiert hat«, machte Jakob ihm Mut und lehnte sich erneut auf die Hupe. Schon wieder wollte da ein Traktor auf die Straße biegen. Aber nicht mit ihm! Der hatte zu warten.

»Das machen wir als Allererstes. Wir rufen da an, erbitten einen Termin bei der… Studentenvertretung, oder wer dafür auch immer zuständig ist, und erklären ihnen, dass wir ihre Unterlagen aus dem Jahr 1970 und 1971 einsehen müssen.« Dann bekam er einen Schreck. »Du hast doch Stjepans vollen Namen?«

»Ja…« Miro drehte das Album um und schlug die letzte Seite auf. Hier klebte ein gelber Notizzettel mit ein paar Worten in krakeliger Handschrift. »Stjepan… *Šivko…, nein Šišković*, Agronomski fakultet Zagreb.« Miro atmete tief durch und schnappte sich sein Tablet. »Ich schreibe dem Institut der Agrarwissenschaften eine Mail. Vielleicht antworten sie ja schnell? Oder ich tauche einfach persönlich auf.«

Guter Plan. Jakob nickte. Auge in Auge ließen sich Wartezeiten womöglich abkürzen. »Vielleicht«, er zwinkerte Miro zu, »solltest du dir dazu einen rostbraunen Anzug zulegen. Darin konnte dir gestern niemand widerstehen.«

Miro winkte ab, doch seine Ohren wurden rot. Mit Komplimenten konnte er wohl nicht gut umgehen. »Wer von uns beiden hat eine Dame dazu gebracht, auf seine Lieblingszahl zu setzen?«, widersprach er und tippte konzentriert.

Jakob schnaubte. »Für ihre Telefonnummer hat die Begeisterung dann doch nicht gereicht.«

»Oh?«, Miro klickte auf Senden, schloss sein Mailprogramm und drehte sich zu ihm. »Wolltest du sie haben?«

»Nein. Ich bin zu alt für so was.«

Miro lachte auf. »Zu alt für die Liebe? Das klingt nach einem ganz, ganz schlechten Songtext, alter Mann.«

Jakob zwang sich zu einem Lächeln. Er war froh, dass er

den Kleinen aufgeheitert hatte. Aber die Wahrheit war: Er war nicht zu alt für die Liebe, er kam nicht über sie hinweg.

Er hoffte, sie würden Stjepan finden. Für Miros Großmutter, aber auch für Miro. Und er hoffte, dass dieser einen guten Grund gehabt hatte, seine Verabredung mit Erika platzen zu lassen. Einen, der mit Schicksal zu tun hatte und nicht mit Feigheit oder dass er das Kind, Miros Mutter, nicht hatte haben wollen.

Und falls sich Letzteres herausstellen sollte und der Kerl nicht einmal versucht hatte, Erika und seine Tochter wiederzufinden ... ja, dann musste Jakob ihm leider eine verpassen!

BERLIN FRIEDRICHSHAIN, WEIHNACHTSZEIT 1960

Jakob bewunderte die Tanne im Wohnzimmer.

Maries Eltern hatten dieses Jahr keinen Weihnachtsbaum. Keine dünnen Kerzen, die in Blechklammern an den Zweigen steckten, Holzengel, die davon herabhingen. Wo lagen bei ihnen wohl die Geschenke?

Er beäugte die verschnürten Päckchen auf ihren breiten Holzdielen und hoffte, dass in einem davon eine Spielzeug-Eisenbahn steckte. Oder ein Auto. Am allerliebsten hätte er ja ein Haustier, aber seine Eltern hatten gleich nach dem Umzug in die Stadt erklärt, dass das hier keine gute Idee war. Vielleicht würde Opa Gustav ihm eins schenken? Ein Kaninchen oder eine Katze, die bei ihm wohnen und die Jakob besuchen konnte?

In nicht einmal mehr vierundzwanzig Stunden wüsste er mehr. Bis dahin war Familienzeit. Dreihundertdreiundsechzig Tage im Jahr bedeutete das, Jakobs Eltern kontrollierten gemeinsam seine Schulaufgaben oder machten mit ihm einen Wochenendausflug. Zu Weihnachten aber wurde Opa vom Bahnhof abgeholt, Tante Inge kam dazu, und damit begann für zwei Tage sehr viel wunderbarere Einmal-im-Jahr-Familienzeit.

Diesmal allerdings benahmen sich die Erwachsenen irgendwie komisch.

Alles hatte damit angefangen, dass Opa Gustav erzählt hatte, wie er gestern mit Tante Inge in Westberlin gewesen war. »Noch ein paar letzte Geschenke besorgen.« Dabei hatte er Jakob zugezwinkert.

Jakobs Vater hatte sich kerzengerade aufgerichtet, und Jakob wusste, was das bedeutete: Eine Regel war übertreten worden. Jemand hatte etwas falsch gemacht. Er nahm an, das lag an West-Berlin. Schon seit Wochen versuchte sein Vater Inge davon zu überzeugen, ihre Arbeit dort im Krankenhaus aufzugeben und sich hier etwas zu suchen. Jakob fand das eine gute Idee. Inge müsste nicht mehr so lange Wege zurücklegen, hätte mehr Zeit für ihn, und er könnte öfters bei ihr sein. Und bei Marie.

Doch bisher hatte Inge immer nur genickt und gesagt: »Hmmm, das ist eine Möglichkeit.« Was so viel bedeutete, dass sie blieb, wo sie war, aber nicht widersprechen wollte. Das verstand Jakob gut. Seinem Vater widersprach man nicht.

Denn seine Meinung war nicht nur einfach die eines einzelnen Mannes. Sie war... wie hatte er neulich gesagt... ah, ja: Weltanschauung. Das bedeutete, seine Meinung war für alle das Beste.

Die seltsame Stimmung war geblieben, Jakob hatte den Kartoffelsalat und die Würstchen auf seinem Teller hin und her geschoben und reihum in die Gesichter geblickt.

Gustav hatte Lustiges aus Herzow berichtet, von streunenden Katzen und den Hühnern der Nachbarn. Von einer alten Dame, die neulich ausgestiegen war, völlig davon überzeugt, ihr gehöre nicht nur der Bahnhof und die ganze Reichsbahn, sondern auch Gustav.

Nur Jakob und Tante Inge hatten gelacht und Nachfragen gestellt. Seine Mutter hatte sich zurückgezogen, um den Nachtisch vorzubereiten, eine Hand schützend auf den Bauch gelegt.

Sein Vater würdigte Tante Inge und Opa Gustav nicht eines einzigen Blickes. Dafür beobachtete er Jakob umso mehr. »Hör endlich auf, mit dem Essen zu spielen. Du stehst erst auf, wenn der Teller leer ist!« Damit hatte er Jakob noch eine weitere Kelle Kartoffelsalat aufgetan.

Irgendwann hatten sich alle in den Wohnbereich gesetzt. Alle außer Jakob, dem die Kartoffelscheiben im Mund aufquollen. Da half nicht einmal die selbst gemachte Mayonnaise seiner Mutter. Seine Kehle krampfte bei jedem Schluckversuch. Vorsichtig schob er sich die nächste Gabel in den Mund und verschloss die Nase. »Wer nicht riecht, der schmeckt auch nicht«, hatte Marie gesagt und mit diesem Trick sogar, ohne zu schaudern, eingelegte Steckrübenscheiben verdrückt. Jakob ballte die Hände zu Fäusten – jetzt nicht atmen, nicht würgen, schön kauen und... schlucken.

Opa Gustav warf ihm einen mitleidigen Blick zu. »Ernst, meinst du nicht, es reicht langsam?«

»Ja, schau doch nur, wie er kämpft. Außerdem hat er sich seinen Teller ja gar nicht selbst gefüllt!« Auch Tante Inge drehte sich zu ihm. Ihren Gesichtsausdruck konnte Jakob nicht ganz deuten; fast sah sie aus, als hätte sie ein schlechtes Gewissen. Dabei konnte sie schließlich nichts dafür.

Jakobs Vater schenkte sich Bier nach. Nur bis zur Hälfte des Glases. »Meinen Sohn erziehe ich.«

Jakob sah erstaunt hoch. Meinen Sohn? So nannte er ihn nicht oft. Er zwang den nächsten Mund voll herunter. Noch zwei Gabeln, vielleicht eine, wenn er sie richtig, richtig vollstapelte.

Inge beugte sich vor. »Ja. Das. Ich muss mit euch reden.«

Zwei kühle Hände landeten auf Jakobs Schultern.

»Nicht jetzt!«, erklärte seine Mutter fest, und alle hoben die Köpfe. Jakobs Mutter mischte sich nur selten ein. Tagsüber waren Jakob und sie zufrieden, nur sich zu haben. Abends, wenn Ernst da war, blieb sie meist still. Und wenn Inge oder Gustav zu Besuch kamen, zog sie sich oft zurück an den Küchentisch und korrigierte die Hausaufgaben ihrer Schüler.

Nun aber beugte sie sich vor. »Gut gemacht, Jakob«, flüsterte sie dicht neben seinem Ohr. »Das reicht. Ich trage den Teller ab, und du machst dich bettfertig, ja? Immerhin ist morgen Weihnachten.«

Das ließ er sich nicht zweimal sagen! Eilig machte er die Runde, um sich zu verabschieden, und rannte dann in sein

Zimmer. Doch sein Bauch hörte nicht auf zu drücken. Träge schoben sich die Kartoffeln darin hin und her, stapelten sich aufeinander, ein Kartoffelturm, ein ekliger Kartoffel-Mayonnaise-Matsch-Turm.

Und dann reichte er bis zu Jakobs Kehle, er musste würgen. Gerade noch rechtzeitig schaffte er es ins Badezimmer, darum bemüht, so leise wie möglich zu sein. Was da aus ihm herauskam, hatte mit Kartoffeln nichts mehr zu tun. Aber der Geschmack nach Mayonnaise ließ ihn weiterwürgen, bis nichts mehr übrig war, nur noch Luft und Magensäure. Er betätigte die Spülung und blieb zittrig auf dem Badvorleger sitzen. Nach seiner Mutter rufen wollte er nicht. Was, wenn sein Vater mitbekam, dass er alles erbrochen hatte? Würde er ihm dann die gleiche Portion noch einmal vorsetzen? Vorsichtig zog er sich am Spülbecken hoch. Das Kranwasser war gut und vertrieb den schlimmsten Geschmack. Er spülte den Mund aus, zog die Tür auf und schlich in Richtung seines Zimmers.

Aus dem Wohnzimmer hörte er die betont ruhige Stimme seines Vaters. »Da gibt es nichts rückgängig zu machen, Inge. Wir haben eine Abmachung!«

Jakob blinzelte überrascht.

»Ernst, jetzt hör sie doch erst einmal an.« Opa Gustav war wie immer ruhig und besonnen. »Vielleicht finden wir ja einen Mittelweg.«

Jakob trat näher.

»Wie soll das denn gehen?«, hörte er seine Mutter, sanft wie immer, durch die angelehnte Tür. »Du bist mehr als die Hälfte des Tages überhaupt nicht zu Hause, Inge.«

»Eben!« Ernst lachte freudlos. »Du als … Grenzgängerin!«

Er spuckte das Wort förmlich aus. »Was für ein Vorbild wärst du für ein leicht zu beeinflussendes Kind?«

Tante Inge seufzte. »Das lässt sich ja ändern.«

»Und dein ... Freund, der Ami, lässt sich der auch ändern?«

Einen Moment war Ruhe, dann räusperte sich Inge. »Ja, wenn das eure Bedingungen sind. Ich dachte ... jetzt, da Karoline und du ... da ihr ...«

»Stopp! Kein Wort mehr!« Jakobs Vater klang wütend. Die folgende Stille schien zu vibrieren – oder war das Brummen nur in Jakobs Ohren? Worum ging es hier?

Er schüttelte heftig den Kopf, doch klarer wurde nichts. Außer Ernsts Stimme: »Dieses Gespräch ist zu Ende. Will außer mir noch jemand etwas trinken?« Jakobs Vater stand auf, und Jakob raste in sein Zimmer, schloss eilig die Tür hinter sich. Die Wände rauschten auf ihn zu und ließen wenig Raum zum Atmen. Wieso war ihm bisher noch nicht aufgefallen, dass ihre gelbliche Farbe genauso aussah wie Kartoffelsalat.

43

Miro verdrehte die Augen. Ein langer Autokonvoi blockierte die Straße vor ihnen und schob sich nur schrittweise voran. Jakobs genervtes Hupen wurde mit fröhlichem Winken quittiert. Wenn das so weiterging, konnten sie froh sein, heute überhaupt noch in Zagreb einzutreffen. Vermutlich wären sie schneller gewesen, hätten sie die Totalsperrung auf der A2 von

Wien nach Kroatien ausgesessen. Mit einem Seufzen reihte Jakob Bienchen hinter den mehr als zwanzig Fahrzeugen vor ihnen ein und schaltete in den zweiten Gang. »Keine Ahnung, was die hier machen, Junge, sieht mir aber verdammt nach einem Umzug aus.«

Miro rollte das Beifahrerfenster herunter. »Dann wollen wir mal hoffen, dass sie schnell dort ankommen, wo sie hinwollen.« Er reckte den Hals und besah sich die Insassen direkt vor ihnen. »Schick gemacht haben die sich! Vielleicht ist heute irgendein ungarischer Feiertag, von dem wir nichts wissen?«

»Solange wir feststecken, kannst du ja mal nachsehen.« Jakob wies auf das Tablet. »Damit steht dir doch die ganze Welt der Information offen.«

Miro rief die Suchmaske auf und checkte ungarische Feiertage für den heutigen Tag. Nichts. Was allerdings als Ergebnislink weiter unten aufploppte, war ein kroatischer: *Dan pobjede i domovinske zahvalnosti* – der Tag des Sieges und der heimatlichen Dankbarkeit. Miro klickte weiter. *Heimatliche Dankbarkeit* klang für ihn irgendwie seltsam und äußerst verzwickt formuliert. Als hätten sich die Bezeichnung ein paar Politiker ausgedacht und dann der Bevölkerung geschenkt, ob sie diese haben wollten oder nicht. Aber vielleicht kam ihm das auch nur wegen der Gespräche mit Ana und ihren Freunden so vor.

»Und?«, gähnend lenkte Jakob Bienchen weiter. »Irgendwas?«

»Nein, nicht für Ungarn, aber ...«

Er wurde unterbrochen von Jakobs Lachen. Mit einer Hand wies er vor sich. Nun fuhren die Autos vor ihnen einen kleinen Hügel hinauf, auch der erste Wagen war zu sehen. »Ich glaube, ich weiß, was das ist. Schau mal!«

Der vorderste Wagen war mit Abstand der größte und schickste. Und Miro bemerkte die Schleifen an Spiegeln und Antennen. »Eine Hochzeit!«

»Genau.«

»Puh, na dann!« Er ließ sich auf den Beifahrersitz zurücksinken.

»Heißt was genau?«

»Dann sollten wir sie nicht hetzen. Ist schließlich der schönste Tag im Leben von ... irgendwem und irgendwem.«

Jakob warf ihm einen nachdenklichen Blick zu und räusperte sich. »Irgendwem und irgendwem«, wiederholte er vielsagend. »Das glaube ich kaum. Nicht hier auf dem Land. Großstädte sind dafür meist ein bisschen besser.«

Miro verstand nicht, worauf Jakob hinauswollte. »Für was?«

»Na, für alternative Lebensentwürfe. Für die Freiheit zu ... lieben, wen du liebst?«

Miro zuckte mit den Schultern. »Ja, vielleicht hast du recht. Die Eltern meiner Exfreundin zum Beispiel sind echte Hippies, die hätten in einem Dreihundert-Seelen-Dorf sicher mehr Überzeugungsarbeit zu leisten als in Pankow.«

»Deiner was?« Bienchen stotterte. Offenbar war Jakob aus Versehen auf die Bremse getreten. Vielleicht sollten sie vor Zagreb doch noch eine Übernachtung einlegen.

»Meiner Exfreundin. Edina. Ihre Eltern waren früher Punks. Dann kam Edinas großer Bruder und dann sie. Aber cool sind sie noch immer.«

»Huh.« Jakob verkniff rätselnd das Gesicht. »Du hast also eine Exfreundin.« Warum legte er eigentlich so eine Betonung auf Freund*in*? »Und... wer ist dann... Sahid?«

Miro stöhnte auf. Das hatte ja kommen müssen, er hatte immer wieder von ihm geredet. »Sahid ist... *war* mein bester Freund. Jetzt ist er Edinas. Also... du weißt schon«, er ließ sich gegen die Beifahrertür sinken, »jetzt ist er das, was ich für sie war, bis vor Kurzem.«

Jakob blieb einen Moment still. Dann hakte er nach: »Nur, damit ich das richtig verstehe, deine Freundin Edina hat dich für deinen besten Freund Sahid sitzen gelassen?«

»Ja. Danke für die Zusammenfassung.«

Jakob krauste die Nase, betrachtete die Hochzeitsfahrzeuge vor ihnen und wandte sich dann wieder zu Miro. »Das ist sicher... Mist.«

Miro schluckte. Es fühlte sich noch immer an, als säße eine wütende Hornisse in seinem Brustkasten. Lachen musste er trotzdem. »Die Untertreibung des Jahrhunderts. Nur«, er winkte den beiden Kids im Sonntagsstaat vor ihnen zu, die sich scheinbar zu langweilen begannen, »ich kann nicht viel dagegen tun, oder?«

Anfangs hatte er das noch gedacht. Dass er etwas tun könnte. Hatte geglaubt, dass sie begriff, was sie an ihm verlor, wenn er sich weigerte, mit ihr zu reden. Hatte sich überlegt, ob er sie eifersüchtig machen könnte. Dann jedoch war er losgezogen auf diesen verrückten Trip, und andere Dinge waren dazwischengekommen. Zunächst hatte es ihn Überwindung gekostet, Edinas und Sahids Anrufe wegzudrücken. Immer und immer wieder war er in Gedanken durchgegangen, was er ihnen sagen wollte. Irgendwann unterwegs jedoch hatte er festgestellt, dass er gar nicht mehr so oft an sie dachte, sie nicht einmal aktiv ignorieren musste – dafür fehlte ihm schlicht die Zeit. Er hatte Wichtigeres zu tun: Stjepan für Erika zu finden. Im Vergleich dazu waren Sahid und Edina langsam, aber sicher immer mehr an den Rand seines Bewusstseins gerückt. Womöglich also war diese Reise doppelt und dreifach gut. Sie setzte Dinge in ein anderes Licht.

Endlich erreichten sie den Hügelkamm. Von hier aus ging es bergab, nur wenig entfernt war ein Dorf zu sehen. Eins der ersten Gebäude war ein Restaurant. Sämtliche Autos des Konvois vor ihnen bogen dorthin ab. Auf der daran vorbeiführenden Straße allerdings standen zwei Traktoren quer.

Jakob schnaubte genervt. »Und ich dachte schon, wir könnten endlich wieder siebzig fahren!«

Die Wagen vor ihnen parkten vor der Gaststätte. Aus dem Hochzeitsauto stieg eine junge Frau in weißem Kleid, marschierte auf die Straße und stemmte die Hände in die Hüften. Je näher sie kamen, desto besser konnten sie sie sehen. Sie und den jungen Mann, der auf einem der Traktoren stand und zu ihr hinabschrie. Jakob kurbelte das Fenster hinunter. Verstehen konnten sie nichts, aber der Austausch war mehr als hitzig. Schließlich warf der Traktorfahrer beide Arme in die Höhe und setzte sich ans Steuer. Zurück wendete er ihn, weg von dem Gasthof, und drehte sich noch einmal um. Diesmal schrie er nicht. Sah die junge Frau nur kopfschüttelnd an, sagte nicht mehr als ein oder zwei Worte und gab Gas.

Endlich war der Weg frei. Oder: *wäre* der Weg frei, denn die junge Frau rannte mitten auf der Straße hinter dem Traktor her. Auf keinen der Rufe ihrer Hochzeitsgäste reagierte sie. Sie schlüpfte aus den hochhackigen Schuhen, ließ sie auf dem Asphalt liegen, legte einen Sprint hin und kletterte auf den Traktor. Niemand der Anwesenden bewegte sich.

Jakob nutzte die Chance und gab Gas. Als sie den Traktor überholten, knatterte er im Leerlauf. Die beiden auf den Sitzen hatten anderes zu tun, als zu fahren. Sie küssten sich.

Jakob hupte, und sie fuhren auseinander. Schnell wedelte er mit den Händen und brüllte: »Entschuldigung! Weitermachen!«

Miro streckte den Kopf aus dem Fenster. »Love rules!«, schrie er aus vollem Hals und erntete ein überraschtes Lachen. Dann ließ er sich zurücksinken in den Beifahrersitz, den Jakob irgendwann gestern oder heute von den Krümeln befreit haben musste, und seufzte tief. »Danke!«

»Für was, Junior?«

»Dass du mit mir kommst.«

Jakob stand am gekippten Fenster des Zagreber Hotels und sah auf den Ban-Jelačić-Platz hinab.

Trotz der späten – oder sollte er besser sagen *frühen*? – Stunde war hier reger Betrieb: Alle paar Minuten spuckten die Straßenbahnen weitere Trauben von Menschen aus, meist Jugendliche. Sich gegenseitig auf die Schulter klopfend und lachend, verschwanden sie mit gezielten Schritten in einer der sternförmig vom Platz abgehenden Straßen. Auf Verabredungen wurde unter einer auf hohen Säulen thronenden Uhr gewartet. Die Reiterstatue mittig oder der kleine Springbrunnen dicht neben dem Hotel schienen als Treffplatz nicht angesagt zu sein. Wie in Berlin. Auch am Alexanderplatz drängten sich Touristen und Einheimische seit Ende der Sechzigerjahre am liebsten unter der Weltzeituhr. Ob das daran lag, dass man die Zeit dort unauffällig im Blick behalten konnte und beim Warten lässiger aussah, als alle paar Minuten fahrig aufs Handy zu schielen? Oder ging es um etwas anderes? Darum, dass unter einem tickenden Zeitmesser die Gegenwart wichtiger schien als an dem Monument eines verstorbenen Sohnes der Stadt?

Jakob durchblätterte die Infozettel, die ihnen der Nachtportier nach dem Einchecken in die Hand gedrückt hatte. Ah, da war er ja: Josip Jelačić, Feldherr aus dem neunzehnten Jahrhundert. Seine Statue, jetzt wieder in voller Pracht auf dem Ban-Jelačić-Platz errichtet, war auch eine von jenen gewesen, die zwischendurch wegen politischer Veränderungen hatte weichen müssen. Während der Berliner Stalin eingeschmolzen und zu Tierbronzen recycelt worden war, hatte Josip über vierzig Jahre geruhsam in einem Keller darauf gewartet, in den Neunzigern wieder das Tageslicht zu erblicken. Seitdem rasselte er hoch zu Pferde erneut mit dem Säbel, inzwischen angeblich nicht mehr wie ursprünglich gegen Ungarn, sondern in Richtung Serbien. Auch wenn es da jetzt eigentlich nichts mehr zu rasseln geben dürfte. Vielleicht also hatte die Tatsache, dass der Namensgeber des Platzes nicht zum Treffpunkt taugte, also etwas damit zu tun, dass die kroatische Jugend keine Lust hatte, ihre Abendgestaltung mit der Erinnerung an Krieg, Revolution und Auseinandersetzung zu beginnen.

So wie die netten Musiker, die Jakob und Miro vor gerade einmal drei Stunden in Varaždin den Weg gezeigt hatten, als sie sich inmitten der Straßensperren verfahren hatten. Eine Gruppe junger Leute mit Instrumenten unter dem Arm hatte ihnen geholfen, die richtige Umgehungsstraße zu finden, und ihnen den Weg dazu auf einem ihrer Notenblätter aufgezeichnet. Denn die Innenstadt war wegen des heutigen Feiertags verkehrsberuhigt. Auch wenn die serbisch-kroatische Musikcombo diesen lieber neu interpretierte. Anstatt eine Militäroperation zu feiern, bei der Kroaten gegen Serben gekämpft und gesiegt hatten, wollten sie lieber Musik und damit Gemeinsamkeit sprechen lassen.

Nun also waren Jakob und Miro in Zagreb. Dort, wo Miro mit etwas Glück mehr über den Verbleib seines unbekannten Großvaters herausfinden würde. Eine Antwort auf seine Mail an das Agrarwissenschaftliche Institut der Universität hatte er nicht erhalten. Doch er war fest entschlossen, am nächsten Morgen persönlich dort aufzutauchen. Jakobs Vorschlag, ihn zu begleiten, hatte er zögernd abgelehnt. »Du bist die ganze Strecke gefahren, schlaf doch mal aus und guck dich um«, hatte er gesagt, als müsste er eher sich als Jakob überzeugen. »Ich komme ins Hotel zurück, sobald ich mehr weiß.«

Jakob hatte verstanden. Der Besuch an der Uni war etwas, das Miro allein tun wollte. Schade nur, dass er kein Handy hatte, um auf dem Laufenden gehalten zu werden. Eins aber hatte Jakob sich geschworen: Sie würden Zagreb nicht verlassen, ohne wirklich alles versucht zu haben.

Gähnend setzte er sich auf sein Bett und fächerte die Tourismusinformationen vor sich auf. Eine Kathedrale konnte er morgen besuchen, diverse Kirchen, aber vor allem war er gespannt auf den Unterschied zwischen der oberen Stadt mit dem Parlamentsgebäude und der Aussichtsplattform und der unteren Stadt mit den Museen und der Grünanlage. Seinen Tag beginnen würde er auf dem Lebensmittelmarkt nur wenige Fußminuten von hier. Die malerische Fotografie zeigte von rot-weißen Schirmen beschattete Holztische mit Bergen voller Obst und Gemüse. Es gab eine Halle für Fisch und eine für Fleisch und Käse. Dort würde er sich sein Frühstück besorgen – fast so frisch und gesund wie aus Gustavs Garten, aber mit mehr Auswahl.

Müde schlüpfte er aus den Schuhen und legte die Faltblätter auf den Nachttisch. Dann schloss er die Augen. Einen Moment fragte er sich, ob Bienchen auf dem Hotelparkplatz unter freiem Himmel wirklich sicher stand, ob er die Fenster geschlossen hatte, dann griff der Schlaf nach ihm, so schnell, dass er keine Zeit hatte, schlechte Träume zu befürchten.

Miro rollte mit den Schultern, löste den verkrampften Griff um die Haltestange und ließ sich auf den frei gewordenen Sitz der Straßenbahn sinken. Er war nervös. Die Bahn war die richtige, das hatte er den Fahrer extra gefragt. Das Ticket steckte in seiner Hosentasche, das Fotoalbum im Rucksack.

Noch dreizehn Stopps bis zur Fakultät. Etwas außerhalb lag sie, von der dazugehörigen Haltestelle in wenigen Minuten zu Fuß zu erreichen.

Er räusperte sich. Ging noch einmal durch, was er sich auf Englisch zurechtgelegt hatte: Wer er war, wen er suchte. »Hi, my name is Miro Möller and I am looking for my granddad.« Oder sollte er besser damit anfangen, dass er dringend Hilfe brauchte?

Die Geräusche ihm gegenüber irritierten ihn. Schon seit mindestens acht Haltestellen knutschte das Paar in einer Tour und war dabei alles andere als leise. Die amüsierten bis kopfschüttelnden Blicke der anderen Fahrgäste prallten an ihnen ab. Viel zu konzentriert waren sie aufeinander. Das Mädchen saß auf dem Schoß des Jungen, hatte beide Arme um ihn geschlungen. Mit den Fingern der rechten Hand fuhr sie immer wieder durch sein Haar, die andere lag an seiner Wange, so vorsichtig, als könnte sie ihr Glück nicht fassen. Oder aber, als wollte sie sichergehen, dass er sich nicht von ihr wegbewegte. Er hatte die Arme hinter ihrem Rücken verschränkt und presste sie an sich. Warum waren sie nicht einfach zu Hause geblieben? Miro lehnte die Stirn gegen das Fenster und sah Gebäude daran vorbeiziehen, etwas, das aussah wie ein Schwimmbad, aber der Zoo sein musste, frisch Renoviertes neben Häusern, die selbst die Farbe des Himmels zu schlucken schienen.

Die nächste Haltestelle. Er warf einen Blick auf sein Handy. Kurz nach acht, in ein paar Minuten wäre er da. Dann wäre er die Knutschgeräusche los, konnte sich endlich wieder konzentrieren. Ob Edina und Sahid sich auch so küssten? Jetzt, da er ihnen nicht mehr im Weg stand? Und wenn schon!

Wie hatten Erika und Stjepan das wohl gemacht? Immerhin war Erika Au-pair-Mädchen eines österreichischen Diplomaten in Triest gewesen, als sie sich kennenlernten. Sie hatte nur ein Zimmer mit Familienanschluss gehabt. Hatte sie Stjepan also doch in Zagreb besucht, auch wenn es dazu kein Foto gegeben hatte? Daheim? In seiner Studentenbude? Agrarwissenschaft war schließlich etwas, das man studierte, weil man es brauchte, aber ganz woanders herkam, oder? Weil die Eltern einen Bauernhof hatten oder eine Pferdezucht? Kühe vielleicht? Oder Gemüse?

Jakob hatte berichtet, was er und sein Großvater in ihrem Garten gezogen hatten: Karotten und Kohl, Rüben und Bohnen, verschiedene Beeren. Aber das war sicher nicht ihr Lebensunterhalt gewesen. Nicht, wenn der eigentlich mit Zügen zu tun gehabt hatte.

Erika züchtete alte Tomatensorten und Kräuter in dem kleinen Garten hinter ihrer Konditorei. Die nutzte sie für Kreationen wie die Paradiesapfel-Törtchen oder Champagner-Rosmarin-Trüffel. Bei ihrem Beruf ergab das Sinn. Jakob und sein Großvater hatten den Garten wohl eher als Zusatz zur täglichen Ernährung genutzt. Für sich und für Nachbarn. Und mal wieder fiel Miro auf, dass Jakob immer nur von Gustav, seinem Opa, sprach, nie aber von seinen Eltern.

Pling! Die nächste Haltestelle. Miro zückte sein Handy. *Maksimirska cesta* – hier musste er raus! Hektisch stand er auf, drückte auf alle vorhandenen Knöpfe, wartete ungeduldig, bis die Tram zum Stehen kam, und sprang auf die Straße.

Auf der anderen Seite erhob sich ein Gebäude inmitten einer Grünanlage. Die Fenster waren in den Mauern fast mathematisch angeordnet. Keine Balkone, keine Verzierung, vielleicht, um nicht von den angelegten Blumenbeeten abzulenken – oder aber von dem überdimensionierten Garten links, wo Sträucher in langen Reihen wuchsen, mit Folien verkleidete Gewächshäuser standen und ein Traktor müde knatterte. Wenn das so weiterging, hätte Miro am Ende auf dieser Reise mehr Schlösser und Traktoren gesehen als in seinem ganzen bisherigen Leben.

Tief atmete er ein und betrat den gewundenen Weg in Richtung der Agrarwissenschaftlichen Fakultät. Jetzt galt es, alles richtig zu machen!

Jakob betrachtete unsicher die knisternde Tüte mit seinen Einkäufen. Das mit dem Frühstück auf dem Dolac-Markt war wohl doch keine so gute Idee gewesen: Anstatt belegter Brötchen, einem Kaffee und einem 6-Minuten-Ei trug er nun ein fluffiges Weißbrot, luftgetrockneten Schinken, istrischen Käse, wunderbar duftende Tomaten und einige Stängel Basilikum mit sich herum. Um daraus eine Mahlzeit zu zaubern, bräuchte er aber Messer und Teller, eine Küche – nicht ein eher funktionales Hotelzimmer ohne Kühlschrank.

Doch halt, er musste ja gar nicht dorthin zurück, schließlich hatte Bienchen alles, was er brauchte, und mehr!

Sein Bus stand auf dem kleinen, umzäunten Parkplatz, wie er ihn gestern verlassen hatte, die gelben Streifen strahlten fröhlich in der Sonne. Jakob öffnete die Seitentür, stellte Campingtisch und -stuhl hinaus, holte Geschirr und Besteck und setzte sich. So ließ es sich aushalten! Wer brauchte schon Textilservietten und einen Bediensteten, der alle naselang fragte, ob alles in Ordnung war. Das hier war eher sein Stil. Er riss eine Ecke des Brotes ab, biss in den Käse, rollte den Schinken zusammen und kaute mit Genuss. Hoffentlich hatte Miro sich wenigstens ein Brötchen geschmiert heute Morgen.

Als er vor einer Stunde zaghaft an die Zimmertür gegenüber geklopft hatte, war der Junge schon ausgeflogen gewesen. Jakob ließ seinen Knöchel dreimal gegen Bienchen rappeln. Holz gab es hier nicht. Glück konnte Miro trotzdem gebrauchen.

Von drinnen war ein empörtes Raunzen zu hören. Was zum Teufel?! Ein tiefes Grummeln folgte. Irgendwer oder irgendetwas befand sich in Bienchen und schien alles andere als erfreut über seine Gegenwart zu sein. Da, da war es schon wieder! Mürrisches Grollen aus Richtung des Fahrersitzes.

Jakob stemmte sich in die Höhe und drehte den Kopf. Entdecken konnte er nichts. Er griff nach der Kopfstütze des Beifahrers und zog sich mit Schwung in den Bus. »Wer oder was du auch immer bist, in Bienchen hast du nichts verloren!«, rief er.

Keine Antwort. Nur ein Rascheln, ein Quietschen, ein Plumpsen und dann ein schnell trappelndes Geräusch.

Jakob reckte den Hals und sah zwischen dem Fahrer- und Beifahrersitz hindurch. Nichts. Nichts außer ein halb geöffnetes Vorderfenster. Hätte er gestern doch besser mal kontrolliert, ob er alle Fenster geschlossen hatte! Wenn nicht um potenzielle Diebe davon abzuhalten, Bienchen zu stehlen, dann um potenziellen vermutlich vierbeinigen Busbesetzern den Weg hinein zu erschweren.

Er sah sich um. Hatte die Tür des Kleiderschranks gestern Abend auch schon offen gestanden? Neugierig trat er näher. Nichts fehlte – aber wer klaute schon Anzüge, die mehr als dreißig Jahre alt waren? Sein Mantel hinten in der Ecke schaukelte leicht. Darunter lag die Notfalldecke für kalte Nächte, in der Mitte eine Kuhle, rechts und links davon seine Nachtsocken. Er war sich sicher: Er hatte sie zusammengerollt, bevor er sie verstaut hatte. Nun aber waren sie einzeln, und einer davon hatte definitiv ein weiteres Loch. An der Ferse, wo das Material sowieso schon recht dünn gewesen war.

Jakob griff danach. Die Socke war feucht. Nicht feucht, als hätte jemand Kaffee darüber geschüttet, sondern feucht, als hätte etwas daran herumgenagt. Na, vielen Dank! Sie hatten also einen blinden Passagier. Einen, der Socken ankaute und durch halb offene Fenster kletterte. Blieb zu hoffen, dass ihr heimlicher Anhalter keiner war, der auch Benzinschläuche anfraß!

Entschlossen entriegelte Jakob die Motorhaube, steckte sich nebenbei noch ein Stück des schmackhaften Käses in den Mund und begann die Suche. Wenn sie eins nicht gebrauchen konnten, dann Marderfraß an Bienchen.

Der Motor und sämtliche Schläuche sahen in Ordnung aus. Zur Sicherheit putzte Jakob die Zündkerzen, überprüfte den Ölstand und entfernte einige Blütenblätter, die es irgendwie unter die Motorhaube geschafft hatten. Für ihr Alter war Bienchen tipptopp in Schuss!

Blieb nun also nur noch ein Blick unter das Fahrzeug. Zum Glück hatte er ein altes Handtuch dabei. Eigentlich dafür gedacht, Bienchens Scheinwerfer nach eventuellen Fahrten über matschigen Untergrund zu putzen, erwies es Jakob gute Dienste, als er sich nun darauf mühsam Zentimeter für Zentimeter unter die Karosserie schob.

Auch hier sah alles aus, wie es sich gehörte. Der Rost hielt sich in Grenzen, nirgendwo tropfte wichtige Flüssigkeit heraus. Sie konnten weiterziehen, sobald Miro mit einer Adresse von Stjepan zurückgekehrt war.

Als jemand vorsichtig gegen seinen Fuß stieß und fragte: »Do you need help?«, fuhr er überrascht auf und stieß sich schmerzhaft den Kopf. »Au! Mist, verdammter! Herrgott noch mal, kannst du dich nicht ankündigen? Wer immer du bist?«

»Ich bin Tanja«, kam es zerknirscht irgendwo von oben zurück. »Und: Tut mir leid, ich wollte sicher sein, alles ist okay? Ist es? Okay?«

»Mal sehen.« So schnell er konnte, schob Jakob sich unter Bienchen hervor. Ja, da stand jemand. Jemand in Turnschuhen und einem farbenfroh gemusterten Rock.

Er kroch weiter ins Freie und warf einen Blick nach oben. Die junge Frau stand vornübergebeugt. Dunkle Haare fielen um ihr Gesicht, die besorgten Augen auf Jakob fixiert. So wie auch die des Kleinkinds, das sie sich um den Bauch geschnallt hatte und das ihm lachend beide Ärmchen entgegenstreckte, als wäre das alles ein wunderbarer Spaß.

Jakob rieb sich die Stirn. Das würde eine Beule geben!

Da hielt die junge Frau ihm eine helfende Hand entgegen,

zog ihn hoch und schüttelte den Kopf. »Ohhh, Moment, ich habe was!« Sie holte eine Packung Tiefkühlerbsen aus einer der neben ihr stehenden Taschen und drückte sie Jakob in die Hand. »An die Stirn!«, befahl sie. »Und setzen!«

Jakob setzte sich in seinen Campingstuhl.

Tatjana, Tanja, Tamara oder wie auch immer sie hieß, ließ sich vor ihm im Schneidersitz auf dem Boden nieder. »Besser?«

Er nickte. Die Erbsen knirschten. Und plötzlich musste er lachen. »Alles gut, Frau Tanja-Tatjana-Tamara, ich bin nur erschrocken.«

»Tanja.« Sie nickte ernsthaft und zeigte auf die Erbsenpackung. »Und nicht wegnehmen. Erste Minuten sind wichtig!«

Sofort hob Jakob das gefrorene Gemüse wieder gegen die Stirn. Das Baby lachte noch immer. Wahrscheinlich sah er lustig aus.

»Wie alt ist sie – oder er?«

»Ruj, ein Junge.« Sie strich ihm stolz über die flaumigen Haare. »Acht Monat gestern.«

»Herzlichen Glückwunsch zum Acht-Monats-Geburtstag, kleiner Ruj!« Jakob tippte mit einem Zeigefinger vorsichtig gegen eine der herumfuchtelnden kleinen Hände.

Sofort schnappte der Zwerg zu und schloss alle fünf Finger um Jakobs Fingerspitze. So schnell würde Jakob ihn und seine Mutter kaum wieder los. Aber das war völlig in Ordnung. Nachdem er sich heute früh schon nicht mit Miro hatte unterhalten können, freute er sich fast über diesen unerwarteten Besuch. Verrückt. Scheinbar wurde er auf seine alten Tage doch noch seltsam – unterhielt sich plötzlich mit wildfremden Menschen.

Das Baby sabberte begeistert auf seinen Zeigefinger. Vielleicht mochte es den Käse-Schinken-Geruch? Der Zwerg war aber auch wirklich entzückend... Au weh! Er musste aufpassen, dass er sich als Nächstes nicht über vorbeirollende Kinderwagen beugte oder Fremden einen schönen Tag wünschte.

Vorsichtig beäugte er Tanja vor sich. »Ähm, wollen Sie sich nicht auf einen Stuhl setzen, Tanja? Ich kann noch einen aus dem Bus holen.«

Da! Da hatte er den Beweis! Ob Miro auf ihn abfärbte?

Tanja winkte ab. »Wir sitzen gern auf dem Boden. Normal Ruj krabbelt und ich hinterher. Wie sich fühlt der Kopf?«

»Prima. Das war nicht so schlimm.«

Zweifelnd sah sie ihn an, dann betrachtete sie Bienchen, ließ den Blick über die Antenne wandern, wo Jakob den angekauten Schlafstrumpf zum Trocknen aufgehängt hatte, und gab sich einen Ruck: »Wenn Sie hier wohnen, in Bus – es gibt freies Essen abends dort.« Sie zeigte über den Markt hinaus. »Bei Kirche Opatovina. Ende von Straße.«

»Was? Nein, nein, wir übernachten im Hotel. Und bald geht es weiter. Mit meinem Bus. Deshalb habe ich nachgesehen, ob alles in Ordnung ist.«

»Ah! Okay. Dann habe ich falsch gedacht.«

»Aber sehr nett von Ihnen, Tanja, dass Sie Bescheid sagen!« Und das war es wirklich, nett. Dass sie die Augen aufhielt für alle, die ein bisschen Hilfe nötig hatten, sich aber nicht trauten, darum zu bitten.

Auch in Herzow hatte es organisierte Teestunden und Abendessen gegeben. Gustav und er hatten Gemüse gespendet. Viel zu oft war jedoch niemand erschienen. Weniger, weil es keine Familien gegeben hatte, denen ein bisschen mehr an Essen geholfen hätte, sondern weil der Stolz sie davon abgehalten hatte aufzutauchen: Was sollten denn die Nachbarn denken?

Das Baby wurde langsam müde, sein fester Griff um Jakobs Zeigefinger ließ nach, die Augen fielen ihm zu.

Tanja lächelte. »Dann also ich werde gehen. Wenn Sie noch heute in Zagreb bist, komm auf Ban-Jelačić-Platz, sieben Uhr abends. Wir machen Event.«

Jakob lächelte. »Lass mich raten, Treffpunkt ist unter der Uhr?«

»Nein, gegenüber. Weg von Uhr und weg von Statue. Weg von... wie sagst ihr?... von etwas mit Historie. Aber trotzdem wichtig.« Sie schob dem schlafenden Baby auf ihrem Bauch die Kapuze über das Gesicht. »Wichtig für jetzt!« Damit stand sie auf. »Ich lasse dir Kühlerbsen hier. Für später. Jetzt musst du aufhören zu kühlen, aber in ein paar Minuten wieder kurz gegen den Kopf halten, ja?«

Jakob nickte. »Mache ich. Und vielleicht sehen wir uns ja nachher doch noch bei deinem Event.«

»Gut!« Sie winkte und ging. Jakob sah, wie sie sich durch ein Loch im Zaun am Rand des Parkplatzes drückte und verschwand.

Nun gut, dann hatte er jetzt wohl später eine Verabredung. Er und Miro.

Miros Ohren rauschten, während er Frau Filipič durch den weitläufigen Keller folgte.

Zunächst hatte es gar nicht gut für ihn ausgesehen. Sämtliche Angestellte des Büros im Agrarwissenschaftlichen Institut waren mehr als beschäftigt mit der anstehenden Digitalisierung von über sechzig Jahren Studienunterlagen. Seine Mail war in dem Chaos untergegangen, und niemand hatte wirklich Zeit für ihn.

Im Gegenteil, als er endlich die verantwortliche Dame für das Archiv hatte ausfindig machen können, hatte Frau Filipič nur die Augen verdreht und laut geseufzt. »Wir geben keine Informationen heraus«, hatte sie ihm auf Englisch beschieden und mehr als grimmig geguckt. »Haben wir nie! Weder früher noch jetzt. Nicht neugierigen Eltern und Familienangehörigen, nicht dem Staat, keinen Freunden. Unsere Studenten studierten, und sie studieren noch immer, damit sie damit etwas anfangen können. Etwas Gutes und Richtiges. Niemand soll sie manipulieren!«

»Ich will niemanden manipulieren, bitte glauben Sie mir«, hatte Miro schnell widersprochen. »Ich will einfach nur meinen Großvater finden.«

Überrascht hatte sie ihn angesehen. »Your granddad?«

»Ja, er muss in den Siebzigern hier studiert haben.« Miro hatte trocken geschluckt. Was, wenn sie ihn wegschickte? Also hatte er einfach weitergeredet, ohne darauf zu achten, ob seine Grammatik stimmte. Hauptsache, Frau Filipič half ihm. »Viel mehr weiß ich nicht. Ich habe ihn nicht kennengelernt. Und vielleicht«, war es aus ihm herausgeplatzt, »will er auch gar nichts von mir wissen. Es ist nur: Erika – meine Oma –, sie hatte einen Unfall. Und als sie aufwachte, hat sie mich mit ihm verwechselt. Sie hat ihn nie vergessen. Deshalb muss ich ihn finden! Selbst, wenn er dann noch immer nichts mit uns zu tun haben will. Für Erika!«

Und plötzlich hatte die Zeit stillgestanden. Frau Filipič hatte ihn angesehen und angesehen. Dann hatte sich irgendetwas verschoben, und ihr Gesicht war weicher geworden. »Normalerweise«, hatte sie langsam auf Englisch erklärt, »dauert so eine Anfrage mehrere Wochen. Nur die letzten paar Jahre sind im Computer. Für die Siebziger müssten wir im Keller suchen.«

Miro hatte den Kopf hängen gelassen. Mehrere Wochen – so viel Zeit hatte er nicht. Vielleicht könnte er versuchen wiederzukommen. Nur wann und wie?

»It's okay!« Frau Filipič hatte eine Hand auf seine gelegt, war aufgestanden und hatte energisch auf Englisch erklärt: »Ich mache eine Ausnahme. Für deine Erika. Und für dich. Mir nach!« Damit hatte sie den hier arbeitenden Studenten einige Sätze im Befehlston zugeworfen, sich einen Schlüssel geschnappt und war mit festen Schritten durch das Gebäude geeilt. So schnell, dass Miro Schwierigkeiten gehabt hatte, ihr die vielen Treppen hinunter zu folgen.

Nun befanden sie sich im Keller. Dort, wo sämtliche Akten aufbewahrt wurden, die noch nicht bearbeitet und digitalisiert waren.

»Here we are!« Sie schloss eine Metalltür auf. »Hier sind

alle Unterlagen aus den Siebzigern eingelagert. Wenn wir etwas finden, dann hier.«

Miro folgte ihr. Fenster gab es hier nicht, dafür Regale. Vom Boden bis zur Decke durchteilten sie den Raum in enge Gänge. Breite Ordner standen neben Kisten und großen Kartons mit noch mehr Akten. Miro staunte. Hier befanden sich nur etwa zehn Jahre? Wie viele ebenso gefüllte Räume gab es hier noch, im Gewölbe unter der Universität?

»Also«, wollte Frau Filipič auf Englisch wissen, »wann hat dein Großvater angefangen zu studieren?«

Miro schluckte. »Keine Ahnung. Ich weiß nur, dass er 1970 eingeschrieben war. Aber ob er da schon vier Jahre studiert oder gerade erst damit begonnen hat, weiß ich nicht.«

»Hm, dann hoffe ich, du hast heute nichts anderes vor, denn die Akten unserer Studenten sind nach ihrem Eintrittsjahr geordnet. Für dich bedeutet das, entweder wir entdecken ihn hier irgendwo im Jahr 1970 oder bei den Unterlagen der Sechzigerjahre im Nachbarzimmer, das ungefähr genauso aussieht wie dieses.« Sie deutete auf die vollgestopften Regale, und Miro schwirrte der Kopf. Selbst wenn er Glück haben sollte, und Stjepan hatte 1970 mit dem Studium begonnen, musste er dazu mehrere Regalmeter durchforsten. Das könnte Stunden dauern, wenn nicht mehr! Wenn er heute nicht fündig wurde – ob er Jakob bitten konnte, ihm morgen zu helfen?

»Am besten wir beginnen mit dem zweiten Halbjahr«, riss ihn Frau Filipič aus den Gedanken. »Wenn er sich einundsiebzig mit deiner Oma in Triest getroffen hat, wusste er sicher schon, wie es an der Universität läuft.« Sie lächelte. »Das erste Semester ist das schwierigste – all die neuen Informationen und die Orientierungskurse, da macht man kaum Ausflüge.«

Miro trat neben sie in den Gang. Auch hier reihten sich Kartons und Aktenordner aneinander, so weit sein Auge reichte.

Einen ganz links zog sie nun heraus. »I'll start here and you there.« Sie wies auf das andere Ende, dorthin, wo Miro beginnen sollte. Falls sie in der Mitte ankämen und nichts gefunden hätten, erklärte sie ihm, dürfte er morgen wiederkommen und ein weiteres Jahr zurückgehen. Allerdings würde sie ihm dann eine ihrer studentischen Hilfskräfte mitgeben, denn sie selbst wurde im Büro gebraucht, und unbeobachtet durfte sich hier niemand aufhalten.

Miro nickte, bedankte sich und zog den ersten Ordner aus dem Karton ganz rechts. Von dem angehefteten Schwarz-Weiß-Foto lächelte ihm eine junge Frau entgegen, die Haare am Hinterkopf zu einer wahren Monsterfrisur aufgerollt. Die erste Seite war in ihrer peniblen Handschrift ausgefüllt: Name, Geburtsdatum, Name der Eltern, Wohnort in Zagreb waren hier vermerkt, hatte ihm Frau Filipič erklärt. Enthusiastisch blickte die Studentin in die Kamera. Was wohl in der Zwischenzeit mit ihr geschehen sein mochte? Hatte sie zu Ende studiert? Wie hatte sie die Siebziger erlebt, wie die Neunziger? War sie hier geblieben oder geflohen, hatte sie den Jugoslawienkrieg mitgemacht, oder war sie außer Landes gegangen? War sie zurückgekehrt oder weggeblieben? Wo war sie wohl jetzt, und was tat sie?

Seufzend steckte er ihre Akte zurück und besah sich die nächste. Auch eine junge Frau. Diesmal holte er die Seiten nicht einmal heraus, blätterte zu den nächsten: Die Unterlagen eines Studenten – Danko Irgendwas. Miro ging zur nächsten Akte über. Zvonomir. Wären die Unterlagen wenigstens alphabetisch nach Nachnamen geordnet, käme er schneller voran. Aber damals hatte vermutlich niemand damit gerechnet, dass viele Jahre später einmal ein Siebzehnjähriger auftauchen würde, auf der Suche nach einem einzigen Mann. Hinter Zvonomir kam eine Hanka, Snjezana, Iva, ein Davor, Marko, ein Lovro.

Kein Stjepan. Er blätterte mit klopfendem Herzen weiter. Irgendwo hier musste sein Großvater doch verdammt noch mal zu finden sein! Er musste endlich einen Schritt weiterkommen.

Besonders lange suchen mussten sie nicht nach Tanja und ihrem Event. Schon als Jakob und Miro das Hotel verließen, sahen sie von Weitem die Menschentraube in der Nähe der Straßenbahnhaltestellen. Gut, dass sie schon da waren. Jakob hoffte, sie würden Miro auf andere Gedanken bringen.

Die Stimmung des Jungen war gedrückt. Obwohl die für das Archiv verantwortliche Dame eine riesige Ausnahme für ihn gemacht hatte, war bei seiner Suche heute nichts herausgekommen. Außer der Tatsache, dass sein Großvater sein Studium vor dem Jahr 1970 begonnen haben musste.

Ein paar Stjepans hatten sich in dem Jahr eingeschrieben,

doch keiner, dessen Foto den Aufnahmen in Miros Album glich, keiner mit dem Nachnamen, den Erika ihm notiert hatte. Seufzend hatte der Junge erzählt, dass sein Herz bei jedem einzelnen Stjepan, bei jeder einzelnen Stjepanie wie wild begonnen hatte zu rasen, doch jedes Mal war seine Hoffnung enttäuscht worden. Jakob konnte sich vorstellen, wie erschöpfend es war, für einen wahnwitzigen Moment zu denken, man wäre ganz nah dran, und dann, ein paar Buchstaben weiter – Bruchlandung.

Anfangs, als er bei Gustav eingezogen war, hatte Jakob jeden Tag fahrig auf den Postboten gewartet, auf einen Brief von Marie, der ihm erklärte, was los war. Damit er das Missverständnis aufklären konnte, damit endlich diese Dumpfheit aufhörte, die sich in ihm eingenistet hatte und sich von Woche zu Woche verdichtete. Doch nichts.

Nur einige kurze Schreiben seines Vaters an Gustav, die sein Großvater ihn nicht hatte lesen lassen, sondern verbrannt hatte. Einen einzigen Brief hatte er in Gustavs Hinterlassenschaft gefunden. Er war nur fünf Sätze lang, der Stil wie ein Telegramm, ohne Anrede, ohne Abschiedsfloskel, ein letzter Schnitt: *Wenn du und der Junge verstockt sein wollt, bleibt mir nichts weiter zu sagen. Ihr habt eure Entscheidung getroffen. Ich meine. Ihr müsst mit eurer leben. Nicht ich.*

»Was für eine Aufführung schauen wir uns da an?«, riss Miro Jakob aus den Erinnerungen und wies mit dem Kinn auf den Menschenauflauf.

»Eine wichtige für jetzt und heute«, wiederholte Jakob Tanjas Worte und lächelte. »Mehr weiß ich auch nicht.«

»Klingt irgendwie ... nebulös bis vage.«

»Oha, der Herr Professor! Kaum einen Tag an der Universität und schon hochgestochene Worte parat.«

Miro verzog das Gesicht, für ein ganzes Lächeln reichte es noch nicht. »Die einzigen Worte, die ich heute gelernt habe, sind: *ime, otac* und *majka*. Name, Vater und Mutter.« Er schüttelte den Kopf. »Schon schräg oder? Dass du deine Eltern angeben musst, um studieren zu dürfen.« Er überlegte einen Moment. »Vielleicht, damit, falls du Schulden machst, die Uni diese bei deiner Familie einkassieren kann?«

Oder aber, damit der Staat wusste, wen er zulassen wollte und wen nicht. Jakob verbiss sich die Entgegnung. Stattdessen reckte er den Kopf, um über die hier versammelten Menschen hinweg sehen zu können, was Tanja und ihre Freunde wohl für ein wichtiges, öffentliches Kunstprojekt veranstalteten.

Prall mit Flüssigkeiten unterschiedlicher Farbe gefüllte Plastiktüten hingen an in einem Kreis angeordneten Ständern, wie Jakob sie von Gustavs Infusionen kannte. Sie alle mussten eine kleine Öffnung haben, denn aus ihnen tropfte rote, weiße und blaue Farbe zur Erde, wo beschriebene Seiten Papier lagen. Nach und nach verschwanden die darauf notierten Sätze unter der Farbe, verschmierten und wurden unleserlich. In der Mitte, umringt von den leckenden Farbbeuteln, saßen Tanja und zwei weitere junge Leute, ein Mann und eine Frau. Sie beschrieben eilig Seiten und legten sie um sich im Kreis. Ein vierter verschob alle paar Minuten die Ständer und stellte sicher, dass nichts von dem, was sie da verfassten, lesbar blieb.

Jemand drückte ihnen einen kopierten Zettel in die Hand, er war zweisprachig, kroatisch und englisch. Miro überflog ihn und stellte sich dann auf die Zehenspitzen. »Sie demonstrieren für die Pressefreiheit und das Recht auf freie Meinungsäußerung«, erklärte er beeindruckt. »Jetzt verstehe ich! Die Tinte ist in den Farben der kroatischen Flagge. Siehst du?« Er zeigte nach vorn und zog Jakob ein paar Meter mit sich mit. »Alles, was sie schreiben, wird davon ausgelöscht und gleich gemacht.« Er drängte sich weiter.

Jakob biss die Zähne zusammen und folgte ihm. Er mochte keine Menschenansammlungen. Aus dem Grund hatte er sich normalerweise auch immer von Konzerten ferngehalten.

»Es gab da wohl irgendeinen Skandal mit einem ehemaligen Kulturminister«, erklärte Miro über die Schulter und drehte das Blatt um. »Förderungen wurden gestrichen, nur, wer den Entscheidern genehm war und möglichst unkritisch, bekam Geld.«

Ja, das klang bekannt. Tanja und ihre Freunde würden sich, nach allem, was Miro von Bratislava berichtet hatte, gut mit Ana und ihren Restaurantmitstreitern verstehen. Seine eigenen Erinnerungen wollte Jakob lieber nicht hochholen.

Erneut wurden die Ständer weitergerückt. Nun baumelten die Tintenbeutel direkt über Tanja und ihren zwei auf dem Boden sitzenden Freunden. Die Farbe tropfte auf ihre Haare, lief über ihre Gesichter, spritzte auf Pullover und Hosen. Jakob stopfte die Hände in die Hosentaschen. Ein sehr einprägsames und deutliches Bild ergab das. Und es machte ihn nervös. Ebenso wie die Tatsache, dass immer mehr Passanten stehen blieben: Touristen, alte Paare, Studenten mit Bierflaschen in der Hand auf dem Weg zur nächsten Kneipe, Angestellte, die Feierabend hatten und doch die nächste Tram verpassten, um zuzusehen. Sie schlossen dicht auf und reckten die Köpfe. Jakob atmete durch den Mund. Mittig zu stehen war ganz schlecht. Mittig bedeutete, man konnte nicht fliehen, und wenn Panik ausbrach, hatte man keine Chance zu entkommen.

Tanjas Haare glänzten, rote Rinnsale liefen ihr über die Schläfen. Jakob wusste, dass es Farbe war. Vermutlich sogar gesundheitlich unschädliche. Sein Kopf wusste das. Sein Herz aber hatte Schwierigkeiten damit. Es krampfte und schrie ihn an zu verschwinden.

Er drehte sich um, unfähig länger zuzusehen, und während er die Anwesenden betrachtete, ging ihm plötzlich auf, was er tat: Er hielt Ausschau. Nach Uniformen und Stöcken. Nach beigen Mänteln und Augen, die sich jedes der hier anwesenden Gesichter merken würden. Er schob einen Arm unter Miros. Verwundert sah ihn der Junge an. »Platzangst«, flüsterte er. Besser, der Kleine würde ihn einfach für noch verschrobener halten, als dass er ihn hier im Gedränge verlor. Wer einmal geschnappt wurde, dessen Leben war nie wieder dasselbe. Und nicht nur seins, auch das sämtlicher Beteiligter. Manchmal reichte dafür schon eine einzige Kunstaktion.

Oder eine einzige Nacht.

BERLIN, 1968

»Hey, Jay, auch schon da?« In der dunklen Ecke hinter dem Konsum waren nur Schatten zu sehen. Und Maries strahlendes Lächeln, das Jakob jedes Mal völlig entwaffnete, breit wie immer und mit dem schräg stehenden rechten Eckzahn. »Die anderen sind schon los.«

»Tut mir leid, mein Bruder hatte Albträume.« Schon mit einem Bein war er auf dem Sims gewesen, als Klement begonnen hatte zu schreien. Gerade noch rechtzeitig hatte Jakob sich auf sein Bett geworfen, die Decke über sich und die Beine gezogen, damit ihn die Straßenschuhe nicht verrieten. Seine Mutter war ins Zimmer gestürzt; unendlich lang war Jakob es vorgekommen, bis Klement endlich wieder ruhig geatmet und seine Mutter aufgehört hatte zu singen.

Kaum war sie zurück im Wohnzimmer, war er aufgesprungen. Die Fensterscharniere hatten gequietscht. Dabei hatte er neulich erst eins seiner Butterbrote geopfert, um sie zu schmieren.

»Nimm ihn doch das nächste Mal mit aufs Treffen der Gemeindegruppe. Vielleicht lernt er da noch was.« Marie bückte sich und hob die Plakate auf.

Jakob schnaubte. »Der überzeugte Jungpionier? Wohl kaum.«

»War ein Witz. Ich weiß doch, für Fähnrich Klement gilt neben der Meinung eures Vaters nur eine: seine eigene.«

Grinsend drückte sie ihm einen Eimer mit angerührtem Kleister in die Hand. »Schon verblüffend, wie unterschiedlich ihr seid. Aber vielleicht liegt das ja am Alter.«

Ja, das spielte sicher auch eine Rolle. Marie und Johannes trennten nur drei Jahre. Aber selbst, wenn Klement älter wäre, beste Freunde würden Jakob und sein Bruder nicht werden. Der Kleine hatte in den Augen seiner Eltern nur einen einzigen, zu vernachlässigenden Makel: Er machte sich nichts aus Sport. Ansonsten war er der perfekte Sohn. Über ihre Familienkonstellation hatte Jakob kaum mehr zu sagen als: *Ich denke, mich behalten meine Eltern, den Kleinen wollen sie wirklich haben.*

»Bist du so weit?«

Jakob folgte ihr. Dass sie ihn als ihren Partner für diese Aktion ausgewählt hatte, machte ihn stolz. Sonst wäre er jetzt auch nicht hier. Sein Vater führte seine Familie mit eiserner Hand, eine kleine Republik in der großen, die Regeln waren dieselben. Meist versuchte Jakob einfach nicht aufzufallen. Nur während der paar Wochen im Jahr, die er bei Gustav verbrachte, hatte er das Gefühl, er selbst sein zu dürfen. Nicht ununterbrochen unter Beobachtung zu stehen und nach einem Punktesystem bewertet zu werden, das irgendwie nicht zu ihm passte. Ab und zu büxte er aus, großartig wehren tat er sich nicht. Das war Maries Spezialität.

Dass dringend etwas getan werden musste, hatte sie letzte Woche gesagt, und auch schon einen Plan parat gehabt. Die vorsichtigen Veränderungen in der Tschechoslowakei hatten ihr Mut gemacht. Etwas anderes dagegen hatte ihre Wut angestachelt: Einige von Johannes' Bandkollegen waren nach einem unangekündigten Konzert in Untersuchungshaft gelandet. Songs von den Butlers, den Beatles und den Stones waren ihnen zum Verhängnis geworden. Wie die Stasi davon Wind bekommen hatte, konnte sich keiner von ihnen erklären. Vor drei Jahren hatten die Stones die Waldbühne demoliert – oder besser, ihre Fans. Danach war nichts mehr geblieben, wie es war. Dass die daraufhin neu erfundene Straftat *Rowdytum* ausgerechnet dem Wortschatz der verhassten Amerikaner entstammte, schien niemanden hier zu stören. Schließlich ließ sich darunter bequem all das bündeln, was auch bei Jakob zu Hause verpönt war: lange Haare, Bartwuchs, Jeans, eigener Musikgeschmack und damit verknüpft eine nicht konforme Meinung. Kurz: jugendliches Delinquententum. Wenigstens hatte Johannes es geschafft, unbemerkt zu fliehen. Er und Mark, den an dem Abend eine Erkältung zu Hause festgehalten hatte, waren die Einzigen der Band, die nicht einkassiert worden waren. Zur Befragung waren sie trotzdem vorgeladen worden, immerhin galten sie als Mitglieder der Band als mitverdächtig. Mit der Musik aufzuhören kam für Johannes jedoch nicht infrage. *Jetzt erst recht* hieß eins der Lieder, die er kurz danach komponiert hatte. Gesungen hatte er es bisher nur ein Mal.

Jakob bewunderte ihn. Und er beneidete ihn. Seine und Maries Eltern warnten, aber sie verboten ihnen kaum etwas. So hatte Marie die Plakate für heute Abend auch zu Hause gestaltet.

»Wir fangen dort vorn an«, flüsterte sie und zeigte auf eine Litfaßsäule voller Ankündigungen. Auch ihre Route hatte Marie genauestens vorbereitet: maximale Öffentlichkeit, minimales Risiko beim Anbringen.

Jakob tunkte den Handbesen in den Kleister und befeuchtete den Untergrund, Marie drückte das erste Papier auf, dann das nächste.

Was genau sie hier überklebten, darauf achtete er nicht. Was auch immer es war, Maries Entwürfe waren besser. Mit nur drei schnellen Strichen zeichnete sie Porträts. Ihre gestalteten Buchstaben waren klar und deutlich, sahen aus wie gedruckt, und vielleicht waren sie das auch. Ob keimende Kartoffeln, alter Bodenbelag oder Gummilatschen, Marie funktionierte alles zu kreativen Hilfsmitteln um. Ihre Fantasie kannte keine Grenzen. Auch wenn sie stets abwinkte – Marie, da war sich Jakob sicher, würde Kunst studieren, wenn sie fertig waren mit der Schule.

Er selbst hatte noch keine wirklich stimmige Idee für seine Zukunft. Wie auch. Es gab nichts, was er unbedingt wollte oder besonders gut konnte. Außerdem hatte sein Vater bereits alles abgesteckt: Statt der Sportschule, die er eigentlich für ihn vorgesehen hatte, waren nun drei Jahre NVA festgelegt, danach, wenn er sich gut machte, die Parteihochschule und der Abschluss. In Ernsts Fußstapfen sollte Jakob treten, ihm keine Schande machen, ihm folgen, aber bitte in angemessenem Abstand. Zum Beispiel von etwa hundertfünfzig Metern – angeblich die etwa breiteste Stelle des Todesstreifens. Jakob rümpfte die Nase. Die Zeit wurde knapp, bald musste er sich etwas einfallen lassen.

»Nicht träumen, Jay!« Marie rollte das nächste Plakat auf.

»Entschuldige!« Er verteilte die nächste Fuhre Kleister, nicht zu viel, nicht zu wenig. Gut halten sollte alles, aber je dünner er strich, desto mehr könnten sie anbringen. Ob es so etwas gab wie einen offiziellen Plakatkleber? Vielleicht wäre das ein Beruf für ihn, falls er den Anforderungen seines Vaters nicht gerecht wurde, oder denen seines Ministeriums... Ob man davon eine Familie ernähren konnte?

Leise folgte er Marie in die nächste Straße – und vereiste. Dann erkannte er auf der gegenüberliegenden Seite Maries Bekannte Pi und Q. Auch sie waren mit einem Eimer voller Kleister und einer Rolle Plakate unterwegs. Kurz winkten die beiden, dann verschwanden sie um die Ecke.

Ihre richtigen Namen kannte Jakob nicht. Sicher war sicher. Falls doch etwas schiefgehen sollte, hatten sie sich Abkürzungen verpasst. Q war angeblich James-Bond-Fan, Pi gut in Mathe. Maries Aktionsname lautete Rose, nur Jakob war nichts eingefallen, also hatte Marie den Anfangsbuchstaben seines Namens amerikanisiert, wie es seine Tante und ihr Freund James getan hatten.

»Hier geht es weiter«, Marie deutete in Richtung der nächsten Kreuzung, »dann dort hinten. Wir sollten uns beeilen.«

Jakob nickte. Kein Problem. Den Feger einzutauchen und das klebrige Nass zu verteilen kostete ihn nicht mehr als einige Sekunden. Er half Marie, das nächste Kunstwerk anzudrücken: Aus einem Trichter flogen Noten und perforierten mit den Hälsen eine Mauer, die zu bröckeln begann. *Freiheit beginnt im Kopf und manchmal mit einem Ton*, hatte Marie darübergeschrieben. Jakob musste lächeln.

Dann erstarrte er. Laute Schritte!

Und da kam es auch schon, das zackige »Stehen bleiben!« Befehlend und keinen Widerspruch duldend, als könne man in der Stimme bereits die gezückte Waffe hören. Er spannte die Muskeln an. Im Sprint war er immer unter die ersten drei gekommen, in der Langstrecke war er ungeschlagen. Dafür hatte er vor zwei Jahren auf der ersten Spartakiade eine Medaille und Urkunde erhalten. Er könnte ihnen davonrennen. Müsste sich nur umdrehen, zweihundert Meter Spitzentempo, dann ein lockerer, schneller Dauerlauf. Das war zu schaffen. Theoretisch. Denn praktisch nagelte Maries entsetztes Gesicht ihn an Ort und Stelle fest.

»Meinen Bruder haben sie schon im Visier«, flüsterte sie panisch. »Nicht nur wegen der Musik.«

Jakob ahnte, was sie meinte. Wie in Zeitlupe näherten sich die VoPos. Marie schloss die Augen, biss sich auf die Unterlippe, zu fest, ihre Zähne hinterließen Abdrücke, die er am liebsten wegküssen würde.

Und plötzlich wusste er, was er zu tun hatte. Alles hing von ihm ab. Er schnappte ihre Hand und zog sie hinter sich her. »Hier rein!«, flüsterte er und stieß das schmiedeeiserne Tor auf. »Die Türen der Kirche sind immer offen. Hinten gibt es einen Friedhof, die Mauer schaffst du. Danach erreichst du die nächste Straße.« Damit schob er sie weiter, seine Handflächen auf ihren Schultern. Er wünschte, er könnte sie dort lassen, könnte bleiben und sie beschützen. Doch wenn es ihm ernst damit war, musste er das genaue Gegenteil tun.

Und schon trat er weit auf die Straße, damit die VoPos ihn sahen, drehte sich um und begann zu laufen. Langsamer als möglich, damit sie ihn nicht verlören, und vor allem: weg von ihr. Vielleicht, wenn er es zur Abzweigung schaffte, könnte er das Tempo anziehen, ihnen entwischen? Er zwang sich, nicht zurückzusehen. Nicht zu Marie, nicht zu seinen Verfolgern.

Das Haus an der gegenüberliegenden Straßenseite war viergeschossig, hinter zwei Fenstern brannte flackerndes Licht, die Giebel ragten in den Himmel. Er erreichte die Kreuzung: rechts, links oder geradeaus? Am besten zu dem kleinen Park weiter vorn und dort zwischen die Sträucher ins Dunkel tauchen. Blitzschnell bog er ab und knallte gegen einen Passanten. Damit hatte er nicht gerechnet.

Auf dem Boden liegend, erkannte er ein erschrockenes Gesicht. Schritte dröhnten, Befehle und Rufe, sein Kopf schmerzte, und alles drehte sich: die Platten des Bürgersteigs, die davoneilende Gestalt des anderen, der kleine Park, plötzlich viel zu weit entfernt. Die Fensterverzierungen am Dachstuhl des Hauses gegenüber.

Dann schrammte seine Wange gegen den Bürgersteig, die Schultergelenke brannten, und als er hochgerissen wurde, sah er, dass die Giebel des Hauses nur Zierde waren, Mauern ohne Räume. Dahinter befand sich nichts. Nur Luft und Himmel.

»Jakob? Alles in Ordnung?« Ein Gesicht schob sich vor seins, umrahmt von dunkelroten Locken. Erschrockene Augen über einer sommersprossigen Nase.

Miro zog Jakobs Arm weiter durch seinen und begleitete ihn aus der Menschenmenge. »Atmen«, murmelte er währenddessen, »du muss atmen!« Er drückte Jakobs Hand. Und das Erste, was Jakob auffiel, war, wie ehrlich besorgt der Junge klang. Dann musste er schlucken. Weil sich das verdammt nett anfühlte.

Weiter ließ er sich führen, bis Miro ihn auf eine Steinstufe bugsierte und sich neben ihn setzte. Über ihnen klickte es, der Minutenzeiger schob sich vorwärts.

Ausgerechnet unter dem beliebtesten Treffpunkte Zagrebs hatten sie sich niedergelassen. Jakob schloss einen Moment die Augen. Malte sich aus, wie es wäre, sich hier oder unter der Weltzeituhr mit Marie verabreden zu können. Wie er ihr alles erklären würde. Dass, was auch immer nach dieser Nacht und in den folgenden Tagen geschehen war, nicht seine Schuld war. Dass er nie etwas anderes gewollt hatte, als sie zu schützen.

»Jakob?« Miro ging vor ihm in die Knie. »Was war das eben?«

Jakob schluckte. »Was genau?«

»Du hast angefangen zu zittern. Und du bist bleicher als Erika in der Aufwachstation.«

»Ich war... kurz woanders.«

»Scheint kein sehr schöner Ort gewesen zu sein!«

»Nein.« Jakob biss die Zähne zusammen. »Und danach wurde es nicht besser.«

Miro hielt ihm die Hand entgegen. »Wollen wir ein bisschen laufen? Weg von den anderen?«

Beinahe hätte Jakob gelacht. Weglaufen – ja, das war eine gute Idee. Nicht immer half das allerdings. Er ließ sich von dem Jungen hochziehen, wehrte sich nicht, als er ihn erneut unterhakte und in Richtung Altstadt zog.

Die Straßen waren eng, steil, voller Kopfsteinpflaster und

Leben. Geschickt wich Miro allen Entgegenkommenden aus, sah sich suchend um und bog schließlich nach links. Vor ihnen erstreckte sich eine Treppe mit schätzungsweise tausend und mehr Stufen. Jakob seufzte. »Glaubst du, ein Herzinfarkt hilft gegen Panikattacken?«

»Ich glaube, das ist der kürzeste Weg nach oben. Der Blick ist angeblich atemberaubend, und vielleicht finden wir dort ein ruhiges Café.«

Nickend folgte Jakob ihm, zum Reden fehlte ihm der Atem. Oder aber er hatte vorhin zu viel davon verbraucht. Ab und an wurden sie überholt. Jugendliche nahmen zwei Stufen auf einmal, scherzten miteinander und warfen ihnen mitleidige Blicke zu.

Dann, irgendwann, hörten die Stufen auf. Und Miro hatte recht. Es gab Luft. Und Weite. Von der Aussichtsplattform, die er heute schon einmal besucht hatte, wenn auch über den langen Weg außen herum, erkannte Jakob die Kathedrale Zagrebs. Ihr unglaublich langer kroatischer Name, hatte er gelesen und Miro erzählt, wurde gern auch zu Stephansdom abgekürzt.

»Hey, vielleicht gibt es darin einen Teleporter direkt nach Wien«, hatte Miro gelacht. »Von Stephansdom zu Stephansdom. Gut versteckt in einem Beichtstuhl!«

Vielleicht sollten sie dort morgen einmal vorbeigehen, nach ihrem Tag im Archiv der Universität? Für den Fall, dass es dort auch eine Orgel gab oder eine besondere Akustik. Irgendetwas, das Miro bei seiner Frickelei für die Aufnahmeprüfung helfen konnte.

Dafür, dass der Junge weder Blockflöte, Klavier oder ordentlich Notenlesen gelernt hatte, bedeuteten ihm Musik,

Töne und Instrumente überraschend viel. Seine Begeisterung beruhigte Jakob. Denn falls sie Stjepan nicht ausfindig machen würden, hätte er noch immer ein zweites, anderes Ziel. Er hoffte nur, Miro würde dann auch weiterhin daran festhalten. Nicht zu finden, was man suchte oder erhoffte, stellte alles infrage. Es entblätterte einen, Schicht für Schicht, ebenso langsam wie konsequent, bis schließlich nichts mehr von einem übrig blieb. Nur Fragen, auf die man keine Antworten hatte. Und wehe, es gab dann nichts anderes mehr, das einen am Laufen hielt.

Jakob wandte sich um, wollte Miro den Jelačić-Platz zeigen, auf dem sich Tanjas politisches Kunstprojekt nun langsam und ohne Zwang aufzulösen schien, den Ribnjak-Park, ihn fragen, ob er von hier aus das Hotel erkannte, in dem sie übernachteten. All das und mehr hatte er sich am Mittag angesehen, als er nach dem Frühstück die Stadt erkundet hatte.

Doch der Junge stand mit dem Rücken zu ihm, sah nach Süden, wo ihm eine der beliebtesten Attraktionen Zagrebs den Blick auf den kleinen botanischen Garten versperrte. Sicher gaben auch heute Abend wieder unzählige Touristen viel Geld für Cocktails aus, um vom sechzehnten Stock des Wolkenkratzers die gesamte Stadt zu überblicken. Vom *Auge von Zagreb* aus, hatte Jakob gelesen, hatte man eine ähnlich weite Aussicht über Zagreb wie vom Fernsehturm über Berlin. Und so wie die glänzende Kugel über der deutschen Hauptstadt, war auch die Dachterrasse des Hauses, nur wenige Meter Luftlinie von ihnen entfernt, vor allem jenen vorbehalten, die für das Sehen und Gesehen-Werden bereit waren zu zahlen. Nach Wien könnten sie sich das sogar leisten, aber Jakob vermutete, dass Miro die Cocktailbar gar nicht wahrnahm.

Sanft berührte er ihn am Ellenbogen. »Lass mich raten, du denkst an heute Nachmittag?«

Miro zuckte mit den verkrampften Schultern, Jakobs Hand rutschte ab und fühlte sich plötzlich sinnlos an. Schnell steckte er sie in die Hosentasche.

»Kleiner Rückschlag, nichts weiter«, murmelte der Junge. »Wenn du mir morgen hilfst, schaffen wir sicher zwei Jahrgänge.«

»Natürlich tue ich das. Wir finden ihn, versprochen!«

Miro lächelte schräg, widersprach aber nicht. Jakob hoffte, er würde recht behalten. Natürlich konnte er so etwas nicht versprechen. Solche Versprechungen waren etwas für Eltern von Kindern, die zu jung für die Wahrheit waren. Jung genug, um zu glauben, dass Mutter und Vater absolut alles ermöglichen konnten. Oder eine beste Freundin, die *Alles wird gut* sagte, während sie so zart über deinen Rücken strich, dass du ahntest, ihr beide wusstet, das war eine Lüge, aber es fühlte sich zu gut an, um zu widersprechen.

Tief holte Jakob Luft. »Was ich meine ist: Egal wie lange es dauert, wir lassen keine Chance ungenutzt, in Ordnung? Und jetzt könnte ich einen Kaffee gebrauchen.«

»Dann sollten wir dort entlang.« Miro wies auf einen schmalen Weg zwischen einer Kirche und einem verlassenen Haus, auf dessen Front ein aufgemalter Wal prangte. Die Gebäude hier oben in Gornji Grad, der oberen Stadt, waren niedriger als jene am Fuße des Hügels, als müssten sie nicht in die Höhe streben, um sich frei zu fühlen.

Jakob und Miro folgten den herumschlendernden Touristen, bis Jakob plötzlich schnuppernd stehen blieb. »Da! Ich rieche Kaffee!«

Miro lachte spontan auf. Wenigstens etwas. »Eindeutig. Aber ich fürchte, ich muss dich enttäuschen, löslichen habe ich hier nirgendwo gesehen.«

»Egal, heute lassen wir es krachen, mir nach!« Jakob folgte dem Geruch zu einer Terrasse.

Wackelige Tische standen dicht an dicht, den einzigen unbesetzten okkupierte er, bevor es jemand anderes tun konnte. Aus dem Erdgeschossfenster des dazugehörigen Hauses wurde ein Tablett voller Gläser gereicht, die ein Mädchen in Miros Alter gut gelaunt verteilte. Die Neonschrift über dem Eingang verblüffte Jakob: *Museum of Broken Relationships*. Ein Museum für schiefgelaufene Beziehungen? Verrückt! Und auch irgendwie ein Wink des Schicksals. Hoffentlich nicht für Miros Erika und ihren Stjepan. Für ihn jedoch traf das ins Schwarze.

Miro folgte seinem Blick und schüttelte den Kopf. »Wer kommt denn auf so eine Idee? Und was zur Hölle stellen sie hier aus?«

»Kommt morgen wieder und sieht selbst«, lächelte ihre Bedienung, die Miros Worte aufgeschnappt hatte, mit unmerklichem Akzent. »Wir schließen in halbe Stunde. Aber Getränke bekommt ihr noch.«

»Na dann«, Miro studierte die Karte, »hätte ich gern eine selbst gemachte Minz-Limonade und, sag mal, habt ihr Auflöskaffee?«

»Auflös... was?«

Jakob warf Miro einen strafenden Blick zu, doch der sprach schon weiter. »Kaffeepulver, das sich in heißem Wasser auflöst.«

»Ahh, ja, haben wir. Ist aus Malz. Für Kinder, ohne Koffein.«

»Ähm, Moment!« Jakob hob eine Hand.

Doch Miro war schneller. »Genau. Den hätten wir gern. Und einen Espresso dazu.«

»Kommt gleich.« Sie eilte zum offenen Fenster und gab die Bestellung durch.

Jakob drehte sich zu dem grinsenden Miro. »Was zum Henker?«

»Na, näher kommst du deinem Lieblingsgetränk hier wohl kaum: Malzkaffe und ein Espresso zum Reinschütten.«

Miro kicherte, und Jakob verdrehte amüsiert die Augen. Der Junge wusste sich zu helfen. Und ihm. Ob es schmeckte, nun das war eine ganz andere Sache. Er streckte das schmerzende linke Bein aus. »In Ordnung, Junior, du bestimmst unsere Getränke, aber dafür begleitest du mich morgen nach unserer Universitäts-Sitzung hierher. In das Museum.«

Miro zuckte mit den Schultern. »Von mir aus. Ist sicher spannender als alte Gemälde oder Cembalos.«

Miro musste husten. Nun befanden sie sich schon mehr als drei Stunden im lichtlosen und verstaubten Keller des Agrarwissenschaftlichen Institutes. Diesmal im Raum für die Unterlagen aus den Jahren 1960 bis 1969.

Dem Studenten, den Frau Filipič ihm und Jakob an die Seite gestellt hatte, war schon vor Urzeiten die Lust ausgegangen. Anstatt Kisten und Akten zu durchforsten, hatte er es sich auf dem einzigen Stuhl bequem gemacht und tippte auf seinem Handy herum. Ab und an lief er zur Eingangstür und hielt es in die Höhe. Verdenken konnte Miro es ihm nicht. Sicherlich war er herausfordernde Aufgaben gewohnt: das Digitalisieren von Unterlagen, das befriedigende Befüllen von Exceltabellen, das Ernten von selbst angepflanzten Beeren. Sogar eigenen Wein machten die Studenten, der Berg mit den Reben war von hier aus in ein paar Minuten erreichbar. Dort wurde aufgebunden, gepflegt, ausgegeizt, geerntet und unter den Argusaugen eines institutseigenen Önologen gekeltert und abgefüllt.

Seufzend zog Miro den nächsten Karton zu sich. Das Jahr 1965 hatte kein Ergebnis gebracht. Jakob war es gewesen, der vorgeschlagen hatte, dass er 1969 begann und Miro in der Mitte des Jahrzehnts anfangen sollte. »Wenn die Eltern deines Großvaters einen Hof zu versorgen hatten, durfte er vielleicht studieren, bevor er zum Militär musste. Dann hat er gleich nach der Schule angefangen und war fast fertig, als er Erika traf – vielleicht Mitte zwanzig? Also sollten wir eher in den Mittsechzigerjahren und danach nach ihm suchen.«

Militär, Wehrpflicht – daran hatte Miro überhaupt nicht gedacht. Er selbst wollte irgendwann nach dem Studium ein Freiwilliges Soziales Jahr einlegen. Aber vor etwa fünfzig Jahren hatte das noch ganz anders ausgesehen.

»Warst du?«, hatte er Jakob gefragt, »beim Militär, meine ich«, und ein Seufzen geerntet.

»Irgendwann, Junge, erzähle ich dir von Bausoldaten, aber nicht jetzt. Jetzt suchen wir deinen Großvater.«

Nachdenklich zog Miro die vergilbten Akten hervor. Einer der Namen begann mit einem S und er beugte sich mit Herzklopfen vor – Stevo. Wieder nichts.

Jakob hatte nicht geklungen, als hätte er sehr viel Lust, diese Geschichte zu erzählen – die über den Bausoldaten, ihn selbst? Überhaupt, was sollte das sein, ein Bausoldat? Miro blätterte weiter. Wohl kaum ein Soldat, der auf dem Bau arbeitete, das wäre doch völlig absurd. Vielleicht ging es also um Maschinenbau, Militärfahrzeuge und so weiter. Immerhin kannte sich Jakob gut mit Motoren aus. War ein Bausoldat so etwas wie ein Mechaniker im Militärdienst? Autos, Flugzeuge, Motorräder? Er würde es googeln. Wie hatte Jakob gesagt? Die ganze Welt der Informationen stand ihm dank des Internets offen. Nur schade, dass dort nichts über Stjepan Šišković zu finden gewesen war.

Ein Milan war hier eingeordnet, eine Edita, eine Milka. Miro musste grinsen und dachte an Schokolade. Ein Bruno, ein Ognjen, ein Stjepan.

Stjepan.

Šišković, Stjepan.

Miro starrte auf das Blatt mit den persönlichen Informationen. Mutter: Vesna Šišković, Vater: Jadranko Šišković. Dahinter in Klammern noch ein paar Worte: *pokojni, očuh* und ein Fragezeichen. Von dem Foto sah ihm ein ernsthafter junger Mann entgegen, das kurz geschnittene Haar lockte sich über den Ohren. Er trug ein bis obenhin zugeknöpftes Hemd unter einem gestrickten Pullunder.

Miro riss Erikas Fotoalbum hervor und blätterte es auf – bis zu dem Bild von Stjepan und Erika vor dem Kino in Triest. Gelöst sah er darauf aus, lächelte überschwänglich in die Kamera, einen Arm um Erika geschlungen. Doch die Ähnlichkeit war mehr als deutlich. Miro ließ das Album sinken, mit klopfendem Herzen zückte er sein Handy und machte eine Aufnahme. Unter dem Namen von Stjepan stand eine Adresse in Zagreb. Die Akte selbst war nicht sehr umfangreich, nur fünf Blätter. Blaupausen bestandener Prüfungen und belegter Kurse, wie Frau Filipič ihm gestern erklärt hatte, auf der letzten Seite ein paar handgeschriebene Worte.

Er schnappte sich die Akte und lief zur Eingangstür, neben der der Student saß und auf seinem Handy etwas spielte, das verdächtig nach Candy Crush aussah. »Jakob?«, rief er währenddessen. »Komm! Ich habe ihn gefunden!« Dann hielt er die Seiten unter die Nase des überraschten jungen Mannes.

Erschrocken zog der die Stöpsel der Kopfhörer aus seinen Ohren. »It's a new dawn, it's a new day, it's a new life«, hörte Miro, bevor der Song abrupt abgestellt wurde.

»Could you translate this for me?«, bat Miro um die Übersetzung der letzten beiden Aktenseiten, während Jakob herbeieilte.

Die Augen des Studenten flogen über die Zeilen, er blätterte, murmelte, blätterte zurück und krauste die Nase.

»Was?«, verlangte Miro auf Englisch zu wissen. »Was ist los? Stimmt etwas nicht?«

»Er hat abgebrochen.«

»Bitte?«

»Er hat sein Studium nicht zu Ende gemacht.« Der Student deutete auf das letzte Blatt und schüttelte den Kopf. »Komisch. Er hat ein Zertifikat der bestandenen Prüfungen beantragt, dann Sonderbeurlaubung.«

»Was bedeutet das?«

»Sonderurlaub bekommst du normalerweise für etwas Familiäres – einen Trauerfall, eine schwere Krankheit, manchmal eine wichtige Familienfeier oder so. Nur: Dein Großvater ist offensichtlich schon vorher verschwunden.«

Miro wurde es plötzlich übel.

»Siehst du hier?« Der junge Mann deutete auf zwei lose Blätter. »Das eine ist der Schein für den Sonderurlaub, das andere sein Zertifikat. Beides hat er nie abgeholt.«

Jakob sah ihn besorgt an. »Was ist los, Junge, ihr redet zu schnell für mich. Verstehe ich es richtig, dass Stjepan verschwunden ist?«

Miro nickte fahrig. »Erkläre ich dir gleich.« Dann wandte er sich wieder an den Studenten und fragte auf Englisch weiter: »Wann? Wann genau war das?«

»Schwer zu sagen. Der Antrag ist vom November 1971. Irgendwann dann, würde ich schätzen?«

Miro ließ den Kopf hängen. Atmete tief ein. Nun gut, zumindest hatte er jetzt eine Adresse. Vielleicht konnten Jakob und er dort Stjepans Spur wieder aufnehmen.

»Thank you.« Er fotografierte auch die anderen Seiten. »Ich glaube, wir sind hier fertig.«

Erleichtert sprang der Student auf. »Heißt das, wir können gehen?«

»Ja, können wir.« Miro stellte die Akte zurück, dann lief er wie in Trance hinaus auf den Kellergang.

Von weit her war ein fröhliches Durcheinander von Stimmen zu hören, je weiter sie die Treppen emporstiegen, desto wärmer wurde die Luft. Draußen schien die Sonne. Miro blinzelte und drehte sich von dem besorgten Blick Jakobs weg. »Eins noch«, hielt er den jungen Mann auf Englisch auf, »was heißt …«, er hielt ihm sein Handy mit der Aufnahme des ersten Blattes entgegen, »… *pokojni* und *očuh*?«

»Ah, das Erste bedeutet, dass sein Vater nicht mehr lebte. Das zweite heißt Stiefvater, offenbar hat seine Mutter noch einmal geheiratet oder wollte es, ein Name ist nicht verzeichnet.«

»Vielen Dank für deine Hilfe. Und: Sagst du das bitte auch Frau Filipič.«

»Mach ich.« Mit einem Winken verschwand der Student in den Hof, wo etliche seiner Kommilitonen zu Mittag aßen.

»Sprich mit mir, Junge, was wissen wir?« Jakob sah besorgt aus.

»Wir haben eine Adresse.« Miro seufzte. »Aber ansonsten nur noch mehr Fragen als zuvor.«

Bewegungslos stand Jakob neben Miro vor dem zu einem Parkplatz umgestalteten Grundstück. Nur ein einziges, dilettantisch angebrachtes und sicher nicht offiziell genehmigtes schräges Fenster durchbrach die unverputzte Seite des angrenzenden Hauses. Ansonsten bestand sie aus einer durchgehenden Mauer, Stein auf Stein. Vom vierten Stock in den dritten zogen sich quer zwei schmutziggraue Linien, eine letzte Erinnerung, dass sich hier einmal eine Dachschräge angeschlossen, ein Nachbarhaus gestanden hatte.

»Lass uns die Adresse noch einmal überprüfen.« Fahrig tippte Miro Straßennamen und Hausnummer auf seinem Tablet ein.

Jakob umfasste seinen Ellenbogen. »Junge, das hast du jetzt schon drei Mal gemacht. Wir stehen an der richtigen Stelle. Das Haus existiert nicht mehr.«

Wütend trat Miro gegen den verbeulten Zaun vor ihnen. »Das darf doch nicht wahr sein! Erst die Sache mit dem toten Vater, dem möglichen Stiefvater ohne Namen und dem Sonderurlaub, dann verschwindet er, und jetzt gibt es nicht einmal mehr das Haus, in dem er gewohnt hat?«

»Vielleicht«, überlegte Jakob laut, »hatte er Sonderurlaub beantragt, *weil* sein Vater gestorben war. Dann haben wir wenigstens einen Namen und ein Datum – Ende 1971. Irgendwo muss es dazu ein Verzeichnis geben. Ein Zagreber Sterberegister oder so.«

»Und was, wenn seine Familie gar nicht aus Zagreb stammte?«

»Jetzt nicht gleich aufgeben, Junge, wir sind noch nicht am Ende!«

Miro wirkte nicht überzeugt. Dann seufzte er plötzlich auf. »Da passt schon zeitlich was nicht, Jakob: Wenn Stjepans Sonderurlaub einundsiebzig damit zu tun haben sollte, dass sein Vater gestorben ist, weshalb sollte dann schon in seinen Unterlagen aus dem Jahr sechundsechzig vermerkt sein, dass er einen Stiefvater hatte.«

»Auch wieder wahr.« Jakob dachte nach. »Aber: Paare lassen sich scheiden, heiraten wieder. Auch ohne, dass einer von ihnen vorher stirbt.«

»Du hast recht.« Jetzt blickte Miro auf, allerdings sah sein Gesicht nur noch bedrückter aus. »Sie heiraten wieder, und manchmal adoptieren sie die Kinder ihrer Partner. Weißt du, was das bedeutet?«

Jakob starrte ihn an. »Dass wir vielleicht einen falschen Nachnamen haben.«

»Genau.« Alle Luft wich aus Miro, die Schultern sackten nach vorn, hektisch blinzelte er und wischte sich über die Augen. »Verdammt noch mal!«

»Okay.« Jakob fasste Miro an den Schultern und drehte ihn in Richtung Straßenbahnhaltestelle. »Wir fahren jetzt zurück in die Innenstadt, nehmen uns noch mal dein Fotoalbum vor und schreiben alles auf, was wir über Stjepan und Erika wissen. Vielleicht haben wir ja irgendein Detail übersehen.«

Nicht viel später ächzte Jakob hinter Miro die Stufen zur oberen Stadt hinauf. Wenn das so weiterging, legte er sich auf seine alten Tage noch eine weitere Sportart zu – sicherlich gab es auch fürs Treppensteigen einen flotten englischen Ausdruck, der mehr nach Spaß als Anstrengung klang: Stepping, Step'n'Fit oder so.

Aber auch wenn er nicht mehr so schnell war wie früher und regelmäßige Pausen zum Atemholen einlegen musste, er fühlte sich immer wohler, wenn er den Blick möglichst weit schweifen lassen konnte. Und er nahm an, dem Jungen ging es genauso. Wer mochte schon enge Räume? Gerade wenn man traurig war.

Diesmal ließen sie die Aussichtsplattform rechts liegen und liefen die Kopfsteinpflasterstraße weiter geradeaus. Frau Gookeley hatte behauptet, hier oben gäbe es einen kleinen Park: Bele IV. Dort wollte Jakob mit Miro hin. Sonne, Bäume, Eichhörnchen und eine Liste schien ihm genau die richtige Kombination.

Nur wenig vor ihnen drängten sich Touristen zwischen der oberen Haltestelle der Schienenbergbahn und dem ihr gegenüber in den Himmel ragenden Turm. Die meisten von ihnen hielten Fotoapparate oder Handys in die Höhe und reckten die Hälse. Verwundert folgte Jakob den Blicken nach oben. Was gab es da zu sehen? Vögel? Ballons? Einen Fassadenkletterer?

Gerade als er Miro darauf aufmerksam machen wollte, zerriss ein ebenso unvermuteter wie extrem lauter Knall die Luft. Aus einer Luke des Turms zischte Dampf. Jakob ging in Deckung. Die meisten der hier Stehenden lachten. Aber sie waren auf ihrem Schulweg auch nicht an einem Wachturm vorbeigekommen, in dem zwei Grenzsoldaten mit Schießbefehl saßen.

Miro sah aus, als hätte ihm jemand Eiswürfel in das T-Shirt gekippt. »What the fuck?«, rief er erschrocken. Zumindest glaubte Jakob das zu hören, als er sich vorsichtig wieder aufrichtete. Seine Ohren klingelten.

Das asiatische Paar vor ihnen drehte sich amüsiert um, die Frau sagte etwas leise auf Englisch und fuchtelte dabei mit den Armen zum Turm hinauf.

Miro schüttelte den Kopf. »Crazy! Really! Diese Zagreber sind verrückt!« Dann wandte er sich zu Jakob. »Das war eine Kanone!« Er schüttelte sich. »Offensichtlich wird die seit über hundertvierzig Jahren täglich exakt zur Mittagszeit abgefeuert. Damit auch jeder hier einmal am Tag weiß, wie spät es ist... als gäbe es keine Handys mit automatischem Zeitupdate!«

Jakob zupfte an seinen Ohrläppchen. Noch immer klang alles um ihn herum wie unter Wasser. »Das ist zumindest eine sehr viel bessere Idee als ein Beobachtungsturm, um von da aus auf Menschen zu schießen«, sagte er und bemerkte erst an den erstaunten Gesichtern der ihn Umgebenden, dass sich sein Gefühl für Lautstärke noch nicht normalisiert hatte. Er schluckte. »Und angenommen, jemand zettelt eine weltweite digitale Zeitverschwörung an – bleiben wenigstens die Zagreber davon verschont.«

Miro schüttelte amüsiert den Kopf. »Eine weltweite Zeitverschwörung für was? Um Minuten zu klauen?«

»Um Chaos anzurichten, natürlich. Stell dir mal vor, niemand wüsste mehr, wie spät es wirklich ist. Alle würden zu unterschiedlichen Zeiten zur Arbeit erscheinen, Liebespaare würden sich nicht finden, Flughäfen stillstehen, Börsenkurse fallen...«

Miro antwortete nicht, er starrte Jakob unbeweglich an. Dann begann er zu lachen und hörte damit gar nicht mehr auf. Schließlich verzog er theatralisch das Gesicht und flüsterte: »Wir befinden uns in den Zweitausendern nach Christus. Die ganze Welt ist fest im Griff einer Zeitverschwörung. Die ganze Welt? Nein, eine von unbeugsamen Uhrmachern und Kanonenschießern bevölkerte kroatische Stadt hört nicht auf, Widerstand zu leisten.«

Jakob war verwirrt. Das klang nach einem Zitat. »Muss ich das kennen?«

»Aber natürlich! Das ist Asterix.«

»Ahhh, eure Digedags.«

»Bitte was?«

Jakob winkte ab. »Nicht wichtig. Nur ein weiterer Beweis unserer Unterschiedlichkeit.«

»Du meinst das Alter.«

»Eher die Sozialisierung, Junge.«

Miro zwinkerte. »Sozialisierung, soso. Und wer von uns quatscht jetzt hochgestochen daher?«

»Ich.« Betont fröhlich klopfte Jakob Miro auf die Schultern. »Nur weil ich nicht studiert habe, heißt das nicht, dass ich keine Fremdwörter kenne. Und jetzt auf zum Park!«

Während sie nebeneinander die Strossmayer-Promenade entlangliefen, bekannt für ihre Straßenfeste, stieß Miro Jakob sachte an. »Nur eins noch«, erklärte er ernst. »Ich will dich ja nicht…«, er machte eine Kunstpause, »decouragieren. Aber: Jede Wette orientiert sich der hauptberufliche Kanonenschießer da oben im Turm an der Uhrzeit, die ihm sein Handy vorgibt.«

Jakob griff sich gespielt getroffen ans Herz. »Daran habe ich gar nicht gedacht. Meine gesamte… Courage ist dahin!«

Miro wurde ernst und seufzte. »Dann sind wir schon zu zweit.«

»Oh nein, mein Lieber, nicht zurück zum Trübsalblasen, bevor wir nicht alles und wirklich alles versucht haben!«

- STJEPAN *Šišković*: studierte ab 1966 Agrarwissenschaft in Zagreb (*höchstwahrscheinlich aus einer ländlichen Familie außerhalb Zagrebs*); hatte einen in seinen Unterlagen nicht namentlich erwähnten Stiefvater; lernte Erika Möller Anfang 1971 in Triest kennen und begann eine Beziehung mit ihr; beantragte Ende 1971 Sonderurlaub, der genehmigt wurde, und ließ sich ein Zertifikat seiner bisher bestandenen Prüfungen ausstellen. Verschwand nur wenig später.

- ERIKA *Möller*: Ging Ende 1970 nach der Schule als Au-pair der Familie eines österreichischen Diplomaten nach Triest; lernte dort Stjepan kennen (*erstes gemeinsames Foto vom April 1971 vor einem Kino, Beschriftung: Für mein Dornröschen*); regelmäßige Treffen der beiden in Triest (*weitere Fotografien aus den folgenden Monaten: Autorennen, Picknick, Wanderungen, Hafen*), Schwangerschaft vermutlich Oktober/November 1971 (*Stefanies Geburtsdatum: 03.08 1972*); verpasste Verabredung mit Stjepan Anfang Dezember (*unsicher ist, ob er von ihrer Schwangerschaft wusste*); anschließend folgte sie der Diplomatenfamilie zurück nach Österreich (*eigene Aussage*); Umzug zurück nach Deutschland irgendwann Mitte 1972.

Miro lehnte sich frustriert auf der Bank zurück, zu der ihn Jakob gezogen hatte. »Das ist Bullshit. Nichts davon hilft uns irgendwie weiter!«

»Noch nicht.« Jakob schien fest entschlossen, nicht aufgeben zu wollen. Aber Miro konnte sich beim besten Willen nicht vorstellen, wie sie aus diesen spärlichen Informationen irgendetwas Sinnvolles ziehen sollten. Er war gescheitert. In einer Woche würde er Erika von der Reha abholen, und dann musste er ihr gestehen, dass er Stjepan nicht gefunden hatte. Nie im Leben könnte er die letzten Tage vor ihr geheim halten. Sie würde sofort merken, dass etwas nicht stimmte.

Bah! Er ließ den Kopf sinken. Das war alles so... verdammt unfair! Wenn Stjepan tatsächlich wegen eines Todesfalles in der Familie nicht zum vereinbarten Treffpunkt aufgetaucht wäre – dann hätte Erika wenigstens eine Erklärung. Selbst wenn er kalte Füße bekommen hatte, sich als Mistkerl herausgestellt, kein Kind hatte haben wollen – alles war besser als diese Ungewissheit.

Miro lehnte den Kopf zurück und blinzelte in die Sonne. Was sollte er tun? Es fühlte sich an, als stünde er vor einer Mauer und musste entscheiden, ob er weiter sinnlos dagegenrennen sollte oder umdrehen, um einigermaßen unversehrt nach Hause zurückzukehren.

Doch genau das war der Knackpunkt oder? Er war nicht unversehrt, nicht mehr. Sahid und Edina – bitte, sollten sie miteinander glücklich werden. Schlimmer war es, Erika zu enttäuschen! Mit so viel Hoffnung war er losgezogen, und jetzt? Jetzt hatte er nicht einmal mehr Lust, ein Stück für die Aufnahmeprüfung einzureichen. Wozu auch? Wozu das Ganze?

»Lass uns eine Nacht darüber schlafen«, drang Jakobs leise Stimme an sein Ohr. »Gustav hat immer gesagt, dass sich

Chaos mit einem bisschen Abstand manchmal unvermutet lichtet. Vielleicht kommt uns ja noch eine brauchbare Idee. Und falls nicht, kannst du immer noch bei deiner Großmutter anrufen und sie um mehr Informationen bitten.«

Miro stöhnte, stand auf und schüttelte den Kopf. »Darüber habe ich auch schon nachgedacht. Wir sind so weit gekommen. Es ist nur: Ich hatte gehofft, ich müsste all das nicht noch einmal bei ihr hochholen, nur um dann vielleicht doch ohne Ergebnis zurückzukehren. Ich dachte, ich könnte ihr wenigstens ein paar Informationen präsentieren. Dann wäre sie in der Lage zu entscheiden, was sie damit macht.«

»Du bist ein toller Enkel.«

»Was?«

Auch Jakob erhob sich und lächelte Miro weich an. »Du hast mich schon ganz richtig verstanden. Egal, was passiert, du bist ein wunderbarer Enkel, Miro.« Er guckte kurz hinauf in die Baumkrone, wo ein Eichhörnchen wütend auf sie herabschnatterte. »Hätte ich jemals die Chance auf einen gehabt – ich wünschte, er wäre wie du. Aber…«, er drehte sich um und lief in Richtung der Häuser hinter ihnen, »wenigstens hatte ich das Glück, dich für ein paar Tage… auszuleihen. Und jetzt gehen wir ins Museum und besorgen diesem alten Herrn hier etwas zu essen.«

Miro beeilte sich aufzuholen und lief ein paar Schritte stumm neben Jakob her. Er war gerührt. »Wenn es dich interessiert, du bist auch der beste zufällige Leihgroßvater, den ich mir vorstellen kann.« Und das stimmte. Dass er sich eine Mitfahrgelegenheit bei dem nach außen oft so grimmigen alten Herren ergaunert hatte, war mit Abstand seine beste Spontanaktion seit Langem gewesen. Ohne Jakob hätte er sehr viel gar nicht gesehen, erfahren oder gehört. Ohne ihn gäbe er nun auf. Und ohne ihn würde er ganz sicherlich nicht in dieses schräge Museum gehen.

Während Jakob darauf bestand, ihren Eintritt aus dem Wiener Casino-Gewinn zu bezahlen, lief Miro, einen Beatlessong vor sich hin summend, in den ersten Raum.

In der Straße, die zu dem Museum führte, hatte ein alter Herr mit Gitarre und Verstärker gesessen. *All you need is love* hatte auf dem Schild neben seinem offenen Instrumentenkasten gestanden. Gesungen hatte er etwas ganz anderes, als sie an ihm vorbeigelaufen waren. Langsam und traurig und französisch.

Miro war stehen geblieben, bis das Lied zu Ende war. Dann war er näher getreten. »Which song was this?«, hatte er wissen wollen – was für ein Lied war das?

Der alte Musiker hatte ihn einen Moment angesehen und sich dann strafend auf Englisch an Jakob gewendet. »Ihr Enkel erkennt Edith Piaf nicht?«, hatte er ihn gefragt und Jakob hatte entschuldigend mit den Schultern gezuckt. »Runs in the family.«

Miro hatte sich ein Lächeln verbissen. Die Sängerin nicht zu erkennen lag in ihrer Familie?

»Wenn das so ist, das war ihre hymne à l'amour«, hatte der Straßenmusiker in nur wenig stolperndem Englisch gesagt. »Das Lied einer großen Liebe. Tragisch.« Ein paar Mal hatte er vor sich hin genickt, erklärt, dass sie das nächste Lied aber sicher kennen würden, und einige vorsichtige Akkorde angestimmt, bevor es wesentlich schneller wurde. Sein Fuß hatte den gleichen Rhythmus mitgewippt wie sein Kopf, und Jakob hatte plötzlich die Schultern bis zu den Ohren hochgezogen und ausgesehen, als hätte ihm jemand die Luft zum Atmen geraubt. Leise hatte er mitgesungen: »No colors anymore, I want them to turn black.«

Natürlich kannte Miro den Song, die Rolling Stones waren schließlich Kult. Und *Paint It Black* neben *Lady in Black* von Uriah Heep Uraltklassiker aller Schulbands. Was es jedoch mit Jakobs verzwickter Reaktion dazu auf sich hatte, hatte er sich nicht erklären können.

Abgelenkt betrachtete er nun das erste Museumsstück, ein aufgeblättertes Tagebuch. Vielleicht sollte er doch mal beginnen nachzufragen. Was damals mit dieser Marie tatsächlich passiert war, was Bausoldaten taten, wie es kam, dass ein Rolling-Stones-Song Jakob so deprimierte.

Weiter vorn lag ein Plüschtausendfüßler in einer Vitrine. Einige Beine fehlten. Miro las die dazugehörige Geschichte: Eine Fernbeziehung, die nicht gehalten hatte. *Immer dann, wenn wir ein paar Tage Zeit hatten, trafen wir uns. Ich fuhr zu ihm oder er zu mir. Manchmal blieb nur Zeit für die Mitte, einmal auf meiner Seite der Grenze, einmal auf seiner*, stand auf der Infotafel. Bei jedem ihrer Treffen hatte das Paar das Kuscheltier ausgetauscht und ihm ein weiteres Beinchen amputiert. Auf welche Ideen Menschen kamen! Irgendwie war es traurig, wie wenige der Beine fehlten. Und dann auch wieder beruhigend – für den Tausendfüßler zumindest, der noch genug übrig hatte, um theoretisch weiterzukrabbeln. Was hätte das Paar getan, wenn es aus ihm einen Regenwurm gemacht hätte? Geheiratet?

Miro lief weiter. Eine Zeichnung neben einem Comic. Zwei, die sich selbst in die Rollen ihres Lieblingsmanga eingeschrieben und darüber verpasst hatten, die Fantasie der Realität anzupassen.

Eine Axt. Miro machte große Augen. Es ging ums Zusammenwohnen, um Betrug, um Wut, Rache, aber auch darum, wie befreiend es war, sich von etwas zu lösen, das nicht funktionierte.

Er staunte. Darüber, wie unterschiedlich die Ausstellungsstücke und ihre Geschichten waren, das Alter jener, die etwas beigetragen hatten, ob es sich um hetero- oder homosexuelle Paare handelte. Und wie sehr sich überall die letzten Sätze ähnelten. Wie wenig es um Frustration ging. Dass viele davon berichteten, dass es ihnen half abzuschließen, indem sie ihre ganz persönlichen Objekte hier ließen und damit auch ihre Vergangenheit. Automatisch griff er an seinen Hals, an das Lederband mit dem Plektrum, das Edina ihm geschenkt hatte. Auch das stand für etwas, das vorbei und zeitgleich eine Metapher war. Dafür, dass sie vielleicht gar nicht so gut zusammengepasst hatten, Sahid hin oder her? Ein Gitarrenplättchen hatte sie ihm geschenkt, weil sie »echte Musiker« sexy fand, seine Kompositionen auf dem Computer dagegen »fake«.

Das nächste Ausstellungsstück war ein MP3-Player mit einer Playlist, die man sich über Kopfhörer anhören konnte. *Wir haben sie abwechselnd gefüllt*, stand daneben. *Und jetzt kann ich diese Musik nicht mehr hören. Sie war unser Soundtrack. Ein WIR aber gibt es nicht mehr.*

Miro lauschte und musste lächeln. Das sollte Jakob sich

anhören, um *Paint It Black* zu vertreiben. Eine Sängerin coverte zur akustischen Gitarre *I want you*. Miro schloss die Augen. Sie klang, als stünde sie direkt neben ihm. Langsam zog er sich das Lederband vom Hals. »Die Wahrheit kann dich nicht verletzen«, raunte die Stimme auf Englisch in sein Ohr. »Sie ist wie die Dunkelheit. Erst macht sie dir Angst, aber wenn du lange genug in sie hineinstarrst, beginnst du darin Dinge zu sehen – deutlich und klar.«

Das nächste Lied begann mit einem Glockenspiel und einem Cembalo. Die erste Zeile handelte von neuen Anfängen, weil es davon nämlich immer mehrere gab. Er warf einen Blick auf die Liste der Lieder. Der Song hieß *Take me for a ride*. Miro sah sich um. Niemand beobachtete ihn. Er löste das Lederband von seinem Hals, hob den Deckel der Vitrine und ließ das Plektron hineingleiten. Es sah gut aus neben dem MP3-Player. Als gehörte es dorthin. Etwas Analoges neben etwas Digitalem. Beides etwas, zu dem es kein *Wir* mehr gab.

Langsam lief er die wenigen Stufen zu dem nächsten Raum hinauf. Hier waren Schuhe ausgestellt, eine Keramikschale, eine Vinylplatte und einige Sektkorken.

»Miro?« Jakob rief aus einem der Räume weiter hinten. »Hörst du mich? Miro?« Seine Stimme klang seltsam. Atemlos, aufgeregt und zeitgleich mitleidig.

»Was ist los?«

»Das musst du dir ansehen. Ich glaube, ich habe etwas gefunden.«

Miro warf einen letzten Blick zurück auf sein eigenes, heimliches Ausstellungsstück. Gut fühlte es sich an. Völlig richtig. Als könnte er freier atmen. Auch ohne, dass er seine

Geschichte dazugeschrieben hatte. Dann machte er sich auf die Suche nach Jakob.

Er stand vor einer Vitrine zwei Räume weiter. Auf den ersten Blick schien sie leer zu sein, erst als Miro neben Jakob trat, entdeckte er den schmalen Ring darin. Abgetragen, angelaufen und in der Mitte gebrochen, lag er auf einem Samtkissen. Das gravierte Wellenmuster war kaum noch zu sehen. Doch Miro würde es überall wiedererkennen. Freiwillig hatte Erika den Ring nie abgenommen. Einer der Krankenhausangestellten hatte ihn ihr vom Finger gezogen, bevor sie in den OP gefahren worden war, und ihn Miro auf der Aufwachstation zurückgegeben. In einer Tüte zusammen mit ihren anderen persönlichen Dingen

Jakob deutete auf die Erklärungstafel. »Miro? Lies das. Ich glaube, es geht um deinen Großvater.«

Miros Augen flitzten über die zu dem Ausstellungsstück gehörenden Zeilen. Vor, zurück, wieder weiter. Er schien nicht so recht zu verstehen, was Jakob darin sah. Dabei war es völlig offensichtlich! Oder schraubte Jakob sich da etwas zurecht, nur, weil er es gern so hätte, der Junge und seine Großmutter ein Happy End verdienten? Nein, oder? Jakob hatte die Geschichte gelesen, vier Mal! Hatte sie verglichen mit allem, was er wusste, wieder von vorn begonnen. Nein, er war sich sicher, er irrte sich nicht.

Der Ring war von einer jungen Frau eingesandt worden. Die ersten Worte ihres beiliegenden Briefes lauteten übersetzt: *Ich schicke euch hier nichts von mir, sondern von meinem Großonkel. Diesen Ring trug er, so lange ich mich erinnere. Bis er letztes Jahr gebrochen ist und nicht mehr repariert werden konnte. Er sagt, der Ring erinnert ihn an etwas, das hätte sein sollen, aber nicht geschehen ist. An seine große Liebe, die er verlor.* Und dann wurde es noch besser: *Sie lernten sich irgendwann in den Siebzigern in Italien kennen,* schrieb die Nichte. *Ich weiß nicht, was passierte, warum sie nicht zusammenblieben, er spricht nicht darüber. Aber ich weiß, er hat sein Deutsch perfektioniert, als bräuchte er es, wenn er sie doch irgendwann wiedersehen sollte. Und er hat einen Wein unseres Guts nach ihr benannt, seinem Dornröschen: Trnorużica. Vergessen hat er sie nie. Also sende ich euch diesen Ring weniger als Zeichen einer zerbrochenen Beziehung, eher als eins für eine Liebe, die kein Glück hatte, aber trotzdem noch immer existiert. Mein Großonkel sagt: Echte Liebe ist für immer.*

Endlich drehte sich Miro um. Sein Gesicht war blass. »Für immer«, flüsterte er und schluckte.

Jakob nickte. Für immer. Wie der Schmerz, wie der Verlust. »Interessant ist der Trnorużica, Junge«, versuchte er Miro wieder ins Hier und Jetzt zurückzuholen.

»Was?«

»Trnorużica – der Wein. Erinnerst du dich an den Film vom Foto aus Triest? Und die Widmung?«

Miro lächelte. »Ja: Für mein Dornröschen.«

»Also glaubst du auch, er könnte es sein?«

Miro schluckte. »Ich bin mir sicher.« Er deutete auf die Vitrine. »So einen Ring? Genauso einen trägt Erika auch.«

Jakob atmete erleichtert aus. »Dann müssen wir nur noch herausfinden, welches kroatische Weingut diesen Trnorużica herstellt, und wir wissen, wo sich dein Großvater befindet.«

Plötzlich kam Leben in den Jungen. Er tippte auf seinem Handy herum, las, nickte, begann zu lächeln, nickte weiter.

»Muss ich raten, oder erleuchtest du mich?« Langsam wurde Jakob ungeduldig.

»Weingut Božin«, strahlte Miro ihn an. »In Istrien, nur zwei Autostunden von hier.« Er beugte sich über die Vitrine. »Und weißt du, was das Beste daran ist?«

Jakob zuckte mit den Schultern. »Dass du einen Weinbauern als Großvater hast?«

»Nein, dass irgendwas schiefgelaufen ist. Es ging also nie darum, dass er uns nicht haben wollte. Erika und meine Mutter, meine ich natürlich. Und damit irgendwie auch mich.«

Jakobs Herz krampfte. Das hatte der Kleine also die ganze Zeit befürchtet? Das ergab natürlich Sinn. Mit einem Vater, der sich verpisst hatte, einer Mutter, die ihn aus Karrieregründen offenbar leichtherzig zurückgelassen hatte. So unterschiedlich er und Miro waren, in ein paar Dingen ähnelten sich ihre Lebenswege verblüffend: Die eine Generation kümmerte sich nur um sich selbst und wandte sich ab, die andere übernahm dafür, ohne zu hinterfragen. Und vielleicht war das sogar besser so.

Jakob legte einen Arm um Miros Schultern. »Dann lass uns morgen nach Istrien fahren, Kleiner. Und falls sich dein echter Opa trotz allem als Miatkerl entpuppt, kannst du mich noch immer adoptieren.« Er drückte ihn kurz und ließ ihn dann los.

Doch Miro hakte ihn gut gelaunt unter. »Das tue ich so oder so.« Er zog Jakob Richtung Ausgang. »Je mehr Großväter, desto besser!«

Mit einem breiten Grinsen ließ sich Jakob nach draußen führen. Die Bedienung des Cafés winkte ihnen zum Abschied. »No Carocafe with a shot of Espresso today?«, wollte sie wissen, und Jakob schüttelte den Kopf. Nein, heute brauchte er keinen Malzkaffee mit Espresso. Immerhin musste er früh schlafen gehen, um morgen fit zu sein. Denn morgen früh ging ihre unglaubliche Reise weiter.

In Miros Kopf herrschte Chaos. Mit etwas Glück würde er in ein paar Stunden seinen Großvater kennenlernen und endlich erfahren, was geschehen war.

Vielleicht aber war, seit der Ring eingesandt worden war, auch viel passiert. Dass Stjepan nicht mehr am Leben sein könnte, daran wollte er nicht denken. Das fühlte sich an, als lüde er das schlechte Karma geradezu ein, bei ihm vorbeizuschneien und sich festzusetzen. Doch je mehr er den Gedanken zu verdrängen versuchte, desto öfter kam er wie ein Bumerang zurück. Als versuchte ein Teil von ihm, ihn vor sich selbst zu schützen: Nur nicht zu viele Hoffnungen machen, dann hielt sich auch die Enttäuschung im Rahmen.

Also lenkte er sich ab, dachte an Tanja und ihren Sohn Ruj, die Jakob und er heute Morgen zufällig vor ihrer Abfahrt an einem Obststand des Marktes getroffen hatten. Jakob hatte sie einander vorgestellt, der kleine Ruj die Hände nach Jakob ausgestreckt, als würde er ihn schon ewig kennen, und ihn an den Ohren gezogen.

Und Jakob? Der hatte überraschenderweise dazu gelacht und Miro vorgeschlagen, Tanja und ihre Freunde doch mit Ana aus Bratislava zu verknüpfen. Zunächst hatte Miro ihn nur verwundert angesehen – was war nur in Jakob gefahren?

»Die verstehen sich sicher gut untereinander«, hatte Jakob geraunt und ihn angestupst, »also rück die Mailadresse raus, Junior. Vielleicht veranstalten sie ja mal was gemeinsam – Pop-up-Kunst mit Essen, dort oder hier.«

Ja, das hatte sich auch Miro gut vorstellen können. Und womöglich könnte er sich das nächste Mal, wenn er in der Nähe war, ganz unverbindlich bei Ana melden und nachfragen? Wie es ihr ging und so. Schließlich, mit etwas Glück, war er demnächst öfter auf dem Weg nach Istrien.

Da, da war die Hoffnung schon wieder. Miro stöhnte auf.

»Und schon brummelst du wieder vor dich hin, weshalb nur?« Jakob lenkte Bienchen entspannt auf die Gegenfahrbahn und überholte einen – wie konnte es anders sein – Traktor. »Bald sind wir da, du lernst Stjepan kennen und einen Schwung unbekannter Familienmitglieder. Du erfährst, was damals los war, und vielleicht bekommen wir auch einen Dornröschen-Wein serviert.«

»Genau.« Miro seufzte. »Genau das hoffe ich und habe Angst, dass nichts davon eintrifft.«

»Nichts – das klingt aber sehr pessimistisch. Irgendetwas wird auf jeden Fall eintreffen. Und mit dem, was nicht, gehen wir um, wenn es so weit ist. Daran ändern können wir jetzt sowieso nichts.«

»Gesprochen wie ein wahrer Diplomat.«

Jakob grinste ihn von der Seite an. »Oder einfach wie jemand, der schon mehr auf dem Buckel hat als du.«

»Ja, das. Erzählst du mir irgendwann einmal die Geschichte von Marie? Und was ein Bausoldat ist?«

Jakob räusperte sich, wog den Kopf hin und her, schien mit sich selbst zu diskutieren. Dann nickte er. »Wenn dich das wirklich interessiert... aber vielleicht musst du mich dafür mit Dornröschen-Wein abfüllen. Oder«, er grinste, »mit Rotkäppchen-Sekt. Der passt besser zu mir.«

»Das weißt du doch jetzt noch gar nicht«, zog Miro ihn auf, »du hast Stjepans Rosé nicht einmal probiert.«

»Auch wieder wahr.« Jakob lenkte den Bus über einen Hügelkamm. Die Straße vor ihnen schlängelte sich durch Weinfelder. Auf der Spitze des nächsten Hügels war ein Dorf zu sehen, nicht mehr als eine Handvoll unverputzter Steinhäuser. Jakob schüttelte sich. »Die haben da sicher einen großen Friedhof mit prima Aussicht. Wenn du da oben alt wirst, bleibst du dort hängen. Wer will schon täglich diesen langen Ab- und Aufstieg machen?«

»Oder aber du bleibst bis ins hohe Alter topfit«, grinste Miro. »So wie der alte Musiker in Zagreb. So von wegen *All you need is love*.«

»Sieh an, du kannst also auch optimistisch sein.«

Miro winkte ab. »Für andere geht das immer leichter als für einen selbst.«

Jakob warf ihm einen erstaunten Blick zu. »Wahre Worte,

Kleiner!« Dann bremste er und zog auf einen kieselbestreuten Parkplatz mit Aussicht über das Tal und die es umrundenden Hügel. Vielleicht brauchte er eine Pause?

Ein lauer Wind wehte, die Blätter der Reben vor ihnen raschelten, es roch nach Erde, und Jakob streckte sich. Neugierig lief er zu einem kleinen Tisch, auf dem sich frisch geerntetes Gemüse stapelte, eine Kasse stand daneben. Mit Bedacht wählte er einige Tomaten und zahlte. Miro zückte sein Tablet und machte eine Panorama-Filmaufnahme. Egal was geschah, Erika sollte eine Rundumvorstellung davon bekommen, wie es hier war, wo Stjepan herkam. Jakobs begeistertes Kauen und lautes »Hmmmm, wunderbar!« bekam sie als Gratissound dazu.

Neben ihnen bremste ein Wagen mit deutschem Kennzeichen. Alle vier Türen schwangen gleichzeitig auf, und es war vorbei mit der Ruhe. Die vier Kinder quietschten, rannten herum, verlangten etwas zu trinken, Kekse, eins verschwand zwischen den Weinreben, und nur wenig später war ein lautes Plätschern zu hören. Miro grinste und landete in den lachenden Augen der Mutter. Sie warf einen Blick auf Jakob, Bienchen und ihr Nummernschild, dann gesellte sie sich zu ihm. »Entschuldige, dass wir eure Pause stören, aber das war ein Notfall.«

»Ja, das ... ähm, hört man.«

Mit erleichtertem Gesicht kletterte der kleine Junge wieder auf den Parkplatz. »So«, nickte er zufrieden. »Und jetzt habe ich Hunger. Und Durst. Wie lange dauert es noch?«

»Eine halbe Stunde, Schatz.« Sie drehte sich wieder zu Miro. »Sind dein Großvater und du auch auf dem Weg zum Trüffel-Festival in Livade?«

»Nein, wir wollen zu einem Weingut in der Nähe, Božin heißt es.«

»Da werdet ihr jetzt kaum jemanden antreffen. Das Festival versetzt die ganze Gegend in einen Ausnahmezustand. Aber auch die Božins haben einen Stand in Livade. Schließlich sind sie einer der Hauptorganisatoren des Festivals.« Sie schmunzelte. »Wir sind jetzt schon das dritte Jahr hier. Und ich sage dir: Nirgendwo sonst kannst du bessere Trüffel, Käse, Oliven, Schinken und Wein kosten!« Genießerisch verdrehte sie die Augen.

»Und tanzen!«, mischte sich eine ihrer Töchter ein und drehte sich wie verrückt im Kreis.

»Und natürlich tanzen. Mathilda hat das ganze Jahr lang geübt.«

Mathilda hielt kurz an und beäugte Miro skeptisch von unten. »Wenn du willst, bring ich es dir bei. Soooo alt bist du noch nicht. Ich glaube, das schaffst du.«

Ernsthaft nickte er. »Vielen Dank. Ich bin gespannt.«

»Rein ins Auto«, rief da der Vater des Kleeblattes und klapperte mit dem Schlüssel. »Abflug in zehn, neun, acht…«

Sofort stürzten die Kinder auf das Auto zu, hüpften auf ihre Plätze und schnallten sich an. »Sieben«, riefen sie begeistert, »sechs…«

»Dann beeile ich mich besser, nicht, dass ich unseren Familienjet verpasse.« Mit einem netten Winken verabschiedete sich die Frau, schnappte sich den Autoschlüssel und klemmte sich hinters Steuer. »Fünf, vier, drei…« Die letzten zwei Ziffern waren nur noch vermuffelt auszumachen, das Auto setzte zurück und fuhr weiter.

Miro hangelte sich auf Bienchens Beifahrersitz und änderte ihre Route auf dem Tablet nach Livade. Trüffel hatte er noch nie probiert. Heute aber schien ein guter Tag für neue Erfahrungen zu sein. Hinter ihm klapperte etwas. Hatte Jakob sich einen Kaffee gemacht? Nein, er leerte den Inhalt einer Dose in eine kleine Schale auf dem Boden und schüttete Milch in eine zweite. »Was wird das denn, wenn's fertig ist?«

»Raubkatzenspeisung.«

»Huh?«

»Wir haben einen blinden Passagier. Und ein weiser Teenie hat mir mal gesagt, ich hätte ein Herz für Anhalter. Also verhalte ich mich entsprechend.«

Miro musste lachen. »Wir haben eine Katze im Gepäck? Seit wann?«

»Ich vermute von Anfang an. Als Bienchen noch bei mir und Gustav im Stall stand, haben dort alle naselang vierbeinige Streuner übernachtet. Einer davon hatte wohl Lust, ein bisschen mehr von der Welt zu sehen.«

»Dann wird er sich freuen. Als Nächstes halten wir bei einem Trüffelfestival.« Nachdenklich sah Miro Jakob an. »Fressen Katzen Trüffel?«

Jakob krauste die Nase. »Kaum. Außer es sind verwöhnte Luxus-Hauskatzen.« Er schlüpfte auf den Fahrersitz und ließ den Motor an. »Auch ich habe die noch nie probiert, kann mir aber nicht vorstellen, dass ein Pilz, der aussieht wie etwas, das ein Waldtier ausgeschieden hat, besonders lecker ist.«

»Bargh! Danke. Dieses Bild bekomme ich so schnell nicht mehr aus dem Kopf.«

Lachend setzte Jakob den Blinker und zog auf die Straße.

Ganz unrecht hatte Jakob mit seinem Vergleich nicht. Besonders sexy sahen Trüffel mit ihrer verschrumpelten Oberfläche nicht aus. Wie wohl der erste Trüffelgenießer überhaupt auf die Idee gekommen sein mochte, da reinzubeißen?

Miro und Jakob liefen durch das zirkusartige, hohe Zelt und hielten Ausschau nach dem Stand des Weinguts Božin. Leicht war das nicht, überall schoben sich Menschen die Gänge entlang. Sie schlenderten unerträglich langsam, blieben alle naselang stehen und probierten. Käsescheiben, Salamistücke, Schinken, sogar Olivenöl konnte verkostet werden, manches auf helles Brot geträufelt, anderes pur auf kleinen Löffeln serviert.

Doch für nichts davon hatte Miro einen Blick, abgesehen davon, dass er jetzt nichts herunterbringen würde. Er war aufgeregt. Was sollte er sagen, wenn er den richtigen Stand fand? *Hi, ich bin Miro, und wenn du zur Familie Božin gehörst, sind wir vermutlich um ein paar tausend Ecken verwandt...* Wohl kaum. Und falls er Stjepan erkennen sollte, konnte er ihm den Grund seines Besuches auch nicht wirklich einfach so entgegenschleudern. *Hi, Sie sehen aus wie Stjepan Šišković, darf ich mich vorstellen? Ich bin Miro, der Sohn Ihrer Tochter, die sie noch nie gesehen haben, weil Sie meine Großmutter verpasst haben, warum auch immer.* Da war ein Herzinfarkt ja geradezu vorprogrammiert!

Neben ihm blieb Jakob plötzlich stehen. »Da vorn. Das muss es sein!«

In großen geschwungenen Lettern schwebte der Name Božin auf einem Banner über einem großen Stand. Eine Vielzahl an Weinflaschen waren rechts und links in Kisten aufeinandergetürmt, rote und weiße Trauben lagen auf Tellern, überall standen Wiesenblumen auf dem Tisch, bis auf jenen Teil, der offenbar für den Roséwein des Gutes reserviert war. Hier umrankten Rosen das Tablett mit den geöffneten Flaschen und ein paar Gläsern.

Nur wenige Schritte entfernt stand ein grauhaariger, hochgewachsener Mann mit dem Rücken zu Miro und unterhielt sich mit einer freundlich lächelnden Dame. An dem Revers ihrer picobello gebügelten Leinenbluse steckte ein Mikrofon, hinter ihr richtete ein bulliger Typ die geschulterte Kamera auf den Stand. Und als der grauhaarige Lockenschopf sich nun umdrehte, um in die Kamera zu sprechen, blieb Miro die Luft weg.

Alles stimmte. Die Locken, die prominente Nase, die Augen, von Lachfältchen umkränzt, die es damals zur Zeit der Fotos noch nicht gegeben hatte, aber die man hatte erahnen können. Das musste Stjepan sein.

Jakob schob sich entschlossen weiter, Miro griff nach ihm, verfehlte aber seinen Ellenbogen. Seine heiser gemurmelte Bitte »Jakob, warte! Ich glaube, ich kann das noch nicht!« ging inmitten des vielstimmigen Gemurmels unter. Zielgerichtet hielt Jakob auf die Dreiergruppe neben dem Stand zu, doch bevor er sie erreichte, winkte die Dame energisch und verschwand, von Stjepan und dem Kameramann gefolgt, im Getümmel.

Jakob reckte den Hals, drängte sich weiter und winkte Miro

ungeduldig zu: »Beeilung, Junge, das war er doch, oder?« Miro nickte stumm, dann heftete er den Blick fest auf Jakob und schob sich mit glühenden Ohren durch die Menschen. Jakob fädelte sich durch gut gelaunt schnatternde Gruppen, drängte sich an Tischen vorbei, schob entschlossen diverse Männer aus seinem Weg, die doppelt so breit waren wie er, und stellte sich immer wieder auf die Zehenspitzen. Den Kopf vorgereckt wie ein Spürhund, der Fährte aufgenommen hatte. Miro konnte nur hoffen, dass er Stjepan noch immer auf den Fersen war – er selbst hatte ihn und die Fernsehleute längst aus den Augen verloren.

An einer langen Theke mit warmem Essen ging es vorbei, zwischen den Reihen der hier anstehenden Menschen hindurch, die vor lauter Konzentration auf ihre Portion Trüffelpasta nicht in der Lage waren, auch nur einen Schritt zur Seite zu gehen. Miro tauchte unter dem ausgestreckten Arm eines Mannes hindurch, der auf die Nudeln zeigte, die er haben wollte, drückte sich an einem Kinderwagen vorbei. Einen Moment glaubte er, die Familie von dem Parkplatz vorhin gesehen zu haben, doch schon ging es weiter, Jakob umrundete drei dicke Fässer, die als Tische dienten und auf denen Oliven und Schafskäse gereicht wurden.

Und dann plötzlich standen sie draußen, hinter dem Zelt. Hier lagen Holzbretter auf dem Boden, als sollte später noch getanzt werden, Bierbänke standen in langen Reihen hintereinander, allesamt besetzt. Sämtliche Anwesende sahen gespannt zur kleinen Bühne, auf die nun die Dame mit dem Mikrofon kletterte und ihr Publikum begrüßte, erst auf Kroatisch, dann auf Englisch. Offenbar stand die Preisverleihung der besten istrischen Weine des vergangenen Jahres an. Von hinten drängten weitere Menschen nach, und Miro sah sich hektisch um. Wo war Jakob. Wo Stjepan? Und wo konnte er stehen bleiben, ohne so weit nach hinten geschoben zu werden, dass er weder ein Wort verstand noch irgendetwas sehen konnte?

Da griff plötzlich eine Hand nach ihm und zog ihn auf eine der Bänke. Jakob strahlte ihn an und drückte ihm ein Programmheft in die Hand. Neben ihm kletterte das jüngste Mitglied der Familie von vorhin auf den Schoß seines Vaters, um für Miro Platz zu machen. Er nickte ihnen dankbar zu und erntete ein breites Grinsen von Mathilda.

»Da, lies!« Jakob sah aus, als hätten sie im Lotto gewonnen. Miro scannte das Programm, während vorn auf der Bühne die Preisverleihung begann. Überfordert schüttelte er den Kopf, da deutete Jakob auf eine Zeile. »Da! Da steht: Den Preis für den besten Rosé vergibt Stjepan Šišković vom Weingut Božin.«

Miros Kopf fuhr hoch, gerade rechtzeitig. Stjepan erklomm die kleine Bühne. Mit ein paar gezielten Worten brachte er sein Publikum zum Lachen. Dann drehte er sich mit breitem Lächeln zur Seite und begrüßte eine junge Frau, der er eine Urkunde überreichte. Der Kameramann umrundete die beiden, irgendwer übersetzte, was gesagt wurde, auf Englisch. Es ging um unterschiedliche Traubensorten und um ausgewogene Säure. Miro konnte sich nicht konzentrieren. Er starrte den Mann an, der sein Großvater sein musste. Ebenso professionell wie locker unterhielt er sich mit der Winzerin. Und als der Kameramann endlich seinen hektischen Rundgang um sie beendet hatte, drehte er sich so, dass die junge Frau mit dem Gesicht zur Kamera stand.

Natürlich. Natürlich war er nett und dachte für andere mit. Schließlich hatte sich Erika in ihn verliebt, ihn nie vergessen. Die Sonne wärmte Miros Rücken, trotzdem überzog seine Arme eine Gänsehaut. Er rieb sie fröstelnd. So nahe dran war er! Der Mann, wegen dem er diese ganze Reise gemacht hatte, stand nur wenige Meter Luftlinie von ihm entfernt. Und Miro hatte keine Ahnung, was er tun sollte.

Mathilda und ihre Geschwister neben ihm wurden unruhig. Vermutlich war das für sie eine sehr langweilige Veranstaltung. Auf der Bühne wurden ein paar abschließende Worte gesprochen, irgendwas über Musik, gute Laune und eine Tanztradition. Dann betrat eine Musikgruppe die Bühne, und Stjepan verschwand.

Miro sprang auf, stieg auf die Bank und reckte den Hals. Nie und nimmer käme er rechtzeitig nach vorne durch, um ihn abzufangen.

Da zupfte ihn jemand am T-Shirt. »Jetzt tanzen alle.« Mathilda lächelte ihn an. »Den Familientanz. Los, komm, ich bring ihn dir bei. Das ist das Beste!«

Miro schüttelte entschuldigend den Kopf. »Sei mir nicht böse, Mathilda, aber ich muss jemanden finden.« Er reckte sich, doch von Stjepan war nichts mehr zu sehen.

Mathilda ließ ihn nicht los. »Wer das auch immer ist, der tanzt sicher auch gleich. Das machen alle.«

»Wie alle?«

»Na, alle eben. Schau!« Und tatsächlich, in Rekordzeit wurden die Bierbänke zur Seite geräumt, und sämtliche der Anwesenden stellten sich paarweise im Kreis auf.

Mathilda hakte Miro unter. »Also pass auf: Erst drehen wir

uns so dreimal rechtsherum im Kreis. Dann dreimal linksherum, dann machen wir einen Schritt nach links, und du schnappst den Nächsten dir gegenüber. Und dann alles wieder von vorn. Ganz einfach.« Sie kicherte und beugte sich vor. »Das heißt: Die Schritte sind einfach, aber den meisten wird ganz schnell schwindelig. Wie meinem Papa. Am Ende des Lieds sind nur noch wenige übrig.« Für sie schien das alles ein großartiger Spaß zu sein.

Miro allerdings sah sich mit großen Augen um. Sechsmal im kleinen Kreis und ansonsten in einem Großen? Das kannte er. Das war Erikas und sein »Wünsch dir was«-Tanz. Der, den sie zu jedem Geburtstag tanzten und immer dann, wenn mal wieder ein Wunsch in Erfüllung gehen sollte. Der, von dem er dachte, sie hätte ihn sich für ihn ausgedacht! Aber offensichtlich gab es dafür ein ganz reales Vorbild. Eine alte, istrische Familientradition.

Die Musik begann. Mathilda zog ihn mit sich. Und ehe er sich's versah, wirbelte Miro im Kreis, trat zur Seite, wurde von Mathildas Nachbarin untergehakt und weitergedreht. Weiter und weiter, er entfernte sich von der Stelle, an der Jakob schnell zurückgetreten war, um zuzusehen. Der Himmel drehte sich, die Holzplanken unter seinen Füßen, die Ziegen auf der kleinen Weide neben der Tanzfläche, die Bäume, die sich dahinter den Hügel hinauf erstreckten. Und sein Kopf, der drehte sich auch.

Miro schloss die Augen. Ihr Tanz war also eigentlich Stjepans. Oder besser der von Stjepans Familie, die womöglich auch seine war, das war schließlich sein Wunsch für diesen Tanz, oder? Er atmete tief ein, schüttelte den Kopf und schluckte schwer, als jemand einen Arm um ihn legte. »Everything okay, son? You don't look too good.« Miro öffnete die Augen, wollte seinem besorgt klingenden nächsten Tanzpartner versichern, dass er in Ordnung war, und brachte nur ein einziges Wort heraus, als er die Augen öffnete. »Stjepan?«

Zwei ungewöhnlich hellbraune Augen sahen ihn überrascht an. Jetzt also wusste er, woher seine Augen diese Farbe hatten, die Goldsprengseln drin, *Bernstein* hatte Erika dazu gesagt und Miro sich gewundert, warum sie dabei immer ein bisschen traurig geklungen hatte.

Stjepans Blick schweifte verblüfft über sein Gesicht, über die Nase mit den Sommersprossen, die Augen, die die gleiche Farbe hatten wie seine, hoch zu den widerspenstigen, roten Locken.

Und während alle andere wie wild um sie herum Kreise zogen, blieb für sie beide die Zeit stehen. Miro steckte zittrig die Hand aus. »Ich bin Miro«, sagte er in seiner Muttersprache. Schließlich hatte Stjepans Nichte in ihrem Brief geschrieben, dass Stjepan die deutsche Sprache nie verlernt hatte. »Miro Möller. Der Enkel von Erika.«

Mehr Worte brauchte es nicht. Miro hörte, wie Stjepan scharf die Luft einsog, sah in seinen Augen das Erkennen. Und den Schock.

57

Gedämpft waren noch immer Livemusik, fröhliches Lachen und das Gemurmel von Gesprächen zu hören.

Miro und Stjepan jedoch schwiegen und starrten in die Flammen des Lagerfeuers, das Stjepan auf der Wiese oberhalb des Festplatzes entzündet hatte. Die letzten Sonnenstrahlen fielen schräg auf die Spitze des großen Zeltes und lagen warm auf Miros Rücken.

Doch Stjepan, da war sich Miro sicher, war es weniger um Licht und Wärme gegangen, als er das Holz aufgeschichtet, Papier und Stroh dazwischengeschoben und schließlich ein langes Streichholz darangehalten hatte. Viel eher hatte es ausgesehen, als müsste er sich an etwas festhalten, was ihm bekannt war. Handgriffe, die er schon tausendmal getan hatte, irgendetwas, das ihn erdete. Was musste nun alles in seinem Kopf durcheinandergehen?

So wie auch in Miros. Was würde er gleich zu hören bekommen? Sein Herz klopfte viel zu schnell und geriet bei jedem Blick auf die in sich gekehrte Miene des Mannes neben ihm aus dem Takt. Hin und wieder zuckte sein Bein, unbewusst, als wollte es Miro daran erinnern, dass er, was auch immer geschah, aufstehen und fliehen konnte. Doch sein Kopf wusste natürlich: Das war Unsinn. Er war so weit gekommen. Er musste wissen, was damals geschehen war, ob es ihm gefiel oder nicht. Für Erika und für sich selbst.

»Du siehst ihr ähnlich, weißt du?« Endlich drehte Stjepan den Kopf und betrachtete Miro ausgiebig. Seine Hände lagen in seinem Schoß, die Finger ineinander verkrampft, die Knöchel weiß, als täte es ihm weh, Miro anzusehen. Aber auch als könnte er nun, da er es endlich tat, die Augen nicht von seinem Gesicht wenden. Als suche er irgendetwas darin.

Miro nickte langsam. »Ich habe ihre Haarfarbe. Und die Sommersprossen habe ich auch von ihr. Aber die Locken... die hat sonst niemand in unserer Familie.«

Stjepan nickte. »Ja. Diese sind von mir, denke ich. Und die Augen?«

»Die Augenfarbe auch.«

»Bernstein hat Erika immer gesagt.« Stjepan schluckte. »Und ich habe sie Dornröschen genannt. Wegen des Haars. Und unserem ersten Kuss.«

Miro musste lächeln. »Im Kino? In Triest?«

»Da kannten wir uns schon ein paar Wochen.« Nun lachte auch er leise. »Ich habe nicht viel gehalten von Kino oder Theater. Aber sie hat mir einen Vorschlag gemacht: Einmal hat sie ausgesucht, was wir tun, einmal ich.«

»Und das Autorennen, war das deine Idee?«

»Nein, auch ihre.« Stjepan schloss kurz die Augen. »Mit mir ist sie wandern gegangen, wir haben geangelt, Fische über Feuer gebraten. Wir hatten immer nur einige Stunden, meistens. Und ich wollte dann so viel von ihr haben wie möglich.« Er lehnte sich zurück. »Wir haben geredet, weißt du, geredet und geredet. Über alles und nichts, aber auch das ›nichts‹ war für mich... alles.« Er ließ den Kopf hängen und starrte ins Feuer. »Und ein Wunder. Sie war ein Wunder. Und dann...«, Stjepan holte tief Luft. »Dann sagte sie, wir müssten über etwas reden. Das nächste Mal, wenn wir uns sehen.«

Miro schluckte und wartete.

Stjepan hob unglücklich den Kopf. »Zuerst dachte ich, sie wollte es vielleicht ausmachen mit mir. Deshalb habe ich nicht darauf bestanden, dass sie sofort sagt, was los ist. Feige war ich. Ich dachte, wenn sie Zeit hat, darüber nachzudenken, entscheidet sie sich vielleicht um. Gibt mir noch eine Chance ...«

Miro schüttelte den Kopf. »Sie wollte sich nicht trennen. Ich glaube, sie hatte Angst, dir zu sagen, dass sie schwanger war.«

Stjepan fuhr sich fahrig über das Gesicht und nickte. »Und ich bin gegangen, dachte, wir hätten alle Zeit der Welt. Danach ich habe mich verflucht! Weil ich nicht bestanden habe, dass sie mit mir spricht. Aber auch weil ich ihr nicht von den Nachweisen erzählte, die ich von der Universität besorgt hatte.« Er seufzte schwer. »Ich wusste nicht, ob sie das will. Aber *ich* wollte auf alles vorbereitet sein. Darauf, auch irgendwo anders fertig zu studieren.«

Miro bekam große Augen. »Du wolltest mit ihr gehen?«

»Wenn sie mich hätte haben wollen.«

Miro sog scharf die Luft ein. Stjepan hatte seine Unterlagen zusammengestellt, um Erika zu folgen und mit ihr irgendwo anders ein Leben aufzubauen? Oh mein Gott! Das hieß, sie hatten beide dasselbe gewollt? Zusammenbleiben. Und trotzdem war etwas schiefgelaufen.

»Mit meine Mutter hatte ich gesprochen«, sprach Stjepan bedrückt weiter, »mit meine Stiefvater und älterer Bruder, nicht aber mit ihr! Ich war sicher, nach ihrem Jahr Au-pair geht sie ... woandershin, zurück nach Deutschland, Österreich vielleicht, irgendwo, wo sie eine gute Ausbildung bekommt als ... um zu backen. Das war immer ihr Traum.« Fragend sah er Miro an. »Hat sie ihn... gefunden?«

Miro zögerte. »Also, sie ist Konditorin, hat eine eigene Bäckerei und etliche Preise für ihre Kreationen gewonnen, das schon...«

»Aber?« Stjepans Stimme zitterte.

Miro zuckte hilflos mit den Schultern. Aber. Das *Aber* war doch klar, oder? Es gab nie nur einen Traum, nur ein Ziel. Um wirklich glücklich zu sein, brauchte es mehr. Dass es dir gelang zu tun, was dir wichtig war, und du dabei Menschen um dich hattest, die das zu schätzen wussten. Freunde, Familie und vielleicht jemanden, der dich zum Lachen brachte, mit dir Fische am Meer grillte, dich auf Spielplätzen küsste. Dem du von deiner neuesten Idee erzählen konntest und der deine Begeisterung teilte. Egal ob es um ein Erdbeer-Chili-Törtchen ging oder um eine Melodie aus Alltagsgeräuschen. Jemand, der oder die besonders für dich war und bei dem oder der du dich besonders fühlen konntest, einzigartig.

Manchmal haute das nicht auf Dauer hin. Das war Miro im Museum of Broken Relationships deutlich geworden. Manchmal allerdings gab es diese verrückte Chance auf ein Mehr. Und hatte man die erst einmal gefunden, konnte man sie unmöglich jemals wieder vergessen! Nicht, nach allem, was er von Jakob und seiner Marie gehört hatte. Nicht nach dem, was Erika geflüstert, und dem, was Stjepan ihm da gerade erzählt hatte. Manchmal war Liebe tatsächlich für immer. Und half dir die Erfüllung *eines* Traumes dann wirklich dabei, glücklich zu werden, wenn du den zweiten verlorst?

Zögernd hob er den Blick, landete in Stjepans, der ihn

noch immer aufmerksam ansah. »Aber«, presste er flüsternd hervor, »manchmal reicht *ein* Traum eben nicht für ein ganzes Leben.«

Stjepan blinzelte, nur seine Augenlider bewegten sich, der Rest von ihm schien erstarrt. Sie sahen sich an, als wären ihnen die Worte ausgegangen, und nun wüssten sie nicht mehr weiter.

Da brüllten plötzlich Stimmen nur wenig entfernt hektisch, panisch schrie jemand etwas, das sich für Miro nach »Jedi« anhörte. Verwundert drehte er sich um. Aus den Bäumen über ihnen brach eine seltsame Gruppe: Mit weit ausholenden Sprüngen raste ein kleiner Ziegenbock direkt auf sie zu. Gefolgt wurde er von einem vielleicht siebenjährigen Jungen, der verzweifelt mit den Armen wedelte. »Jedi!«, rief er mit vor Aufregung kieksender Stimme, »dođi k meni! Jedi!!« Direkt hinter ihm folgte ein Mädchen in Miros Alter und zum Schluss Jakob. Stöhnend, fluchend und sich die Seiten haltend, lehnte er sich gegen das Holzgatter der Weide und rang nach Atem.

Stjepan sprang auf, als das Zicklein über einige Steine setzte, und stellte sich breitbeinig vor das Lagerfeuer. »Okreni, luda mrvo!«, brüllte er, und Miro verstand kein Wort. Aber überdeutlich war, dass Stjepan sich darum sorgte, die kleine Ziege würde sich im wahnwitzigen Versuch, über das Feuer zu springen, womöglich nicht nur ein paar Haare versengen. Also stellte er sich daneben und tat es Stjepan nach: breitete die Arme aus und fuchtelte, was das Zeug hielt.

Das Tier schien das für ein wunderbares Spiel zu halten, es legte vor Stjepan eine Vollbremsung ein, nur, um mit ein paar gekonnten Sprüngen seitwärts exakt vor Miro zu landen. Einen Moment taxierte es ihn, als würde es darüber nachdenken, wie es auch ihn am schnellsten umrunden konnte. Dann senkte es den Kopf und rammte seinen Schädel gegen Miros Oberschenkel. Miro konnte gar nicht so schnell gucken, wie es ihn nach hinten katapultierte. Er landete schmerzhaft auf dem Allerwertesten. Allerdings gelang es ihm dabei, die Arme um den Hals des Zickleins zu schlingen, und nun zappelten sie beide mit allen vieren in der Luft herum.

»Vergiss es«, schnaubte Miro grimmig und hielt seinen Angreifer fest. »Ich lass dich nicht los, Satansbraten!«

Der kleine Junge jubelte, als er Miro und sein ungewöhnliches Haustier erreichte und Letzterem ein Halsband mit Leine umlegte. Erst dann ließ er sich außer Atem neben Miro fallen und redete in rasender Geschwindigkeit auf ihn ein. Das einzige Wort, das Miro verstand, war schon wieder *Jedi*, doch der Kleine sprach jetzt wohl sicher nicht über *Star Wars*, oder?

Endlich bemerkte er, dass Miro nicht reagierte. »Hrvatski?«, fragte er und schüttelte seufzend den Kopf, als Miro entschuldigend antwortete: »Nein, tut mir leid, ich spreche kein Kroatisch. Aber: Do you speak English?«

»Noch nicht«, antwortete Stjepan für den Kleinen und verwuschelte ihm die Haare. »Aber ich werde übersetzen.« Nur wenige kroatische Worte später starrten der Junge und das Mädchen Miro überrascht an, und Stjepan deutete auf die beiden. »Das hier sind Stipe und Marija. Die Enkel meiner Schwester.« Einen Moment überlegte er. »Meiner Stiefschwester. Ich habe ihnen gesagt, dass ihr verwandt seid und du nur Deutsch oder Englisch verstehst.«

Marija streckte Miro etwas unsicher die Hand hin. »Hi, I am Marija«, nickte sie ihm zu.

»I am Miro. Actually Miroslav. But everyone calls me Miro.«

Kaum hatte Stjepan für Stipe übersetzt, lachte der laut, murmelte etwas und deutete zwischen seiner Ziege und Miro hin und her.

»He says, you are alike«, feixte Marija. »Very ... determined and having a whole name and a nickname.«

Miro runzelte die Stirn. »Bitte was? Ich bin genauso dickköpfig wie Stipes Ziege?«

»Ich glaube, es geht eher um den Namen«, mischte sich da Jakob ein, der sich noch immer etwas außer Atem auf eine der grob behauenen Bänke rund um das Lagerfeuer niederließ. »Wenn ich das richtig interpretiere, ist auch Jedi eine Abkürzung.«

Stjepan nickte und betrachtete Jakob nachdenklich. »Richtig. Sein Name kommt von *jedinac*. Einzelkind. Seine Mutter hat ihn nicht angenommen.«

»Hm, tja ...« Jakob betrachtete die kleine Ziege, die es sich inzwischen mit den Vorderbeinen auf Miros Schoß bequem gemacht hatte und sich dort mehr als wohl zu fühlen schien. »Soll vorkommen.«

»Das ist Jakob«, stellte Miro nun endlich den alten Herrn vor. »Ohne ihn wäre ich nie bis hierhergekommen. Er ist so was wie ... mein unfreiwillig-freiwilliger Reisebegleiter. Und das hier, Jakob, ist Stjepan. Mein ... Großvater.«

Jakob beäugte Stjepan vorsichtig, nickte ihm zu und beugte sich dann zu Miro. »Und hast du inzwischen alles rausgefunden, was du wissen willst?«

Schnell schüttelte Miro den Kopf. »Nein«, flüsterte er und biss sich auf die Unterlippe. »Das Wichtigste fehlt noch.«

Jakob beobachtete Enkel und Großvater. Sie sahen sich wirklich ähnlich. Die gleichen kaum zu bändigenden Locken – auch wenn man bei Stjepans eisgrauem Haar nicht genau sagen konnte, welche Farbe es ursprünglich einmal gehabt haben mochte. Die gleichen ernsthaften Augen, die gleiche Art, die Schultern bis an die Ohren zu ziehen und die Nase zu kräuseln, wenn sie unsicher waren.

Momentan waren sie das beide. Stjepan hatte Marija und Stipe losgeschickt, Jedi zurück ins Gehege zu begleiten und ihnen anschließend drei Teller Essen zu bringen. Jakob hingegen war sitzen geblieben, wo er war. Nun aber starrten Miro und Stjepan in das langsam herunterbrennende Feuer, fuhren sich unsicher durch die Haare, holten Luft, als wollten sie etwas sagen, und entschieden sich immer wieder dagegen.

Grillen zirpten. Irgendwo krächzte ein Nachtvogel. Die Ziegen verzogen sich zur Nachtruhe, und Jakob gab sich einen Ruck. »Ich verschwinde vielleicht auch besser. Ihr beide solltet unter euch sein.« Er stand auf.

Miro fasste bittend nach seiner Hand, und Stjepan schüttelte den Kopf. »Nein, mein... Enkel hat gesagt, ohne Sie wäre er nicht hier. Setzen Sie sich. Also«, er sah Miro fest entschlossen an, »wo waren wir?«

Miro hielt den Blick auf das Feuer gerichtet. »Bei Träumen. Und dass du mit Erika gegangen wärst.«

»Ja«, Stjepan nickte. »Ich hatte Sonderurlaub beantragt. Um sie zu überraschen. Aber vorher besuchte ich meine Eltern und redete mit ihnen.« Er seufzte schwer. »Ich sagte, dass ich überall lernen kann, vielleicht auch etwas, das uns hilft. Falls Erika und ich zurückkämen.« Er schüttelte den Kopf. »Meine Eltern glaubten daran nicht... dass wir zurückkommen, meine ich. Aber aufgehalten haben sie mich nicht. Nur: Dann bin ich noch einmal nach Zagreb...« Jakob sah, wie sich Stjepans Hände zu Fäusten ballten und er nach Worten suchte. Sah, wie Miro sich nach vorn beugte, als hoffte er, ihm dadurch die nächsten Sätze zu entlocken.

Dann nickt Miro plötzlich und schnappte nach Luft. »Ende 1971«, murmelte er. »Was haben Ekreb und du gesagt, Jakob? Nach dem Prager Frühling brach direkt der nächste Winter an?« Er rutschte näher zu Stjepan. »Wie war das mit dem kroatischen Frühling?«, wollte er wissen. »Fand der in Zagreb statt?«

Einen Moment sah Stjepan ihn überrascht an, dann nickte er geschlagen. »Auch. Vor allem. Ich war ohne Ahnung! Bin in die Studentenunruhen geraten. Freunde von mir waren auf dem Weg zum Versammlungsort, ich ging mit. Dann die Polizei, ich habe versucht, einem von ihnen zu helfen.« Er schnaubte unglücklich auf. »Er konnte fliehen. Ich nicht.«

Jakob starrte ihn an. »Untersuchungshaft?«

Miro blinzelte verblüfft, Stjepan jedoch zuckte hilflos mit den Schultern. »Ja, nur welche Untersuchung? Ich habe gesagt, dass ich nur zufällig vor Ort war, wie ich heiße, wo ich wohne, aber nichts weiter weiß.«

Jakob fröstelte. »Lassen Sie mich raten, sie haben Ihnen nicht geglaubt?!« Natürlich hatten sie das nicht, warum sollte es in Zagreb anders gelaufen sein als überall sonst? »Sie wollten, dass Sie Namen nennen, haben Ihnen immer wieder dieselben Fragen gestellt und Antworten in den Mund gelegt. Keine Nacht haben sie Sie durchschlafen lassen, Sie angeschrien und Ihnen gedroht, und zwischendurch hat einer von ihnen nett gespielt?« Nach Luft schnappend, schloss Jakob den Mund. Verdammt! Das hatte er alles gar nicht sagen wollen. Schließlich ging es hier nicht um ihn.

Entschuldigend drehte er sich um, da legte Stjepan eine beruhigende Hand auf sein zitterndes linkes Knie und sah ihn verständnisvoll an. »Nein«, murmelte er. »Nein, mir haben sie kaum zugesetzt. Aber sie haben mich eine Woche behalten.« Dann lehnte er sich zurück. »Und das war das Schlimmste, was sie tun konnten.« Matt sah er Miro an. »Als ich freikam, war Erika weg.«

Miro räusperte sich. »Ja«, flüsterte er, »ihre Au-pair-Familie ging zurück nach Österreich.«

»Niemand verriet mir ihre Adresse.« Stjepan schüttelte den Kopf. »Niemand!«

»Hmm, sie arbeitete schließlich für einen Diplomaten.« Miro bewegte sich nicht.

»Aber ich konnte sie auch sonst nirgendwo finden.« Stjepan klang frustriert. »Ich habe alles versucht, aber eure Nachname, Miro... den gibt es bei euch mehr als meinen Vorname hier. Nur...« Und damit sah er bittend auf, »... du musst mir glauben: Hätte ich gewusst, dass sie ein Kind erwartet – ich hätte alle Tausend Möller angeschrieben oder angerufen. Egal wie lange es gedauert hätte, ich hätte sie gefunden, aber ich wusste nicht... Es tut mir leid, Miro! Wir haben so viel verpasst.«

Es wurde still. Miros Kinn zuckte nach unten – nur ein einziges Mal. Als wollte es sagen *Ja, ich habe dich gehört, aber so recht glauben kann ich dir noch nicht.*

Und Jakob verstand ihn. Rein logisch erkannte Miro sicher, dass Stjepan alles Menschenmögliche getan hatte, um sie zu finden. Aber was half diese Logik, wenn er trotzdem ohne seinen Großvater und dessen Familie aufgewachsen war? Und währenddessen immer hatte denken müssen, dass sie ihn nicht gewollt hatten?

»Miro? Ujače? Mister Jakob?« Marija winkte ihnen von unten und ruderte mit beiden Armen. »Mum says you all should eat with us!«

Stjepan und Jakob standen auf und hoben eine Hand zum Zeichen, dass sie verstanden hatten.

Miro seufzte lauthals. »Essen? Irgendwie kann ich gerade überhaupt nicht an Essen denken!«

Stjepan verzog das Gesicht. »Da sind wir schon zwei.«

Jakobs Magen allerdings knurrte vernehmlich, also verdrehte er ungeduldig die Augen und befahl: »Jetzt reißt euch aber mal zusammen! Ja, in Ordnung, ihr habt viel verpasst. Aber glaubt mir, dem König der verpassten Chancen, eins eben nicht: die Möglichkeit, aufzuholen. Wie oft hat man die schon im Leben?« Er stemmte die Hände in die Seiten und bemühte sich um den grimmigsten Blick, den er aufbringen konnte.

Es schien zu wirken. Überrascht starrten Stjepan und Miro ihn an, dann begannen sie zeitgleich zu lächeln.

»Jakob, Freund und unfreiwillig-freiwilliger Begleiter von meine Enkel«, brummelte Stjepan und verbeugte sich leicht, »wahrere Worte wurden nie gesprochen!« Er hakte Miro unter. »Wir haben immer noch jetzt! Also: Auf zum Familienessen.«

»Gott sei dank.« Jakob lief gleich doppelt erleichtert voran. »Ich bin halb verhungert!«

Kaum saßen sie hinter dem Zelt an einem langen Tisch, flogen die Fragen nur so hin und her. Miro schüttelte Hände, versuchte, sich sämtliche Namen zu merken, und verdrückte zwischendurch alles, was in seiner Reichweite stand. Von wegen, der Junge hatte keinen Hunger! Er bediente sich großzügig auch an Jakobs Teller und sah noch immer hungrig aus.

Marija und Stipe hatten offenbar ganze Arbeit geleistet. Nicht nur Stjepans große Familie hatte sich eingefunden, alle naselang hielten auch Freunde und Bekannte neben ihnen und wollten wissen, ob es stimmte, es tatsächlich einen Familienneuzugang gab. Jakob brummte der Schädel, es nahm gar kein Ende. Stjepan und die Familie Božin kannten offenbar alle und jeden. Stjepan kam aus dem Nicken gar nicht mehr heraus, antwortete »Svakako« und »Da!«, und ein kurzer kroatischer Wortwechsel entbrannte, bevor Miro und Jakob ein weiteres Mal warm begrüßt wurden.

Schließlich hatte Marija ein Einsehen mit dem Jungen und zog ihn auf die Tanzfläche. Bei all der Dreherei wurde es Jakob ganz schwummrig. Erleichtert, dass ihm der Traditionstanz erspart wurde, spießte er die verbliebenen Kartoffeln auf – jene, die der Lulatsch ihm gnädigerweise übrig gelassen hatte. Beinahe hätte er dabei Stjepans nächsten Satz überhört.

»...haben wir entschlossen«, murmelte dieser, »dass ihr bei uns übernachtet.«

»Oh ja?«

»Allerdings! Wie hast du so treffend gesagt: Zeit aufzuholen.«

Jakob warf einen Blick in Richtung des Parkplatzes, auf dem Bienchen stand. »Ich kann prima in meinem Bus schlafen. Schließlich gehöre ich nicht dazu. Nicht wirklich.«

Stjepan grinste breit. »Da kennst du meine Familie schlecht.«

Verlegen sah Jakob in die Runde freundlicher Gesichter um ihn herum. »Ich will nicht stören. Miro und ich besprechen morgen, wie es weitergeht. Ob er bleibt und ich fahre oder...« Er brach ab. Es würde ihm schwerfallen weiterzureisen. Viel schwerer als noch vor ein paar Tagen. Natürlich hatte er dem Jungen nur das Beste gewünscht und gehofft, er fände, wonach er suchte. Aber was das für ihn bedeuten würde, darüber hatte er nicht nachgedacht. Er wäre wieder allein. Mit sich und seinen... Angelegenheiten. Ohne nachzudenken, griff er in sein Jackett und befühlte den Briefumschlag.

»Nichts da. Du bleibst.« Stjepans Stimme duldete kein Widerwort. »Du hast meinen Enkel hierhergebracht. Ohne dich hätte er vielleicht sogar aufgegeben.« Er zwinkerte Jakob zu. »Außerdem...« Nun lehnte er sich zurück und sah in den

Himmel, an dem mindestens genauso viele Sterne standen, wie Jakob sie in Herzow hatte sehen können. »Außerdem: Wenn jemand nett ist, verdient er Nettes zurück.«

Jakob verschluckte ein Lachen. »Also, nett bin ich nun wirklich nicht. Nie gewesen, und auf meine alten Tage wird das wohl auch nichts mehr.«

Stjepan schnaubte amüsiert auf, als sich Miro atemlos zwischen ihnen auf die Bank fallen ließ und Jakobs letzte Kartoffel von seiner Gabel klaute. »Uff!« Er grinste Jakob an. »Ich habe heute Abend mehr Kreise gedreht als in meinem ganzen Leben. Können wir ein paar Tage bleiben? Bevor wir zurückfahren? Oder musst du früher weiter?«

Jakob zögerte, Stjepan sah ihn mit hochgezogenen Augenbrauen an.

»Klar, machen wir, Junior«, hörte er sich antworten. Wer war er, dem Jungen die Familienzusammenführung oder die Rückreise zu vermiesen? Oder das Im-Kreis-Tanzen, bis ihm schlecht wurde? »Schließlich will ich nicht, dass du mit jemand anderem trampst.«

Miro strahlte. »Toll! Danke!« Dann wandte er sich an Stjepan. »Jakob und ich haben uns adoptiert. Also ist er auch so was wie Familie.«

Zu Jakobs Verwunderung blieb Stjepan völlig ernst. »Ja, Junge, das sieht man.«

Jakob musste blinzeln. Damit hatte er nicht gerechnet. Die bisher unbekannte Familie Miros schien ihn fraglos als sein Anhängsel zu akzeptieren, blutsverwandt oder nicht. Der Junior selbst bestand auf seiner Anwesenheit, obwohl er nun gefunden hatte, wonach er suchte. Und Jakob war verblüfft, wie wohl er sich fühlte inmitten all der fremden Menschen. Er dachte an Gustav, der ihn immer wieder ermutigt hatte, Freundschaften zu schließen. »Es ist nicht nur die angeborene Familie, die zählt«, hatte er gesagt. Doch Jakob hatte es nicht über sich gebracht. Er hatte eine Ersatzfamilie gehabt und mehr als das, doch sie hatte ihn genauso leicht aus ihrem Leben gestrichen wie seine eigentliche. Noch einmal hatte er das Risiko nicht eingehen wollen.

Miro redete noch immer, begeistert und aufgeregt, und Jakob hörte nur die letzten Worte: »...Jules Verne und Dante, kannst du dir das vorstellen? Marija und Stipe sagen, das ist absolut fantastisch! Also was ist, kommst du mit, Jakob? Gleich morgen?«

»Ähm, in Ordnung.« Jakob nickte überfordert. Was hatten Jules Verne und Dante mit Istrien zu tun? Von dem französischen Schriftsteller kannte er nur den Roman *Die Reise zum Mittelpunkt der Erde*, den er nicht einmal zu Ende gelesen hatte. Von dem Italiener wusste er nichts weiter, als dass es in seinem Werk um Höllenkreise ging – acht? Neun? Zehn?

»Jakob ist dabei!«, rief Miro entzückt und stürzte wieder auf die Tanzfläche.

Einige der Anwesenden applaudierten und pfiffen, hielten ihm hochgereckte Daumen entgegen. Oh, oh! Jakob drehte sich zu dem breit grinsenden Stjepan. »Zu was genau habe ich da gerade Ja gesagt?«

»Zu einer Tour nach Pazin. Liegt in der Mitte Istriens«, antwortete sein Gegenüber mit verdächtig glitzernden Augen. »Dort gibt es eine berühmte Schlucht, die Kreativität anregt. Und ein kleines, aber feines Museum im Kaštel.«

Jakob nickte. Kaštel bedeutete vermutlich ein weiteres Schloss. Damit konnte er umgehen. Er gähnte, der heutige Tag war mehr als anstrengend gewesen. »Und hat die Schlucht auch Musiker inspiriert?«, wollte er wissen. Vielleicht gab es da ja für Miro etwas zu entdecken.

»Zumindest inspiriert sie noch immer zu… Tönen«, schmunzelte Stjepan vielsagend. »Sehr lauten Tönen.«

»Hat sie ein besonderes Echo?«

»Ja, so kann man das sagen. Aber du kannst dir morgen ein eigenes Bild machen.«

»Das werde ich, erst einmal allerdings…«, Jakob gähnte erneut, »könnte ich ein wenig Schlaf vertragen.«

Stjepan stand auf. »Das gilt auch für mich.« Er zwinkerte Jakob zu. »Lassen wir die Jungen weiterfeiern. Ich bringe dich zur Unterkunft.«

Jakob winkte Miro zum Abschied, der sich noch immer inmitten der Tanzfläche befand. Er holte seine Tasche aus Bienchen und füllte die Milchschale des Streuners auf. Dann ließ er sich von Stjepan an der Ziegenwiese und dem nur noch glimmenden Lagerfeuer vorbeigeleiten, durch ein kleines Waldstück auf einen gestampften Lehmweg zu einem gedrungenen Ziegelhäuschen des Weingutes.

Ursprünglich von den Vorfahren der Familie errichtet, war es das allererste Gebäude überhaupt gewesen, erzählte Stjepan. Von hier aus hatten die Urgroßeltern seines Stiefvaters aufgebaut, was nun ein florierendes Unternehmen mit mehr als siebzig Mitarbeitern war. Anstatt die Kate abzureißen, hatte sich jede Generation darum bemüht, sie zu erhalten, zu erweitern und nach und nach mit allen möglichen Annehmlichkeiten auszustatten, ohne dass ihr ursprünglicher Charme verloren gegangen war. Inzwischen wurde das zweigeschossige Ziegelhaus als Gästeunterkunft genutzt. Für den Besuch der zahlreichen Nichten und Neffen oder – wie jetzt – für Miro und Jakob.

Jakob fand es wunderbar. Privat und gemütlich, aber mit genug Platz für eine ganze Familie. Vor den bodentiefen Fenstern und Terrassentüren im Erdgeschoss gelangte man direkt in einen kleinen Blumengarten. Dahinter erstreckten sich die ersten Weinspaliere, vor jeder Reihe ein Rosenstrauch. Weiter oben am Hügel erhob sich das Gutshaus – Hauptsitz der Familie Božin mit Verköstigungsraum und Weinkeller. Es war verdammt romantisch!

»Hier«, Stjepan öffnete eine Tür im Erdgeschoss, »ist dein Schlafzimmer. Der Junge hat seins oben. Wir sehen uns morgen?«

Jakob nickte. »Ja, ich würde mich freuen.«

Stjepan wandte sich zum Gehen, an der Eingangstür drehte er sich noch einmal um. »Vielleicht verrätst du mir dann, wie du auf Idee kommst, du wärst nicht nett.«

Die Tür fiel hinter ihm ins Schloss, Jakob war allein. Irgendwoher bellte ein Hund, meckerten Ziegen, und er schlüpfte aus Schuhen und Jackett.

Nettsein bedeutete für Jakob, mehr für andere zu tun als für einen selbst. Dass man jemanden mochte und nicht darüber nachdachte, ob dieser einem im Gegenzug nützlich war. Nettsein war im Zweifelsfall etwas, bei dem man auf die Nase fiel, und danach war man es nicht mehr. Oder aber man wollte es nicht mehr sein, aber dann stand da plötzlich ein hoch aufgeschossener Junge mit roten Locken, Bernsteinaugen und Sommersprossen vor einem, fest entschlossen, einen Verschollenen ausfindig zu machen.

Nettsein mit Miro war überraschend leicht. Und das Allerbeste war: Nettsein *für* Miro hatte sich bisher kein einziges Mal als Rohrkrepierer herausgestellt.

Jakob sah sich um, schnappte sich ein Stück Papier und einen Stift und schrieb eine Nachricht, die er in der Mitte des Wohnbereichs auf dem Boden zurückließ. Dann besah er sich sein Zimmer. Das Bett sah einladend aus, die Fenster hinter den zugezogenen sonnengelben Vorhängen waren groß, und das angrenzende kleine Bad gehörte nur ihm. Heute Abend allerdings war er zu müde für mehr als Zähneputzen und Katzenwäsche.

Als er sich endlich auf der Matratze ausstreckte, seufzte er wohlig auf. Oh ja, hier konnte er problemlos weitere Tage verbringen! Er sollte nur daran denken, ihrem mitreisenden Katzentier auch morgen etwas zu essen zu besorgen. Stjepan würde dabei sicher helfen. Oder aber der Streuner war heute Abend ausgebüxt und suchte sich selbst ein Abendessen und eine gemütlichere Schlafstätte als den Bus? Jakob hatte das Fenster der Fahrerseite offen gelassen. Schon fast im Schlaf musste er lächeln.

Vielleicht fände der Vierbeiner hier ja ebenfalls neue Freunde.

Miro drückte leise die Klinke herunter. Marija hatte ihn zu dem kleinen Gästehaus auf dem Grundstück ihres Weinberges begleitet und erzählt, dass Stjepan Jakob dort schon untergebracht hatte. Ein warmer Lichtschein hatte ihnen den Weg gewiesen und Miro gehofft, der alte Herr wäre noch wach.

Er hatte getanzt und gefeiert, sich unglaublich gefreut, nun aber brauchte er jemanden zum Reden. Jemanden, dem er selbst Unausgegorenes sagen konnte und der ihm dabei half, damit umzugehen. Denn inmitten all der Freude hatte sich ein Gedanke in ihm eingenistet, der ihm nach und nach das Atmen erschwerte: Natürlich hatte er sich gewünscht, Stjepan zu finden und zu erfahren, warum er damals nicht aufgetaucht war. Dass es dafür einen anderen Grund gegeben hatte als den Unwillen, Vater zu werden. Sein Wunsch war in Erfüllung gegangen, seine unbekannte Familie unglaublich. Und er hatte keine Ahnung, wie er all das Erika beibringen sollte!

Miro schlich ins Wohnzimmer. Eine Lampe brannte, doch von Jakob keine Spur. Unsicher blieb er stehen.

Er war davon ausgegangen, Erika irgendein Ergebnis von seiner Reise mit nach Hause bringen zu können. Dass er ihr etwas erzählen würde über einen Mann, den er leider nicht mehr hatte befragen können. Oder einen, der sein eigenes Leben gelebt hatte, ohne sich allzu viele Gedanken über Erika zu machen. Mit etwas Glück über einen, der erfreut war, nach all den Jahren mit ihr Kontakt aufzunehmen und sich auszutauschen.

Kennengelernt aber hatte er einen Mann, dem es ebenso gegangen war wie Erika – der alles Mögliche versucht hatte, um sie zu finden, der sie nie hatte vergessen können. Dem sie – wie er für sie – die eine, so wichtige, aber verpasste Chance des ganzen Lebens war.

Wie konnte er Erika sagen, dass sie und Stjepan mit einem klitzekleinen bisschen mehr Glück ein ganz anderes Leben hätten führen, Jahrzehnte miteinander hätten verbringen können! War das nicht viel schlimmer als alles andere? So viel verlorene Zeit ließ sich nie wieder aufholen.

Bedrückt lief er Richtung Fenster, trat auf einen Zettel am Boden und hob ihn auf. *Sei nicht böse Junge,* stand dort, *ich bin kaputt und lege mich hin. Ich hoffe, du hattest einen wunderbaren Abend. Dein Zimmer ist oben links. Bis morgen, schlaf gut.*

Miro steckte das Papier ein. Ja, er hatte einen wunderbaren Abend gehabt. Aber jetzt hatte er deshalb ein schlechtes Gewissen.

Ein paar Schritte weiter, vor dem gemütlich aussehenden Sofa, standen Jakobs Schuhe, hing sein Jackett über einer Stuhllehne. Das mit dem ungeöffneten Briefumschlag in der Innentasche, den Jakob immer dann hervorzog, wenn er glaubte, Miro sähe es nicht.

Miro zögerte. Dann trat er näher und holte ihn heraus. Noch immer war er fest verklebt. Jakobs Adresse stand darauf – Herzow, ein kleines Dorf, rund zwei Stunden von Berlin entfernt. Erika hatte sich immer gefreut, wenn sie mit dem Zug dort hindurchgefahren waren. Weil es so romantisch klang.

Der Absender war eine Kanzlei, der Postleitzahl nach in Süddeutschland. Miro zückte sein Tablet und gab sie ein –

91320... Ebermannstadt in Franken. Eine Kleinstadt mit nicht mehr als siebentausend Einwohnern. Aber auch – glaubte man den Ergebnissen der Suchmaschine – mit einer für normale Züge stillgelegten Bahnstrecke. Nur zu besonderen Gelegenheiten fuhr darauf eine alte Dampflokomotive mit Namen Bubikopf durch die Fränkische Schweiz, organisiert von dem ansässigen Eisenbahnverein. Nur dieser würde sich ja wohl kaum über einen Notar oder Rechtsanwalt ausgerechnet an Jakob wenden, wenn sie einen Dampflokfachmann brauchten, oder? Worum also ging es hier eigentlich, und was machte Jakob so viel Angst, dass er sich nicht traute herauszufinden, was in dem Brief stand? Vielleicht hatte er ja etwas gewonnen, vielleicht... ja vielleicht versuchte ihn jemand aus seiner Familie zu kontaktieren. Oder aber diese Marie?

Einen Moment zögerte Miro unsicher und sah sich um. Wie magisch angezogen landete sein Blick auf dem Wasserkocher in der kleinen Küchenzeile. Ein Zeichen? Weiter links, auf dem alten Holzschreibtisch, lagen ein paar Stifte, ein Block, Heftklammern und: Papierkleber. Ja, definitiv ein Zeichen. Jakob hatte Miro immer Mut gemacht, nicht aufzugeben. Vielleicht war es nun an ihm, etwas zurückzugeben?! Wenn in dem Brief eine gute Nachricht stünde, würde Miro Jakob davon erzählen. Wäre sie weniger gut, könnte er dafür sorgen, dass Jakob nicht allein war, wenn er den Umschlag schließlich doch noch öffnete. Wäre für ihn da, wie Jakob es umgekehrt für ihn gewesen war.

Entschlossen füllte er den Wasserkocher und wartete mit dem Brief in den zitternden Händen.

Kurz bevor das Wasser zu sprudeln begann, vibrierte sein

Handy in der Hosentasche. Miro zog es heraus. Die News teilten ihm mit, dass irgendein wichtiger Regisseur entschlossen hatte, einen neuen Film über die Beatles zu drehen. Der letzte Satz lautete: *All you need is love*.

So. Das war's, aller guten Zeichen waren drei! Entschlossen hielt Miro den Briefumschlag in den Wasserdampf. Das Papier wellte sich, die Gummierung löste sich, mit Herzklopfen entblätterte er eine exakt auf Kante gefaltete Seite. Unten ein offizieller Stempel, ein gedruckter Absender, und dann las er die ersten Zeilen: *Sehr geehrter Herr Grünberg, ich zeige die anwaltliche Vertretung von Inge Jones an und muss Sie leider über deren Tod in Kenntnis setzen.*

Miro griff hinter sich und landete auf einem der unbequemen Küchenstühle. Hatte Jakob es deshalb nicht über sich gebracht, den Brief zu öffnen? Weil er ahnte, jemand war gestorben? Miro überflog die Zeilen, suchte nach mehr Anhaltspunkten. Der Rechtsanwalt bat darum, dass Jakob sich unverzüglich mit ihm in Verbindung setzte. Aber er schrieb nicht nur über das Testament, sondern auch über private Dokumente und Schriftstücke, die er Jakob dann aushändigen wollte.

Wenigstens war es nicht Marie, um die es hier ging, und der Nachname dieser Inge klang nicht, als handelte es sich um ein direktes Familienmitglied Jakobs. Nichtsdestotrotz: Womöglich hatte sie Jakob etwas hinterlassen, das ihm eine neue Perspektive gäbe? Ein Haus irgendwo anders als da, wo er herkam und wohin er so deutlich nicht mehr zurückkonnte und -wollte? Persönliche Unterlagen, die ihm dabei halfen, sich mit seiner Vergangenheit auseinanderzusetzen? So wenig Jakob dahingehend blicken ließ, eins war klar: Irgendetwas war damals unglaublich schiefgelaufen. Weshalb sonst wollte er nicht einmal mit seiner Familie begraben sein?

Entschlossen notierte sich Miro die Adresse des Anwalts, lief zu dem kleinen Schreibtisch und griff nach dem Papierkleber. Erika und Stjepan konnten die verpassten Jahre womöglich nicht mehr aufholen. Doch zumindest hatten sie ein *Jetzt*. Im Gegensatz zu Jakob und dieser Frau Jones, wer auch immer sie gewesen sein mochte.

Miro klebte den Umschlag vorsichtig wieder zu, als sein Blick auf das Tintenfass fiel. Und plötzlich hatte er auch eine Idee für Erika.

»Oh nein, auf gar keinen Fall!« Jakob war sich sicher, jeder der hier Anwesenden konnte die Panik in seinem Gesicht sehen. »Keine zehn Pferde bringen mich da runter!«

Dazu hatte er also gestern so unüberlegt *Ja* gesagt? Zu einem Besuch der *Zip-Line* oder wie das Ding in schwindelerregender Höhe hieß? Nur ein Klettergurt, zwei Seile und Karabinerhaken stünden zwischen ihm und hundert Metern Luft bis zum Boden der Schlucht. Welcher Adrenalinjunkie hatte sich diesen Wahnsinn nur wieder ausgedacht?

Mit zitternden Beinen lehnte er sich gegen das Geländer der Holzplattform und ließ weiteren Teilnehmern ihrer Gruppe den Vortritt. Vier Kindern, zwei Erwachsenen. Eins der Kinder winkte ihm zu. Tatsächlich, die kleine Mathilda von gestern.

»Wenn Sie wollen, wir können fliegen Tandem«, redete eine der Begleiterinnen beruhigend auf ihn ein.

Jakob schüttelte den Kopf. »Nehmen Sie es mir nicht übel, aber das Problem ist das Fliegen. Ob ich das allein tue oder ob Sie mit mir an dem Höllending hängen, macht keinerlei Unterschied.«

Vor ihm kletterte Mathilda erwartungsvoll die drei Stufen zur Rampe empor und ließ sich festklipsen.

Jakob drehte sich zu Miro. »Du hättest mich warnen können«, murmelte er empört.

Miros Grinsen war breit. »Ich dachte, du hättest mir zugehört.«

Jakob knurrte. »Erinnere mich dran, in Zukunft immer dreimal nachzufragen, wenn du mir irgendetwas vorschlägst.«

Die Sicherheitsbegleiterin drehte sich mitleidig zu ihm um. »Sie müssen nicht. Immer wieder gehen Menschen zurück. Sie bekommen natürlich Geld wieder.« Dann drehte sie sich zu Mathilda. »Bereit?«

»So was von!« Vorfreudig hibbelte die Kleine auf den Zehenspitzen auf und ab. Fast so schnell, wie Jakobs linkes Knie zitterte. Nur, dass dieses es nicht bewusst tat. Oder etwa aus Freude.

»Okay, dann…«, die Begleiterin zog sie ein Stück zurück und gab ihr ordentlich Schwung mit, »los!«

Mathilda schrie, und Jakobs Herz fiel bis in seinen Magen. Dann hörte er sie lachen. Und wieder schreien. »Hurraaaaaaa«, kreischte sie, »das ist so cooooooool!«

Mit offenem Mund sah er zu, wie sie in rasender Geschwindigkeit an dem Seil über die Schlucht flitzte und immer kleiner wurde. Nur gefühlte zwei Sekunden später griff der zweite Mitarbeiter der Zipline auf der anderen Seite nach ihrer ausgestreckten Hand, zog sie auf den dort errichteten Turm und knipste ihren Gurt von dem Seil. »Next!«, rief er.

Jakob lief einen Schritt vorwärts. Dann blieb er wieder stehen. Mathildas Mutter drehte sich lächelnd zu ihm um. »Wollen Sie nach Mathilda, oder sollen erst wir beide?« Sie deutete auf einen ihrer kleineren Söhne, der mit ihr gemeinsam die Seilrutsche überqueren würden.

»Mama komm!«, brüllte Mathilda aus voller Kehle. »Das ist wie fliegen! Nur schöner!« Sie winkte mit beiden Armen.

Und bevor Jakob sich's versah, trat er noch weiter vor und nickte. »Jetzt oder nie.«

Miro beugte sich zu ihm. »Mach zur Not einfach die Augen zu.«

Jakob ließ sich ans Seil einhängen und schluckte. »Nein, Junge, wenn ich eins gelernt habe, dann dass es nichts nutzt, die Augen zu verschließen.«

In einer Sekunde sah er Miros nachdenklichen Blick, in der nächsten war er unterwegs. Der Wind rauschte in seinen Ohren, die Bäume sahen von hier oben aus wie Miniatur-Nachbildungen neben den Gleisen einer Modelleisenbahn. Mathilda klatschte und jubelte, irgendwer schrie, laut und erfreut und mit kleinen Japsern und Lachern zwischendurch und ... verdammt noch mal, das war ja er selbst!

Schon war er auf der anderen Seite, wurde in Empfang genommen und abgekoppelt. Mathilda und einige der anderen applaudierten. Mit roten Ohren ließ sich Jakob neben dem Mädchen zu Boden gleiten.

»Und?«, wollte die Kleine wissen und strahlte ihn an. »Super, oder?«

»Ja super.« Er lachte.

»Die nächste Strecke wird langsamer«, erklärte sie ihm fachkundig. »Die ist nicht so steil. Dann sieht man auch mehr.«

Jakob musste kichern, ein ungewohntes Geräusch, selbst für seine Ohren. Dann seufzte er.

»Keine Angst«, machte Mathilda ihm Mut, »das ist nicht mehr so schlimm. Jetzt hast du es ja schon einmal gemacht.«

Überrascht sah er sie an. Das stimmte, das erste Mal war immer am nervenaufreibendsten, egal, ob es sich dabei ums Schwimmen handelte, ums Küssen, um die Zipline. Also ging es wohl vor allem darum, nach dem ersten Mal nicht aufzugeben. Er hangelte sich an den Holzbalken hinauf und holte tief Luft. In Ordnung, von ihm aus konnte es weitergehen.

Das Adrenalin kreiste auch dann noch in ihm herum, als Miro und er durch die kleine Burg des Dorfes liefen. Es brachte den Kreislauf in Schwung, machte den Kopf leicht, die Farben leuchtender, Geräusche klarer und plötzlich alles möglich. Das nächste Mal, wenn er in einem Loch saß und nicht mehr ein noch aus wusste, sollte er es vielleicht mal mit einem Bungeesprung versuchen.

Mit klopfendem Herzen folgte er Miro durch die Räume. Hier gab es alte Trachten und einen Webstuhl, eine Ausstellung über die Kunst des Fässerschlagens, moderne Tier-Skulpturen im Innenhof und von Band die passenden Geräusche dazu, unterlegt von Melodien alter kroatischer Volksweisen: schräg anmutende Geräusche eines Blasinstruments, das ein bisschen nach Oboe klang, und Klapa-Gesänge, die, nur aus Männerstimmen bestehend, stark in Lautstärke und Tempo variierten. Miro erstand auf dem Weg nach draußen zwei CDs.

Besonders aber erheiterte Jakob die prominent aufgestellte Infotafel vor der Burg am Abgrund. Sie ließ keinen Zweifel daran, dass es erst ein Besuch bei der Paziner Schlucht gewesen war, der Jules Verne und Dante Alighieri zu wahren Schriftstellern gemacht hatte. Aber auch andere Namen wurden genannt: Komponisten und moderne Bands, Maler, und wussten die verehrten Besucher eigentlich, dass *Ulysses* des Iren James Joyce viel seinem Besuch im istrischen Pula zu verdanken hatte? Oder dass der tatsächliche Geburtsort Marco Polos nicht etwa Venedig war, wie alle glaubten, sondern eine kleine Insel im Süden Kroatiens namens Korčula? Jakob gefiel das. Die einen knüpften ihren Stolz daran, dass sie gewisse weltbekannte Gerichte erfunden hatten, die anderen erklärten kurzerhand ihr gesamtes Land zur internationalen Inspirationsquelle. Ein schöner Gedanke.

Vielleicht also würde Istrien Miro dabei helfen, sein Gesellenstück zu komponieren... oder zusammenzufrickeln, wie der Junge hartnäckig sagte. Seine Großmutter hatte ihn immer unterstützt, dass er also regelmäßig sein Licht unter den Scheffel stellte, musste mit etwas anderem zusammenhängen. Oder jemand anderem.

»Wie läuft es eigentlich mit deinem Stück für die Aufnahmeprüfung?«

Miro drehte überrascht den Kopf, er hatte gerade eins der abgebildeten Bandfotos auf der Tafel abgelichtet und irgendwas auf seinem Handy herumgetippt. »Ich habe noch nicht wirklich angefangen«, sagte er langsam. »Aber ich weiß jetzt, was ich machen will.«

»Das ist doch schon sehr viel wert.« Neugierig beugte sich Jakob vor. »Was wird es?«

»Etwas Grenzüberschreitendes.«

»Ich hoffe, du meinst damit nicht etwas derart Modernes, dass es ohne Melodie, Takt oder Rhythmus auskommt?«

»Nein! Eher so etwas, wovon die Band in Varaždin gesprochen hat, erinnerst du dich an sie?«

»Natürlich. Ohne ihre Zeichnung hätten wir nie aus der Stadt herausgefunden.«

»Dann schau mal hier.« Miro deutete auf die Infotafel. »Sieht aus, als wären sie berühmt.«

Tatsächlich. Von dem Foto lächelten ihm jene fünf Musiker entgegen, die sie vor ein paar Tagen auf der Straße angesprochen hatten.

»Sie heißen *Za sve*, was so viel wie *für alle* bedeutet. Sie sind Stipes und Marijas Lieblingsband und scheinbar der neue heiße Scheiß.« Miro grinste. »Natürlich nur deshalb, weil sie sich hier in Pazin kennengelernt haben.« Er senkte die Stimme. »Die Schlucht ist magisch. Ich würde sagen, auch für uns kann nichts mehr schiefgehen.«

Jakob lächelte. »Schöner Gedanke, Junior, halte ihn fest.«

»Das werde ich. Und jetzt hätte ich gern etwas zu trinken und ein belegtes Brötchen oder so. Stjepan hat mir einen Tipp gegeben: Ist ganz nah, heißt Bunker, einer der Besitzer sammelt alte Instrumente, und sie haben eine Terrasse im Innenhof.« Langsam schlenderte er los und vermied, Jakob dabei anzusehen. Irgendetwas stimmte nicht.

Doch erst als Jakob und er unter einer Pergola an einem Tisch des Cafés saßen und den hellen, fröhlichen Klängen lauschten, die ihr Kellner auf einem Streichinstrument hervorbrachte, das er auf seinem Oberschenkel abgestützt spielte, gab Miro sich einen Ruck.

»Also«, begann er, »ich habe mir etwas überlegt.«

»Ich bin ganz Ohr.«

»Ich kann nicht noch drei Tage bleiben. Ich finde es toll und alles, aber ich muss zu Erika und ihr sagen, was wir herausgefunden haben. Das geht nicht am Telefon.«

Jakob verstand. »Weil du dann auflegst und sie ist mit all den Neuigkeiten allein?«

Erleichtert atmete Miro aus. »Genau.«

»Kein Problem, sag mir, wann du abreisen willst, und Bienchen und ich stehen bereit.«

»Morgen. Aber da ist noch etwas.«

Täuschte Jakob sich, oder wurde der Junge nervös?

»Ganz kommen wir nicht in einem Rutsch durch. Also habe ich mal nachgesehen, wie wir am besten fahren...«

Langsam wurde Jakob unruhig. Was kam denn jetzt? Lag Miros Exfreundin auf der Strecke, und er wollte noch einmal versuchen, sie zu einer zweiten Chance zu überreden? Nach allem, was in den letzten vierundzwanzig Stunden geschehen war, konnte er ihm das kaum verdenken. Selbst Jakob machte sich so seine Gedanken. Nicht, dass er wusste, was er damit anstellen sollte, aber immer öfters war sein Kopf zu der folgenschweren Frage Was wäre, wenn? zurückgekehrt. Was wäre, wenn er mit Miros Hilfe versuchte, Marie ausfindig zu machen. Was, wenn er einfach bei ihr auftauchte? Was wäre, wenn sie ihm die Möglichkeit gäbe, sich zu erklären? Und was wäre, wenn er endlich diesen Umschlag in seinem Jackett öffnete?

»Ziemlich in der Mitte der Strecke gibt es diese Kleinstadt«, sprach Miro da so eilig weiter, als fürchtete er, ihn verließe sonst der Mut. »Zwischen Nürnberg und Bamberg, ein bisschen ab von der Autobahn aber… sie haben da eine alte Dampflokomotive, eine, ähm… Bubikopf?«

Jakob horchte auf. An dem Bau dieser Loks waren etliche Fabriken beteiligt gewesen. Gustav hatte sie noch live gesehen und immer »eine grenzüberschreitende Errungenschaft« genannt.

»Einen, Junge«, verbesserte er Miro lächelnd, »man sagt *der* Bubikopf zu ihr.«

Miro verdrehte amüsiert die Augen. »Verwirrend, dein Bus ist eine Sie, aber die Lok ein Er. Jedenfalls: Wenn wir morgen aufbrechen, könnten wir den Bubikopf übermorgen früh live sehen. Da dampft er ein paar Kilometer durch die Landschaft.« Er warf Jakob ein schräges Grinsen zu. »Ich habe den Organisatoren gemailt, sie hätten zwei Plätze für uns. Und in den Endbahnhöfen gibt es genug Zeit, um sie zu fotografieren. Was denkst du?«

Jakob starrte ihn an. Der Junge hatte eine Dampflok für ihn rausgesucht. Und was für eine! Jakob wurde es warm ums Herz. Gustav wäre in Verzückung geraten.

»Das ist eine wunderbare Idee«, antwortete er also, »aber du musst kein schlechtes Gewissen haben, weil ich seit Prag keine Eisenbahn mehr fotografiert habe. Ich weiß doch, du hast es eilig, also können wir auch auf direktem Weg nach Berlin.«

Okay, irgendwas stimmte definitiv nicht. Nun starrte der

Kleine direkt unglücklich vor sich hin und holte tief Luft. »Lass uns trotzdem da haltmachen«, bat er. »Vielleicht für so was wie ein letztes Foto deiner Dampflokreise, die eine Opa-suchaktion für mich wurde? Als... Abschied oder so?«

Jakob nickte langsam. Ja, der Gedanke gefiel ihm, ein Neuanfang für den einen Großvater, ein letztes Winken an den anderen. »Wenn wir da eh Pi mal Daumen vorbeikommen...«

»Tun wir.«

»Dann haben wir jetzt wohl unseren Fahrplan. Mal sehen, was Frau Gookeley davon hält.«

Miro sah erleichtert auf. »Ist mir egal. Zur Not richten wir uns nach deinen Uraltkarten.«

Gespielt geschockt warf Jakob die Hände in die Höhe. »Und das von dir, mein digitaler Freund?«

Der Junge ließ sich, über das ganze Gesicht feixend, in seinen Stuhl sinken und nahm einen tiefen Schluck seiner Minzlimonade. Dann lächelte er Jakob an. »Manchmal ist es besser, langsam zu reisen und eine Pause zu machen, als schnell und etwas zu verpassen!« Miro strahlte. Und Jakob würde es niemals laut sagen, aber schon allein das war für ihn mehr wert als der kleine Umweg. Vielleicht hatte Stjepan recht, und irgendwo während dieser Reise war er plötzlich – ganz aus Versehen – doch ein klitzekleines bisschen nett geworden.

BERLIN MITTE, 1968

»Wollen Sie eine?« Scheinbar freundlich hielt Jakobs Gegenüber die Schachtel Karo in seine Richtung.

Anstatt danach zu greifen, ließ Jakob die Hände, wo sie waren und zu sein hatten: Mit den Handflächen nach unten zwischen seinen Oberschenkeln und dem Hocker, auf dem er saß, im toten Winkel hinter der Tür. Über die harte Sitzfläche war ein Tuch gespannt, weshalb, war Jakob ein Rätsel. Der Stuhl war unbequem und sollte es sicher auch sein, also wozu die Verzierung?

Als ihm nun die Zigaretten auch noch entgegengestreckt wurden, schüttelte Jakob abwehrend den Kopf. Wenn ihn eins davon kuriert hatte, jemals mit dem Rauchen anzufangen, dann die letzten Stunden. Eine nach der anderen hatte der Mann sich angesteckt, seit er ihn entspannt zurückgelehnt ins Zimmer gewunken hatte, ohne die Füße von dem Tisch zu nehmen, und ihm den Rauch ins Gesicht geblasen. Mal vom Stuhl gegenüber aus, mal während er herumgeschlendert war, immer näher an Jakobs Sitz, auf dem dieser den Rücken durchgedrückt hatte.

»Machen Sie es mir und sich selbst doch nicht so schwer«, seufzte der Mann nun. »Ihre … angeblichen Freunde haben Sie längst hingehängt. Die ganze Idee ist also wirklich nur Ihrem Dickschädel entsprungen?!« Er schüttelte enttäuscht den Kopf. »Gar nicht gut. Aber das wissen Sie sicher selbst. An den Universitäten können wir keine Rowdys gebrauchen. Dort geht es ums Lernen für die Zukunft. Für Sie und unseren Staat. Sie wollen doch studieren? Oder tun sie es vielleicht sogar schon?«

Er fischte im Trüben, und Jakob hielt den Mund. Er hatte keinen Ausweis dabei, ihnen keinen Namen genannt, kein Alter, keine Adresse. Nur Blut hatten sie ihm im Polizeikrankenhaus abgenommen, nachdem sie ihn erwischt hatten. Das war... wie lange her? Drei Tage vielleicht? Drei Tage, in denen er so gut wie nicht geschlafen hatte.

»Ich verstehe Sie gut«, nickte der Mann jetzt und sah dabei aus, als bräche ihm das Herz. »Sie sind loyal. Eigentlich eine sehr schöne Eigenschaft, Loyalität. Vorausgesetzt«, er blies Jakob den nächsten Schwall Tabakrauch entgegen, »diejenigen, denen man gegenüber loyal ist, verdienen es. Falls nicht, wird Loyalität zur Dummheit. Sind Sie das? Dumm?«

Jakob schüttelte den Kopf.

»Dachte ich mir, so sehen Sie nicht aus. Sie sehen aus wie jemand, der auf den falschen Weg geraten ist, vielleicht durch einen Freund – oder eine Freundin?«

Jakob verzog keine Miene.

»Vielleicht durch jemanden, zu dem Sie aufblicken und den sie nicht hinterfragt haben. Vielleicht durch jemanden, der Ihnen mit Lügen und Halbwahrheiten den Kopf verdreht hat. Das geschieht den Besten.« Er nickte traurig. »Jetzt kommt es nur darauf an, dass Sie die Wahrheit erkennen und danach handeln.« Mit der flachen Hand schlug er auf die Tischplatte, Jakob zuckte zusammen. »Mann, Junge, versteh doch, wenn du weiter schweigst, bleibst du noch eine ganze Weile in Untersuchungshaft. Und landest dann hinter Gittern. Wer weiß, für wie lange. Und deine angeblichen Freunde kommen frei und lachen über dich – den Idioten, der als Einziger den Mund gehalten hat. Willst du das?«

»Ich war allein unterwegs. Es war meine Idee. Und was habe ich schon groß getan? Ein paar Plakate angeklebt.«

Müde schüttelte sein Gegenüber den Kopf. »Jetzt lass mich dir doch nicht erklären, wie viele Gesetze du übertreten hast. Addiert man all die Straftaten, ist Torgau noch das Beste, das dir passieren kann. Falls du noch nicht achtzehn bist? Und ich hoffe sehr, du bist jünger, denn Gefängnis wird für jemanden wie dich um Welten härter!«

»Härter als hier?« Jakob starrte ihn an. Die enge Zelle, die Abwesenheit von Licht, Luft und Farbe machte ihn mürbe. Das und die ständigen Geräusche. Riegel wurden vor- und zurückgeschoben, Gucklöcher geöffnet, Klappen in den Türen auf- und zugemacht.

Anstatt wütend aufzufahren, wie Jakob es erwartet hatte, schüttelte der andere jedoch nur mitleidig den Kopf. »Das hier? Das bisschen Befragung ist dagegen wie Urlaub.« Er seufzte. »Also ich brauche jetzt dringend einen Kaffee. Willst du auch einen?«

Jakob schüttelte den Kopf.

»Auch gut. Dann überleg du in der Zwischenzeit gut, was du mit deiner Zukunft anstellen willst, und welche Ziele du hattest, bevor wir dich erwischt haben. Es gibt immer Möglichkeiten. Zeigst du ein bisschen guten Willen und Einsatzbereitschaft, wirst du vielleicht trotzdem zum Studium zugelassen, bekommst eine Stelle, kannst eine kleine Freundin heiraten, ein paar Kinder in die Welt setzen, und alles ist in wunderbarer

Ordnung.« Sein Zeigefinger schnellte vor und traf Jakob mehrmals schmerzhaft genau auf dem Schlüsselbein. »Lass. Dir. Das. Durch. Den. Kopf. Gehen. Mehr will ich doch gar nicht.« Er drehte sich um und riss die Tür auf. »Kaffee! Mit Milch!«, schnarrte er befehlend in den Gang vor dem Zimmer.

Von draußen war Gemurmel zu hören, mit einem Blick zu Jakob trat der andere hinaus, und die Tür schirmte Jakob ab. Das erste Mal. Seine Augen rasten hin und her. Vor ihm lag die Zigarettenpackung auf der Tischplatte, ein Feuerzeug, ein paar leere Seiten Papier. Jakob reckte den Kopf, die Fenster waren vergittert. Vorsichtig zog er die eingeschlafenen Hände unter den Oberschenkeln hervor und bewegte die Finger, während er versuchte zu erlauschen, was dort draußen auf dem Gang vor sich ging. Weshalb hatten sie es heute mit der netten Methode versucht? Vielleicht weil keine der hervorgebrüllten Drohungen und Beschimpfungen bisher Wirkung gezeigt hatte?

Aber sie wussten ja auch nicht, dass er weder seinen Namen noch seine Adresse preisgeben konnte – sein Vater würde ihn häuten, teeren und federn. Nichts, was sie hier mit ihm veranstalteten, wäre schlimmer als das, was Ernst mit ihm täte, wenn er herausfand, dass sein Sohn dabei geschnappt worden war, wie er kritische Plakate angebracht hatte. Mussten sie ihn nicht irgendwann auf freien Fuß setzen, wenn er weiterhin schwieg? Oder würden sie ihn tatsächlich wie angedroht in einen Jugendwerkhof überführen? Konnten sie das, wenn sie seine Identität nicht kannten?

Freudlos schnaubte er auf. Natürlich konnten sie das. Er kannte die Gerüchte. Er würde verschwinden, und niemand wüsste, wo er sich befand. Weder seine Familie noch Marie.

Sein Herz krampfte. Marie. War sie entkommen, oder war sie eine von den anderen, von denen der Stasimitarbeiter ständig sprach? Nein, unmöglich. Selbst wenn sie in einem der angrenzenden Räume hier im sechsten Stock des Volkspolizeigefängnisses etwas Ähnliches durchmachte wie er die letzten Tage, nie und nimmer würde sie behaupten, er wäre ihr Anführer gewesen, er hätte sich das alles ausgedacht, wenn also jemand wegen Staatsverleumdung hinter Gitter gehöre, dann er. Und auch von Q und Pi konnte er sich das nicht vorstellen. Sein Befrager musste lügen.

Nur was, wenn nicht? Was, wenn ihn einer der anderen beschuldigte, um den eigenen Kopf aus der Schlinge zu ziehen, was sollte er dann tun? Marie zu verraten kam nicht infrage, lieber würde er alles ertragen, was sie sich für ihn ausdachten. Jakob knetete seine tauben Finger und wünschte sich, ihr eine Mitteilung zukommen lassen zu können. Damit sie wusste, dass er den Mund halten würde. Dass er hoffte, sie würde auf ihn warten.

Er reckte den Hals und warf einen Blick zum Fenster. Nein, niemals würde er unbemerkt dorthin gelangen. Außerdem hatte er bei seiner Ankunft gesehen, wie klein der Innenhof war, durch den Männer und Frauen von einem Gebäude zum anderen eilten. Etliche in Zivil, einige andere in Uniform. Selbst wenn er es wie durch ein Wunder schaffen sollte, dort unbemerkt einen Zettel hinunterzuwerfen, würde der nur in den Händen der Ermittler landen.

Frustriert ließ er sich zurücksinken und richtete den Blick nach oben an die Decke. Im Gegensatz zu den anderen Räumen warf die Farbe hier keine Blasen und blätterte ab. Exakt über ihm musste sich das Dach der Kathedrale zur Vorhölle befinden, wie neulich einer der Gefangenen dazu gesagt hatte. Auf dem Weg zum Freigang war er gewesen, der auf dem Dach zwanzig Minuten im Kreis um die Glaskuppel herumging. Wenigstens war man dort dem Blau des Himmels nahe und den herumflitzenden Vögeln.

Vom Gang her wurden die Stimmen lauter. Jakob steckte seine Hände eilig wieder unter die Oberschenkel. Vielleicht hatten sie erkannt, dass mit der netten Methode bei ihm nichts zu erreichen war, und als Nächstes käme wieder einer der Schinder, wie er sie insgeheim nannte – einer jener Männer, denen die Macht zu Kopf gestiegen war und die Vergnügen darin empfanden, andere zu demütigen. Er schluckte und hielt den Blick fest auf das Porträt Walter Ulbrichs an der Wand gerichtet.

Die Tür des Bürozimmers knallte gegen seinen Stuhl. Jakob zwang sich, geradeaus zu sehen.

»Wir hatten ja keine Ahnung«, flehte jemand. War das etwa der gleiche Mann, der ihm vorhin noch geraten hatte, in sich zu gehen? »Niemand hat mir gesagt, dass er ein geheimer Informator... ich meine I.M. ist.«

»Er ist mein Sohn! Was zum Teufel dachten Sie, tut er inmitten dieser Querulanten, wenn sie nicht in meinem Auftrag zu beobachten?«

Jakob erstarrte. Die Stimme seines Vaters klang autoritär und gewohnt unerbittlich. Vorsichtig schielte er nach rechts. Der Mann von vorhin trat mit gesenktem Kopf ein. »Wir wussten nicht, dass er Ihr Sohn ist...«

»Das wussten Sie nicht?«, höhnte Ernst. »Und wie habe ich dann erfahren, dass er sich hier befindet? Irgendjemand«, aus seiner Stimme tropfte Säure, »hat es gewusst und mich davon in Kenntnis gesetzt. Dass das an Ihnen vorbeigegangen ist, sagt nichts Positives über Ihr Können aus, Genosse!« Das letzte Wort spuckte er mit so viel Widerwillen hervor, dass selbst Jakob zusammenzuckte.

»Jakob? Wir gehen. Jetzt.«

Jakob sprang auf, senkte den Kopf und folgte seinem Vater, der mit festen Schritten den Gang entlanglief, während er eine Akte wütend in seine Tasche rammte. »Kein Wort«, zischte er dabei. »Ich will kein Wort von dir hören!«

Eine Treppe hinunter ging es, in einen weiteren Gang. Ein anderer Weg war dies als der, den er gekommen war. Nach Büros sah hier alles aus, ordentlich und sauber. Nirgendwo hingen Netze, die verhindern sollten, dass sich Gefangene durch einen Sprung aus dem sechsten Stock ihrem Urteil entzogen. Nirgendwo diese schmutzig grüne Farbe an den Wänden, die einem bis zum Hals reichte, als ertränke man in Kloake.

Jakobs Vater bog ab, eilte eine weitere Treppe hinab. Jakob verlor die Orientierung, da erreichten sie eine doppelflügelige Tür im Erdgeschoss. Dann standen sie draußen in der Sonne, Jakob musste blinzeln. Noch nie hatten Bäume so grün ausgesehen.

Gemurmel war zu hören, dann eine Stimme, die er überall wiedererkennen würde, die er sich in den letzten Tagen selbst im Schlaf herbeigewünscht hatte: »Jakob?«

Er blieb stehen. Marie und ihre Eltern sahen ihn an. »Jakob, was hast du getan?«

Er schüttelte den Kopf, seine Ohren rauschten. »Wie? Nichts, ich habe nichts getan. Bist du in Ordnung?«

Sie schien verwundert, dann verengten sich ihre Augen. »Ob ich in Ordnung bin, willst du wissen? Ehrlich? Nein. Nein, wir sind nicht in Ordnung. Das hätte ich nie von dir gedacht.«

»Jakob, hierher!« Sein Vater zeigte zu seinen Füßen, als riefe er einen Hund.

Jakob zögerte, lief ein paar Schritte auf Marie zu. »Was ist los?«

Sie wich vor ihm zurück, bis sie zwischen ihren Eltern stand. Dann blickte sie ihm direkt ins Gesicht. »Fahr zur Hölle, Jakob! Das verzeihe ich dir nie!«

Wie vor den Kopf geschlagen, starrte er sie an, sie drehte sich um, weg von ihm, da packte ihn sein Vater am Oberarm und zog ihn ungnädig auf ihr Auto zu. »Marsch jetzt und einsteigen!«

Jakob ließ sich auf den Beifahrersitz des Wartburgs fallen und zog die Tür zu. Wortlos fuhr sein Vater los.

»Was ist passiert?«, fragte Jakob leise. Wenn jemand wusste, weshalb Marie und ihre Eltern ihn angesehen hatten, als sei er über Nacht zum Feind geworden, dann sein Vater.

»Du hast mich zum Gespött meiner Leute gemacht, das ist passiert. Aber jetzt ist Schluss damit, ab heute werden andere Saiten aufgezogen, das ist deine allerletzte Chance!« Wütend drückte Ernst das Gaspedal durch. »Du kannst froh sein, dass ich das Schlimmste gerade noch einmal verhindern konnte. Wenigstens hatte einer meiner Innoffiziellen genug Grips, mir sofort Bescheid zu geben, als er dich erkannt hat.« An der nächsten Kreuzung musste er halten und drehte sich zu Jakob. »Was denkst du dir eigentlich? Wir tun alles für dich, und du?« Freudlos schnaubte er auf. »Du bist genauso undankbar wie deine ... wie Inge! Ab jetzt will ich nichts mehr von dir hören, außer *Ja, Vater*, hast du verstanden?«

Jakobs Kopf dröhnte. Er dachte an Marie, daran, was jetzt auf ihn zukam: der Schulabschluss, drei Jahre NVA – vielleicht sogar länger? Je nachdem, was Ernst sich für ihn ausgedacht hatte. Sein Leben war vorbei.

»Wird's bald?«

Jakob schluckte. »Ja, Vater.«

Jakob schreckte auf. *FahrzurHölle* echote es in seinem Kopf. Die Sonne malte warme Streifen auf die Tapete neben seinem Bett, von irgendwoher roch es nach Kaffee.

Fahr zur Hölle.

Erst Tage später, als er Q vor der Schule über den Weg gelaufen war, war es Jakob gelungen, sich ansatzweise zusammenzureimen, was passiert sein musste.

Q hatte ihn gesehen, erkannt und mit einem gezielten Haken zu Boden geschickt. »Für Johannes, du lausiger Spitzel!«, hatte er gezischt. »Schade, dass sie nicht *dich* in den Knast geschickt haben, du hättest es verdient, verdammtes Lügenmaul!« Dann hatte er sich umgedreht und war gegangen, ohne auf Jakobs Rufen zu reagieren.

Jakob hatte sich aufgerappelt, um Q hinterherzulaufen, aber was hätte ihm das schon eingebracht, außer einem zweiten Kinnhaken? Wie von selbst war er weitergestolpert. Weg von dem Schulgebäude, an dem sein Vater ihn seit Tagen ablieferte und vor dem seine Mutter nach dem Unterricht auf ihn wartete. Dort, wo in wenigen Minuten eine der letzten Prüfungen stattfinden würde.

Den Weg zur Wohnung von Marie und ihren Eltern kannte er auswendig, und das war gut so, blind war er ihn entlanggelaufen, durch den Hof, die Treppen hinauf. Gegen die Tür hatte er gehämmert, und dann hatte ihm eine unbekannte Frau geöffnet. Viel Nachfragen waren nicht nötig gewesen, eifrig flüsternd hatte sie ihm verraten, dass Johannes ein schnelles Verfahren gemacht worden war. Schnell und unter Ausschluss der Öffentlichkeit. Nicht einmal seine Familie war zugelassen gewesen. Zu Recht natürlich, fand sie, solche Menschen gehörten weggesperrt, wo kam man denn hin, wenn jeder hier verleumdete, wen er wollte! Wohin die restliche Familie gezogen war, konnte sie Jakob nicht sagen. Untergetaucht, vermutete sie, oder vielleicht einen Ausreiseantrag gestellt. Besser so. Drüben passten sie besser hin. Da lief ja sowieso nichts, wie es sich gehörte. Nur gut, dass es hier einen gegeben hatte, der für die Staatssicherheit eine Liste sämtlicher Verfehlungen aufgestellt hatte.

Jakob hatte sich umgedreht und war gegangen, ohne sich zu verabschieden. Immer eine Treppenstufe nach der anderen, bis in den Keller. Er war in den Innenschacht gestiegen, ein letztes Mal, hatte den dort deponierten Rucksack mit Maries und seinen geheimen Schätzen genommen und war direkt zum Bahnhof gelaufen. Bleiben war unmöglich geworden.

Erschöpft streckte sich Jakob und konzentrierte sich auf die müden Knochen, zwang sich, nicht mehr zu denken. Er stand auf, schlurfte ins angrenzende Bad und schälte sich aus den Schlafsachen. Aus dem Spiegel über dem Waschbecken blickte ihm eine erschöpfte Version seiner selbst entgegen: verquollene Augen, geplatzte Äderchen, Tränensäcke. Er nahm die Zahnbürste und trat in die Duschkabine.

Fahr zur Hölle.

Er seufzte. Heute sah er wirklich aus, als wäre der Weg nicht mehr weit. Das Wasser stellte er auf kalt, fuhr sich über Kopf und Kinn, rasieren müsste er sich auch mal wieder, aber im Moment fehlte ihm dazu die Energie.

Als er schließlich die Tür zum Wohnzimmer öffnete, hörte er Vogelzwitschern. Sämtliche Fenster standen offen und ließen den Sommer herein. Miro hatte den Tisch gedeckt: zwei Teller, zwei Tassen, zwei Gläser mit Saft, gekochte Eier, Brötchen, eine aufgeschnittene Tomate. Der Junge freute sich offenbar darauf, heute die erste Hälfte des Heimweges zurückzulegen.

Jakob nippte an dem Gebräu, das aus einer der Tassen dampfte, und musste trotz allem lächeln: löslicher Kaffee. Wo hatte der Kleine den denn hergenommen? Dann sah er seine eigene Dose in der Küche stehen. Offenbar hatte Miro sie aus Bienchen geholt.

»Ah, du bist wach, prima!« Miro trat durch die Verandatür, in der Hand einige frisch gepflückte Trauben. »Ich muss dir was zeigen!«

»Kann ich den Kaffeebecher mitnehmen?«

»Klar, komm.«

An seinem Lieblingsmorgengetränk nippend, folgte Jakob dem erfreuten Lulatsch den kleinen Lehmweg entlang durch das Waldstückchen, vorbei an der Lagerfeuerstelle bis oberhalb des Ziegengeheges. Das Zelt des Trüffelfestivals war abgebaut, nun konnte man auf der Landstraße weiter vorn spärlich vorbeifahrende Autos entdecken. Dahinter erhob sich der nächste Berg. Der mit dem kleinen Dorf und dem sicher viel größeren Friedhof auf dem Kamm.

Miro aber deutete nach links. »Da, guck!«

Zunächst sah Jakob nichts Ungewöhnliches. Ein paar Ziegen lagen faul im Gras, andere fraßen oder hüpften umeinander. Dann jedoch machte er einen Streifen orangeroten Fells aus und kniff die Augen zusammen. War das etwa… tatsächlich, das war eine Katze. Entspannt ruhte sie zwischen den Beinen des Zickleins, das Miro am Vortag umgerannt hatte. Gemütlich ließen die beiden sich die Sonne auf den Pelz scheinen, und nun drehte sich die Katze auch noch wohlig auf den Rücken, um sich noch näher an ihren Ziegenfreund zu kuscheln. Mit einem Auge blinzelte sie Jakob an und gähnte.

Jakob trat näher. »Ist das etwa unser Streuner?«

Miro nickte. »Jep! Stipe hat ihn heute Morgen aus Bienchen springen sehen und ist ihm hierher gefolgt. Seitdem ist er Jedi nicht mehr von der Seite gewichen.« Er grinste. »Ich glaube, wir müssen ihn hierlassen.«

Jakob begutachtete das ungleiche Katzen-Ziegen-Paar. »Wo die Liebe hinfällt.«

»Außerdem hat Rotbart es hier viel besser, als wenn er wieder mit uns zurückfährt«, nickte Miro. »Oder hast du etwa Platz für ihn?«

Jakob versteifte. »Nein.« Dann seufzte er erschöpft. »Der Bus wäre für den Kater auf Dauer etwas eng.«

Miro sah überrascht auf. »Der Bus?«

Jakob gab sich einen Ruck. »Ich habe kein Zuhause, Miro. Gustavs und mein Bahnwärterhäuschen wurde abgerissen.« Müde zuckte er mit den Schultern. »Es gehörte uns nicht.«

Jakob sah Erschrecken und Mitleid auf dem Gesicht des Jungen und wie sofort sämtliche seiner Gehirnwindungen zu arbeiten begannen. »Und was machst du jetzt?«

»Damit beschäftige ich mich, wenn wir wieder zurück sind. Vielleicht ziehe ich in ein anderes Dorf oder nach Berlin und mache eine Senioren-WG auf. Obwohl, wer würde schon mit mir zusammenwohnen wollen.«

»Ich.« Miros Augen begannen zu leuchten. »In Erikas Konditorei gibt es noch zwei freie Räume. Also momentan stehen da Zutaten und Akten rum, aber wenn wir sie zusammenräumen… Sie hat sicher nichts dagegen. Zumindest für den Übergang ginge das bestimmt. Bis du weißt, wohin du willst.« Dann schien ihm noch ein weiterer Gedanke zu kommen, und geheimnisvoll fügte er hinzu: »Oder es tun sich demnächst noch ganz andere Möglichkeiten auf?!«

Jakob musste schmunzeln und trank den letzten Rest seines Kaffees. »Falls mir das Schicksal freundlich winkt, sage ich dir Bescheid, Junior.« Er deutete nach vorn und wechselte das unangenehme Thema. »Rotbart also, ja?«

Miro nickte. »Wegen seines Fells und weil er nur ein Auge hat. Also so was wie Blackbeard, der Pirat, nur in Rot.«

Nun musste Jakob doch lachen. »Fantasievoll wie immer, Miro! Und wenn er hierbleibt, kannst du ihn ja hin und wieder besuchen.«

»Du auch! Stjepan hat gesagt, du bist immer willkommen, mit oder ohne mich.« Miro strahlte. »Er schreibt Erika gerade einen Brief. Das ist besser als nur meine Erzählung und ein paar Fotos, findest du nicht?«

Jakob blinzelte überrascht. »Ein Brief ist wirklich eine gute Idee.« Wieso war *er* da eigentlich nicht draufgekommen? Er könnte sich alles vom Herz schreiben und so lange dazu brauchen, wie er nötig hatte. Er könnte wieder und wieder von vorn beginnen, bis er die richtigen Worte gefunden hatte, welche, die nur ihm gehörten und dann Marie.

Er könnte Marie mit der Hilfe des Jungen und seinen Suchmaschinenkünsten ausfindig machen, sie besuchen und ihr seine Seiten persönlich übergeben. Mit der Bitte, wenigstens diese zu lesen, wenn sie ihn schon nicht sehen wollte. Ja. Das war ein guter Plan!

Schon etwas fröhlicher winkte Jakob dem einäugigen Kater zum Abschied. »Genieß den Sommer, alter Pirat! Miro und ich erledigen den Rest unserer Mission wohl ohne dich!«

Das Tier bewegte sich nicht. Anscheinend war es angekommen, wo es hinwollte, und mehr als zufrieden. Das hatte es Jakob voraus.

64

Der Abschied war genauso herzlich gewesen wie das Aufeinandertreffen während des Festivals: Sämtliche Familienmitglieder Miros hatten sich versammelt, als er und Jakob ihre Siebensachen in den Bus gepackt hatten. Hände wurden geschüttelt, Miro gedrückt, und er und Jakob mussten versprechen, möglichst bald wiederzukommen. Telefonnummern und Mailadressen wurden ausgetauscht, und Miro hatte Stipe das Notenblatt von *Za sve* in die Hand gedrückt, auf dessen Rückseite die Musiker aus Varaždin ihnen aufgemalt hatten, wie sie am schnellsten nach Zagreb kamen. Dem Kleinen war alles aus dem Gesicht gefallen, immer wieder hatte er das Papier ebenso fassungslos wie zärtlich gestreichelt.

Marija hatte Miro spontan umarmt. »Du bist die beste Cousin oder so von alle!«, hatte sie gemurmelt und ihm ein eigenhändig zusammengestelltes Fresspaket übergeben. Nur eins darin war nicht für Miro und Jakob bestimmt: eine Flasche Trnoružica. Die hatte Stjepan eingepackt. Sie war für Erika.

Kurz hatten sie in Triest haltgemacht, damit Miro für seine Großmutter jene Orte fotografieren konnte, an denen sie mit Stjepan gewesen war. Miros Großvater hatte ihnen dafür eine Karte mit roten Kreuzchen an den entsprechenden Stellen ausgehändigt. Nun steckte diese zusammen mit seinem Brief und der Flasche Rosé in einer Tüte des Weingutes. *Für Erika*, stand in großen Buchstaben quer darauf, *mein Trnoružica*.

Von Triest aus hatten sie Slowenien durchquert, diesmal auf dem schnellsten Weg – der Autobahn. Jakob schien seine Aversion gegen Schnellstraßen langsam hinter sich zu lassen, und Miro war froh darum. Denn so waren sie recht zügig über die Grenze von Österreich gefahren und nur etwa zwei Stunden später nach Deutschland.

Vielleicht konnten sie Slowenien ja ein anderes Mal auf Landstraßen durchkreuzen und Traktoren überholen. Miro musste lächeln: das nächste Mal. Wenn es nach ihm ging, unternähme er mit Jakob und seinem Bienchen noch weitere Reisen. Vielleicht auch noch einmal in Richtung Livade? Falls Jakob darauf Lust hatte? Mit Stjepan jedenfalls schien er sich gut verstanden zu haben. Und Miro hoffte sehr, dass Jakob und er auch dann in Kontakt bleiben würden, wenn dieser sein Angebot, eine Weile bei ihnen zu wohnen, nicht annahm. Adoptiert war schließlich adoptiert, oder? Das machte man nicht einfach rückgängig.

Allerdings gab es nun noch eine Hürde zu überwinden: Ebermannstadt und Jakobs Erbsache. Miro hatte getrickst, um ihn dorthin zu bekommen. Der Bubikopf – die Museumseisenbahn des Heimatvereins – war nichts weiter als ein Vorwand, auch wenn er hoffte, dass er ein passender Abschluss seiner Reise war. Doch Miro hatte keine Ahnung, wie sein Begleiter darauf reagieren würde, wenn er feststellen musste, dass Miro ihnen darüber hinaus auch noch einen Termin bei dem Notar gemacht hatte.

Ein Teil von ihm wusste: Es war richtig. Für Jakob. Denn was hatte er bei der Zipline in Pazin gesagt? *Wenn eines keinen Sinn ergibt, dann die Augen zu verschließen.* Vielleicht sollte er ihn vorsichtshalber noch einmal daran erinnern?

»Na du wälzt aber tonnenschwere Gedanken, Kleiner!« Jakob lachte ihn an und beschleunigte auf mutwillige hundertzwanzig Sachen.

Miro sah überrascht auf.

»Du ächzt, als hinge dir das Gewicht der ganzen Welt um den Hals«, erklärte Jakob und wollte sanft wissen: »Machst du dir Sorgen um deine Großmutter?«

»Auch.« Miro warf Jakob einen vorsichtigen Blick zu.

»Woher weiß man, ob man das Richtige tut, wenn es jemand anderen betrifft?«

»Gar nicht.« Jakob lächelte schräg. »Du musst einfach hoffen, dass dein guter Wille zählt und anerkannt wird.«

Miro zuckte zusammen. »Und wenn nicht?«

»Wenn nicht, hast du ein Problem. Oder es mangelt an der Kommunikation. Aber keine Sorge, Miro: Das wird dir bei Erika nicht passieren. Deine Großmutter wird verstehen, was du für sie getan hast. Egal, wozu sie sich entscheidet.«

Miro dachte einen Moment nach. »Du sagst also, wenn ich etwas mit den besten Absichten tue, ist es noch immer die Entscheidung der oder des anderen, was sie oder er damit anfängt? Aber er oder sie darf dann eigentlich nicht sauer auf mich sein?«

Jakob warf ihm einen verwunderten Blick zu. »Er oder sie? Wovon reden wir hier eigentlich?«

Miro schluckte. »Von der Theorie.«

»Oh Himmel, Junior, wir sind jetzt sechs Stunden unterwegs, und du kommst mir mit Theorie? Mach lieber mal ein bisschen Musik. Ich kann gerade an nicht viel mehr denken als ans Abendessen, ans Bett und natürlich unsere Verabredung morgen mit dem berühmten Bubikopf.«

»Heißt das, du freust dich darauf?«

»Na sicher.«

Erleichtert tauchte Miro in den Fußraum und fischte eine Kassette heraus. K-M9 stand darauf. Er schob sie ins Kassettendeck und war gespannt. Vielleicht ein paar weitere verrückte Songs von irgendwelchen DDR-Bands?

Nein. Es begann mit Harfenklängen und Bläsern, Streicher

übernahmen, melodiös, vorsichtig und leise. Miro drehte an dem Lautstärkenregler. Dann plötzlich änderte sich die Tonlage, wurde getriebener, eine kleine Verzweiflung, bevor wieder Ruhe einkehrte, aber nur vordergründig.

»Das ist aber jetzt nicht Dvořák, oder?«

Jakob schüttelte den Kopf. »Nein. Mahler. Die neunte. Seine letzte.« Er machte einen Schulterblick und überholte einen Lkw. »Schrieb sie nicht ganz ein Jahr, bevor er starb.«

Miro lauschte. »Und er wusste es?«

»Glaubst du?«

»Nein, frage ich: Es klingt irgendwie... traurig, als ob er sich wehren will, aber weiß, er kommt nicht dagegen an.«

Jakob warf ihm einen verblüfften Blick zu. »Ja, oder? Also hat er es womöglich tatsächlich geahnt. Oder aber es geht um etwas anderes. Um einen Rückblick. Er verlor eine Tochter. Vielleicht auch seine Ehe. Wer weiß, ob er sich dagegen gewehrt hat. Es ist schwer, sich zu wehren und zu kämpfen, wenn man das Gefühl hat, nichts davon nutzt.«

Miro schluckte. »Aber das ist falsch, oder? Gar nichts zu tun – findest du nicht?« Er hielt den Atem an.

Jakob zuckte mit den Schultern und bremste vor einer lang gezogenen Kurve. Nicht mehr lange und sie mussten von der Autobahn abfahren und in Richtung jener Stadt abbiegen, in der der Anwalt sie morgen Vormittag erwartete.

Noch immer reagierte Jakob nicht. Und als er es schließlich tat, bat er: »Willst du uns nicht was Fröhlicheres einlegen, Junior? Etwas, das nach vorn blickt anstatt nach hinten?«

»Klar. Mach ich. Was Fröhliches.« Ein Blick nach vorn, nicht nach hinten. Oder erst einen nach hinten und dann einen nach vorn? Genau das war es nämlich, was sich Miro vom morgigen Tag für Jakob erhoffte.

Er holte die Kassette aus dem Deck. Die plötzliche Stille hallte nach. Miro überlegte fieberhaft – was Fröhliches – und zog sein Tablet zurate. Es gab seitenweise Ergebnisse der Suchmaschine – Musik nach Stimmung sortiert. Aber wer wollte jetzt schon Fahrstuhlmusik hören? Er scannte seine eigenen Playlisten, übersprang jene, die Edina und er sich erstellt hatten, scrollte durch die, die er für Erika zum Backen gemacht hatte, und da – da war es.

Das Beste daran? Weder Jakob noch er würden den Text verstehen, er war Französisch. Die ersten Töne erklangen, jemand spielte auf einem Kazoo, der Rhythmus heiter, die Stimme der Sängerin wie nach einer durchwachten Nacht, aber voller Vorfreude, selbstsicher und amüsiert. Erika hatte ihm den Text übersetzt: Irgendetwas über eine Suite im Ritz und eine Limousine, die man nicht brauchte. *Je veux* lautete der Titel – *ich will*. Liebe, Freude, gute Laune, Freiheit! Miros Finger zuckten, Jakob nickte mit dem Kopf und sang mit: da da dadada!

Gut. Das war besser als eine neunte, die Abschied war. Überhaupt, was war das nur mit den neunten Symphonien? Mahlers letzte, Beethovens letzte, Dvořáks letzte, richtig? Ob neunte Symphonien für Klassikfritzen etwas Ähnliches waren wie der Forever-27-Club für aktuellere Musiker? Immerhin ergab drei Mal neun siebenundzwanzig – jeder Zahlenspinner hätte seine wahre Freude daran. Jimi Hendrix, Janis Joplin, Jim Morrison, Curt Cobain, Amy Winehouse, sie alle waren vor ihrem achtundzwanzigsten Geburtstag gestorben.

Zaz, jedoch, die französische Sängerin, deren Songs nun

zum Mitsummen, Mitwippen und Jakobs *da da dadada* einlud, hatte die Siebenundzwanziger-Grenze bereits problemlos hinter sich gebracht. Jakob tippte mit den Fingern auf Bienchens Steuerrad herum, und Miro deutete auf die nächste Ausfahrt.

»Hier raus und dann noch knapp dreißig Minuten.«

»Aye, Genosse!« Jakob setzte den Blinker und fuhr von der Autobahn. Zaz sang weiter, die Sonne ging unter, tauchte Hügel und Bäume in ein märchenhaftes Licht. Eine hell gestrichene Kapelle leuchtete durch die Dämmerung, alte Ziegelgebäude und Fachwerkhäuser standen an dem sich durchs Tal schlängelnden Fluss. Romantischer Overkill. Abgesehen von den röhrenden Wagen, die Bienchen mit quietschenden Reifen überholten. Wer hier unterwegs war, kannte offenbar jede Kurve und Ampel und hatte keine große Lust, sich von einem alten T2 ausbremsen zu lassen.

Jakob ging vom Gas, als sie das Ortsschild erreichten. »Fast geschafft«, sagte er zufrieden. »Ich hoffe, du hast uns nicht nur zwei Zimmer reserviert, sondern auch herausgefunden, wo es etwas zu essen gibt. Oder...«, er warf Miro einen hoffnungsvollen Blick zu, »haben sie hier in der Nähe einen Biergarten?«

Miro zückte das Tablet. »Sekunde, du weißt doch: Ich bin immer ganz nahe am Geschehen.«

»Ja, was das betrifft... Ich bräuchte deine Hilfe. Um jemanden ausfindig zu machen.« Er lächelte schüchtern. »Jemanden, der mir vor fast fünfzig Jahren verschollen gegangen ist.«

Miro starrte ihn an. Meinte er etwa diese Frau Jones? Dann kam es ihm plötzlich. »Marie?«

»Ja.«

»Na endlich!«

»Da, das muss sie sein!«

Miros erfreuter Ausruf hallte noch immer in Jakobs Ohren nach, als er rund zwanzig Stunden später auf dem Rückweg nach Ebermannstadt aus dem Waggon hinter dem Bubikopf hinausblickte. Obstbäume, der kleine Fluss mit Kajakfahrern und Enten, sanfte Hügel rechts und links, weißer Dampf, der in den Himmel stieg. All das war wunderbar anzusehen, und er hatte an der Endhaltestelle Behringersmühle einige wirklich außergewöhnliche Fotos geschossen!

Doch um ehrlich zu sein, drehte sich sein Kopf seit gestern Abend weniger um die Lokomotive als um Marie. Sie hatten sie gefunden. Zumindest glaubte er das. Jemand mit ihrem Namen lebte in einem Dorf nördlich von Berlin, war Typografin und ehemalige Kunstlehrerin. Miro hatte kein Foto von ihr entdecken können – hundertprozentig sicher konnten sie sich also nicht sein. Doch alles passte: der Name, ihr spärlicher Lebenslauf, die Schriften, die sie entwickelt hatte, viele davon wirkten, als seien sie handgemacht, für drei davon hatte sie Preise gewonnen. Jakob war stolz auf sie, er hatte es geahnt.

Und plötzlich war da diese kleine, verrückte Hoffnung. Sie trug noch immer denselben Nachnamen.

Gestern Abend in seinem Hotelzimmer hatte er damit begonnen, ihr einen Brief zu schreiben. Jetzt zog er die Seiten hervor und überflog sie. Es gab so viel zu erklären, aber noch viel mehr, von dem er einfach wollte, dass sie es wusste: dass er immer an sie geglaubt hatte zum Beispiel. Wie oft ihn in all den Jahren Kleinigkeiten an sie erinnert hatten. Wie glücklich es ihn machte, dass sie an dem festgehalten hatte, was sie schon damals liebte. Und dass er sich sicher war, sie hatte unzählige Schülerinnen und Schüler inspiriert. Sie hatte ihren Weg gefunden. Auch ohne ihn. Und das war gut. Mehr als gut.

Von sich dagegen hatte Jakob kaum etwas Positives zu berichten. Er war gerannt und abgetaucht. Hatte im Winterschlaf ausgeharrt und auch danach kaum etwas bewegt. Im Gegensatz zu ihr war er ein Schläfer.

»Wir sind gleich wieder am Bahnhof Ebermannstadt, Jakob.« Miro sah ihn vorsichtig an. »Ich habe noch eine Verabredung, würdest du mitkommen?«

Jakob nickte und faltete die Seiten zusammen. Natürlich würde er das. Mit seinem Brief kam er momentan nicht weiter, und wenn es in *seinem* Leben einen Menschen gab, den er ansatzweise inspiriert oder dem er geholfen hatte, dann war das Miro. Seit sie gestern Abend hier angekommen waren, schien den Jungen etwas zu bedrücken.

Also folgte er ihm vom Bahnhof zu einem zweistöckigen Gebäude nur wenig entfernt. Im Erdgeschoss war eine Apotheke, und für einen Moment machte sich Jakob Sorgen, ob er etwas übersehen hatte, ob es dem Jungen nicht gut ging, dann führte Miro ihn daran vorbei ins Treppenhaus und öffnete im ersten Stock eine unauffällige Tür.

»Guten Tag, sagte er, »wir haben einen Termin. Jakob Grünberg?«

Die Frau im Empfangsbereich nickte nett. »Ich gebe Herrn Doktor Kranitz sofort Bescheid. Wollen Sie etwas trinken? Wasser oder Kaffee?«

»Gerne beides«, nickte Miro, dann drehte er sich zu dem überraschten Jakob, der versuchte, den Namen des Mannes einzuordnen. Kranitz – irgendwoher kam ihm der bekannt vor. »Es tut mir leid, Jakob. Vielleicht hätte ich das nicht tun dürfen. Vielleicht aber doch.«

Jakob blinzelte – um was ging es hier eigentlich?

Doch bevor der Junge zu einer Erklärung ansetzen konnte, schwang die Bürotür auf, und ein hochgewachsener Mann eilte erfreut auf ihn zu. »Jakob Grünberg?« Er schüttelte dem überforderten Jakob die Hand. »Ich bin wirklich froh, dass Sie sich entschlossen haben zu kommen. Inge… ich meine Frau Jones und ich waren befreundet. Ihr letzter Wille ist für mich also auch eine sehr persönliche Angelegenheit.«

Jakob starrte ihn an. War es kalt hier in den Räumen, oder kam es ihm nur so vor? Sein linkes Bein begann zu zittern.

»Inge?«, brachte er mühsam heraus und griff sich ans Herz. Dort, wo der Brief des Anwalts noch immer ungeöffnet in der Innentasche seines Jacketts verwahrt war. Oder… womöglich nicht mehr ganz ungeöffnet? Blitzschnell umdrehen wollte er sich und von Miro die Wahrheit verlangen, doch irgendwie schien alles verlangsamt. Als könnte er sich nur mehr in Zeitlupe bewegen. Hatte Miro seinen Brief gelesen?

Der schuldbewusste Gesichtsausdruck des Jungens verriet alles.

»Ja, Inge Jones«, bestätigte der Notar leise. »Ihre Mutter.«

Und nun kam alles zu einem leise hämmernden Halt. *Seine Mutter.*

Der Schwindel folgte schleichend. Wie etwas, das er mit viel Energie weggedrückt hatte, das ihn aber schon lange begleitete. Vielleicht hatte er es also schon immer geahnt, ganz am Rand der Erinnerungen und Gedanken. So, wie man nur eine Dampfsäule am Horizont sieht, auf die eine Lok folgen musste. Einen Kondensstreifen am Himmel von dem Flugzeug hinter dem nächsten Wolkenberg. Ohne es zu sehen, wusste man trotzdem, es war da, irgendwo dort, weit, weit oben.

Irgendjemand hakte ihn unter, jemand schaffte einen Stuhl heran. Jakob ließ sich darauf sinken, gerade noch rechtzeitig, denn vor seinen Augen tanzten schwarze Flecken. Einen Moment musste er lachen – Paint It Black, dann riss er sich zusammen und konzentrierte sich aufs Atmen.

Miro hockte sich vor ihn. »Deine Mutter?« Er wirkte geschockt. »Oh verdammt, Jakob, entschuldige, ich wusste ja nicht... Ich dachte... Ich weiß nicht, was ich gedacht habe, ich wollte einfach nur, dass du eine ähnliche Chance hast wie ich?!«

Langsam einatmen, auf drei Zügen aus. Eine Papiertüte wäre jetzt nicht schlecht. Jakob sah sich vorsichtig um. Der Teppich war an einigen Stellen abgetreten, an den Rändern des Raumes dagegen weich und flauschig, als könnte man sich ganz wunderbar darauflegen und die Augen schließen. Die Blätter des Gummibaums neben dem Schreibtisch der Vorzimmerdame waren fleischig und so knatschgrün, dass er sich fragte, ob er überhaupt echt war. Daneben standen ein Kinderstuhl und ein kleiner Tisch, übersät mit Bilderbüchern und Comics. Ob hier wirklich so viele Kinder herkamen? Er erkannte die kleine Wanze, Fix und Foxy, Micky Maus...

Ein Samstagmorgen war es gewesen, kurz nach acht Uhr. Die Sonne hatte geschienen und er aufgeregt die kleine Tasche gepackt für die Übernachtung bei Inge. Einen Ausflug hatten sie und James ihm bei ihrem letzten Treffen versprochen. Und irgendetwas war daran anders gewesen als sonst, festlicher, geheimer, wichtiger. Unruhig hatte er seiner Mutter in der Küche dabei zugesehen, wie sie ihm eine Stulle schmierte. Er wollte das gar nicht, jeden Tag konnten die Wehen einsetzen, und in ihrem Zustand dauerte alles doppelt und dreimal so lange wie sonst. Aber sie hatte darauf bestanden.

Gerade als er die Brottüte geschnappt hatte, um sie zu verstauen und endlich loszulaufen, war sein Vater in die Küche gekommen, die Augen schmal. Die Tasche hatte er ihm aus den Händen genommen und Jakob eine Hand fest um seinen Nacken gelegt, ihn vor sich hergeschoben, zurück in sein Zimmer. Sein Schreibtisch hatte schräg gestanden, dahinter war die Holzverkleidung unter dem Fensterbrett geöffnet, auf dem Boden lagen verteilt die letzten zwei Mickey-Maus-Hefte. Sein Geheimversteck war nicht länger geheim.

Mit gesenktem Kopf hatte er sie wie befohlen in einen Karton gepackt und seinem Vater überreicht. Dann war die Tür hinter Ernst zugefallen, der Schlüssel hatte sich zweimal gedreht und Jakob das erste Mal in seinem Leben vor dem Fenster gestanden und sich gefragt, ob es ihm gelingen könnte, die Außenmauern herabzuklettern, ohne sich den Hals zu brechen. Getraut hatte er sich das erst später, nachdem Inge schon weg gewesen war und Marie ihm ein paar Klettertricks beigebracht hatte.

»Wasser?« Dr. Kranitz' Assistentin hielt ihm ein Glas entgegen.

Erst wollte Jakob dankend verneinen, doch kein Wort kam über seine Lippen, also trank er mit tiefen Schlucken.

Sie nickte ihm freundlich zu und füllte es erneut auf. Miro kauerte noch immer vor ihm und sah ihn schuldbewusst an. Dabei hatte der Junior nur das Beste gewollt. Wie hätte er von Jakobs Familiengeschichte ahnen können, von all den zu eng gefassten Überzeugungen, den Entscheidungen und den Fehlern, die sich meist eben erst hinterher herausstellten, dann, wenn alles schon zu spät war.

Jakob selbst hatte schließlich auch nicht alle Fakten richtig zusammengesetzt. Inge war seine Mutter ... gewesen?! Dass er besser bei Ernst und Karoline aufgehoben war, musste seine Familie also schon bei seiner Geburt entschieden haben: Inge war damals gerade mal siebzehn Jahre alt und ohne Ausbildung gewesen. Ihr Bruder Ernst zu der Zeit schon zwei Jahre verheiratet, auf dem besten Wege, Karriere zu machen, aber kinderlos. Und Gustav wusste schließlich aus Erfahrung, wie schwierig es war, seinen Kindern gerecht zu werden, wenn ein Teil der Eltern fehlte.

Jakob seufzte. Gustav, der immer allen Auseinandersetzungen aus dem Weg gegangen und sich lieber hinter seinen Fotoalben verschanzt hatte, hatte das Geheimnis um seine Geburt also mit ins Grab genommen. Verwunderlich war das nicht.

Er hatte schließlich nicht einmal wissen wollen, was genau geschehen war, als Jakob so plötzlich bei ihm aufgetaucht war, denn wie sagte er immer? *Was passiert ist, ist passiert.* Wer nur *nach hinten blickt, sieht den Weg vor sich nicht.* Und hatte Jakob selbst sich diese Auffassung nicht auch viel zu lange zu eigen gemacht? Nur nichts hinterfragen, nur nicht auffallen, immer schön in Deckung bleiben und nichts riskieren?

Jakob holte tief Luft und streckte Miro eine Hand entgegen. »Hilfst du mir hoch?«

Der Junge sprang auf die Beine, nahm Jakob das Glas ab und reichte ihm die Hand. Jakob stand zittrig auf und klopfte ihm kurz auf die Schultern. »Mach dir keine Gedanken, Miro, du bist am allerwenigsten an irgendetwas schuld.« Dann nickte er Herrn Kranitz entschlossen zu. »Lassen Sie uns anfangen.«

Schwer ließ Jakob sich im Büro des Anwalts auf einen Stuhl sinken und hielt sich an seinem erneut aufgefüllten Glas Wasser fest. Er wollte erst einmal hören, was Dr. Kranitz zu berichten hatte.

Inges Testament war kurz und auf den Punkt. Sie war mit James geflohen, sie waren zusammengeblieben, hatten geheiratet, waren gemeinsam alt geworden und vor einigen Jahren in ein Seniorenheim gezogen. Auf James' Seite gab es keine Familie mehr. Nur zwei Jahre vor ihr war er gestorben, und vor einigen Wochen war sie ihm gefolgt, hatte Jakob alles hinterlassen, was sie besessen hatten: einige Aktien, eine Plattensammlung, wenige Möbelstücke, zwei Bankkonten, persönliche Unterlagen und einen alten Ford Mustang, den sie selbst dann nicht verkauft hatte, als sie ihren Führerschein hatte abgeben müssen. Jakob musste lächeln.

»Er steht in einer Garage unweit von hier, wenn Sie einen

Blick darauf werfen wollen«, erklärte der Anwalt. »Ein Bekannter kümmert sich darum, er ist noch immer gut in Schuss.«

Jakob zögerte. »Kann ich das entscheiden, wenn wir... hier fertig sind? Ich habe noch einige Fragen.« Kurz sammelte er sich und begann mit dem Wichtigsten: »Wusste Inge all die Jahre, wo ich war?«

Dr. Kranitz schüttelte den Kopf. »Sie hat versucht, Sie zu erreichen, Herr Grünberg, aber... vielleicht sollten Sie selbst lesen.« Er stellte einen Karton vor Jakob auf den Tisch. »Das hier sind Inges persönlichen Unterlagen. Tagebücher, Briefe an Sie...«

»Moment, sie hat mir geschrieben?« Jakob schüttelte den Kopf. »Aber... nach ihrer Flucht habe ich nie wieder von ihr gehört.«

»Ja, das hat sie befürchtet.« Dr. Kranitz hob den Deckel des Kartons. Ganz oben lag ein angegrauter Umschlag. Er trug eine DDR-Briefmarke und war an Inge adressiert. Als Absender war die Adresse seiner Eltern vermerkt... Moment, seines Onkels und... seiner Tante? Jakob griff danach und drehte ihn in den Händen; eine Seite war geöffnet.

Herr Kranitz nickte ihm zu. »Das hier war der einzige, den sie erhielt. Etwa drei Monate nach ihrer Ausreise. Danach kamen die meisten Briefe an Sie, Herr Grünberg, wieder zurück. Ungeöffnet. Und mit dem Vermerk *Unbekannt verzogen* versehen.«

Während Jakob den Brief hervorzog, schüttelte er abwehrend den Kopf. »Und sie ist nicht auf die Idee gekommen, Gustav zu schreiben? Meinem Großvater?«

»Doch, das ist sie. Auch darauf erhielt sie keine Antwort.

Vielleicht sollten Sie erst einmal lesen?« Herr Kranitz nickte ihm zu, und Jakob entfaltete die Seite, überflog die wenigen Zeilen, starrte auf den offiziellen Stempel am Ende.

Ernst hatte es nicht einmal für nötig erachtet zu unterschreiben. Jakob allerdings erkannte die steile, überkorrekte Handschrift seines... Vaters überall wieder.

Er hatte Inge gedroht. Oder besser, er hatte sie erpresst. Mit ihr zu kommunizieren würde sowohl Gustav wie auch ihm, Jakob, erheblich schaden, stand dort. Abgesehen davon, dass niemand in ihrer Familie weiter etwas mit ihr zu tun haben wollte.

Jakob räusperte sich, nahm einen Schluck Wasser. »Und das hat sie ihm geglaubt?« Seine Stimme klang gepresst.

Herr Kranitz stand auf und setzte sich neben ihn. »Sie hat ihm geglaubt, dass es für Schwierigkeiten in Ihrem Lebens- und Berufsweg sorgen konnte und würde, ja.« Und als Jakob frustriert aufseufzte, fügte er an: »Aber das ist nicht alles. Drehen Sie die Seite um. Vielleicht hilft Ihnen das, zu verstehen.«

Überrascht tat Jakob wie vorgeschlagen. Er hatte nicht erwartet, auf der Rückseite weitere Zeilen zu finden.

Die in ausufernder Schreibschrift eines Grundschülers verfassten Worte waren krakelig, eine Zeile lief nach oben, die nächste nach unten, als sei der Verfasser noch nicht daran gewöhnt, Linien zu folgen. Die Schrift jedoch entsprach jener, die seine Mutter ihm beigebracht hatte – das große *S* mit Schwung, das kleine *f* ausladend. Ihm stockte der Atem.

Papa und Mama haben mir alles erzählt, stand dort ohne Begrüßungsfloskel. *Weil sie ehrlich zu mir sind. Wir sind eine*

Familie. Papa hat mir deine Briefe gezeigt. Lesen will ich sie nicht. Hör auf, mir zu schreiben. Du gehörst nicht zu uns. Und zu mir schon gar nicht! Unterschrieben war mit *Jakob*.

Jakob hielt den Briefbogen nahe an seine Augen. Eine Familie? Eine größere Lüge hatte er in seinem ganzen Leben nicht gehört! Aber die Unterschrift... genauso hatte er lange Zeit seinen Namen gemalt, unter jedes einzelne Bild, das er Inge und James vermacht hatte: das *J* riesig groß, den Rest rund und am Schluss einen Punkt. Das hatte er sich von Gustav abgeguckt.

Es sah verdammt echt aus. Und trotzdem: »Das ist nicht von mir.«

Der Anwalt seufzte. »Ja, genau das hat Inge anfangs auch gesagt. Aber... es gab da diese zwei Gemälde, die sie aus Berlin mitgenommen hatte, Moment...« Er kramte in der Kiste und zog sie schließlich hervor. »Da. Sehen Sie das?«

Jakob musste nur einen Blick darauf werfen, um geschlagen zu nicken.

Auch Miro beugte sich verblüfft über die Zeichnungen und den Brief. »Das sieht echt aus, als hätte es die gleiche Person geschrieben.«

Jakob besah sich die Strichmännchen, die er Inge vermacht hatte. Auf dem einen waren mit viel Fantasie sie und er, Gustav und ein paar Hasen inmitten eines Gartens zu sehen. Krakelige Bäume um sie herum, eine Dampflok im Hintergrund, Karotten mit lachenden Gesichtern. Als er das gemalt hatte, konnte er nicht älter gewesen sein als fünf oder sechs.

Das zweite trug ein Datum, 1961, und er erinnerte sich:

Nicht lange, bevor Inge verschwunden war, hatten Marie und er den Kartoffeldruck entdeckt. Sie hatten gestempelt, Arme und Beine, Gesichter dazugemalt und gemeinsam ein Gedicht erfunden: *Eins und zwei, wir sind dabei. Drei und vier, so gerne hier. Fünf, sechs und die sieben – gemeinsam können wir fliegen. Acht gelacht, neun wie fein, zehn: Lass uns auf einen Ausflug gehen!*

Johannes hatte ein Lied daraus gemacht. Das Inge-Jakob-Marie-Lied.

Jakob schluckte. Ja. Die Schrift auf den Bildern glich jener des Briefes. Aber schließlich hatten auch bei ihm zu Hause nicht nur Bilder und Gedichte, sondern auch diverse Schulhefte gelegen. Seine Schulschrift nachzumachen dürfte für jemanden, der sich damit auskannte, kaum ein Problem gewesen sein. Und das traf sowohl auf Ernst als auch auf Karoline zu. Ein Teil von Jakob verstand, wie Inge und James hatten denken können, dass er nichts mehr von ihnen hatte wissen wollen. Schließlich hatten sie ihn zurückgelassen und deshalb sicher ein schlechtes Gewissen.

Und trotzdem. Trotzdem fühlte er sich verlassen und zurückgeworfen in eine Zeit, in der er gerade einmal zehn Jahre alt gewesen war. Oder elf, zwölf, siebzehn, und tief in seinem Herzen hatte sich diese schmerzhafte Gewissheit eingenistet: dass auch Inge und James ihn nicht hatten haben wollen.

Jakob zögerte. »Hat sie Ihnen von damals erzählt, Herr Kranitz? Als sie und James ... gegangen sind? Und von den Tagen vorher?«

Der Anwalt sah ihn vorsichtig an. »Fragen Sie mich, ob sie vorgehabt haben, Sie mitzunehmen?«

Jakob brachte kein Ton heraus, räusperte sich und nickte schließlich zitternd.

»Hatten sie. Alles war vorbereitet. Vielleicht erinnern Sie sich? Der geplante Wochenend-Ausflug? Der wäre nicht einfach nur in den Tiergarten gegangen. Allerdings«, nun warf er Jakob einen rätselnden Blick zu, »tauchten Sie nicht auf. Wegen einer Feierlichkeit der Thälmann-Pioniere, zu der sie stattdessen wollten.«

Jakobs Kopf fuhr hoch. »Wegen was?«

»Ihr Vater ließ Inge wissen, Sie hätten sich entschieden, lieber daran teilzunehmen.«

Jakob unterdrückte ein Schnauben. »An diesem Wochenende habe ich an gar nichts teilgenommen. Und auch an den nächsten nicht. Ich hatte Hausarrest.« Fassungslos schüttelte er sich. Lügen, so viele Lügen. Er sah den Anwalt müde an. »Wie haben Sie mich gefunden? Inge und James ist das ja scheinbar nicht gelungen...«

Dr. Kranitz zuckte zusammen. Jakob hörte selbst, wie bissig das geklungen hatte, verletzt und gekränkt. Wenigstens nach der Wende hätten sie doch noch einmal versuchen können, Kontakt mit ihm aufzunehmen!

Miro rutschte wortlos näher zu ihm.

Der Anwalt legte vorsichtig eine Hand auf Jakobs Arm. »Ich habe einen Antrag an das Einwohnermelderegister von Berlin und Herzow gestellt. In Letzterem waren sie gelistet. Allerdings mit einer anderen Adresse als jene, die Inge mir gegeben hatte.«

Jakob stutzte, dann begriff er. »Natürlich, erst wurde unsere Straße umbenannt, dann der Bahnhof geschlossen.«

Wäre es nicht so verdammt tragisch, er würde lachen. Von der Stalinallee zur Karl-Marx-Allee, von Karl-Marx-Stadt zu Chemnitz oder in ihrem Fall von *Zur Freundschaft* zu *Am Acker*. Und alle waren zufrieden, hatten Erinnerungen getilgt, die der gesamtdeutschen Zukunft entgegenstanden. Das Ergebnis aber war: Du wurdest nur dann mehr gefunden, wenn jemand Offizielles nach dir suchte.

Jakob ließ den Kopf hängen. »Und mein Vater? Wissen Sie, wer mein Vater war?«

Der Anwalt schüttelte entschuldigend den Kopf. »Inge, James und ich haben viel miteinander geredet«, murmelte er, »aber darüber nicht. Vielleicht finden Sie einen Hinweis darauf in ihren Tagebüchern?«

Jakob warf einen Blick in den Karton vor ihm, zog das oberste, dicke Din-A5-Buch hervor und schlug es auf der ersten Seite auf. *Marienfelde 1961*, las er und dann: *Mein lieber Jakob.*

Er klappte es zu. Zu viele Fragen, zu viel Offenes. Begänne er nun zu lesen, kämen Miro und er aus den in beruhigenden Blautönen eingerichteten Kanzleiräumen so schnell nicht mehr heraus. Dabei hatten sie noch ganz andere Dinge zu erledigen!

Jakob schloss den Karton und wollte schon aufstehen, da hielt ihn Herr Kranitz auf. »Moment. Bevor Sie fahren, sollten wir dringend ein offizielles Schreiben an die GEMA und die Plattenfirma aufsetzen.«

Plattenfirma? Jakob musste in Erinnerung lächeln. »Hat meine Mutter mir ihre und James' Sammlung hinterlassen?«

»Haben sie, und sicher befinden sich ein paar wertvolle

Stücke darunter. Aber vor allem geht es um Inges Komposition.«

Jakob schwirrte der Kopf. Plattenverträge, Lieder, die Gesellschaft für musikalische Aufführungs- und mechanische Vervielfältigungsrechte, kurz GEMA ... Er verstand noch immer nicht, was das eigentlich mit ihm zu tun hatte.

»Die GEMA verwaltet die Nutzungsrechte von Musikern, Komponisten und Bands und kümmert sich um die Ausschüttungen«, erklärte Miro.

Jakob konnte ihn nur ratlos ansehen. »Welche Ausschüttungen, Junge?«

»Das Geld, das fällig wird, wenn jemand deinen Song spielt, er im Radio läuft oder im Club, im Fernsehen und so weiter«, sagte Miro, und Jakob musste plötzlich lachen.

»Heißt das, Inge ist Musikerin geworden?« Wie wunderbar war das denn? Da hatte sie eine Krankenschwesterausbildung gemacht, weil ihr alle gesagt hatten, sie könne von ihrem Geträller und der Musik nicht leben. Ausgerechnet ihre Stelle als Krankenschwester in Steglitz hatte ihr geholfen, das Land zu verlassen, und dann hatte sie ihnen allen doch noch die Nase lang gemacht?

»Nicht ganz.« Herr Kranitz zog eine Klarsichthülle hervor. »Sie und James hatten eine Booking Agentur für Künstler aus der Gegend. Aber davor hat sie tatsächlich ein Lied komponiert. Ein Kinderlied, das sehr gut angenommen und immer wieder neu eingespielt wird.« Der Anwalt schob Jakob einige Notenblätter entgegen. *Kartoffelsalat-Blues* stand darauf. »Es geht darum, Kinder Kinder sein zu lassen«, erklärte er mit schiefem Lächeln. »Sie nicht zu etwas zu zwingen, sondern ihre Kreativität zu fördern. Wie zum Beispiel: Karotten Namen zu geben, Kaninchen aufzuziehen, eine Rakete aus einem Karton zu bauen und damit zu fliegen. Und ich glaube, es geht um Sie.«

Jakob blätterte auf die letzte Seite. *Für meinen Jakob*, hatte Inge unter ihre handschriftliche Originalkomposition geschrieben.

Er faltete die Notenblätter zusammen und steckte sie ins Jackett, zu seinem unfertigen Brief an Marie. Zu dem Brief des Anwalts, den er nicht geöffnet hatte, Miro aber, und ohne den sie kaum hier gelandet wären.

»Es ist nicht *Happy Birthday* oder *All you need is love*«, lächelte Herr Kranitz nun. »Aber seit einiger Zeit ist der Song Titelmelodie einer Wissensserie für Kinder im öffentlich rechtlichen Fernsehen. Alles in allem kommt da im Jahr also doch ein recht schöner Betrag zusammen.«

Miro setzte sich auf. »Genug für die Miete eines Häuschens im Grünen oder einer Wohnung in Berlin?«

Der Anwalt schmunzelte und wog den Kopf hin und her. »Ja, das ist in etwa ein guter Vergleich.«

Damit hatte Jakob nicht gerechnet. Ja, er hatte natürlich geahnt, dass die Mitteilung von der Kanzlei Kranitz mit einem Todesfall zu tun haben musste – mit dem seines Bruders oder aber Inges. Seine Eltern waren schon vor etlichen Jahren gestorben, erfahren hatte er davon durch einen äußerst bündigen Brief Klements: Einzig der kopierte Nachruf und ein Klebezettel *Zu deiner Information* waren darin gewesen. Der Tag des Begräbnisses war längst verstrichen, die Absenderadresse seines Bruders – seines Cousins – hatte gefehlt. Damals war Jakob vor allem froh gewesen, dass Gustav das nicht mehr hatte miterleben müssen. Er hatte nach Hause geschrieben, als es seinem Großvater schlecht und immer schlechter gegangen war, doch nichts weiter gehört. Und sich, um ehrlich zu sein, nicht groß gewundert, dass weder Ernst noch Karoline oder Klement noch einmal zu einem Abschiedsbesuch gekommen waren. Für diese drei waren er und Gustav schon sehr viel vorher aus dem Raster gefallen. Allerdings hatte er sich damals gewünscht, Inge erreichen zu können. Nicht geahnt hatte er, dass Ernst Gustav und Inge einen Abschied geradezu unmöglich gemacht hatte.

Daran, dass Inge ihm etwas hinterlassen könnte, daran hatte Jakob nie gedacht. Weder an das Geld noch an die Briefe oder Tagebücher. Er zog den Karton näher zu sich und ließ die Hände darauf liegen. Was nun? Plötzlich war seine Zukunft so breit, dass er nicht wusste, was damit tun. Inge hatte ihm das ermöglicht. Was also wollte er damit beginnen? Ein Häuschen irgendwo auf dem Dorf? Eine Wohnung in Berlin? Mit Bienchen noch ein wenig länger reisen? Er könnte sich jetzt irgendwo ein Zuhause schaffen, das ihm niemand unter dem Hintern wegverkaufen würde. Aber was dann? Unkraut rupfen und Musik hören, ab und zu Miro treffen und den Nachbarn zuwinken?

Unmöglich. Er war zu jung fürs Abstellgleis. Und vor allem hatte er noch etwas Dringendes zu erledigen! Etwas, für das es keinen Aufschub gab. Denn er war der gleichen Meinung wie Miros Großvater Stjepan: Wahre Liebe war verdammt noch mal für immer! Zuallererst musste er also Marie finden. Je nachdem, was dann geschah, würde er entscheiden, wohin es ihn verschlug.

Jakob stand auf. »Lassen Sie uns gern alle nötigen Formalitäten gleich erledigen«, bat er Dr. Kranitz. »Den Oldtimer würde ich erst einmal hier stehen lassen und später abholen. Inges Briefe und Tagebücher nehme ich mit. Denn erst muss ich nach Berlin. Das heißt, Miro muss nach Berlin und ich ein kleines bisschen weiter.«

Miro sprang auf und umarmte ihn. »Ehrlich, du bringst mich?«

»Natürlich, Lulatsch! Und dann fahre ich weiter.«

Miro lächelte. »Zu Marie.«

»Zu Marie. Danach entscheide ich, wo ich alter Knacker vielleicht noch mal Wurzeln schlage.«

Nun stand auch Herr Kranitz auf und öffnete die Tür. »Wir bräuchten die vorbereiteten Unterlagen Jones-Grünberg, bitte!«

Nur wenig später saß Jakob am Steuer von Bienchen, neben ihm Miro. Hinter ihnen rumpelte leise der Karton mit Inges Aufzeichnungen. Elanvoll kurbelte Jakob am Steuerrad, die Strecke durchs fränkische Hinterland zur Autobahn in Richtung Berlin war kurvenreich. Und hübsch. Er konnte verstehen, warum seine *Mutter* – noch immer klang das ungewohnt – und James sich hier niedergelassen hatten. Es war das genaue Gegenteil von Berlin. Und es erinnerte ihn an Herzow. Viel Natur, viele Hügel, Täler mit Forellentreppen in den badefreundlichen Flüsschen, Biobauernhöfe und Fachwerkhäuser. Hier ließ es sich aushalten. Ganz abgesehen von den Biergärten und den schmackhaften Klößen, von denen Miro und er gestern gemeinsam neuneinhalb verdrückt hatten. So konnten Kartoffeln nämlich auch schmecken!

Wenn Marie ihn nicht wiedersehen wollte, würde er sich vielleicht hierher zurückziehen. Weit genug von ihr und all der Vergangenheit entfernt, um noch einmal neu anzufangen. Außerdem konnte Miro dann auf dem Weg zu seiner kroatischen Familie bei ihm haltmachen.

Er drehte sich zu dem Jungen. »Danke, Junior. Dass du mich ... gezwungen hast. Vielleicht sollte man das bei Kindern nicht unbedingt tun, aber bei alten Sturköpfen wie mir ist es offenbar hin und wieder die richtige Vorgehensweise.«

Miro lachte ihn an. »Ich bin sehr froh, dass du meine gute Absicht erkannt hast. Aber natürlich auch für alles andere.« Er zuckte mitleidig mit den Schultern. »Nur schade, dass dich deine Mutter nicht... schon vorher erreicht hat.«

Jakob kniff die Lippen zusammen und zog auf die Auffahrt zur Autobahn. »Dafür hat mein Vater gesorgt... ich meine, mein Onkel.« Einen Moment schwieg er grimmig, dann schüttelte er sich und seufzte. »Vermutlich glaubte Ernst sogar, das Richtige zu tun. Wer weiß, vielleicht finde ich Inges fehlende Briefe ... in meiner Akte.«

»Bei dir zu Hause, meinst du?« Der Junge war verwirrt.

»Nein, in meiner Stasiakte.«

Miro schnappte nach Luft. »Du hast eine? Hast du sie schon eingesehen?«

»Bis jetzt nicht. Aber ich nehme an, es gibt eine. Spätestens nach diesem einen Vorfall.« Jakob schluckte. »Der, der mich Maries Freundschaft gekostet hat.«

Miro setzte sich auf. »Du musst sie lesen, unbedingt!«

Jakob zögerte. »Vielleicht fange ich erst mal mit Inges Tagebüchern an…«

Miro schüttelte den Kopf. »Fragst du dich denn nie, ob nicht auch bei dem, was zwischen dir und Marie schiefgelaufen ist, dein Vater die Hände im Spiel gehabt hat? Was, wenn es noch eine Version der Wahrheit von diesem… Vorfall damals gibt. Eine weitere außer Maries und deiner?«

Einen Moment blickte Jakob wie blind auf den Überlandbus vor ihnen. Dann zog er zum Ärger eines Porsches spontan nach links und überholte, das Gaspedal bis zum Boden durchgedrückt. Der Junge hatte recht! Wenn es irgendwo die Chance auf einen Beweis gab, dass nicht er es gewesen war, der Johannes belastet hatte und Schuld an seiner Inhaftierung gewesen war, dann tatsächlich in seiner Akte. Sofern es eine gab. Wie beantragte man die überhaupt, und wie lange dauerte so was? Er musste sich schlaumachen!

Er ließ den rechten Fuß, wo er war.

»Ähm Jakob?«

»Was ist?«

»Du fährst hundertvierzig!«

»Ja und? Wir haben noch mindestens sieben Stunden Tageslicht, und in fünf will ich in Berlin sein.« Er lächelte den Lulatsch dankbar an. »Dass du dir eine Mitfahrgelegenheit bei mir ergaunert hast, war das Beste, was mir seit Langem passiert ist, Junior!«

Miro knuffte ihn erfreut gegen den Oberarm. »Das gilt auch für mich, alter Mann! Und jetzt will ich die ganze Geschichte hören.«

Gespielt entsetzt riss Jakob die Augen auf. »Die *ganze*?! Hast du eine Ahnung, wie lange das dauert?«

Miro grinste und fischte im Schuhkarton zu seinen Füßen nach einer Kassette. »Wir haben doch mindestens fünf Stunden Autofahrt vor uns, reicht das nicht?«

»Könnte knapp werden, aber ich tue mein Bestes.«

Der Kassettenspieler begann zu rattern. Es kratzte, dann begann der typische 80er-Jahre-Sound und gleich darauf die erste Zeile, der unverkennbare Gesang von Tamara Danz – *Deine Sinne sind wach unterm Schädeldach.*

Jakob musste lächeln, völlig richtig: Der Himmel bog sich überraschend weit über ihm, und er selbst flatterte darin herum wie ein Vogel – ein Vogel, das erste Mal wirklich frei, aber mit einem Ziel.

»Als Marie und ich uns kennenlernten, spuckte sie wie eine Weltmeisterin, und ich traf gar nichts«, begann er. »Ich glaube, anfangs hatte sie einfach Mitleid mit mir, dem heimwehgebeutelten Knirps vom Dorf...«

EINIGE TAGE SPÄTER

Jakob drehte sich auf dem Alexanderplatz langsam im Kreis. Besah sich das Kaufhaus, das früher einmal unglaublich modern gewesen war, jetzt aber eine andere, langweiligere Fassade hatte. Die Spitze des Fernsehturms war von hier aus zu sehen, die Weltzeituhr, unter der sich wie immer Menschen unterschiedlichster Nationalität drängten, der Brunnen, der seinen wenig romantischen Spitznamen zu DDR-Zeiten der Tatsache verdankte, dass hier junge Frauen aus dem Osten hofften, für einen Abend kaufkräftige Westler zu finden, die im wenig entfernten Interhotel übernachteten.

Wie viel sich verändert hatte seit Jakobs letztem Besuch etliche Jahre zuvor! Neue Gebäude waren dazugekommen, andere standen leer, doch eins war gleich geblieben: Das Leben brummte.

Ein Stück folgte er den Straßenbahnschienen und bog dann in die Karl-Liebknecht-Straße. Zwar hatte Miro versucht, ihm für den Onlineantrag auf Einsicht seiner Akte zu helfen, doch all die Querverweise, nötigen Voraussetzungen und möglichen Downloads auf der Seite der Behörde des Bundesbeauftragten für die Stasi-Unterlagen hatten ihn völlig kirre gemacht. Während ihrer Reise mochte er sich dank des Lulatschs dem digitalen Zeitalter angenähert haben, ja, er hatte sogar einige seiner Dampflokbilder digitalisiert und diese auf einer Fotowebseite für Zugenthusiasten hochgeladen. Inzwischen war er davon überzeugt, dass das weltweite Netz durchaus gute Seiten hatte. Sonst hätte er kaum Gleichgesinnte aus ganz Deutschland, Tschechien, Polen, Österreich kennengelernt, mit denen er sich über eine E-Mail-Adresse, die Miro ihm eingerichtet hatte, austauschte.

Der Onlineantrag für seine Akte allerdings war ihm definitiv zu hoch. Zum Glück gab es also eine Beratungsstelle und darin Menschen aus Fleisch und Blut, die das Prozedere kannten und ihn hindurchlotsen würden.

Rund ein halbes Jahr würde es nach seiner Anfrage dauern, bis Jakob wusste, ob er überhaupt aktenkundig war. Falls ja, noch einmal bis zu zweieinhalb Jahre, um Kopien der Berichte in der Hand zu halten.

Jakob war hin- und hergerissen. Exakt diese Unterlagen könnten Maries Verdacht gegen ihn ein für alle Mal ausräumen. Aber sie beide waren keine siebzehn mehr. Er konnte unmöglich drei Jahre herumsitzen und darauf warten! Schon gar nicht jetzt, da er wusste, wo sie wohnte, und sein Brief an sie fertig war. Nun ja, so fertig wie möglich. Etwas zu verbessern gab es immer.

Im Foyer wies er sich aus und betrat nach nur wenigen Minuten das Zimmer des ihm zugewiesenen Beraters.

Die Augen des älteren Herren flitzten von der Kopie seines Ausweises zu seinem Gesicht und wieder zurück. Dann räusperte er sich unsicher. »Jay?«

Jakobs Blick flog hoch.

»Jay, bist du das?«

Weder die buschigen Augenbrauen noch die grünen Augen oder den dunklen, von Grau durchzogenen Bart konnte Jakob zuordnen. Doch irgendetwas an dem Mann kam ihm bekannt vor. Also nickte er und antwortete vorsichtig: »So haben mich nicht viele genannt.« Argwöhnisch fasste er sein Gegenüber genauer ins Auge, versuchte, sich die Falten wegzudenken und die Brille. »Nur meine... Mutter Inge, ihr Freund und... Marie.«

Sein Berater räusperte sich schon wieder, schien eine nervöse Angewohnheit zu sein. »Und wir«, krächzte er dann. »Peter und ich – oder besser Pi und Q, erinnerst du dich nicht?«

Jakobs Bein begann zu zittern, allerdings um Welten nicht so stark wie die Hände des Mannes gegenüber.

»Du bist es«, murmelte dieser fassungslos. »Du bist es wirklich. Es tut mir so leid!«

Jakobs Herz setzte aus. »Was? Was tut dir leid, ist was mit Marie?«

»Was? Nein, also, nicht, dass ich wüsste, als sie weggezogen ist, ist unser Kontakt abgebrochen. Es tut mir leid, dass ich dich geschlagen habe, damals. Ich dachte, du hättest Johannes hingehängt.«

Jakob winkte ab. »Alte Kamellen, schon gut.« Dann jedoch traf ihn ein Gedanke so heftig, dass er sich setzen musste. »Moment mal, heißt das, du weißt jetzt, dass ich es nicht war?«

Sein Gegenüber – wie hieß Q eigentlich im wahren Leben? – nickte gequält.

»Weshalb?«

»Meine eigene Akte. Ich war bei dem Sturm auf die Normannenstraße dabei, hier in Berlin. Damals, gleich Januar 90.« Er blinzelte überfordert. »Es war verrückt. Das Verrückteste, was ich jemals getan habe. Jedenfalls: Ich war einer der Ersten, der seine Akte zu lesen bekam. Deswegen bin ich jetzt auch hier. Um anderen dabei zu helfen. Wie dir.«

Jakob beugte sich vor. »Wenn du mir wirklich helfen willst, Q...« Er stockte.

»Robert«, flüsterte sein Gegenüber. »Eigentlich heiße ich Robert Manning.«

»Also, wenn du mir wirklich helfen willst, Robert, dann erzähl mir, was damals wirklich passiert ist.«

»Das kann ich nicht.« Robert schüttelte den Kopf, und Jakob ballte die Fäuste, um ihn nicht anzuschreien. Er war so nahe dran, und das Weichei verschanzte sich hinter irgendwelchen Vorschriften? Er schluckte und versuchte es noch einmal in aller Ruhe: »Ich weiß, dass ihr Namen schwärzt, um die Privatsphäre anderer zu schützen, aber – ich muss das wissen! Für mich. Und für Marie!«

Robert stutzte. »Du weißt, wo sie ist?«

»Ja, glaube ich zumindest.« Jakob holte tief Luft. »Ich muss das aus der Welt schaffen, verstehst du das nicht?«

»Doch, natürlich. Und ich will dir ja auch weiterhelfen. Es ist nur: Du solltest es selber lesen.«

»Bitte was?«

»Du solltest die Kopien meiner Akte lesen. Privat.« Einen Moment zögerte er. »Ich glaube nicht, dass du in deiner viel Neues findest.«

Jakob schüttelte überfordert den Kopf. »Nein? Aber wir waren damals doch gemeinsam beteiligt. Mich haben sie erwischt, dich nicht. Ich habe nichts gesagt. Also weshalb gibt es dafür über dich Aufzeichnungen, die ich lesen sollte, aber keine über mich?«

Robert räusperte sich leise. »Weil ich schon länger unter Beobachtung stand. Du aber…« Er unterbrach sich und fing anders an. »Wenn ich dir einen Rat geben darf, Jakob: Stell einen Antrag auf Akteneinsicht für deine Eltern. Vor allem für deinen Vater. Und bis dahin: Schau dir meine Unterlagen an.«

»Warum kannst du mir nicht einfach hier und jetzt sagen, was geschehen ist? Wer es wirklich war?«

»Weil du dir selbst ein Bild machen sollst. Wenn ich hier eins gelernt habe, dann, dass nichts einfach nur schwarz-weiß ist. Manches ist tiefgrau, manches… weiß mit Schlieren.«

Jakob dachte an Marie. An *Paint It Black*. Daran, dass sie selbst dort Farben gesehen hatte, wo andere nur Licht und Dunkel wahrnehmen. Er musste lächeln.

Robert sah ihn verwundert an.

»In Ordnung«, nickte er. »Wann können wir uns treffen?«

»In zwei Stunden habe ich Feierabend. Meine Wohnung ist nur ein paar Minuten entfernt.«

»Gut« Jakob stand auf. »Ich hol dich ab. Soll ich was mitbringen? Pizza und Bier, Döner und Tee?«

Robert starrte ihn an, als kämen Jakobs Worte nicht weiter als bis zu seinen Ohren.

Jakob verdrehte die Augen. »Nur weil du mich vor Urzeiten mit einem gezielten Haken zu Boden geschickt hast, heißt das doch nicht, dass ich nicht ein guter Gast sein kann!«

Jetzt begann Robert zu lachen. »Bier«, nickte er. »Ein Bier ist gut. Und Pizza.«

»Abgemacht. Dann sehen wir uns nachher.«

Jakob verließ das Zimmer. Im Foyer wartete eine Handvoll

Menschen. Auch diese voller Hoffnung, dass ihnen jemand dabei helfen konnte, ihre Vergangenheit zurückzuholen – und ihr Leben.

Vor ein paar Wochen noch war er fest davon überzeugt gewesen, es sei besser, nicht alles zu wissen. Doch dreitausend Reisekilometer, diverse Ländergrenzen und die Begegnung mit einem fest entschlossenen Soundfrickler später dachte er anders darüber. Denn nur, wenn man die Wahrheit kannte, konnte man schließlich auch lernen mit ihr umzugehen, richtig? Egal, was sie für einen bereithielt.

BERLINER UMLAND, 1968

Die Arme hinter dem Kopf verschränkt, starrte Jakob in den dunklen Himmel. Die letzten Tage waren ungewöhnlich warm gewesen, Vorboten des Sommers.

Von der Ausflugsgaststätte am See wehten Gesprächsfetzen und bekannte Musik zu ihnen herüber, inzwischen hatte ein Plattenaufleger Johannes' Gruppe abgelöst. Johannes selbst war gleich nach dem Auftritt mit einem seiner Freunde verschwunden, die extra hierhergefahren waren, um seine neuen Lieder zu hören. Gespielt hatte er nur einen einzigen neuen Song, ganz am Schluss.

Mark hatte sich geweigert, wollte bei den alten Sachen bleiben. »Das kennt unser Publikum, darauf will es tanzen, und mich will es sehen«, hatte er behauptet. »Bei deinem lahmen Liedermachergenöle schlafen die uns doch ein!«

Also hatte Johannes *Jetzt erst recht* als Zugabe eingeschmuggelt. Mark hatte sauer die Bühne verlassen, sich ein Bier geholt und sich zwischen Jakob und Marie gedrängt, um auf sie einzureden. Weit gekommen war er damit nicht. Marie hatte demonstrativ Jakobs Hand genommen, ihn wieder neben sich gezogen und Mark erklärt, er solle den Mund halten, sie wollte ihren Bruder singen hören. Dann hatte sie einen Arm um Jakob geschlungen.

Nun lagen sie nebeneinander am dunklen Ufer. Jakob suchte nach dem großen Wagen, das einzige Sternbild, das er kannte.

»Was meinst du, wo sind wir nächstes Jahr?« Marie klang nachdenklich.

»Du an der Kunsthochschule Weißensee und ich... hoffentlich irgendwo, aber nicht mehr zu Hause.«

»Tja, das mit der Sportkarriere wird wohl nichts.« Sie drehte sich zur Seite, um ihn anzusehen.

Jakob seufzte. »Mein Vater glaubt tatsächlich, ich hätte das mit Absicht gemacht. Nur um ihn zu ärgern.«

»Und hast du?«

»Ich wüsste in etwa tausend andere Dinge, um ihn auf hundertachtzig zu bringen. Und alle sind weniger schmerzhaft als ein Meniskusriss.«

»Ja, aber warum hast du ihm nicht gleich gesagt, dass du dich verletzt hast, warum hast du weitertrainiert?«

»Er hatte ein Ziel.«

»Hat ja gut geklappt. Jetzt kannt er sich deine Medaille von der Spartakiade an die Wand hängen, aber dein Knie ist hinüber.«

Jakob legte einen Arm um sie und zog sie an sich. Ihr Kopf landete auf seiner Brust, ihre rechte Hand auf seinem Herzen. Ob ihre Fingerspitzen ihr verrieten, dass es jetzt viel heftiger schlug als bei jedem Sprint?

»Vielleicht erspart mir das ja den Dienst in der NVA.«

Marie schnaubte auf. »Wohl kaum. Bei Johannes auf der Stube ist einer mit Asthma. Außerdem: Willst du nicht studieren?«

»Vor allem will ich weg.«

Sie rutschte näher. »Wohin?«

»Egal. Vielleicht in die Tschechoslowakei? Würdest du mitkommen?«

Sie blieb still.

Er sah sie zweifelnd an. »Nein, ich weiß ja, deine Eltern, dein Bruder, die Sprache.« Und plötzlich hatte er eine Idee. »Aber vielleicht könnten wir wenigstens ein paar Tage nach Prag? Wenn die Schule fertig ist?« Er stupste sie an. »Ein paar Ideen mit nach Hause nehmen.«

Sie kicherte. »Ja, das gefällt deinem Vater bestimmt.«

»Er muss es ja nicht wissen.« Was er eigentlich meinte, war, er selbst musste danach ja nicht wieder nach Hause zurück. Vielleicht konnte er eine Lehre machen. In ein Wohnheim ziehen. Marie sehen, wenn er freihatte, und wenn er fertig war...

»Johannes hat Freunde in Prag«, überlegte sie laut. »Musiker, die mit ihm im Ferienlager waren.«

Jakob holte tief Luft. »Heißt das, du bist dabei?« Ein paar

Tage raus hier, nur Marie und er – damit vor Augen könnten ihm die nächsten Monate nichts mehr anhaben.

»Ja. Natürlich bin ich dabei.« Ein Lächeln lag in ihrer Stimme und noch etwas. Etwas, das sein Herz so schnell schlagen ließ, als wollte es sich selbst überholen, ein Versprechen.

Und bevor sie noch etwas sagen konnte, es vielleicht zurücknehmen oder abschwächen, beugte er sich vor und küsste sie, spürte, wie sie die Arme um ihn schlang, ein Bein über seine gehakt, und plötzlich saß sie auf ihm, hielt ihn mit ihrem Gewicht am Boden und lachte zwischen den Küssen. Leicht hätte er sich befreien können, immerhin war er ein ganzes Stück größer als sie, schwerer und kräftiger. Aber wer wollte das schon, wenn es sich so anfühlte, sich zu ergeben? Als wäre endlich alles richtig und hätte einen Sinn.

Zweige raschelten, jemand rannte an ihnen vorbei, gefolgt von einem zweiten. Marie erstarrte, und er legte beruhigend die Arme um sie. Wenn sie sich nicht bewegten, standen die Chancen gut, unentdeckt zu bleiben. Niemand vermutete sie hier im hohen Gras neben den Büschen.

Dann war ein Lachen zu hören, Jakob hob den Kopf. Jemand streifte die Schuhe ab, die Hose, das T-Shirt, und tauchte nackt mit dem Kopf voraus ins Wasser. Nur wenig später war ein erneutes Platschen zu hören, Wasserspritzen, abgehacktes Atmen, ein »Oh verdammt, ist das kalt« und ein »Du wolltest es so! Los jetzt, auf der kleinen Insel findet uns niemand!«. Dann wurde es ruhiger.

Jakob und Marie setzten sich auf. Zwei Gestalten entfernten sich schwimmend vom Ufer, die Wellen um ihre Arme waren das Einzige, was die stille Wasseroberfläche durchbrach.

»Das war Johannes«, flüsterte Marie. »Und Hartwig.«

Jakob nickte, er hatte die Stimme ihres Bruders gleich erkannt. Und die des anderen. Auch wenn es schon etwas her war, als er sie zuletzt gehört hatte, hinter einer Aschetonne versteckt. Sie waren also noch immer zusammen. Er stand auf. »Lass uns gehen.« Er hielt ihr eine Hand hin. »Wir sollten weg sein, wenn sie zurückkommen.«

Ohne danach zu greifen, sprang sie auf die Beine, sah einen Moment zu dem Stapel Kleidungsstücke am Ufer und drehte sich fragend zu ihm. »Du weißt Bescheid?«

»Wovon redest du?« Er fühlte sich ertappt. Johannes hatte ihn gebeten, für sich zu behalten, was er damals beobachtet hatte. Und das hatte er getan. Aber wenn sie ihn nun direkt fragen würde…

»Von meinem Bruder. Und seinem… Freund. Du weißt davon, aber du hast mir nichts gesagt?« Sie stemmte die Hände in die Hüften.

Jakob fuhr sich durch die Haare, dann gab er sich einen Ruck. »Ich glaube, sie halten es lieber geheim.«

»Sieht so aus.« Sie klang traurig, griff nach seiner Hand und begann langsam, die kleine Uferböschung hinaufzuklettern. »Und ich finde es gut, dass du sein Geheimnis bewahrt hast. Aber…«, kurz zögerte sie, »wenn es um andere Dinge geht, welche, die dich betreffen und mich, dann sagst du sie mir, ja?«

Jakobs Herz legte einen Galopp hin. Dinge, die sie und ihn betrafen, sie beide, die Zukunft? »Versprochen. Bei allem, was etwas mit uns zu tun hat, rede ich zuallererst mit dir. Und umgekehrt?«

»Abgemacht.«

»…und die Blicke, als ich heute dann doch endlich gestand, nicht ordentlich Noten lesen zu können, puh!« Miro prustete los, dann holte er tief und glücklich Luft. »Aber das war überhaupt kein Problem! Dabei hatte ich schon Angst, sie werfen mich deshalb aus dem Kurs.«

Erika sah ihn mit einem Blick an, der irgendwas zwischen amüsiert und schuldbewusst war. »Ich hätte dir einen Nachhilfelehrer besorgen müssen. Das war schließlich nichts, was ich dir hätte beibringen können.«

»Quatsch!« Er drückte ihre Hand. »Du hast mir so viel anderes, viel Besseres beigebracht.«

Langsam liefen sie einen der Wege hinauf, die sich im Park den Hügel hinaufschlängelten. Erika konzentrierte sich darauf, die Füße richtig abzurollen. *Üben, üben, üben* hatte ihre Physiotherapeutin immer wiederholt, und Miro hatte an Zdenka, die Musikerin aus Prag, gedacht.

Üben – das taten sie. Alle beide. Miro mit dem Theremin und dank des Vorbereitungskurses für die Universität der Künste. Erika mit ihm: Täglich liefen sie hier eine andere Strecke entlang, hinauf und hinab, über Kieselwege und unebene Wiesen. Erika musste Muskeln aufbauen und die durch die Operation verkürzten Sehnen strecken. Ihrer Beharrlichkeit war es zu verdanken, dass sie inzwischen nur noch wenig humpelte. Egal ob es wie aus Kübeln goss oder die Sonne schien, sie schnappte sich ihr Handy, auf dem Miro ihr eine Trainingsapp installiert hatte, und arbeitete fest entschlossen ihr Pensum ab.

Heute jedoch war ein unglaublich schöner Tag, Miro hatte frei, Erika mittags die Konditorei geschlossen, und in Miros Rucksack steckte ein Picknick. Angeblich hatten sie etwas zu feiern. Miro war gespannt. Womöglich hatte eine weitere von Erikas Kreationen einen Preis gewonnen, oder aber – darauf hoffte er – Erikas gute Laune und ihr schelmisches Lächeln hatte etwas mit Stjepan zu tun. Seit Wochen skypten die beiden miteinander und verhielten sich dabei wie Teenager. Es wurde gelacht und gekichert, geflüstert, und manchmal verzog sich Erika in ihr Zimmer und schloss die Tür.

Auf dem Hügelkamm angekommen, blieben sie stehen und sahen sich um. Erika wies auf einen freien Schachtisch im Halbschatten, von dem aus man einen wunderbaren Blick über den Park hatte. Auf der Liegewiese waren Decken in allen möglichen Farben verteilt, Leute spielten Frisbee und Federball, Kinder plantschten in den Becken des Märchenbrunnens oder rannten über den Spielplatz direkt unter ihnen.

Gemeinsam deckten sie den Tisch, selbst an eine Tischdecke hatte Erika gedacht. Miro ordnete Geschirr und Tupperdosen, verteilte Kaffee, Schnittchen und Obst und zog zum Schluss eine in ein Handtuch gewickelte, kühle kleine Flasche hervor: Sekt? Ehrlich? Na, das konnte ja spannend werden – das *musste* doch etwas mit seinem Großvater zu tun haben, oder?

Erika hatte ihm Stjepans Brief zu lesen gegeben. Jenen, den er ihm für Erika mitgegeben hatte. Jenen, den er auf Miros Vorschlag hin geschrieben hatte. Ein Teil davon war ihm nicht mehr aus dem Kopf gegangen: *Weißt du, was ich meiner Familie immer gesagt habe, wenn sie mich fragten, warum ich unseren Ring nie abgenommen habe*, hatte Stjepan geschrieben und die Frage sogleich beantwortet: *dass wahre Liebe für immer ist. Sie verlässt dich nicht, sie verwandelt sich mit dir und mit allen, die du liebst. Sie passt sich an, sie fügt an, beugt sich und richtet sich aus, immer ist sie in Bewegung.*

Wie die erste Steinhütte auf unserem Weingut – das Fundament ist dasselbe, doch wir haben darauf aufgebaut, sie am Leben erhalten und etwas daraus gemacht, in dem sich alle willkommen fühlen sollen. Vielleicht willst du sie und mich einmal besuchen. Und vielleicht wollen wir beide dort gemeinsam weiterbauen, wo wir vor viel zu langen Jahren aufgehört haben?

Miro musste in Erinnerung daran lächeln. Sein Großvater war ein Romantiker. Wie seine Großmutter. Sie passten gut zusammen, und er drückte ihnen die Daumen!

Erika öffnete die kleine Sektflasche und goss perlende Flüssigkeit in zwei Gläser. Nicht einmal halb voll waren sie, aber Miro ahnte, hier ging es eher um ein Zeichen. Also hielt er ihr sein Glas zum Anstoßen entgegen. »Und jetzt raus damit: Was ist los? Hat er dir einen Antrag gemacht?«

Erikas Lächeln war breit. »Ja, so könnte man das nennen.«

»Was?« Miro sprang auf. »Ähm, aber... also, versteh mich nicht falsch, ich mag ihn! Sehr. Und ich glaube, ihr habt alles Glück der Welt verdient, aber... ähm... ist das nicht doch ein klein wenig überstürzt? Willst du jetzt nach Kroatien ziehen oder was, und...« Er verstummte, als sie vor lauter Lachen ihr Glas abstellen musste.

»Du verarschst mich!« Kopfschüttelnd setzte er sich wieder. Hätte er sich denken können. Typisch Erika.

»Erst einmal sind wir eingeladen, Miro.« Sie kicherte noch immer. »Zum Herbstfest auf dem Weingut. Und ich habe entschlossen, seit sehr langer Zeit endlich einmal wieder Urlaub zu nehmen: ganze zwei Wochen. Ich hoffe, du kommst mit? Ich habe nachgesehen, es liegt mitten in deinen Ferien.«

»Das lasse ich mir auf keinen Fall entgehen!«

Sie stießen an. Miro nahm einen kleinen Schluck. Sekt war nicht sein Lieblingsgetränk. Er beäugte neugierig die Flasche und musste grinsen. »Hey, Rotkäppchen, das muss ich Jakob erzählen.«

»Ja, apropos: Er ist auch eingeladen.« Einen Moment zögerte sie. »Samt Begleitung, wenn er möchte.«

Miro lächelte breit, dann suchte er hektisch nach seinem Handy. »Den Wievielten haben wir heute?« Wie hatte er das vergessen können?!

»Den siebzehnten, warum?«

»Ich muss Jakob anrufen, sofort!« Miro fischte sein Telefon aus dem Rucksack, stand auf, wählte und lief ein paar Schritte. Heute war schließlich der Tag aller Tage! Heute wollte Jakob Marie besuchen.

Es tutete. Und tutete weiter. Jakob ging nicht ran. Unruhig marschierte Miro weiter und wartete.

Unter ihm, auf dem Spielplatz, lief ein kleiner Junge wie verrückt im Kreis. »Fang mich, fang mich doch, Sahid!«, brüllte er, und Miro stutzte. Tatsächlich. Sahids kleiner Bruder versuchte, Sahid und Edina auszuweichen. Miro beobachtete sie. Hand in Hand verfolgten Edina und Sahid den vergnügt quietschenden Dreikäsehoch.

Miro schluckte. Er hatte Jakob versprochen gehabt, sich bei

den beiden zu melden. Und das Verrückte daran war gewesen, dass es ihm nicht einmal besonders schwergefallen war. Vielleicht hatte das etwas damit zu tun, was in den letzten Wochen geschehen war: Sahid und Edina waren in Berlin geblieben. Miro aber hatte so viel anderes gesehen. Er war auf eine zunächst unsichere Reise gegangen, hatte Jakob kennengelernt und andere Menschen, hatte seinen Großvater gesucht und gefunden und dazwischen so viel erlebt...

Als er Sahid und Edina schließlich in ihrem Lieblingscafé getroffen hatte, war überraschend vieles nicht mehr da gewesen: überschäumende Wut zum Beispiel, das Bedürfnis, sich an ihnen zu rächen oder ihnen zu beweisen, dass es ihm so viel besser ohne sie ging.

Wo Miros Lederband mit dem Plektrum geblieben war, das er normalerweise immer um den Hals trug, hatte Edina wissen wollen, Miro nur »in Zagreb« gelächelt und ihnen von Jakob und Stjepan erzählt, von Traktorfahrern, Schlössern, Dvořák, Casinobesuchen und dem Vorbereitungskurs für die Aufnahmeprüfung nächstes Jahr. Dass Edi und Sahid atemlos zugehört, nachgehakt und immer wieder fassungslos den Kopf geschüttelt hatten, hatte Miro gutgetan. Es war nett, jemanden zu haben, dem er das ganze verrückte Abenteuer berichten konnte. Und es war auch nett gewesen, *ihnen* zuzuhören, wie sie augenzwinkernd über ihre Neuigkeiten und die ihrer Familien herzogen. Vielleicht würde es ihnen auf lange Sicht doch gelingen, befreundet zu bleiben?

Nur wenige Meter Luftlinie unter Miro fingen Edina und Sahid seinen kleinen Bruder ein. Er quietschte vor Vergnügen, als sie ihn in die Luft hoben. Und ja, da war noch immer ein kleiner Stich. Aber er war in Ordnung. Er zog nicht länger ein wütendes Wehren oder ein *Das da unten mit Edina solltest eigentlich du sein* nach sich. Eher etwas, das er Tag für Tag etwas mehr losließ. So wie alle, die etwas im Museum of Broken Relationships zurückgelassen hatten, um damit abzuschließen.

Miro drehte sich zu Erika und wollte das Handy vom Ohr nehmen – noch immer hatte Jakob seine Mailbox nicht eingerichtet –, da war am anderen Ende plötzlich Autogeknatter zu hören, Windrauschen und dazwischen laute, elektronische Musik. War das etwa sein Stück?!

»Jakob?«, rief Miro in den Hörer. »Hallo? Jakob, hörst du mich?«

»Wer ist da?«

»Ich bin's, Miro.« Er grinste. »Mach doch mal die komische Musik leiser.«

Jakobs Stimme klang amüsiert. »Kann ich nicht, Kleiner, sie macht mir Mut! Ich kenne den Komponisten persönlich, stell dir vor! Er hat aus lauter Geräuschen und Wortfetzen einer Reise diese furiose Symphonie gebastelt.«

Miro schüttelte den Kopf. »Symphonie, ja?«

»Na gut, dann eben, warte... wie nennt man das heutzutage... ah ja: Chartbreaker. Es heißt *We are* und geht um Familie, um Beziehungen, ich denke, auch um Liebe – über Grenzen hinaus.«

»Sag bloß, all das kannst du darin hören.«

Nun drehte Jakob auf der anderen Seite die Musik leiser und wurde ernst. »Ja, Junge, das kann ich. Kein Wunder, dass sie dir ein Stipendium verpasst haben.«

Miro fühlte, wie seine Ohren heiß wurden. »Kein Stipendium, nur einen Vorbereitungskurs für die Aufnahmeprüfung nächstes Jahr.«

»Hm-m, klar, und wie viele deiner Konkurrenten haben das Gleiche erhalten?«

»Eine.«

»Na bitte.«

»Wo steckst du, Jakob? Warst du schon bei Marie? Du wolltest doch heute…«

»Warte kurz, Lulatsch, bin gleich wieder da…«

Miro schüttelte den Kopf und winkte Erika beruhigend zu, die ihn aufmerksam ansah. »Er hat mich auf Halt gestellt«, erklärte er, »ich glaube, er ist gerade mit Bienchen unterwegs.«

»Bienchen war sein Auto, richtig? Nicht der Spitzname seiner Freundin?« Erika steckte sich lächelnd einen Bissen Torte in den Mund.

Miro nickte, dann zuckte er mit den Schultern. »Seiner Ex-Freundin«, verbesserte er seine Großmutter. »Und seiner hoffentlich Wieder-Freundin. Also kurz: seiner großen Liebe.«

Erika nickte kauend. »Ich drücke beide Daumen.«

Ja, das tat Miro auch.

Jakob tippte auf seinem neuen Smartphone herum, das Miro mit ihm gemeinsam gekauft hatte – damit sie in Kontakt bleiben konnten und überhaupt. Frau Gookeley schnarrte Anweisungen, wollte, dass er rechts abbog, aber der Feldweg sah wenig vertrauenerweckend aus.

Genervt zog er an die Seite, stellte Bienchens Warnblinker an und holte das Handy aus der Halterung an der Windschutzscheibe – noch so was, auf das der Junge bestanden hatte, wie auch auf das Bluetooth-Headset, damit er beide Hände am Steuer behalten konnte und trotzdem telefonieren.

Schwierig nur, wenn die digitale Generalin ihn einmal mehr mitten in die Pampa schicken wollte. Er vergrößerte den Kartenausschnitt auf dem Display und ... ahhh, natürlich, nicht hier sollte er einbiegen, sondern weiter vorn an der Kreuzung. Abstandsangaben wie zweihundert, hundert und fünfzig Meter konnte er noch nicht ganz problemlos einschätzen.

Er stellte den Warnblinker ab und fuhr zurück auf die leere Straße. Dann entriegelte er die Stummschaltung des Mikrofons, brüllte stolz »Bin wieder da, Junior!« und wurde mit einem überraschten wie erschrockenen Lachen belohnt. »Das Ding hat ein Mikrofon, Jakob, du musst mich nicht anschreien!«

»Ich wollte nur auf Nummer sicher gehen.«

»Du kannst auf Nummer sicher gehen und trotzdem ein paar Nuancen runterschalten!«

»Nuancen, ja?« Jakob kurbelte ächzend am Steuerrad und überlegte das etwa tausendste Mal, ob er nicht doch versuchen sollte, eine Servolenkung nachzurüsten. »Wieder ein neues Wort gelernt?«

»Ständig.« Miro klang amüsiert. »Und ich versuche, sie mir alle zu merken.«

»Bestimmt gibt es dafür so was wie einen digitalen Vokabeltrainer. Aber falls ich dich mal abhören soll, sag Bescheid.«

Jakob machte es Spaß, den Jungen aufzuziehen, aber er war auch unglaublich stolz auf ihn. Wenn alles gut lief, würde Miro nächstes Jahr mit seinem Studium beginnen. Wegen außergewöhnlichen Fähigkeiten oder wie das auch immer in offiziellem Unisprech hieß. Zu Recht, wie Jakob fand, denn das Stück, mit dem Miro die Professoren überzeugt hatte, war wirklich außergewöhnlich. Der Junior hatte es ihm extra auf eine Kassette überspielt und ohne irgendein erklärendes Wort in die Hand gedrückt. »Schließlich will ich dir keine Interpretation überstülpen«, hatte er gegrient.

»Hast du schon mit Marie gesprochen?«, wollte Miro jetzt neugierig wissen. »Wo steckst du?«

»Laut Frau Gookeley eine Viertelstunde von ihr entfernt.«

»Oha, hast du sie wenigstens angerufen und vorgewarnt?«

Jakob schüttelte den Kopf. Dann erinnerte er sich, dass Miro ihn ja nicht sehen konnte. »Nein.« Er war nicht gut mit Livegesprächen, ob am Telefon oder Auge in Auge. Mit seinem Brief hingegen war er einigermaßen zufrieden. Und schließlich hatte er nun auch die Kopien von Roberts Akte. Zumindest jene, die für Marie und ihn wichtig waren. Das würde er sicher nicht torpedieren, indem er anrief und ihn der Mut verließ, wenn sie den Hörer aufknallte, kaum dass er seinen Namen gesagt hatte.

»Und was machst du, wenn Marie nicht da ist?«

»Dann warte ich auf sie.«

»Du hast ihr aber schon deine Telefonnummer zu deinem Brief notiert, oder? Damit sie sich bei dir melden kann?«

Mist, er wusste, er hatte etwas vergessen! »Ähm, ja, klar, sonst macht das alles ja kaum Sinn.«

»Völlig richtig.«

Jakob angelte auf dem Beifahrersitz nach seiner Tasche, irgendwo darin musste ein Kugelschreiber stecken. Hoffte er zumindest. Die nächste Kurve kam plötzlich, jemand hupte ihn an, und er lenkte den Bus erschrocken wieder auf die eigene Straßenseite. »Junge, ich muss aufhören, ich bin... zu aufgeregt, um multidingsfähig zu sein.«

»Alles klar. Ich wollte dir auch nur kurz erzählen, dass Stjepan dich zum Herbstfest eingeladen hat – dich und Marie«

Jakob schluckte. Mit Marie nach Kroatien? Das wäre... oh Himmel, das wäre der Hauptgewinn. Er zwang sich, nicht daran zu denken. Ein Schritt nach dem anderen.

»Aber erst mal drücke ich dir die Daumen. Wir sehen uns doch wie geplant nächsten Mittwoch?«

»Klar, gleiche Zeit, gleicher Ort«, murmelte er ins Mikrofon und dann: »Over and Out!«

Miro lachte. »Das Telefon ist *kein* Walkie-Talkie! Gib mir Bescheid, wie es gelaufen ist!«

Die Verbindung brach ab. Jakob konzentrierte sich aufs Atmen – ein – aus – ein – aus. Wieso war das plötzlich so schwer?

Er drosselte die Geschwindigkeit, als das Ortsschild in Sicht kam, und das war gut so: Es rumpelte höllisch, als Bienchen von der geteerten Straße auf das grobe Kopfsteinpflaster fuhr. Weiter vorn erhob sich ein Kirchturm, drum herum war alles zu finden, was für eine Dorfgemeinschaft wichtig war: ein Lebensmittelgeschäft, eine Gaststätte, ein paar Holzstände an der Straße, auf denen Gemüse, aber auch Eier und Honig angeboten wurden, ein Bäcker und ein Fahrradgeschäft. Von hier aus zweigten rechts und links Straßen in die Wohngebiete ab, die Häuser niedrig, viele renoviert, kaum ein Neubau dazwischen. Stattdessen Grundstücke mit blühenden Gärten, hier und da ein kleiner Dreiseitenhof und Schilder zu Ferienwohnungen. Gemütlich sah es aus, romantisch und belebt. Nun denn, rechts in die Glockenblumenstraße, wie Frau Gookeley ihm befahl, links in Am Anger, und dann bog er in ihre Straße ein: Rosenacker.

Im Schritttempo fuhr er weiter. Nummer vierzig, achtunddreißig, sechsunddreißig... noch fünfzehn weitere! Eins jedenfalls konnte er sich abschminken: hier zu parken, um auf sie zu warten. Das Sträßchen war derart schmal, entweder müsste er Bienchen auf den Gehsteig stellen, oder aber er würde sämtlichen Verkehr aufhalten. Da – da war die Nummer sechs. Er zog auf die Einfahrt vor die zurückgesetzte Garage.

Hinter den Fenstern hingen sonnengelbe Gardinen, im Garten konkurrierten blühende Sträucher mit Blumen- und Gemüsebeeten, und hatte Bienchens Motorgeräusch da eben wirklich eine rotbraun gefleckte Katze von der Fensterbank verscheucht?

Jakob holte tief Luft und nahm den Stift zur Hand – das war erst einmal das Allerwichtigste. Ihr seine Telefonnummer zu notieren. Nicht nur Miro hatte ihn daran erinnert, auch einer seiner Dampflokomotiven-Fotofreunde, mit denen er sich austauschte, hatte ihm etwas Ähnliches geraten. Jakob war noch immer verwundert darüber, wie leicht es ihm fiel, sich einigen seiner Bekannten im Netz anzuvertrauen. Vielleicht gerade, weil man sich nicht persönlich kannte? Oder aber da man bereits eine große Gemeinsamkeit etabliert hatte?

Ruckelnd befreite er sein Handy aus der Halterung, noch immer konnte er seine Nummer nicht auswendig. Er war schon froh, sich die Geheimzahl merken zu können, mit der er das Gerät entsperrte! Miro hatte darauf bestanden, dass er dazu nicht seinen Geburtstag wählte. Also hatte er Maries genommen. In Ordnung, da war die Nummer. Er zückte den Stift und legte los: 0173/6087...

Ein Klopfen gegen sein Fenster ließ ihn auffahren. Die Sieben endete in einem Strich quer über das ganze Papier.

Neben Bienchen stand eine ältere Dame und sah stirnrunzelnd zu ihm hinein. Wo war die denn plötzlich hergekommen? Er öffnete die Tür.

»Wollen Sie zu mir?« Sie bedachte ihn mit einem Blick, der ihre Schüler sicher sofort zum Schweigen gebracht hatte. Jakob starrte sie an, sein Kopf war leer, seine Stimme funktionierte nicht. Er räusperte sich, räusperte sich noch mal – Robert Q Manning hätte seine wahre Freude an ihm. Dann sagte er das Erste, was ihm in den Sinn kam: »Verzeihung, aber du... Sie haben mich beinahe zu Tode erschreckt!«

Sie sah ihn überrascht an. »Dabei sind *Sie* gerade auf *meine* Einfahrt gebrettert wie jemand mit einer Mission.« Ein Lächeln nahm den Worten die Spitze. Es war ein nettes Lächeln. Besänftigend, ehrlich und mit diesem einen schräg stehenden Eckzahn, der ihr immer etwas Mutwilliges verliehen hatte.

Jakob starrte sie bewegungslos an. Wusste, er sollte etwas sagen, er konnte nicht einfach hier sitzen und ihr ins Gesicht blicken, als hätte er den Verstand verloren. Seine Hände schlossen sich um den Briefumschlag, er öffnete den Mund, aber kein Wort kam heraus.

Da plötzlich wurden ihre Augen groß, wanderten über seine fehlenden Haare, die Augenbrauen, den Mund und die Nase mit dem Knick in der Mitte. Sie schluckte und trat unwillkürlich einen Schritt zurück. »Jakob?«

Miro warf einen Blick auf die spärlich besetzten Tische unter den großen Bäumen, dann einen auf sein Handy – 14:43 Uhr, sie waren zu früh. Kein Wunder, er wollte schließlich endlich wissen, was geschehen war.

Viel war aus Jakob am Telefon nicht herauszukriegen gewesen. Als habe er zu seiner früheren Wortkargheit zurückgefunden. Ein paar Ja- und Nein-Antworten, bevor er mit einem erschöpften »Junior, gib mir ein bisschen Zeit, in meinem Kopf geht gerade alles drunter und drüber« aufgelegt hatte.

Ja – er hatte Marie gesehen.

Ja – er hatte ihr seinen Brief und Roberts Kopien übergeben.

Nein – er wusste noch nicht, ob er mit zum Herbstfest nach Kroatien kam. Oder aber, wie Marie reagiert hatte.

Und ja – natürlich sähen sie sich wie verabredet zu ihrem Stammtisch in Berlin.

Erika beugte sich zu Miro. »Bist du sicher, es ist eine gute Idee, dass ich dabei bin?«, wollte sie leise wissen. »Angenommen, es ist nicht gelaufen, wie dein Jakob sich das erhofft hat, will er vielleicht lieber mit dir allein reden?«

»Bitte bleib!« Miro ließ den Kopf hängen. »Wenn Marie ihn nicht hat wiedersehen wollen, braucht er mehr Unterstützung als nur von mir.«

Er seufzte und verknotete die Finger. Wie sollte er Jakob da beistehen können? Ja, er wusste, wie es war, wenn man irgendwann verstand, dass sich der Vater nur kurz nach der Geburt verzogen hatte. Oder wie es sich anfühlte, seine Mutter wenn überhaupt nur zu den wichtigsten Feiertagen zu sehen. Aber von so viel anderem hatte er keine Ahnung. Wie war es wohl, mit einem Vater aufzuwachsen, der sich als ein Onkel herausstellte und der einen nicht nur vom kleinen Bruder hatte ausspionieren lassen? Wie musste es sich anfühlen, wenn die große Liebe jahrzehntelang dachte, man sein schuld daran, dass ihr Bruder im Gefängnis gelandet war? Obwohl es jemand anderes gewesen war, der ihm die Zukunft geraubt hatte – aus Neid, Eifersucht, Wut und Rache. Wegen ein paar kritischer Liedzeilen und Äußerungen und weil seine sexuelle Vorliebe ebenfalls gegen ihn verwendet wurde.

Jakobs Stimme hatte kratzig geklungen, als er Miro vor ein paar Tagen nach dem Besuch bei Robert Manning kurz zusammengefasst hatte, was er dank dessen Akte nun wusste. Als hätte jemand währenddessen die Hände um seinen Hals gelegt und würde zudrücken. »Ich weiß, wer es war«, hatte er ins Telefon geflüstert. Der Name – Mark – hatte Miro aufhorchen lassen. Das war doch der Bandkumpel von Maries Bruder gewesen, der versucht hatte, bei ihr zu landen?! Dass er daneben als inoffizieller Mitarbeiter über die Band und ihre Freunde Berichte für die Stasi verfasst hatte, hatte Jakob schwer getroffen. Mehr noch, da sein eigener Name immer verschlüsselt geblieben war. Ernst, Jakobs Vater – Onkel –, musste ein hohes Tier bei der Staatssicherheit gewesen sein, dass er Jakobs Akteneintrag hatte verschwinden lassen können. Offenbar hatte er an seine Überzeugungskünste geglaubt, daran, Jakob doch noch auf die »richtige« Seite zwingen zu können. Mit beiden seiner »Söhne« hatte er Großes vorgehabt. Nur einer hatte sich als geeignet herausgestellt...

Ein Kellner kam, und Erika bestellte zwei Tassen Kaffee. Im Hintergrund verklangen die letzten Töne von *Paint It Black*. Gut, dass Jakob noch nicht da war. Miro dachte an das, was er ihm dazu erzählt hatte: sein erster Kuss mit Marie. Der absolute Höhenflug. Und der folgende Absturz, kaum dass er zu Hause angekommen war. *Paint It Black* erinnerte Jakob an den glücklichsten Moment seiner Jugend. Und zeitgleich an den größten Verlust. An alles, was hätte sein können, aber nicht geschehen war.

Miro hoffte so sehr, Marie würde Jakob so sehen, wie er ihn inzwischen kannte. Als jemanden, der für alle, die ihm wichtig waren, das Richtige gewollt, aber eben nicht immer auch die Möglichkeit dazu gehabt hatte. Miro hoffte, dass Marie begriff: Jakob traf keine Schuld, er konnte schließlich nichts für seine Familie. Dass sie sah, dass dieser Mark ihren Bruder hingehängt und Jakob keine Möglichkeit gehabt hatte, etwas daran zu ändern.

Zu Miros Überraschung hatte Jakob Mark – wenn auch offenbar mit widersprüchlichen Gefühlen – verteidigt. Der

Widerling hatte gewusst, dass sich während ihres letzten gemeinsamen Auftrittes Mitarbeiter der Staatssicherheit im Publikum befanden, und wohl versucht, Johannes daran zu hindern, seine neuen Songs zu spielen. Auch dass Mark Marie warnen wollte, hatte Jakob ihm zugutegehalten und Miro erzählt, dass Marie und er ihm nur deshalb nicht zugehört hatten, weil sie dachten, er wolle sich einmal mehr zwischen sie drängen.

»Er hatte kaum eine andere Wahl«, hatte Jakob tatsächlich gemurmelt, und Miro hatte widersprechen wollen, aber Jakob war schon einen Schritt weiter gewesen: »Aber ich hätte eine gehabt. Ich hätte mehr tun können, als einfach zu verschwinden. Ich hätte versuchen müssen, etwas bei meinem Vater... bei Ernst zu erreichen.« Dass er irgendwie doch Mitschuld trug, war Jakob einfach nicht auszureden gewesen. Ein Grund, weshalb er fest damit rechnete, dass Marie ihn selbst dann nicht mehr wiedersehen wollte, wenn sie die ganze Wahrheit kannte. Umso mutiger, fand Miro, dass er trotzdem zu ihr gefahren war.

Die Bedienung stellte zwei Kaffeetassen und Kuchenstücke vor sie. Miro schob seinen Teller von sich. Er hatte keinen Hunger.

»Miro!« Erika lehnte sich zu ihm. »Hör auf, im Kreis zu denken. Lass uns abwarten, was Jakob erzählt.«

Er nahm einen Schluck Kaffee, rümpfte die Nase und kippte Zucker hinein. Wieso hatte er eigentlich keinen Cappuccino bestellt?

»Sie muss doch begreifen, dass Jakob keine andere Möglichkeit hatte, oder?« Miro seufzte. »Sein Onkel hätte nie im

Leben auf ihn gehört. Und richtig gewollt hat er ihn sowieso nie! Weder er noch seine Frau. Wie beschissen ist das denn?« Grimmig schob er auch die Kaffeetasse von sich – die Plörre schmeckte sowieso nicht.

Erika legte verständnisvoll eine Hand auf seine. »Dich hat Stefanie gewollt, Miro. Völlig egal, ob es mit deinem Vater nicht geklappt hat. Und«, nun verzog sie das Gesicht, »sie hätte dich mitgenommen, alles dafür getan, dass es dir gut geht. Aber wir alle dachten damals, so wäre es die beste Entscheidung. Und ich muss gestehen, ich bin froh, dass du hiergeblieben bist. Bei mir.«

Überrascht sah Miro auf. Dann drückte er erleichtert ihre Finger. Wie immer hatte Erika auch diesmal erkannt, was ihm eigentlich im Kopf herumspukte. Selbst dann, wenn er es selbst noch nicht einmal ganz fassen konnte. Er nickte. »Ich auch.«

Der nächste Song begann im Hintergrund, schon wieder die Stones, irgendwer musste Fan sein. *Going Home* erklang aus den Lautsprechern, da räusperte sich plötzlich jemand neben ihnen, und Erika stand lächelnd auf, um Jakob die Hand zu schütteln.

Miro starrte ihn überrascht an. Wie immer trug er Hemd und Dreiteiler, nun jedoch saß ein modischer Hut auf seinem Kopf, und die untere Hälfte seines Gesichts war mit einem ordentlich gestutzten Vollbart bedeckt: graue Strähnen zwischen kastanienfarbenen Haaren.

Miro sprang auf und umarmte ihn. »Wie siehst du denn aus?!«

»Was denn?« Jakob blickte unsicher an sich herunter. »Nicht gut?«

»Doch total! Sehr hipper Hut, und die Gesichtsbehaarung erst! Sag bloß, du bist eigentlich auch rothaarig?«

»Nein, ich war dunkelhaarig. Vor der Glatze. Offenbar gibt es unterschiedliche Haarfarben an unterschiedlichen Stellen.« Er grinste breit. »Gefällt es dir? Marie hat mich zu *Bears'n'Beards* geschleppt.«

»Zu bitte was?«

»Einem Friseur für Bärte.« Jakob strich sich übers Kinn. »Verrückt, was es alles gibt, oder? Scheint sehr modern zu sein. Und das Allerschrägste: Er ist unten im Haus, wo Inge gewohnt hat – und Marie mit ihren Eltern.«

Da erst fiel bei Miro der Groschen: »Mooooment! Marie? Marie war mit dir bei einem Barbier?«

Jakob machte den Rücken gerade und strahlte. »Ja, sie kommt gleich. Sie parkt gerade Bienchen, aber ich wollte dich… euch nicht warten lassen.«

Miro fiel die Kinnlade herunter. »Sie parkt Bienchen?«

Wenn Jakob ihr seinen geliebten Bus überließ, musste das nicht bedeuten… Jakobs Ohren wurden rot. »Keinen Ton, Junior! Wir gehen es langsam an. Aber egal, in welchem Tempo, es ist wunderbar!«

Miro musste lachen. »Oh nein, alter Mann, ihr geht es alles andere als langsam an – du hast ihr den Schlüssel zu Bienchen überreicht! Und bei dir bedeutet das etwas Ähnliches wie der zu deinem Herzen!«

Erika stieß Miro unter dem Tisch mit dem Fuß warnend gegen das Schienbein.

Doch Jakob schien ihm die Bemerkung nicht übel zu nehmen. »Den zu meinem Herzen, naseweiser Lulatsch, den hat sie doch schon seit fast fünfzig Jahren! Also, wie ist das hier mit Kaffee?« Er winkte der Bedienung, bestellte einen Roibusch-Tee für Marie, einen Caro-Kaffee und einen Espresso für sich und zückte zwei Din-A4-große Umschläge. »Die sind für euch.« Er wandte sich an Erika und deutete eine kleine Verbeugung an. »Miro hat mir erzählt, dass Sie schon viele Preise für Ihre Torten und Pralinen erhalten haben, für mich allerdings ist das hier eine absolute Premiere.«

Neugierig rissen Miro und Erika die Umschläge auf und zogen zwei Kalender fürs folgende Jahr heraus. Zwei Fotokalender mit Dampflokomotiven.

»Der Juli«, erklärte Jakob stolz. »Ihr müsst euch den Juli ansehen.« Und da war es: Jenes Foto, das Jakob von dem Bubikopf in Behringersmühle gemacht hatte. Der Dampf stieg waagerecht in den Sommerhimmel, die Lokomotive glänzte vor einem tiefgrünen Hügel und verwischt waren etliche Reisende zu erkennen.

Miro musste lachen. »Da fahren wir Tausende Kilometer, aber ausgerechnet das Bild aus Franken schafft es in einen Kalender?«

Jakob zuckte mit den Schultern. »Ja nun«, winkte er ab, »die anderen waren ja alle nicht in Betrieb. Und was ist schon eine Dampflok ohne Dampf?«

»Herzlichen Glückwunsch, Herr Grünberg, eine wirklich wunderbare Aufnahme«, gratulierte Erika.

Jakob strahlte über das ganze Gesicht. »Vielen Dank.« Dann winkte er etwas peinlich berührt ab. »Und jetzt will ich alles über dieses Herbstfest in Livade wissen. Kann man da mit Bienchen hinfahren?«

Miro und Erika sahen sich an. »Man?«, hakte Miro nach und unterdrückte ein Grinsen. »wen meinst du denn genau mit... man? Und noch viel wichtiger: eins a, dass du Marie mitgebracht hast, aber da fehlt noch der Mittelteil!«

Jakob lächelte verzückt. Und lächelte weiter.

Miro beugte sich vor. »Erde an Jakob? Worte! Wir hätten hier gerne ein paar erklärende und hoffentlich romantische Worte!«

Jakob lachte. »Entschuldige, natürlich, also: Als Erstes hat sie mir gesagt, ich soll mich zur Hölle scheren.«

»Bitte was?« Miro starrte ihn verblüfft an. *Zur Hölle?* Und weshalb zum Teufel lächelte er darüber so verzückt?

»Also nichts Neues«, erzählte Jakob gut gelaunt weiter. »Das waren schließlich die letzten Worte, die ich von ihr gehört habe, vor rund fünfzig Jahren.«

»Ja, und? Was hast du darauf gesagt??« Miro musste sich zurückhalten, um ihn nicht zu schütteln. Selbst seine sonst so ruhige Großmutter sah mehr als verwundert aus.

Jakob fuhr sich durch den Bart. »Nichts. Ich habe ihr wie geplant meinen Brief und die Kopien von Roberts Akte ausgehändigt.«

Erika beugte sich vor und nahm Miro die Worte aus dem Mund. »Und dann?«

»Dann ist sie damit ins Haus gegangen.« Er nickte der Bedienung dankend zu, die nun den Tee, seinen Caro-Kaffee und den Espresso auf ihren Tisch stellte.

Miro fasste es nicht. »Sie ist gegangen??? Ohne dich?«

Jakob zuckte mit den Schultern, während er den Espresso in den Malzkaffee kippte. »Natürlich ohne mich, schließlich wusste sie noch nicht, ob sie mir trauen kann. Ich habe also in ihrer Garageneinfahrt gewartet, in Bienchen.«

Miro verdrehte die Augen. Herr im Himmel, Jakob machte es wirklich spannend!

»Aber dann kam sie zurück, richtig?«, lächelte seine Oma nun. »Nachdem sie Zeit hatte, alles zu lesen und sich selbst eine Meinung zu bilden?« Offenbar dachte sie gerade an *ihren* Brief. Den von Stjepan. Unzählige Blätter voller Wörter, von denen sie ihn nur einen kleinen Teil hatte lesen lassen. Den wichtigsten.

Jakob nickte und pustete in seine Tasse. »Genau. Und dann haben wir angefangen zu reden.« Sein Gesicht leuchtete. »Und seitdem nicht mehr damit aufgehört.«

»Yes!!!« Erleichtert hielt Miro ihm eine Hand hin und feixte, als Jakob einschlug. »Hurra!« rief er erfreut. »Das heißt dann wohl, wir fahren zu viert zum Herbstfest!« Er zwinkerte Jakob zu. »Und du und ich zeigen Erika und Marie die Besonderheit der Paziner Schlucht!«

Jakob schüttelte gut gelaunt den Kopf, als hinter ihm jemand wissen wollte: »Ihr zeigt uns was?«

Eine ältere Dame in einem groß gemusterten Karokleid und Wanderschuhen sah sie der Reihe nach verwundert an. An einem ihrer Finger kreiste Bienchens Autoschlüssel, ihre Haare waren am Oberkopf zu einem wilden Knoten hochgesteckt, der von zwei Pinseln zusammengehalten wurde.

Miro hatte keine Ahnung, wie er sich Marie vorgestellt hatte, aber nun, da sie hier war, fand er, sie passte perfekt zu Jakob mit seinem uralten und inzwischen längst wieder modernen Anzug, dem Vollbart und dem jazzigen Stetson oder was das auch immer war, das er da auf der Glatze trug.

Der verliebte Gesichtsausdruck von Jakob selbst ließ jedenfalls keinen Zweifel: Das hier war seine Marie. Kurzerhand zog sie sich einen Stuhl heran und ließ sich neben Jakob nieder. Dann streckte sie die Hand aus. Erst zu Erika. »Hallo, Sie müssen Erika sein, die Oma von Miro? Wunderbar, Sie kennenzulernen!«

Als sie sich zu Miro wandte, sprudelten die Worte schon aus ihm heraus, bevor sie etwas sagen konnte: »Ich habe es gehofft! Also... ich meine, ich habe die Daumen gedrückt! Ähm, was ich sagen will, ist«, er räusperte sich und bemühte sich um ein seriöses Nicken, »schön, dass Sie hier sind, ich habe... viel von Ihnen gehört.«

Marie lächelte nachdenklich. »Ich nehme an, vor allem Dinge, die rund fünfzig Jahre her sind?« Sie warf einen Blick zu Jakob und sah Miro dann fest an. »Und ohne dich wäre es womöglich dabei geblieben. Du hast was gut bei mir.«

»Wenn das so ist...« Miro grinste Erika an, die amüsiert den Kopf schüttelte, weil sie vermutlich ahnte, was nun kam. »Wie wäre es, wenn Sie und Jakob Erika und mich zum Herbstfest auf dem Weingut meines Großvaters begleiten?«

Marie lachte auf. »Jakob hat mich gewarnt. Du steckst voller Überraschungen und Vorschläge.« Dann lehnte sie sich nach links, wo Jakob still in seinem Stuhl saß. »Du siehst aus, als wüsstest du schon davon.«

Jakob nickte abwartend.

»Hm.« Marie legte den Kopf schief. »Und? Würdest du mich denn dahin mitnehmen wollen?«

Jakob blinzelte einen Moment überfahren, dann lachte er auf. »Mitnehmen wollen? Oh Himmel, Marie, wir haben so viel verpasst, ich kann noch immer nicht glauben, dass ich dich wiedergefunden habe, und du fragst mich, ob ich dich *mitnehmen will?*«

Schweigend sahen sie sich an. Erika lächelte in ihren Cappuccino, nur Miro hatte dafür keine Geduld. »Was er sagen will, ist ja«, seufzte er und stieß mit seiner Kaffeetasse sanft gegen Maries Tee. »Ja, gerne nimmt er Sie mit. Und er freut sich. Wie verrückt.« Dann stieß er Jakob den Ellenbogen in die Seite. »Hab ich das in etwa richtig übersetzt, alter Mann?«

»Völlig.« Jakob schmunzelte, dann hob er plötzlich einen Zeigefinger. »Was mir gerade einfällt: Ich habe Bienchen überholt. Wie wäre es, wenn wir zu viert darin nach Livade führen?« Er zwinkerte Erika zu und beugte sich zu Miro. »Über Landstraßen dauert das nur etwa fünf Tage.«

Miro ächzte. »Vorausgesetzt, wir stecken nicht ständig hinter irgendwelchen Traktoren fest.«

Jakob nickte. »Stimmt. Aber dank deines Tablets kannst du uns auf dem Weg ja immer dann eine Übernachtung besorgen, wenn wir irgendwo stecken bleiben.«

Miro starrte in die Runde. Erika, Jakob und Marie sahen ihn erwartungsvoll schmunzelnd an. »Klar kann ich das. Aber: schon wieder Landstraßen, ehrlich jetzt?«

Jakob schüttete sich aus vor Lachen, Marie und Erika fielen ein. »War ein Witz, Junior. Wir nehmen die Autobahn. Und schlafen natürlich nicht alle im Auto.«

Miro verdrehte die Augen. Haha, sehr lustig…

Dann musste auch er grinsen. Egal ob Autobahn oder Landstraße, mit seiner Großmutter, seinem Nenn-Opa und dessen alter und neuer Liebe Marie in Bienchen nach Istrien zu kutschieren wäre ebenso verrückt wie perfekt. Und vielleicht kam am Ende dabei auch noch eine neue Komposition heraus. *We are Teil 2* – oder einfach *Auf dem Weg nach Irgendwo*. Diesmal als Kanon.

»Also dann, abgemacht?«, fragte Marie und hielt ihre Teetasse in die Höhe.

Das Klacken, als sie anstießen, klang nicht besonders feierlich, aber hey – Miro wäre nicht Miro, wenn er aus einem Porzellanklackern nicht einen wunderbaren Sound zaubern könnte! Angelehnt an Kastagnetten vielleicht? Unterlegt von Bienchens Brummen?

»Nur eine Frage hätte ich da noch«, riss ihn Marie aus den Gedanken. »Was genau ist die Besonderheit der Paziner Schlucht?«

Miro zögerte. »Also im weitesten Sinne geht es... um Töne.«

»Und darum, sich zu trauen«, fügte Jakob an, dann dachte er ein paar Sekunden nach. »Und um Vertrauen.«

Erika lachte auf und blickte Marie an. »Das hört sich nicht an, als bekämen wir mehr Informationen aus ihnen heraus.«

Marie warf Jakob einen liebevollen Blick zu. »Nein«, fand auch sie und zuckte mit den Schultern. »Dann müssen wir es wohl selbst herausfinden. Ich bin gespannt.«

Miro und Jakob zwinkerten sich zu und brachten die beiden Frauen zum Lachen, als sie sich zeitgleich in ihren Stühlen zurücksinken ließen und dabei wohlig seufzten.

ENDE

DANKSAGUNG:

Auf nach Irgendwo wäre nicht geworden, was es ist, ohne all die Menschen, die mich in ihr Leben gelassen und mir ihre Lebensgeschichte erzählt haben. Die mich mit Tipps und Tricks, Informationen und MP3s versorgten, mich in Studios, Archive und Bibliotheken oder zu sich nach Hause einluden, verköstigten, mich auf Instrumenten und Moogs haben daddeln lassen und mir ihre Expertise zur Verfügung stellten.

Tausend Dank an:
Tanja, Danko, Ruj und meine WG auf Zeit in Zagreb. Manuela für die Verknüpfungen, Zvonomir und Bruno für die Einsicht ins Jetzt und ihre Familiengeschichten, Hana und ihren Kolleginnen und Kollegen des Geburtshauses von Dvořák und der Kapelle in Nelahozeves. Ludmilla und ihren musikalischen Freunden in Prag. Adam und Hana in Bratislava, Slavica, Anita und Stipe.

Danke an Snježana, Martina und Kata, Gerald und dem Goethe-Institut Kroatien in Zagreb, Iva und ihren Kolleginnen von der Bibliothek in Pazin, Davor und Irina vor Ort, Djurdja und Nenad für alle persönlichen und Skypemeetings.

Danke an Ivona, Ante, Tamara von der Fakultät für Agrikultur in Zagreb, die sich für jede meiner verwunderlichen Fragen Zeit nahmen und mich selbst in das noch nicht digitalisierte Archiv begleiteten.

Danke an all die Profis, die mich mit Recherche-, Lese- und Hör-Tipps versorgten und mir bei Historischem, Juristischem, Zugspezifischem, Sprachlichem, Atmosphärischem und Musikalischem weiterhalfen: Dr. Christine Schoenmakers, Vimbai Hühner, Christian Spiller, Olaf Haensch, Prof. Dr. Holger Schulze, Lothar Heitz, Simon Urban und seiner Mutter, Rechtsanwältin Sylvia Stühlein in Forchheim, Simon Bertling vom Studio STIL in Berlin, dem Haus der Musik in Wien, Lutz Baumann und dem Jugend[widerstands]museum in der Galiläakirche in Berlin und Leoš Morávek vom Čzeská televise für die Unterstützung rund um »Americké dopisy«.

Meinem Cousin Ton, dem Autofachmann, danke ich dafür, dass er mit mir auf über 3000 Kilometer Recherchereise ging, ohne sich über Umwege und Tage ohne richtiges Mittagessen zu beschweren: Jij was de worldbest assistant ever!

Und tausend Dank an jene, die von der ersten Idee bis zur letzten Fassung dazu beigetragen haben, dass ich auf Spur blieb: Doro, Ana, Nina, Davor, Djurdja, Zoran, Iva, Jasmin, Milan, Irina, Jasminca, Maciej, Iva, Pati. Und jene, die mir halfen, das Beste daraus zu machen: Anke, Joscha, Katrin, Steffi.

Nicht zu vergessen ein Hoch auf all die Komponisten, Musiker, Bands, die ich während des Schreibens neu und wiederentdeckt habe und die *Auf nach Irgendwo* einen wunderbaren Soundtrack gaben und geben.

Simone Veenstra

Diese fünf Freunde werden Sie so schnell nicht vergessen

978-3-453-42150-9

Leseprobe unter **www.heyne.de**

HEYNE